本書得到四川大學中國俗文化研究所資助

百川文庫·兩宋文學文化研究叢書

宋代蘇詩注本研究

譚杰丹◎著

四川大學出版社
SICHUAN UNIVERSITY PRESS

圖書在版編目（CIP）數據

宋代蘇詩注本研究 / 譚杰丹著. -- 成都：四川大學出版社，2024.6

（百川文庫. 兩宋文學文化研究叢書）

ISBN 978-7-5690-6813-9

Ⅰ．①宋… Ⅱ．①譚… Ⅲ．①蘇軾（1036-1101）－宋詩－詩歌研究 Ⅳ．① I207.22

中國國家版本館 CIP 數據核字（2024）第 079913 號

書　　　名：宋代蘇詩注本研究
　　　　　　Songdai Sushi Zhuben Yanjiu
著　　　者：譚杰丹
叢 書 名：百川文庫·兩宋文學文化研究叢書

叢書策劃：歐風偎　王　冰
選題策劃：毛張琳
責任編輯：毛張琳
責任校對：張伊伊
裝幀設計：墨創文化
責任印製：李金蘭

出版發行：四川大學出版社有限責任公司
　　　　　地址：成都市一環路南一段 24 號（610065）
　　　　　電話：(028) 85408311（發行部）、85400276（總編室）
　　　　　電子郵箱：scupress@vip.163.com
　　　　　網址：https://press.scu.edu.cn
印前製作：四川勝翔數碼印務設計有限公司
印刷裝訂：成都市新都華興印務有限公司

成品尺寸：170mm×240mm
印　　張：15.75
插　　頁：2
字　　數：302 千字

版　　次：2024 年 9 月 第 1 版
印　　次：2024 年 9 月 第 1 次印刷
定　　價：78.00 圓

本社圖書如有印裝質量問題，請聯繫發行部調換

掃碼獲取數字資源

四川大學出版社
微信公眾號

四川大學中央高校基本科研業務費項目
"宋代類編詩集注本的文學闡釋研究"
（2019 自研－公管 07）

目　録

緒　論

一、關於選題

（一）宋代詩歌注釋概況

“注釋”有廣、狹二義：廣義上的注釋，作爲動詞，是指一切疏通理解障礙的注解行爲，作爲名詞，可以包括散見於各種書籍文章中的零星解釋、説明；狹義上的注釋則指專門注家所撰、有一定體係的注釋或者這種注釋行爲。

廣義上的詩歌注釋早在先秦典籍中已經出現，而狹義上的詩歌注本直到宋代才産生。宋以前的詩歌注釋，多就詩論詩，不成體係，未能體現專業注家對詩歌特有的闡釋觀念與注釋規律。而《詩經》《楚辭》《文選》等詩歌總集的注家，面對的是群體之詩或衆多詩作的集合，他們的閲讀期待與注釋目標自然與單獨的詩人别集注釋不同。本書討論的詩歌注釋主要指這種狹義上的詩人别集注本。

宋人的詩歌注釋以北宋中期杜甫詩集的編校箋注爲開端。此一時期的宋人重新發現了這位唐代詩人，大多承認杜甫及其詩具有“詩史”“古今詩人之首”“集大成”的地位。人們推崇、喜愛杜詩，開始收集、編定、校勘、注釋杜甫的詩集，促進了杜詩的流通與傳播，也擴大了杜詩注本的影響，正如《郡齋讀書志》所言：“本朝自王原叔後，學者喜誦杜詩，世有爲之注者數家。”① 自王洙（997—1057）編定《杜工部集》後，越來越多的宋人在整理校定杜詩文字的同時，通過編撰杜詩注本闡釋杜詩，令杜

---

① （宋）晁公武撰，孫猛校證：《郡齋讀書志校證》卷三，上海古籍出版社，2011年版，第857頁。

詩注釋成爲詩學闡釋的重要方式。南宋理宗時，董居誼爲黃鶴父子《補千家注紀年杜工部詩史》所作序已稱："（杜詩）近世鋟板，注以集名者，毋慮二百家。"① 杜詩注釋在宋代長盛不衰，始終是宋代詩注的熱點與重心。

在杜詩注釋風潮的帶動下，其他具有典範性的詩人詩作也引起了宋人的注釋興趣。唐代的李白、韓愈、柳宗元與魏晉時期的陶淵明等，都有宋人爲其別集作注。此外，宋人亦開始關注本朝詩人如歐陽修、王安石、蘇軾、黃庭堅、陳師道等。這些詩人中，韓、柳、蘇、黃的詩歌較早受到注家青睞，有不少專門的注家爲其系統注釋，注本的種類也相當豐富，以至後來出現了《五百家注音辨昌黎先生文集》《五百家注音辨柳先生文集》《王狀元集百家注分類東坡先生詩》等集注本。

所謂"千家注杜""五百家注韓、柳""百家注蘇"名不副實："千家注"系列的杜詩注本姓氏目錄陳列的注家一共只有一百四五十位，並且拉上了韓愈、元稹以及宋祁、王安石等並未注詩的名人；魏仲舉編刊的"五百家"注韓、柳集實際具有姓氏的注家也只有一百餘位；蘇詩"百家注"題名注家的雖將近一百人，但大多數並非專門的蘇詩注釋者，且多託名偽作。然而，這些書名卻也説明人們認可這些詩人的地位，認爲他們的詩歌應當被這麼多位注家注釋、推崇，注本編刊者才能夠如此誇飾取名。當時詩歌注注釋之繁榮興盛可見一斑。

從歷時來看，宋代詩歌注釋的高潮出現在南宋時期。隨着經濟文化的進一步發展，人們對詩歌注本的需求也在加大。尤其在南宋，蔚爲大觀的民間刻書業把雕版印刷技術與商業營銷手段發揮得淋漓盡致，極大地刺激了人們對詩歌注本的閱讀需要，促進了注本注釋的産生與傳播。當然，也有不少士大夫身份的注家，與市坊書肆編撰注本大多求全取便不同，他們致力於通過注釋闡釋詩學觀念，表達自身的詩學興趣，在注本編輯方面少有商業氣息。不過，整體而言，發達的雕版印刷技術與商品經濟深刻影響着南宋詩歌注本的注釋面貌與編刊形態，成爲推動宋代詩歌注釋不斷演進的重要動力。另外，就筆者所知，北宋的詩歌注本沒有單本傳世，而南宋的不少注本由於曾經流傳較廣得到了很好的保存，在詩人詩歌的傳播、接

---

① （宋）黃希、黃鶴：《黃氏補千家注紀年杜工部詩史》附錄，《中華再造善本》金元編，北京圖書館出版社，2006 年版。

受史上發揮了不可替代的作用。

　　總之，宋代開始出現的詩人別集注釋活動是宋代注釋學的重要内容，爲後世積累了豐富的注釋經驗，而宋人注宋詩更開創了一種新的注釋範型。這些在注釋學史上具有重要的意義，有豐富的研究價值。

　　（二）選題緣由及研究對象

　　若以個案研究的方式分析宋代蔚爲大觀的詩歌注釋，從注本的豐富程度以及影響力來看，杜甫詩歌注釋無疑最具代表性。這方面的研究學界成果頗豐，但僅以杜詩爲對象的討論遠不够全面、深入。

　　宋代詩歌注釋實爲一個有機整體，杜詩注釋雖是其核心，其他詩人詩歌的注釋同樣重要，特別是其中的宋人注宋詩。在宋人注宋詩中，蘇軾詩歌的注釋成果最爲豐碩，具有代表性，是宋代詩注的重要内容。

　　蘇軾（1037—1101）是北宋中後期的文壇盟主，其詩歌"出新意於法度之中，寄妙理於豪放之外"①，深爲人所喜，蘇軾在世時人們已經開始收集這些詩歌作品，編次成集。② 即使在徽宗黨禁時期，也有不少人士私下珍覽、收藏蘇詩，所謂"禁愈嚴而傳愈廣""士大夫不能誦坡詩便自覺氣索，而人或謂之不韻"③。到南宋時，孝宗爲其御製文集作序言，蘇軾獲得官方全面肯定，其詩文集以多種版本形式進一步流傳，詩歌注本便是其中一種重要的形式。

　　蘇軾的詩集可以分爲兩個系統，一是只録蘇詩的白文系統。蘇軾在世時已有他人或者自己手編的白文本詩文全集或選集④，其弟蘇轍所作《亡兄子瞻端明墓志銘》云："有《東坡集》四十卷，《後集》二十卷，《奏議》十五卷，《内制》十卷，《外制》三卷。公詩本似李杜，晚喜陶淵明，追和之者幾遍，凡四卷（筆者按：即《和陶詩》）。"此六集加上晁公武《郡齋

---

　　① （宋）蘇軾：《書吳道子畫後》，見張志烈、馬德富、周裕鍇主編：《蘇軾全集校注》，河北人民出版社，2010 年版，第 7909 頁。

　　② 如蘇軾《答陳師仲主簿書》所云："見爲編述《超然》、《黄樓》二集，爲賜尤重。從來不曾編次，縱有一二在者，得罪日，皆家人婦女輩焚毁盡矣。不知今乃在足下處。當爲删去其不合道理者，乃可存耳。"見張志烈、馬德富、周裕鍇主編：《蘇軾全集校注》，河北人民出版社，2010 年版，第 5326～5327 頁。

　　③ （宋）朱弁：《曲洧舊聞》，《叢書集成初編》本，中華書局，1985 年版，第 65 頁。

　　④ 胡仔稱："世傳《前集》乃東坡手自編者。"見（宋）胡仔撰，廖德明校點：《苕溪漁隱叢話·後集》，人民文學出版社，1962 年版，第 212 頁。

讀書志》增添的《應詔集》十卷①,便是後來通稱爲"東坡七集"的蘇軾詩文全集白文系統的祖本與精華。此外,當時還有名目繁多的其他蘇軾文集在社會上流通,比如王十朋閱讀的麻沙坊刻本《東坡大全集》、陳振孫著録之蘇嶠刊本《東坡先生別集》等。

二是蘇詩注本系統。指除蘇軾自注之外,另有其他注家注釋的詩集。蘇集的注本系統還包括詞集注本、文集注本。宋代的蘇軾詞集注可考者只有三種,僅傅幹《注坡詞》流傳下來②,而文集注本只有南宋郎曄的《經進東坡文集事略》,選文不全且注釋十分簡略。蘇軾詩集注本的種類則比較多。張三夕先生認爲宋詩宋注共 35 種,其中蘇詩注本有 17 種。③ 筆者的統計數字最終雖與張先生相同,統計的注本種類實際上有不少差異。筆者認爲比較可靠的宋代蘇詩注本見表 1:

表 1 宋代蘇詩注本

序號	注本名稱	注釋者	著録或稱引	存佚
1	通稱爲"四注"	程縯、李厚等	清馮應榴《蘇文忠詩合注凡例》云:"先生詩有'四注'、'八注'、'十注'及唐(庚)、趙(夔)、黃(學皋)、沈(名失考)諸本,皆不傳。"	佚
2	通稱爲"五注"	程縯、李厚、宋援、趙次公、"新添"	清馮應榴《蘇文忠詩合注凡例》云:"余所見者,一爲宋刊五家注不全本,七卷。……惜止見《後集》而未見《前集》也。"又,國家圖書館藏《集注東坡先生詩前集》(殘四卷)	《後集》佚、《前集》存一卷
3	通稱爲"八注"	程縯、趙次公、趙夔等	施宿《〈注東坡先生詩〉序》"東坡先生詩,有蜀人所注八家,行於世已久。"	佚

---

① 《郡齋讀書志》卷十九:"蘇子瞻《東坡前集》四十卷、《後集》二十卷、《奏議》十五卷、《内制》十卷、《外制》三卷、《和陶集》四卷、《應詔集》十卷。"見(宋)晁公武撰,孫猛校證:《郡齋讀書志校證》,上海古籍出版社,2011 年版,第 996 頁。

② 參見吳秋本:《蘇軾詞注釋初探》,陝西師範大學碩士學位論文,2008 年,第 3~6 頁。

③ 張三夕:《宋詩宋注管窺》,《古籍整理與研究》第 4 期,中華書局,1989 年版,第 66~67 頁。

續表1

序號	注本名稱	注釋者	著録或稱引	存佚
4	通稱爲"十注"	程縯、趙次公、趙夔、"傅"、"胡"等	《王狀元集百家注分類東坡先生詩》署名王序云："予舊得公詩'八注'、'十注'，而事之載者十未能五，故常有窺豹之嘆。"國家圖書館藏《集注東坡先生詩前集》（殘四卷）	《前集》存三卷
5	《注東坡詩》	趙次公	宋胡穉《增廣箋注簡齋詩集》卷首樓鑰序	佚
6	《注東坡詩集》	趙夔	《王狀元集百家注分類東坡先生詩》卷首趙夔自序	佚
7	《王狀元集百家注分類東坡先生詩》	題王十朋、趙次公等	紀昀等《四庫全書總目提要》卷一五四	存
8	《王狀元注東坡七言律詩》	題王十朋	《圖書館學季刊》卷七第一期《玄賞齋書目》（下）	佚
9	《注東坡先生詩》	施元之、顧禧、施宿	陸游《施司諫注東坡詩序》、陳振孫《直齋書録解題》卷二十	存
10	《注東坡詩》	吳興沈氏	宋陳思《海棠譜》卷上、明董斯張《吳興俗志》卷二十二"經籍"類	佚
11	《補注東坡詩》	黃學皋	王應山《閩大記》卷十二藝文類	佚
12	《東坡和陶詩注釋》	陳知柔	王應山《閩大記》卷十二藝文類	佚
13	《東坡錦繡段》	佚名	胡仔《苕溪漁隱叢話·前集》卷十二	佚
14	《注東坡詩》	李歜	張邦基《墨莊漫録》卷二	佚
15	《東坡和陶詩解》	傅共	陳振孫《直齋書録解題》卷十五；《精刊補注東坡和陶詩話》徵引	佚
16	《東坡和陶詩集注》	蔡夢弼	史鑄《百菊集譜》卷四；《精刊補注東坡和陶詩話》徵引	佚
17	《精刊補注東坡和陶詩話》	蔡正孫	高麗大學中央圖書館《華山文庫漢籍目録》、《晚松文庫漢籍目録》	存元刊殘本

　　表1與張三夕先生的統計有四點差異：其一，關於"五注""十注"等集注本的認識。張先生把"蘇詩舊注"（表1無）、"蘇詩五家注"、"蘇

詩十注"、"集注東坡先生詩前集"（表1不算入注本種類）、"集注坡詩"（表1無）定爲五種不同的注本，然而，趙次公在注釋中所稱"蘇詩舊注"與王楙所言"集注坡詩"實際就是"五注""十注"等集注本，而現存的《集注東坡先生詩前集》（殘四卷）一書乃"五注"本與"十注"本的拼合本。即是説，"五注""八注""十注"是宋人從注家數目的角度對某些注本的概括，與《集注東坡先生詩前集》《集注東坡先生詩後集》等注本書名爲兩種概念，因而現存的《集注東坡先生詩前集》同時有五位注家所注釋的"五注"本與十位注家所注釋的"十注"本。而通過内容的比勘，《集注東坡先生詩前集》與《王狀元集百家注分類東坡先生詩》中趙次公提到的"舊注"實際就是程縯、李厚等"五注"注家的注釋，王楙提到的"集注坡詩"亦如此。也就是説，所謂"蘇詩舊注""集注坡詩"都是對"五注""十注"等集注本的其他稱名方式，内容實際相同。《集注東坡先生詩前集》《集注東坡先生詩後集》是目前僅知的這類注本的兩個書名，張先生的統計實際上在反復計算同一種注本。鑒於目前僅《集注東坡先生詩前集》一書存世，若只以書名進行統計，不能如實反映宋代此類注本衆多的狀況，因此，爲了避免重復並兼顧準確性，表1以"五注""十注"等稱名方式作爲代表，故比張先生的統計減少了三種注本。

其二，減少了洪邁提到的一種蘇詩注釋。洪邁《容齋續筆》"注書難"條記載："政和初，蔡京禁蘇氏學，蘄春一士獨杜門注其詩，不與人往還。……（錢伸仲指出注釋中的疏漏）士人恍然失色，不復一語，顧其子，然紙炬，悉焚之。伸仲勸，使姑留之，竟不可，曰：'吾枉用工夫十年！非君，幾貽士林嗤笑。'"[①] 張先生認爲此故事中蘄春注家的注釋爲一種蘇詩注本，而筆者以爲，此一注本完成前的手稿已經明言爲注家焚弃，在缺乏其他證據的情況下，不能算作一種注本。

其三，筆者在"五注""八注""十注"系列集注本中新增了一種"四注"本。清代蘇詩注家馮應榴在《蘇文忠詩合注凡例》中言："先生詩有'四注'、'八注'、'十注'及唐（庚）、趙（夔）、黄（學皐）、沈（名失考）諸本，皆不傳。"除了這一旁證，更重要的理由是，現存"五注"本

---

① （宋）洪邁撰，穆公校點：《容齋隨筆·容齋續筆》卷十五，上海古籍出版社，2015年版，第218~219頁。

的五位注家在程縯、李厚、宋援、趙次公之外爲"新添"，則原來應該有一個"四注"的集注本。

　　其四，根據其他研究者對近年來在韓國重新發現的南宋遺民蔡正孫（1239—？）所編《精刊補注東坡和陶詩話》的介紹，筆者增添了三種蘇詩宋注①。據旅韓學者的研究成果，蔡正孫《精刊補注東坡和陶詩話》實際徵引了傅共的《東坡和陶詩解》與蔡夢弼的《東坡和陶詩集注》。後兩種注本已經失傳，僅存注文若干條於蔡氏書中，而蔡書僅存元刊本殘帙②。雖然如此，傅氏與蔡氏的注本在宋代均見諸著錄，比較可靠。陳振孫《直齋書錄解題》卷十五云："《和陶集》十卷：蘇氏兄弟追和。傅共注。"③史鑄等編《百菊集譜》卷四《歷代文章》的小字注曰："愚齋云：'近年蔡夢弼有《注和陶詩》，其中不注九華爲菊名，惜其有闕。"④"愚齋"是史鑄的號，而《百菊集譜》編於理宗淳祐二年（1242），時間上正吻合。

　　另外，清代蘇詩注家查慎行、馮應榴都提到一個唐庚注本。查慎行《蘇詩補注例略》云："茲集舊有八注、十注。同時稍後者有唐子西、趙夔等注。乾道末，御製序刊行。"⑤馮應榴《蘇文忠詩合注凡例》云："先生詩有'四注'、'八注'、'十注'及唐（庚）、趙（夔）、黃（學臯）、沈（名失考）諸本，皆不傳。"⑥馮應榴應該是延續查氏的説法。唐庚（1071—1121），字子西，曾被稱爲"小東坡"。四庫館臣云唐庚不喜蘇軾："今考庚與蘇軾皆眉州人，又先後謫居惠州，宜於鄉前輩多所稱述。而集

---

　　①　參見金程宇：《高麗大學所藏〈精刊補注東坡和陶詩話〉及其價值》，《文學遺産》2008年第5期，第118～129頁；楊焄：《傅共〈東坡和陶詩解〉探微》，《中山大學學報（社會科學版）》2013年第6期，第25～35頁；卞東波：《〈精刊補注東坡和陶詩話〉與蘇軾和陶詩的宋代注本》，《復旦學報（社會科學版）》2015年第3期，第31～39頁。

　　②　《精刊補注東坡和陶詩話》凡十三卷，今存部分目錄、卷一至卷五、卷八、卷九至十三，部分存卷亦殘缺，"卷一至卷十二皆是對陶詩及蘇軾、蘇轍和陶詩的注釋及評論，卷十三是對蘇氏昆仲未和的陶詩的評注。"見卞東波：《〈精刊補注東坡和陶詩話〉與蘇軾和陶詩的宋代注本》，第36頁。按：由於蔡正孫是南宋遺民，《精刊補注東坡和陶詩話》雖是元刊本，不少研究者仍然以其爲南宋的注本。

　　③　（宋）陳振孫撰，徐小蠻、顧美華點校：《直齋書錄解題》卷十五，上海古籍出版社，1987版，第446頁。

　　④　（宋）史鑄：《百菊集譜》卷四，《景印文淵閣四庫全書》第845冊，臺灣商務印書館，1986年版，第79頁。

　　⑤　（清）查慎行撰，王友勝校點：《蘇詩補注》，鳳凰出版社，2013年版，第1頁。

　　⑥　（清）馮應榴輯注，黃任軻、朱懷春校點：《蘇軾詩集合注》，上海古籍出版社，2001年版，第2639～2640頁。

中詩文自《聞東坡貶惠州》一首及《送王觀復序》'從蘇子於湘南'一句外餘無一字及軾，而詩中深著微詞，序中亦頗示不滿。"《宋史》本傳，爲唐庚《眉山集》作序的鄭康佐以及集編者唐庚，乃至稍後的朱熹、劉克莊等，皆未提及唐庚注過蘇詩，不知查氏所據爲何。張三夕先生並未統計唐庚注本，筆者亦認爲不能輕易採納查慎行片面的説法。

綜上，已知的、比較可靠的宋代蘇詩注本共 17 種。顯而易見的是，以上只是最保守的統計，宋代實際的蘇詩注本遠不止這 17 種。

首先，每一種"五注""十注"等集注本並不排除注家、注釋内容、書名可能有所不同的情況，只是由於目前可考的此類注本僅有《集注東坡先生詩前集》殘四卷，文獻不足徵，謹慎而言才不以書名進行統計。

其次，雖然沒有明確記載，被趙次公稱爲"舊注"的注家程縯、李厚、宋援等人保存在後來集注本中的注釋内容相當豐富，他們應當系統注釋過蘇詩，只是難以確定他們注釋的原初形態是否爲單注本。不過，這些注家以及"八注"本、"十注"本的注家多有比較穩定的注釋對象，有專門的注本稿本或刊刻本的可能性比較大。例如北宋末南宋初趙夔曾刊刻一部蘇詩分類注本，書已佚而序尚在，但南宋前期孝宗提到時已稱"近有趙夔等注軾詩甚詳"①，可能還是指以趙夔爲注家之一的"八注"本或"十注"本。趙次公的單注本亦已佚失。由於南宋刊刻的諸多集注本過於流行，這些集注本援用的單注本紛紛失傳，令許多注家的名號沉晦不顯，其地位與價值未能得到充分展示，殊爲可惜。

最後，雖然筆者以爲，《容齋續筆》中蘄春注家已經焚弃的注釋手稿不能算作一種注本，但這個故事説明徽宗黨禁時期已有文人學者自發、自願地注釋蘇詩，何況在蘇軾得到全面肯定的南宋。一定有很多注本手稿，只是未經刊刻或者刊本流傳不廣，故不爲後人知曉。

總而言之，宋代的蘇詩注本遠不止 17 種。不過，即使就這一最保守的數目而言，蘇詩的注本數量也在宋人注宋詩中居冠。據研究者統計，已

---

① （宋）陳巖肖：《庚溪詩話》卷上，見吳文治主編：《宋詩話全編》第 3 册，江蘇古籍出版社，1998 年版，第 2794 頁。

知的宋人注宋詩共有 54 種①，蘇軾以下，黄庭堅的注本只有 7 種②，僅任淵、史容、史季温"三家注"流傳後世，其他宋人的詩歌注本數量更少。相應的，在注家的陣容上，也以蘇詩注釋者爲首。所謂蘇詩"百家注"，雖然並不全是系統注釋過蘇詩的專門注家，却説明宋人十分認同蘇詩的成就與地位，認爲蘇詩應該被這麼多注家注釋、推崇，所以才會有蘇詩"百家注"的産生與流行。

　　從表 1 可知，宋人所撰蘇詩注本類型多樣，有一些是蘇詩選集的注本，如《東坡和陶詩注釋》《王狀元注東坡七言律詩》《東坡錦繡段》。也有一些注本注釋了全部的蘇詩，如趙夔分類注本、題爲王十朋編撰的《王狀元集百家注分類東坡先生詩》、施元之等人合撰的《注東坡先生詩》等。還有些蘇詩注本乃他人僞托。比如胡仔《苕溪漁隱叢話·前集》卷十二所言："近時又有箋注東坡詩句者，其集刊行，號曰《東坡錦繡段》者是也。亦隨句撰事牽合，殊無根蒂，正與李歌《注詩史》同科，皆不可信也。"③張邦基《墨莊漫録》卷二云："又有李歌注杜甫詩及注東坡詩。事皆王性之一手，殊可駭笑，有識者當自知之。"④ 托名與僞注的確是宋代詩歌注釋的一大現象，不過，諸如《東坡錦繡段》與題名李歌編注的蘇詩注本已經失傳，難以考察它們具體的作者與注釋來源。

　　這些宋代蘇詩注本是研究宋代注釋學與詩學闡釋學的寶貴資源，對探索宋代詩歌注釋的時代特徵，提煉宋人注宋詩的一般規律具有重要價值。因此，本書以傳世的三種宋代蘇軾詩歌全集注本爲研究對象："五注"本與"十注"本的拼合本《集注東坡先生詩前集》（殘四卷）、《王狀元集百家注分類東坡先生詩》（全二十五卷）、《注東坡先生詩》（四十二卷存三十六卷），從"注本"與"注釋"的角度對其展開比較系統的探討。

---

　　① 張三夕《宋詩宋注管窺》考證宋人注宋詩凡 35 種（《古籍整理與研究》第 4 期，中華書局，1989 年版），後來姜慶姬輯補 8 種（《宋詩宋注研究》，南京大學 2006 年博士學位論文），但據李曉黎辯證，實只 6 種，李又增加 13 種（《宋詩宋注輯補》論文兩篇，《華中學術》2012 年 6 月、2013 年 6 月），故共 54 種。此數目還可能增加。
　　② 張三夕：《宋詩宋注管窺》，《古籍整理與研究》第 4 期，中華書局，1989 年版，第 67 頁。
　　③ （宋）胡仔撰，廖德明校點：《苕溪漁隱叢話·前集》卷十一，人民文學出版社，1962 年版，第 75 頁。
　　④ （宋）張邦基：《墨莊漫録》卷二，見孔凡禮點校：《墨莊漫録 過庭録 可書》，中華書局，2002 年版，第 69 頁。

（三）選題意義

今存三種宋代蘇詩注本體例，分別爲編年集注本、分類集注本、編年單注本，涉及的注家衆多，注釋內容豐富，各有特色。因此，本書選題的意義主要有四個方面：

第一，從注釋學的角度來看，通過分析蘇詩宋注這一典型的個案，可以以點帶面地了解宋人詩歌注釋整體上的觀念與方法，有助於把握宋代詩歌注釋在我國詩歌注釋發展史上的地位、作用及影響。

第二，對蘇詩研究來說，從以往不太爲人關注的注本注釋這一角度探討蘇詩的創作特點以及宋人的接受、闡釋情況比較新穎。宋代蘇詩注本注釋與其他詩人注本注釋相比有許多差異，這種差異根源於蘇軾詩歌創作上的個性，受宋人對蘇詩認知結果的影響。以往學界多關注宋人文集或詩話筆記中的蘇詩闡釋觀點，而較少系統地研究蘇詩注本中的內容。實際上，注家是非常特殊的讀者，既需要十分熟悉注釋對象，又肩負着理解之後把觀點、結論再闡釋、再表達給其他讀者的任務，因此注本注釋也是詩學闡釋的重要方式，對了解宋人的蘇詩闡釋觀念有不可替代的作用。

第三，在觀照宋代詩學理論與宋代社會文化方面，從注本注釋切入可以提供一個新的視角。注家生活在特定的歷史時空中，難免受到當時的社會文化與詩學風尚的制約與影響。注本更是如此，其產生與流傳深受時代、社會、經濟、文化等因素的影響。倒推之，通過分析詩歌注本注釋，能够窺見注家與編刊者的觀念與訴求，從而更加了解當時的社會背景。

第四，在文獻學方面，以整體的、聯繫的、動態的眼光看待不同的宋代蘇詩注本，把文學闡釋與文獻版本考證結合起來，以解決某些文獻考據的疑難問題。

二、研究成果述評

蘇學歷來是一門顯學，而注釋學是近年來新興的學科，亦爲當下研究的熱點。宋代蘇軾詩歌注本注釋這一論題處在二者交叉之處，局部的相關研究實際上學界已經碩果累累。

（一）三種宋代蘇詩注本的研究

作爲一切研究的基礎，蘇詩注本的版本問題始終受到關注。清代的蘇詩注家已經對宋代蘇詩注本的文獻存佚及一些問題提出自己的看法。在當代，劉尚榮先生的《蘇軾著作版本論叢》（巴蜀書社，1988 年版）與祝尚書先生的《宋人別集叙錄》（中華書局，1999 年版）卷九、卷十全面著錄了國内外現存的宋代蘇詩注本的版本藏弄源流，並簡略介紹了注家的情況以及注本的注釋特色，是爲目前研究最重要的文獻類參考著作。二書雖然正本清源，但於某些問題語焉不詳或者不太精確，其後相繼有學者進一步討論這些問題。從總體上進行研究的有王友勝先生的《蘇詩研究史稿》（岳麓書社，2000 年版），述評宋代部分的章節標題爲 "宋人對蘇詩文獻的整理與研究"，主要以注本爲綱分別討論各本的接受、傳播、影響以及版本等問題。姜慶姬女史的《宋詩宋注研究》（南京大學，2006 年博士學位論文）也主要梳理、討論宋詩宋注的作者、撰寫情況、版本源流等問題。

　　論文方面，關於編年集注本《集注東坡先生詩前集》，何澤棠先生撰寫《論〈集注東坡先生詩前集〉的文獻價值》（《圖書館論壇》2006 年第 3 期）、《宋刊〈集注東坡先生詩前集〉注家考》（《内江師範學院學報》2010 年第 3 期）、《蘇詩十注之傅、胡考》（《樂山師範學院學報》2010 年第 3 期），詳細考論《集注東坡先生詩前集》的注家及其具有的文獻價值。

　　目前唯一完整傳世的《王狀元集百家注分類東坡先生詩》（以下簡稱 "百家注"①）最爲學者關注的問題是：其是否托名王十朋，乃坊賈僞作？這一争議歷來聚訟不已。劉著對此公案作了簡要介紹，雖未下斷語，似仍主王十朋實作説。祝著明確表示 "仍難斷案" "不擬涉論"。然而，實際上越來越多的學者表示懷疑，因此，目前學界稱引此本時大多云 "（舊）題王十朋" 撰。儘管如此，仍有一些學者不斷發表論文支持王十朋實作論，如卿三祥先生《〈東坡詩集注〉著者爲王十朋考》（《宋代文化研究》2003 年第十二輯）、黄啓方先生《王十朋與〈百家注東坡詩〉》（《兩宋詩文論集》）、李貞慧女史《〈百家注分類東坡詩〉評價之再商榷——以王文誥注家分類説爲中心的討論》（《臺大文史哲學報》2005 年第 63 期）、李曉黎女史《因爲 "睫在眼前長不見"——王十朋爲〈百家注東坡詩〉編者之内

---

　　①　由於此種注本有多種版本，亦有增刊本、評點本，故一般簡稱 "百家注"，特指某一具體版本時才簡稱《百家注》。

證》（《中國韻文學刊》2012 年第 2 期）。這些考證論述從多個角度進行辯證，有助於推進此一論題的深入研究，然觀點未必全部正確。

關於施元之、顧禧、施宿合撰的《注東坡先生詩》（以下簡稱"施顧注"），此本自從清初重見天日以來便深受好評，頗爲學者關注。由於宋本殘缺不全，"施顧注"曾經存在諸多疑問，1963 年日本學者倉田淳之助發現一册施宿年譜舊鈔本及施宿的自序，收入《蘇詩佚注》（小川環樹、倉田淳之助編，京都壬生川通五條南人株式會社，1965 年版）中。1981 年復旦大學顧易生先生把這些資料的影印本帶回國內，國內學者隨即跟進研究，根據這些新資料重新探討"施顧注"的編撰者以及刻印時間等問題。王水照先生發表《評久佚重見的施宿〈東坡先生年譜〉》（《中華文史論叢》1983 年第 3 輯），認爲"施顧注"早於僞王注，而王友勝先生在《蘇詩研究史稿》（岳麓書社，2000 年版）第二章第二節"施宿等與《注東坡先生詩》"梳理了清代以來關於此本作者的諸多爭議，最終認爲"句中注爲施元之、顧禧所作，題下注爲施宿補作"。在此一問題上，鄭騫先生又區分"施顧注"題注爲題下注及題左注兩類，認爲題左注方爲施宿所作，而句注與題下注則無從查考。①

另外，趙超先生也比較關注蘇詩的注本研究，《兩大蘇詩注本系統與其中的幾個問題》（《圖書館理論與實踐》2014 年第 1 期）把由宋至清的蘇詩注本分爲分類注與編年注兩大類，討論各本的繼承與删削、注本優劣比較等問題。

近年來從闡釋的角度討論蘇詩注本也有不少成果。主要是何澤棠先生在其"宋人注宋詩"研究課題計劃下發表了《論趙次公的典故注釋》（《惠州學院學報》2009 年第 1 期）、《施宿〈注東坡詩〉題注的詮釋方法與歷史地位》（《中國韻文學刊》2010 年第 2 期）、《論蘇詩趙夔注》［《北京科技大學學報（社會科學版）》2011 年第 2 期］、《論〈分類集注東坡詩〉的歷史闡釋》［《北京化工大學學報（社會科學版）》2012 年第 1 期］、《論蘇詩林子仁注》［《電子科技大學學報（社科版）》2012 年第 5 期］等一系列

---

① 鄭騫云："題下注直接連在題目下邊，如一行不够而須再提一行，注文與題目平列，比正文低三字；題左注在題目左邊另起一行，比題目低兩字比正文低五字。"見（宋）施元之、顧景蕃合注，鄭騫、嚴一萍編校：《增補足本〈施顧注蘇詩〉》，藝文印書館，1980 年版，第 16 頁。

論文，討論了宋代蘇詩注本注釋與注家的一些突出現象、特點。

　　總之，版本是宋代蘇詩注本研究的重點，現有研究奠定了很好的基礎，但一些疑難點，比如"百家注"是否托名王十朋、"施顧注"的注者與注文的分合問題等，仍有進一步探討的空間。

　　（二）相關研究

　　除了宋代蘇詩注本，其他時代的蘇詩注本、宋代其他詩人的注本也受到不少學者關注，這些研究對認識蘇詩宋注也有幫助。如王友勝《王文誥〈蘇詩編注集成〉得失論》［《湘潭師範學院學報（社會科學版）》2002年第6期］、《論清人注釋、評點蘇詩的特徵與原因》（《樂山師範學院學報》2003年第3期）、《論〈王荆文公詩箋注〉的學術價值與局限》（《中國文學研究》2008年第2期）等。趙超先生側重研究清代的蘇詩注本，撰有《論王文誥蘇詩注的時代創新與歷史意義》（《文藝評論》2011年第12期）、《蘇詩〈編年總案〉的體例創新與學術價值》（《文藝評論》2014年第10期）等。關於黃庭堅、王安石等宋人注本的研究也有不少，鞏本棟、何澤棠、吳曉蔓、趙曉蘭、范金晶等多位學者都有專門論述。

　　還有一些從整體上討論宋代詩注特色的研究成果，如何澤棠先生《宋代詩歌注釋的"以史證詩"方法》（《中國典籍與文化》2011年第2期）、《宋人注宋詩與"以史證詩"》（《天津社會科學》2011年第4期）、《宋人注宋詩的詩學批評》［《大連理工大學學報（社會科學版）》2013年第1期］，徐立昕女史《論宋代"以才學爲注"的闡釋特色——以蘇詩百家注爲例》［《成都大學學報（社會科學版）》2015年第5期］。這些論文多從闡釋學的角度分析宋代詩歌注釋的時代特色，其方法與思路值得肯定。

　　另外，有一些論著雖不與本書論題直接相關，但很好地探討了本書關注的某些問題。其中比較重要的研究成果有：顏崑陽先生《李商隱詩箋釋方法論——中國古典詮釋學例說》（里仁書局，2005年版）、李紅霞女史《注釋學與詩文注釋研究》（中國大地出版社，2008年版）、周裕鍇先生《中國古代闡釋學研究》（上海人民出版社，2013年版）。顏著把全本詩文集的箋釋概括爲"情志批評"，與"文體批評"相對，以清代李商隱詩集注本爲考察中心，細緻分析了詩文集箋釋蘊含的批評方法論，諸如"知人論世"、"以意逆志"、詩與譜循環論證的邏輯困境等問題。李著比較全面地梳理、討論了我國詩文集注釋的發展歷程以及一些注釋學概念，把兩宋時期視作詩文注釋的第一次高潮，並以任淵《山谷內集詩注》爲範例介紹了宋代詩文注釋的概況。周著高屋建瓴地從闡釋學的角度審視我國古代學術傳統，又從文本出發揭示了宋人諸多深具個性的詩學闡釋觀念，尤其是辨析了禪宗思想對宋人詩學闡釋的具體影響，對宋人詩集注本具有"歷史主義""理性主義""知識主義"三大特點的概括比較精準。

至於蘇詩注本海外文獻的研究，比如對日本五山禪僧講稿《四河入海》以及《蘇詩佚注》的研究，國內外也有一些成果。日本方面，倉田淳之助先生根據《蘇詩佚注》中的趙次公注釋整理出《趙次公注について》（見《蘇詩佚注》附錄，1965 年版），西野貞治先生也比較關注蘇詩注釋，撰有《東坡詩王狀元集注本について》（《人文研究》，1964 年 7 月，15 卷 6 號，第 633~659 頁）以及《蘇詩の注と年譜について》《蘇東坡書簡の伝来と東坡集諸本の系譜について》等論文。國內如董舒心女史撰有《論日本蘇詩注本〈四河入海〉的學術價值》（《域外漢學與漢籍》2012 年第 3 期），何澤棠《論〈蘇詩佚注〉中的趙次公注》（《華北電力大學學報》2012 年第 1 期）。而近年來在韓國發現的蔡正孫《精刊補注東坡和陶詩話》也引起了學者的重視，從文獻價值、注釋觀念等角度進行了探討，重要的文章有金程宇《高麗大學所藏〈精刊補注東坡和陶詩話〉及其價值》（《文學遺產》2008 年第 5 期），楊焄《傅共〈東坡和陶詩解〉探微》[《中山大學學報（社會科學版）》2013 年第 6 期]、卞東波《〈精刊補注東坡和陶詩話〉與蘇軾和陶詩的宋代注本》[《復旦學報（社會科學版）》2015 年第 3 期]。不過，以上提到的海外文獻尚未得到充分利用，若把《四河入海》中的宋人注釋進行系統整理，或者比較《精刊補注東坡和陶詩話》中的傅共注與《集注東坡先生詩前集》存疑的"傅注"，相信會有比較創新的研究成果。

三、研究目的與方法

（一）研究目的

通過回顧、總結與本書論題相關的研究成果，可以發現目前缺少將宋代蘇軾詩歌注本注釋作爲一個整體的專門研究，而一些具體問題尚未得到充分解決，還可以從新的角度進一步探討。因此，本書主要以存世的三種宋代蘇軾詩歌注本爲基礎，在宋代詩學和注釋學的背景下，既考察其版本情況、注文來源、注家身份、編排體例等文獻學問題，同時分析其注釋特點、闡釋方法、與宋代詩學的關係等詩學闡釋問題，亦關注其在雕版印刷與商品經濟比較發達的南宋社會編刊傳播問題，最終揭示宋代蘇軾詩歌注本注釋的共性與個性，探索宋代詩歌注釋的時代特徵，提煉宋人注宋詩的一般規律。

本書兼顧"注本"與"注釋"兩大視角，比較系統地整合了宋代不同蘇詩注本在注釋與編刊方面的特點，揭示它們的共性與個性。

宋代蘇詩注釋作爲一個整體，與其前後時代的詩注在内容、方法及觀念上既有所區別，也有許多共同特徵。這些共同特徵還體現在同一時期蘇詩注本的共性上。一方面，宋人注釋蘇詩與注釋杜甫等唐代詩人詩歌不同，也與注釋黄庭堅、王安石等其他宋人之詩有所區別，在注釋重點的選擇、方法的運用上有共同的傾向；另一方面，宋代注本編刊受到社會環境的影響，注本編纂方式與内容皆有時代的烙印，體現了宋代社會經濟文化的時代特色。

至於宋代蘇詩注本的個性特色，簡單而言，《集注東坡先生詩前集》是編年集注本，《王狀元集百家注分類東坡先生詩》爲分類集注本，《注東坡先生詩》乃編年單注本。這些注本不僅在編纂體例方面各具特色，更重要的是，關於"注釋什麼"與"怎麼注釋"的問題，不同注家因學識、興趣、注釋目的的差異有不同的回答與表現。而在注本編輯方面，編者對注釋内容的利用增删、體例的具體安排實際也有深層觀念上的區別，富有特色。

也就是説，宋代蘇詩注本注釋實際上是一個有機整體，既有時代上的共同特徵，内在各部分彼此獨立又互相產生影響，形成共生的關係。本書也試圖以一種整體的、聯繫的、動態的眼光進行觀照，以期在當下的歷史進程中推進其研究。

（二）研究方法

本書的研究主要使用了文獻文學結合法與比較分析法。

文獻永遠是文學闡釋的基礎，討論蘇詩注本注釋必須以理清版本文獻情況爲前提。但是，宋代蘇詩注本的版本情況比較複雜，有些注本存在諸多疑問，僅僅依據一般的文獻考證方法很難有所突破，如若結合文學闡釋學的方法，則更容易撥雲見日。比如，關於"百家注"是否由王十朋編撰這一問題，歷來未有定論，只有結合此一注本的注家在注釋內容、方法及觀念上的風格特徵進行辨析，才能得出相對令人信服的結論。

比較分析法通過參照對象的異同點來認識事物的特性。在歷時層面，本書注重比較宋代詩注與漢、唐、明、清各代詩注的異同，比較宋代不同時期詩注觀念的發展嬗變。在共時層面，本書比較了文學注釋與經學注釋、蘇詩注釋與其他詩人的詩歌注釋以及宋代蘇詩不同注本之間的異同。在這些比較中，宋代蘇詩注本注釋的共性與個性得以凸顯。比如，比較《集注東坡先生詩前集》與"百家注"的注釋內容，在編者的增刪取捨中，可以看出注本的編刊訴求以及宋代詩學觀念的嬗變軌跡。又如，但只有詳細比較"施顧注"的題注與其他注本的題注，才能充分認識到其中蘊含的闡釋策略與注家觀念，也更容易發掘注家作注使用的材料，準確認識其得失。

（三）本書所用注本的版本

本書研究所據宋代蘇詩注本的版本情況簡介如下：

《集注東坡先生詩前集》：殘餘詩四卷，目錄一卷。卷一至卷三爲宋刻"十注"本，卷四爲宋刻"五注"本，現存於中國國家圖書館善本書室。

《王狀元集百家注分類東坡先生詩》：本書一般以《中華再造善本》叢書唐宋編所收錄《王狀元集百家注分類東坡先生詩》（北京圖書館出版社，2004 年版）爲底本，此本據南宋黃善夫家塾刊本影印。同時多參考校對《四部叢刊》初編本《王狀元集百家注分類東坡先生詩》（上海書店，1989年據商務印書館 1926 年版重印），此本乃宋刊元遞修建安虞平齋務本書堂本的影印本。《四部叢刊》本與黃善夫本的主要區別是有一些"增刊""補注"，實爲同源。二本全詩二十五卷，卷首附有《東坡紀年錄》一卷、兩篇序文，一題"西蜀趙公夔堯卿撰"，一題"狀元王公十朋龜齡撰"，並注家姓氏目錄。

此種注本宋刻本還有：泉州市舶司東吳阿老書籍鋪本，題爲《王狀元集諸家注分類東坡先生詩》二十五卷，《東坡紀年錄》一卷，現存卷一至十四。傅增湘曾用元劉辰翁評點本跟虞氏書堂增刊校正本配補拼合成二十五卷，藏於中國國家圖書館；建安萬卷堂家塾本，題爲《王狀元集諸家注分類東坡先生詩》二十五卷，《東坡紀年錄》一卷，清末爲陸心源收藏，後流入日本，今存於日本静嘉堂文庫；建安魏忠卿家塾本，存於日本宮内廳書陵部，傅增湘訪日時見過，稱其題爲《王狀元集百家注分類東坡先生詩》二十五卷。

《注東坡先生詩》：此種注本現存版本的情況稍微有點複雜，需要簡述其版本刊刻源流。此本由南宋施元之、顧禧、施宿三位學者合撰，施宿在寧宗嘉定六年（1213）刻成此書不久後即被彈劾抄籍，致使原本流傳不廣，僅鄭羽理宗景定三年（1262）有一次翻刻補刊，而元明兩朝此書湮没無聞，到清初只有錢謙益收藏過完帙，惜乎又毁於絳雲樓火厄。康熙時江蘇巡撫宋犖在江南偶然得殘本三十卷，極爲嘆賞珍惜，令門士邵長蘅等以《王狀元集百家注分類東坡先生詩》補綴，成《施注蘇詩》四十二卷、《東坡年譜》一卷、《王注正譌》一卷、《蘇詩續補遺》二卷，爲《四庫全書》著録。然而此次重編刊刻肆意改變原書體例並增删注釋內容，去宋本原貌過遠，深受訾議。

迄今爲止，爲學界所知的《注東坡先生詩》宋刻殘本有四種：一是宋犖所得本的殘餘十九卷半（卷三、四、七、十至十三、十五至二十、二十九、三十二、三十三、三十四、三十七、三十八及卷十四的三分之一）、目録下半卷，現藏臺灣地區；二是《和陶詩》二卷（即卷四十一、卷四十二），黄丕烈原藏，現藏中國國家圖書館；三是繆荃孫原藏四卷（卷十一、十二、二十五、二十六），現藏中國國家圖書館。以上皆是施宿嘉定原刊本。另有鄭羽景定補刊本三十二卷（缺卷一、二、五至十、十九、二十）、目録一卷，由翁同龢的玄孫翁萬戈收藏[1]。這些版本的內容拼合在一起仍然缺六卷左右。至於施宿所作年譜，清人以爲早已亡佚，日本學者倉田淳之助1963年偶然在京都發現一册舊鈔本及施宿所作序言，並影印附録在《蘇詩佚注》中[2]，1981年復旦大學顧易生去日本講學亦帶回施譜影印本[3]。

---

① 這些版本的藏弃源流可以參見祝尚書：《宋人別集叙録》，中華書局，1999年版，第456~461頁；鄭騫：《宋刊〈施顧注蘇東坡詩〉提要》，見（宋）施元之、顧景蕃合注，鄭騫、嚴一萍編校：《增補足本〈施顧注蘇詩〉》，藝文印書館，1980年版，第30~37頁。

② ［日］小川環樹、倉田淳之助編：《蘇詩佚注》，京都壬生川通五條南人株式會社，1965年。

③ 參見王水照：《評久佚重見的施宿〈東坡先生年譜〉》，見《中華文史論叢》1983年第3輯，上海古籍出版社，第97頁。

　　1980 年臺灣藝文印書館影印出版了一部《增補足本〈施顧注蘇詩〉》，以翁萬戈所贈鄭羽景定補刊本書影爲主，所缺卷七、十、十九、二十由嚴一萍利用臺灣地區所藏嘉定本校補，仍然缺失的六卷（卷一、二、五、六、八、九）依據《蘇詩佚注》與邵長蘅《施注蘇詩》輯補，終成宋本四十二卷完數，功莫大焉。但是，正如嚴一萍所感嘆的："補闕還原之工作，似易實難"①，臺灣地區所藏嘉定本在宋犖時已經 "蟲蠹、腐蝕、脱簡，又幾什二"②，圖書館藏之前再次殘損，乃 "從灰焰中掇拾殘餘，僅存斷爛小册"③，尤其是用以補景定本之闕的卷十九、二十，"斜角佚去一半以上"，嚴一萍 "往往據句注殘存二三字以推尋全注"④。而嘉定本、景定本皆無的六卷，補闕所據之《蘇詩佚注》乃從日本禪僧講學所編《四河入海》錄出，此書來源原有數種，《蘇詩佚注》所輯自不免竄入他家之注，而原爲施顧注却失收者亦多。⑤ 補闕所據之另一種書，邵長蘅等删補之《施注蘇詩》，删補舊注比較任性隨意，多處全删、部分删削原注，亦混入許多別處注文。⑥

　　因此，綜合來看，《增補足本〈施顧注蘇詩〉》是目前最全最精良的版本，本書即以此本爲研究底本。但此一版本非宋刻原卷的部分，即卷一、二、五、六、八、九以及卷十九、二十的內容，本書引用前都會先作考辨，審慎地加以利用。

　　另外，臺灣汎美圖書公司曾單獨影印翁同龢原藏本三十二卷《宋槧〈施顧注蘇詩〉》（1978 年版），而大陸近年來有兩種《注東坡先生詩》宋

---

　　① （宋）施元之、顧景蕃合注，鄭騫、嚴一萍編校：《增補足本〈施顧注蘇詩〉》，藝文印書館，第 1 頁。

　　② （清）邵長蘅：《注蘇例言》，見（清）馮應榴輯注，黃任軻、朱懷春校點：《蘇軾詩集合注》附錄，上海古籍出版社，2001 年版，第 2716 頁。

　　③ 傅增湘：《宋刊施顧注蘇詩跋》，見《藏園群書題記》初集卷十三，上海古籍出版社，1989 年版，第 690 頁。

　　④ 嚴一萍：《增補足本〈施顧注蘇詩〉序》，見《增補足本〈施顧注蘇詩〉》，第 1 頁。

　　⑤ 嚴一萍曾以卷七前十首詩爲例列舉《蘇詩佚注》與嘉定本《注東坡先生詩》的同异，稱："所缺施顧注十卷，共計詩五百五十六首，以此十首之竄入他家注文，及失收之情形而觀，可謂甚爲普遍，對於卷七卷十及卷十九卷二十之關係尚少，於其餘六卷之影響則甚大。"見《增補足本〈施顧注蘇詩〉》，第 7 頁。

　　⑥ 嚴一萍亦以卷七前十首詩爲例，對比《施注蘇詩》與嘉定本《注東坡先生詩》道："施顧原有注五十六條，邵本全删者二十六條，在一半以上。部分删削者，尚有多條，而以他家注補者又有多條。僅存之施顧注爲數極少，然可以補佚注之失收。"見《增補足本〈施顧注蘇詩〉》，第 16 頁。

刻殘本收入《中華再造善本》叢書（北京圖書館出版社，2004 年版）：一
種三十四册，注文三十二卷，目録一卷分裝兩册，記爲“據上海圖書館藏
宋嘉泰六年淮東倉司景定三年鄭羽補刻本影印”，實際與翁萬戈藏本完全
相同；另一種有卷十一、十二、二十五、二十六及和陶詩殘卷共六册，記
爲“據中國國家圖書館藏宋嘉泰淮東倉司刻本影印”。本書對《注東坡先
生詩》的探討，一般依據《增補足本〈施顧注蘇詩〉》，也會參考《中華再
造善本》收録的宋本以及《蘇詩佚注》的相關内容。

第一章　宋代蘇軾詩歌注本注釋的總體特點

　　"凡一代有一代之文學"①，一代亦有一代之注釋。文學及其闡釋的變化不完全以朝代更迭爲限，但朝代之間的區別最爲明確。不同朝代的政治體制、思想、軍事、經濟、科技等共同構成了滋養文學的外部世界，也促成了文學本身的發展。天水一朝國小積弱，在精神文化方面却獨樹一幟，在國祚綿延的三百餘年間，科舉取士人才輩出，儒學復興學術争鳴，文學也相當繁盛，富有特色。詩歌注釋作爲文學闡釋的内容之一，是文學的有機組成部分，文學深受時代環境的影響，詩歌注釋也不例外。宋代的詩歌注釋受到當時文學創作理論與闡釋風尚的熏染，也具有與其前後時代不同的特點。

　　比如，北宋中期儒學全面復興，北宋中後期的詩歌注釋便深受宋人經學注釋的影響，有以義理、政教注詩的傾向，當時流行的杜詩注釋以及多起詩案的發生説明了這一詩歌闡釋風尚。又如，宋人重拾"詩史"話語，有濃厚的以詩爲史的觀念，詩歌注本也往往附録詩人年譜，重視詩歌編年與詩作繫年。再如，蘇軾、黄庭堅的詩歌創作與詩學理論被公認爲宋代文學的典範，他們的重要詩學觀念"以故爲新""無一字無來處"也深刻影響了宋代詩歌注釋的興趣點，使"引詩注詩"、語典出處等成爲宋代詩注的重要内容與特色。在注家籍貫方面，宋代詩歌注家有多位來自西蜀，這與蜀地的地域文化傳統以及宋代詩學特徵密切相關，也是宋代詩歌注釋的時代特點之一。總之，宋代詩注處於我國源遠流長的注釋傳統之中，既繼

---

① 王國維：《宋元戲曲考序》，見《王國維文學論著三種》，商務印書館，2010 年版，第 46 頁。

承前代注傳統，亦有新變。

　　作爲宋代詩注的重要內容，蘇軾的詩歌注釋以蘇詩注本爲載體，體現出時代注釋的某些共同特徵，但又具有個性。比如，在北宋中後期整個詩壇闡釋以義理、政教化爲風尚時，"烏臺詩案"的發生及蘇軾的政治地位影響了注家對待蘇詩的態度，至少現存蘇詩注本中體現的注釋態度比較謹慎，與其他詩人的詩注不太一樣。另外，蘇軾學問淵博、才華橫溢、性情超放，也令其詩歌具有區別於其他詩人的藝術特色，蘇詩注家自然會採取相應的注釋策略，注釋時的興趣點與側重點也有區別。本章即從整體上介紹、討論宋代蘇詩注本注釋的諸多共同特點。

第一節　去義理化、去政教化

一、宋人經學注釋對"理義大本"的重視

　　從北宋中期的"經學變古"①開始，經注家們以理性、懷疑的精神批判漢唐的經學注疏，試圖恢復儒家經典的原義。正如朱熹所指出的：

　　　　理義大本復明於世，固自周、程，然先此諸儒亦多有助。舊來儒者不越注疏而已，至永叔、原父、孫明復諸公，始自出議論。如李泰伯，文字亦自好，此是運數將開，理義漸欲復明於世故也。②

在孫復、歐陽修、李覯、周敦頤、劉敞、程顥、程頤等不同學派儒者的共同推進下，北宋仁宗慶曆年間（1041—1048）拉開了經學注釋變革的序幕。在此一背景下，宋代經學家懷疑、批判舊有的權威，重新闡釋經學元典，力求恢復經典本身蘊含的儒學義理。

　　在這方面，歐陽修（1007—1072）是開風氣之先的人物，影響也非常深遠。他的《詩本義》體現了宋人注經重視"理義大本"的典型特點。歐陽修根據《詩經》層累式發展的歷史進程，把其意義區分爲"詩人之意"

---

　　① 參見（清）皮錫瑞撰，周予同注釋：《經學歷史》，中華書局，2008 年第 2 版，第 230～273 頁。

　　② （宋）黎靖德編，王星賢點校：《朱子語類》卷八十，中華書局，1986 年版，第 2089 頁。

"聖人之志""太師之職""講師之業"四個方面，前兩者爲"本義"，後兩者爲"末義"。歐陽修《本末論》稱：

> 今之學詩者不出於此四者，而罕有得焉者，何哉？勞其心而不知其要，逐其末而忘其本也。何謂本末？作此詩，述此事，善則美，惡則刺，所謂詩人之意者，本也；正其名，別其類，或繫於彼，或繫於此，所謂太師之職者，末也；察其美刺，知其善惡，以爲勸戒，所謂聖人之志者，本也；求詩人之意，達聖人之志者，經師之本也；講太師之職，因其失傳而妄自爲之説者，經師之末也。今夫學者得其本而通其末，斯盡善矣；得其本而不通其末，闕其所疑，可也。①

《本末論》相當於《詩本義》的闡釋綱領，歐陽修清晰地區分了詩人最初創作詩歌以言其喜樂的階段（詩人之意），太師採集、編修、配樂用於典禮的階段（太師之職），孔子整理、刪定"詩三百"以美刺教化的階段（聖人之志），漢唐諸儒各自義訓講説的階段"講師之業"。這四個階段中，唯有"詩人之意""聖人之志"爲本義，"太師之職""講師之業"不過末端而已，闕疑亦無甚妨礙，重要的是"得其本"。

那麼，如何才能"得其本"呢？以《静女》一詩的具體注釋爲例，歐陽修云：

> 《静女》之詩，所以爲刺也，毛鄭之説皆以爲美。既非陳古以刺今，又非思得賢女以配君子，直言衛國有正静之女，其德可以配人君。考序及詩皆無此義。然則既失其大旨，而一篇之内，隨事爲説，訓解不通者，不足怪也。

> 詩曰："静女其姝，俟我於城隅。愛而不見，搔首踟躕。"據文求義，是言静女有所待於城隅，不見而彷徨爾。其文顯而義明，灼然易見。而毛鄭乃謂正静之女，自防如城隅，則是舍其一章，但取"城隅"二字，以自申其臆説爾。

> "彤管"不知爲何物，如毛鄭之説，則是女史所執以書后妃群妾功過之筆之赤管也，以謂女史所書是婦人之典法，彤管是書典法之筆，故云："遺以古人之法。"何其迂也！據詩云："静女其孌，遺我

---

① （宋）歐陽修：《詩本義》卷十四，《四部叢刊》三編本，上海書店出版社，1985年版。

彤管。"所謂"我"者，意是静女以彤管所貽之人也。若彤管是王宫女史之筆，静女從何得以遺人？使静女家自有彤管，用以遺人，則因彤管自媒，何名静女？若謂詩人假設以爲言，是又不然。且詩人本以意有難明，故假物以見意，如彤管之説，左右不通如此，詩人假之何以明意？理必不然也。其下文云："彤管有煒，説懌女美。"鄭既不能爲説，遂改爲説，釋以曲就已義。改經就注，先儒固已非之矣。

……據序言："《静女》，刺時也。衛君無道，夫人無德。"謂宣公與二姜淫亂，國人化之，淫風大行，君臣上下，舉國之人，皆可刺而難於指名以遍舉，故曰。"刺時"者，謂時人皆可刺也。據此乃是述衛風俗男女淫奔之詩爾。以此求詩，則本義得矣。①

第一段，歐陽修認爲毛傳鄭箋錯誤地理解了《静女》的立旨，"既非陳古以刺今，又非思得賢女以配君子"，"考序及詩皆無此義"。歐陽修是如何得出此一判斷的呢？正是第二段落所言"據文求義"。如何進行推導呢？第三段爲"彤管"含義的解説提供了範例。歐陽修多次站在反方角度立論、推演，拈出詩文中的關鍵字詞，並根據常理，展示前代注釋不通事理之處，所謂"理必不然也"。最後，關於"聖人之志"的理解，歐陽修遵從小序"刺時"的説法，建立起"衛君、莊姜失德—國人仿效、男女淫奔—時人皆可刺"的事理邏輯。既是儒者又是文壇領袖的歐陽修在其經學注釋中尤其強調"據文求義"，比漢代經學家更重視文本的文學性，以發掘文本中符合儒家思想的"理義大本"。② 因此，對"理義大本"的重視以及不遺餘力地進行闡發，是宋代經學注釋與漢代經學注釋的一大區別。

自漢武帝"罷黜百家，獨尊儒術"以來，儒學思想成爲統治者在政治、文化、經濟等各領域決策的依據。儒學思想究竟有哪些内容？依據是什麼？答案就在對儒家經典的注釋當中。對當時的注家來説，首要的困難在於語言文字。從《詩經》中的詩歌本爲押韻以及漢代今文經學與古文派經學分歧來看，隸古定之後，西漢語言體係與先秦語言體係的差異遠大於其跟漢以後時代的區別。先秦典籍中的語音、字形、字義因時代演變發生

---

① 歐陽修：《詩本義》卷三，《四部叢刊》三編本，上海書店出版社，1985 年版。

② 參見秦蓁：《經學爲"體"，文學爲"用"——歐陽修〈詩經〉闡釋的二元維度》，《孔子研究》2016 年第 5 期，第 90~96 頁；胡曉軍：《宋代〈詩經〉文學闡釋研究》，貴州大學出版社，2013 年版，第 104~140 頁。

很大變化，戰亂與秦火又令儒學經典損失嚴重，加之漢初傳經多依靠口授，容易產生地域方言之間的謬誤，而當時書籍又以簡策爲主，一旦散亂脫漏，重新恢復原貌十分不易。因此，漢代學者的當務之急便是整理、釐定、注釋先秦典籍的形、音、義，此即小學訓詁的内容。

漢代有專以訓詁爲體式的注釋，更常見的則是兼採直接解釋字詞音義與其他解釋方法的注釋，比如章句與傳。經典原文没有句讀，注釋者爲其離章辨句，並逐句逐章串講分析大意，此爲章句。如王逸《楚辭章句》注《離騷》"朕皇考曰伯庸"句云："朕，我也。皇，美也。父死稱考。《詩》曰：'既右烈考。'伯庸，字也。屈原言我父伯庸，體有美德，以忠輔楚，世有令名，以及於己。"① 釋"朕""皇""考""伯庸"即訓詁，"屈原言"以下爲章句發明句意之處。又如清馬瑞辰《毛詩詁訓傳名義考》所言："詁訓第就經文所言者而詮釋之，傳則並經文所未言者而引申之，此詁訓與傳之別也。……嘗即《關雎》一詩言之：如'窈窕，幽閒也'，'淑，善也；逑，匹也'之類，詁之體也。'關關，和聲也'之類，訓之體也。若'夫婦有別則父子親，父子親則君臣敬，君臣敬則朝廷正，朝廷正則王化成'，則傳之體也。"②

漢代今文經學派與古文經學派的矛盾與政治因素有關，注家可以通過章句講解發揮經義以表述自己的政治觀點。因此，章句注釋在漢代盛行一時。這種從局部出發、注重細節的學問，便被概括爲漢代的章句之學。③

而宋代經學多被概括爲"義理之學"。所謂"義理"，是指符合儒家思想的經義道理，"義理之學"講求觀其大略，領會經籍的要旨，即"理義大本"。兩者的主要區別在於："漢儒治經，從章句訓詁方面入手，亦即從細微處入手，達到通經的目的；而宋儒則擺脱了漢儒章句之學的束縛，從經的要旨、大義、義理之所在，亦即宏觀方面着眼，來理解經典的涵義，達到通經的目的。"④ 即是説，宋代的經學家普遍重視挖掘文本具有的符合儒家思想的"理義大本"。實際上，宋代經學注釋與文學注釋多有融匯貫通之處，這一經學注釋的傾向也影響到當時的文學注釋。

---

① 黃靈庚：《楚辭章句疏證》，中華書局，2007 年版，第 23 頁。
② （清）馬瑞辰撰，陳金生點校：《毛詩傳箋通釋》，中華書局，1989 年版，第 5 頁。
③ 漆俠：《宋學的發展和演變》，河北人民出版社，2002 年版，第 3～50 頁。
④ 漆俠：《宋學的發展和演變》，河北人民出版社，2002 年版，第 5 頁。

二、北宋中後期義理化、政教化注詩的風尚

我國詩人別集的注釋始於北宋中期，以杜甫詩集的編校箋注爲開端。這一現象與此一時期的經學注釋傾向相關。杜詩之所以得到宋人的青睞，就在於宋人從杜甫詩歌中讀出其人之情性忠孝、憂國愛民，認爲杜甫以詩爲史、褒貶是非，具有經史微言大義的功能。這種把詩歌置於儒家思想價值體係之中給予評判的闡釋傾向與北宋中期如火如荼的儒學復興運動呼應，是當時學術風尚的體現，也是經學注釋的題中應有之義。

杜詩的注釋受到同時期經學注釋的影響，表現出義理化、政教化的闡釋傾向。從歷時來看，我國的詩歌注釋自漢代以後，本來沿着去政教化的方向多元發展。最早的詩歌注釋可以追溯到《國語·周語下》所載春秋時晉大夫叔向對《詩·頌·昊天有成命》的解釋：

> 其詩曰："昊天有成命，二后受之。成王不敢康。夙夜基命宥密。於緝熙！亶厥心，肆其靖之。"是道成王之德也。成王能明文昭，能定武烈者也。夫道成命者而稱昊天，翼其上也。二后受之，讓於德也。成王不敢康，敬百姓也。夙夜，恭也；基，始也。命，信也。宥，寬也。密，寧也。緝，明也。熙，廣也。亶，厚也。肆，固也。靖，龢也。其始也，翼上德讓，而敬百姓。其中也，恭儉信寬，帥歸於寧。其終也，廣厚其心，以固和之。始於德讓，中於信寬，終於固和，故曰成。①

這一段解釋的内容、體式、方法已與後世專門的注釋較爲一致，只是未成體係。成規模、有體係的注釋活動開始並興盛於漢代，由經書注釋發軔。漢人把"詩三百"、《楚辭》等今人認爲的文學作品稱爲《詩經》《離騷經》，賦予其微言大義、關乎政教人倫的地位②，王逸《楚辭章句》稱屈原"依《詩》取興，引類譬喻""虬龍鸞鳳以托君子，飄風雲霓以爲小人""以風諫君也"③，帶有强烈的比附儒家思想的注釋傾向。

這種文學注釋政教化的局面在魏晉南北朝有了變化，逐漸向去政教化

---

① （戰國）左丘明撰，（三國）韋昭注，胡文波校點：《國語》卷三，上海古籍出版社，2015年版，第76頁。

② 王逸叙云："至於孝武帝，恢廓道訓，使淮南王安作《離騷經章句》，則大義粲然。"見黃靈庚：《楚辭章句疏證》，中華書局，2007年版，第556頁。

③ 黃靈庚：《楚辭章句疏證》，中華書局，2007年版，第6～11頁。

的方向發展。《文選》阮籍《咏懷詩》的一段著名注文很好地揭示了從魏晋開始的這種變化。《咏懷詩》其一"徘徊將何見，憂思獨傷心"句，顔延年、沈約等注云："嗣宗身仕亂朝，常恐罹謗遇禍，因兹發咏，故每有憂生之嗟。雖志在刺譏，而文多隱避。百代之下，難以情測，故粗明大意，略其幽旨也。"① 注釋者雖然感覺到這些詩"志在刺譏"，但更承認其"文多隱避"，重視文本的語言叙述本身。這種注釋態度與漢儒明顯不同。

去政教化的詩歌注釋並非意味着注釋中没有政治倫理方面的内容，只是不再以儒家思想爲標準，漢代《詩經》注釋不論詩歌文本表層含義如何，最終都要引申到既定的一套政教倫理，再通過闡釋來進一步佐證這套倫理思想。所以，去政教化注釋如能擺脱絕對權威的框架限定，具有更自由、開放的闡釋方向，無疑會令詩歌意義更豐富、精彩。

事實上，隨着文學創作的發展積累，漢代以後詩歌類型更加多元化，人們對詩歌的理解也相應豐富起來。文學除了符合儒家政教觀念，還具有其他維度的意義與價值，文學注釋也沿着去政教化的大趨勢多元發展。以《文選》注釋爲例，在相當於《詩經》小序的詩歌題注中，《文選》題注大部分比較平實，只是提及詩歌的創作背景，言之有據。比如獻詩類《上責躬應詔詩表》題注，李善曰："《魏志》曰：'黄初四年，植朝京都，上疏，並獻詩二首。'"詩人名"曹子建"下五臣李周翰注曰："植嘗與楊修、應瑒等飲酒，醉，走馬於司禁門。文帝即位，念其舊事，徙封鄄城。俟後求見帝，帝責之，置西館，未許朝，故子建獻此詩也。"② 李善注與五臣注提供的是詩歌創作的歷史背景，並未進一步引申到美刺教化等儒家倫理内容。

《文選》注釋方法的多樣化也是魏晋以後文學注釋去政教化的表現。比如束皙依據有序無辭的《詩》題，模仿《詩經》比興手法作《補亡詩》，李善與五臣皆依循漢代毛、鄭注釋《詩經》的模式，如"循彼南陔，言採其蘭"句，李善注："言蘭芬芳，以之故，已循陔以采之，喻己當自身盡

---

① （梁）蕭統編，（唐）李善、吕延濟等注：《六臣注文選》卷二十三，中華書局，2013年版，第419頁。關於此詩注釋的意義及注者爭議問題，參見錢志熙：《論〈文選〉〈咏懷〉十七首注與阮詩解釋的歷史演變》，《文學遺産》2009年第1期，第14～20頁；范志新：《〈文選·咏懷詩〉未標明姓氏注文的歸屬問題》，《文學遺産》2011年第6期，第139～143頁。

② （梁）蕭統編，（唐）李善、吕延濟等注：《六臣注文選》卷二十，中華書局，2013年版，第363頁。

心以養也。"五臣張銑注："循，順也。蘭以香，孝子採之以養父母。"①
但這種倫理引申並没有出現在其他關於"蘭"的詩句注釋中，如左思《招
隱》其一"幽蘭間重襟"句，李善注曰："《楚辭》曰：'紉秋蘭以爲佩。'
然蘭可以爲佩，故以間襟也。"劉良注曰："蘭可以佩，故云間重襟也。"②
這説明《文選》注家會根據詩歌内容題材的類型採取相應的注釋策略。

　　儘管《文選》注釋尤其是李善的注釋表現出去政教化的闡釋傾向，
"怨刺"的話語模式以及把"美惡勸戒"作爲作者爲文的志意，仍然存在
於注釋中。比如曹植《贈徐幹》題下劉良注曰："子建與徐幹俱不見用，
有怨刺之意，故爲此詩。"③《贈丁儀》吕向注："《魏志》云：'儀有文
才。'子建贈以此詩，有怨刺之意也。"④ 陸厥《中山王孺子妾歌》李周翰
注："《漢書》云：'詔賜中山靖王噲及孺子妾並未央才人歌四篇。'厥作是
歌，以刺人情變移也。"⑤ 又如《西征賦》題注"潘安仁"名下吕向曰：
"岳述所歷古迹美惡勸戒焉。"⑥ 這顯然繼承自《詩經》小序。

　　由此可知，在以儒家文化爲意識形態的社會中，以《詩經》注釋爲代
表的經學政教化注詩傾向在漢代以後並未消失，只是在不同時代的地位有
升降，程度和方式時有變化。而總體來看，文學注釋的發展趨勢仍然是由
政教化向去政教化逐步推進的。正因如此，至唐代中後期，詩壇面貌如白
居易在《與元九書》中所概括的：

　　　　洎周衰秦興，採詩官廢，上不以詩補察時政，下不以歌洩導人
　　情，乃至於謅成之風動，救失之道缺。於時六義始刓矣。……唐興二
　　百年，其間詩人不可勝數。所可舉者，陳子昂有《感遇詩》二十首，

　　① （梁）蕭統編，（唐）李善、吕延濟等注：《六臣注文選》卷十九，中華書局，2013年版，
第356頁。
　　② （梁）蕭統編，（唐）李善、吕延濟等注：《六臣注文選》卷二十二，中華書局，2013年
版，第403頁。
　　③ （梁）蕭統編，（唐）李善、吕延濟等注：《六臣注文選》卷二十四，中華書局，2013年
版，第442頁。
　　④ （梁）蕭統編，（唐）李善、吕延濟等注：《六臣注文選》卷二十四，中華書局，2013年
版，第442頁。
　　⑤ （梁）蕭統編，（唐）李善、吕延濟等注：《六臣注文選》卷二十八，中華書局，2013年
版，第537頁。
　　⑥ （梁）蕭統編，（唐）李善、吕延濟等注：《六臣注文選》卷十，中華書局，2013年版，
第187頁。

鮑魴有《感興詩》十五首。又詩之豪者，世稱李、杜。李之作，才
矣！奇矣！人不逮矣！索其風雅比興，十無一焉。杜詩最多，可傳者
千餘篇。至於貫穿今古，覶縷格律，盡工盡善，又過於李焉。然撮其
《新安吏》、《石濠吏》、《潼關吏》、《塞蘆子》、《留花門》之章，"朱門
酒肉臭，路有凍死骨"之句，亦不過三四十首。杜尚如此，況不逮杜
者乎？①

白居易痛惜他的時代詩歌不復《詩經》美刺比興之義理，詩人流連花草風
月，緣此他呼喊"文章合爲時而著，歌詩合爲事而作"②（《與元九書》），
創作"新樂府"，希望士大夫都能"惟歌生民病，願得天子知"③（《寄唐
生》），從而"歌咏之聲，諷刺之興，日採於下，歲獻於上者也"④（《採
詩》）。然而，正如其好友元稹在《白氏長慶集序》中所言："樂天《秦中
吟》、《賀雨》諷諭等篇，時人罕能知者。"⑤ 白居易爲政教目的而作的諷
喻詩影響並不廣泛，且這一類型的詩實際並非白氏創作的主流，其創作的
閑適詩、感傷詩、雜律詩數量更多。也就是說，白居易之所以強調詩應該
爲政治教化服務，是因爲當時詩壇主體已不再作諷喻詩。正如他接二連三
遭遇貶謫所預示的，以《與元九書》爲綱領的"新樂府運動"以失敗告
終，甚至是否存在一個"新樂府運動"也值得討論⑥。

以上論述說明，爲政教目的作詩以及政教化解詩，在唐代中後期已非
詩壇主流，與時代詩學闡釋風尚不合。而在漢代以後去政教化注詩的趨勢
下，北宋的杜詩注釋一出現便表現出濃厚的義理化、政教化傾向，顯然跟
當時的經學注釋相關。畢竟，以詩爲政治教化的工具是儒家的詩教觀念。

蘇軾明確指出："古今詩人衆矣，而杜子美爲首。豈非以其流落饑寒，

---

① （唐）白居易撰，謝思煒校注：《白居易文集校注》，中華書局，2011 年版，第 322～323
頁。
② （唐）白居易撰，見謝思煒校注：《白居易文集校注》，中華書局，2011 年版，第 324 頁。
③ （唐）白居易撰，見謝思煒校注：《白居易詩集校注》，中華書局，2006 年版，第 78 頁。
④ （唐）白居易撰，見謝思煒校注：《白居易詩集校注》，中華書局，2006 年版，第 1599
頁。
⑤ （唐）元稹撰，周相録校注：《元稹集校注》，上海古籍出版社，2011 年版，第 1281 頁。
⑥ 參見羅宗強：《"新樂府運動"種種》，收入《因緣集：羅宗強自選集》，南開大學出版
社，2004 年版，第 186～191 頁；周明：《論唐代無新樂府運動》，《唐代文學研究》1990 年第 1
期，第 35～40 頁。

終身不用，而一飯未嘗忘君也？"① 杜甫忠君、守窮、堅貞，被蘇軾視作古今詩人之首。在北宋儒學復興的社會背景中，許多闡釋者發掘杜詩中符合儒家倫理道德之處。如杜詩《三絕》之二："門外鸕鷀久不來，沙頭忽見眼相猜。自今已後知人意，一日須來一百回。"惠洪《天廚禁臠》對此的解釋見於南宋注家的注釋中，《九家集注杜詩》趙次公注云："洪覺範云：'上兩句言貪利小人畏君子之譏其短也；後兩句言君子以蒙養正，瑜瑾匿瑕，山藪藏疾，不發其惡，而小人來革，面諛諛不能愧恥也。'余謂此篇正有狎鷗之意，彼以鸕鷀爲小人，亦何所取義乎？一日來一百回，亦豈有諛諛之意乎！"② 惠洪以鸕鷀比附小人，立足於儒家思想中的君子小人之辨、善惡是非之別，是一種以義理注詩的思路，類似毛傳、鄭箋對《詩經》的解讀。而趙次公"據文求義"式的批駁也與歐陽修《詩本義》常見的對漢唐諸儒的批判相似，只不過歐陽修局限於經學注釋的立場，最終沒有脫離注釋"聖人之志"這一政教目的。

又如杜詩《白鳧行》"君不見黃鵠高於五尺童，化爲白鳧似老翁"句，趙次公批駁高登《釋杜工部詩》的注釋云："世有《東溪先生（詩）集》者，其中有《釋杜詩》十六篇，先擬《毛詩》之序，撮其大要而注之，以爲少啟杜詩之關鑰。以此《白鳧行》爲第五篇，云：'白鳧，閔賢者降於黎庶，無禄食也。'又兩句注云：'言賢者之不苟禄，而時亂不安其居也。'下兩句注云：'鷤鴂，大鳥。魯人以其大而享之，不賢者之冒名器也。以不賢而冒名器，蹭蹬宜矣。'次公竊謂其以黃鵠爲君子，白鳧爲黎庶，此何所據？於義何取乎？鱗介腥膻亦可謂之苟禄乎？鷤鴂，大鳥；亦安可謂之不賢乎？魯人自享之，豈之冒名器乎？是不知所謂亦蹭蹬，義在亦字之憫同類也。"③ 高登仿效《詩經》小序解釋杜詩，以爲《白鳧行》的題旨爲"閔賢者降於黎庶，無禄食也"，並以白鳧比附儒家思想塑造的賢者形象，故趙次公批駁之。

---

① （宋）蘇軾：《王定國詩集叙》，見張志烈、馬德富、周裕鍇主編：《蘇軾全集校注》，河北人民出版社，2010年版，第988頁。

② （唐）杜甫撰，（宋）郭知達編注：《九家集注杜詩》卷二十一，《景印文淵閣四庫全書》第1068冊，臺灣商務印書館，1986年版，第400頁。

③ 見（唐）杜甫撰，（宋）趙次公注，林繼中輯校：《杜詩趙次公先後解輯校》，上海古籍出版社，2012年版，第1508頁。此詩亦收入《景印文淵閣四庫全書》第1068冊《九家集注杜詩》，臺灣商務印書館，1986年版，第255～256頁，但無此段注釋。

流傳至今的杜詩注本皆爲南宋刊刻，難以確定哪些注釋出自北宋人之手，但僞王洙注的産生時間應該是比較早的①，而僞洙注充斥着這種義理化注釋，如《黃氏補千家注紀年杜工部詩史》卷十五《北風》"北風破南極"句，僞王洙注曰："北，陰也；南，陽也。'北風破南極'，喻小人道長，而見君子道消也。"卷三十一《別崔潗因寄薛據孟雲卿》"如何久磨礪，但取不磷緇"句，僞洙注云："《語》：'不曰堅乎？磨而不磷。不曰白乎？涅而不緇。'喻君子雖在濁亂，不能污也。"②

根據黃庭堅所作《大雅堂記》可知，北宋中後期這種義理注杜的闡釋風氣盛行一時：

> 由杜子美以來四百餘年，斯文委地，文章之士隨世所能，杰出時輩，未有升子美之堂者，況室家之好耶！余嘗欲隨欣然會意處，箋以數語，終以汩没世俗，初不暇給。雖然，子美詩妙處，乃在無意於文。夫無意而意已至，非廣之以《國風》《雅》《頌》，深之以《離騷》《九歌》，安能咀嚼其意味、闖然入其門邪！故使後生輩自求之，則得之深矣。使後之登大雅堂者，能以余説而求之，則思過半矣。彼喜穿鑿者，弃其大旨，取其發興，於所遇林泉人物、草木魚蟲，以爲物物皆有所托，如世間商度隱語者，則子美之詩委地矣。③

黃庭堅並不反對杜詩蘊含道德價值，仍然提倡以解讀《詩經》《楚辭》的方式品味杜詩，他批判的是那些過於穿鑿附會、認爲杜詩中"物物皆有所托"的箋注者。但是，在把杜詩置於儒家思想體系考察的前提下，黃庭堅批判的這種過度闡釋很難避免。因爲闡釋總是循環的④，局部的含義往往由整體的表意決定。雖然從結果來看，杜詩注釋的義理化與經學注釋政教

---

① 主要生活於北宋末的洪芻已稱："世所行注老杜詩，云是王原叔，或云鄧慎思所注，甚多疏略，非王、鄧書也。"參見梅新林：《杜詩僞王注新考》，《杜甫研究學刊》1995年第2期，第39~42頁；郝潤華等：《杜詩學與杜詩文獻》第二章第一節"杜詩僞王注誤注析類"，巴蜀書社，2010年版，第60~75頁。

② （宋）黃希、黃鶴：《黃氏補千家注紀年杜工部詩史》，《中華再造善本》金元編，北京圖書館出版社，2006年版。

③ （宋）黃庭堅撰，劉琳、李勇先、王蓉貴校點：《黃庭堅全集》，四川大學出版社，2001年版，第437~438頁。

④ 參見錢鍾書關於"闡釋之循環"的論述，見錢鍾書：《管錐編》，生活·讀書·新知三聯書店，2001年版，第327~328頁。

化不同，但這只是由於讀者的閱讀期待有差別，二者預設的注釋意義目標相同，反推闡釋的思路也相同，總是自成邏輯、有一定理性的。

事實上，北宋中後期的詩歌注釋義理化、政教化的傾向不止表現在杜詩闡釋上，其他詩歌闡釋亦是如此。蘇軾"烏臺詩案"、蔡確"車蓋亭"詩案只是最著名的兩個案例，當時應該有不少士大夫文人的詩作被有心人利用而遭到檢舉，如"施顧注"卷三十九《夢中作寄朱行中》題注云："朱行中名服，烏稱人。……哲宗既祥，行中賦詩有'孤臣正泣龍鬚草'之語，爲部使者所上，黜知袁州。……"① 由此看來，黃庭堅《大雅堂記》作於哲宗在位最後一年（元符三年，1100 年），應當不僅僅就杜詩箋注而言，而是有感而發，有意針砭當時流行的這種詩歌闡釋風氣。

三、蘇詩注本注釋的特殊情況

從現存宋代蘇詩注本來看，蘇詩注釋與杜詩注釋最大的不同便是去義理化、去政教化。蘇詩的注家們大多不闡發蘇詩涉及儒家倫理道德的大旨義理，不去比附蘇詩隱喻牽涉的政治人物。稍微不同的是南宋中期的施宿，但他的時代已脫離義理注詩的整體氛圍，其注釋也更側重"詩史"觀念，可以説是個例。即使跟其他宋人注宋詩相比，蘇詩注釋的去義理化、去政教化也是非常突出的，如任淵注黃庭堅詩、李壁注王安石詩等，都有不少筆墨揭示詩人在歷史政事中的政治立場與隱微深意。宋代蘇詩注釋的這一特殊表現，跟蘇軾特殊的政治經歷及其在宋人心目中的形象有關。

本來在北宋中後期，社會上瀰漫着一股義理化、政教化闡釋詩歌的風氣。箋注闡釋者通過分析詩歌的比興寄托，以儒家道德倫理爲準繩評判詩歌，通過詩歌箋注闡發詩人之"本意"，以進行黨派鬥爭或私人攻訐，"烏臺詩案"便是此種詩歌闡釋風氣的產物。

北宋元豐二年（1079）知湖州任上的蘇軾因臺諫官員彈劾其詩文譏諷朝政被逮捕下獄，經過一百三十天的審查，蘇軾被貶黃州，並牽連一批官員被貶或罰銅，此即"烏臺詩案"。在這一文字獄發生的過程中，多方對蘇軾詩歌的闡釋思路與當時流行的杜詩注釋如出一轍。

---

① 若無另外説明，本書所引"施顧注"文字均出自（宋）施元之、顧景蕃合注，鄭騫、嚴一萍編校：《增補足本〈施顧注蘇詩〉》，藝文印書館，1980 年版。

案發前，舒亶狀告蘇軾稱："蓋陛下發錢以本業貧民，則曰'贏得兒童語音好，一年强半在城中'；陛下明法以課試群吏，則曰'讀書萬卷不讀律，致君堯舜知無術'；陛下興水利，則曰'東海若知明主意，應教斥鹵變桑田'；陛下謹鹽禁，則曰'豈是聞韶解忘味，邇來三月食無鹽'。其他觸物即事，應口所言，無一不以訕謗爲主。小則鏤板，大則刻石，傳播中外，自以爲能。其尤甚者，至遠引襄漢梁竇專朝之士，雜取小說燕蝠爭晨昏之語，旁屬大臣，而緣以指斥乘輿，蓋可謂大不恭矣。"① 舒亶指出，蘇詩譏諷新法頒布的政令，批評臣僚君上。

《詩經》注釋開創的"美刺"傳統與《詩經》的比興創作手法有密切的聯繫，義理化、政教化注詩時常通過分析詩歌的"比"與"興"來達到闡發意旨的目的，前文所舉北宋杜詩闡釋的諸多注例便是如此。蘇軾也用此法陳述自己的比附寄托之意。如在《戲子由》詩中，蘇軾自稱："此詩云：'任從飽死笑方朔，肯爲雨立求秦優。'意取《東方朔傳》：'侏儒飽欲死，臣朔餓欲死。'及《滑稽傳》：'優旃謂陛楯郎：汝雖長何益？乃雨立；我雖短，幸休居。'言弟轍居貧官卑而身材長大，故以比東方朔、陛楯郎，而以當今進用之人比侏儒、優旃也。"② 用"東方朔、陛楯郎"與"侏儒、優旃"的高下、美醜對比來比喻弟蘇轍與朝廷新進用官員的關係，蘇軾的"美刺"褒貶態度十分明顯。此詩被收入"烏臺詩案"的審案記錄《烏臺詩案》，說明當局判定此詩"有罪"。何罪之有？顯然是認爲蘇軾不當譏諷同僚，以及此一行爲透露出的對新政人才的不滿。譏諷同僚、對時政不滿爲何有罪？自然是違背了儒家"君君、臣臣"的倫理綱常。也就是說，把蘇詩置於儒家倫理道德體系之中，依從儒家義理、政教的詩教觀念去闡發、推導其詩意，是一種義理化、政教化的闡釋方式。

又如《送錢藻出守婺州得英字》詩中，蘇軾招供云："此詩除無譏諷外，言朝廷方急賢才，多士並進，子獨遠出爲郡，不少自强勉求進，但守道義，意譏當時之人急進也。又言青苗助役既行，百姓輸納不前，爲郡者不免用鞭笞催督，醉中道此語，醒後還驚，恐得罪朝廷，以譏諷新法不便

① （宋）朋九萬：《監察御史裏行舒亶劄子》，見《東坡烏臺詩案》，《叢書集成初編》本，商務印書館，1939年版，第2頁。
② （宋）朋九萬：《東坡烏臺詩案》，《叢書集成初編》本，商務印書館，1939年版，第6~7頁。

之故也。"① 蘇軾先言"此詩除無譏諷",具體的詩句解釋又稱"意譏當時之人急進也""以譏諷新法不便之故也"。這類貌似自相矛盾的表述在《烏臺詩案》中屢次出現,蘇軾經常使用"除無譏諷外……意以譏諷……""除無譏諷外……不合引……""除別無譏諷外……意以譏諷……",蘇軾在努力攀附《詩經》大小序的"美刺"話語模式以及"詩言志"傳統,一開始否定自己有譏諷之意,相當於在《詩經》小序的位置表明自己"志無譏諷",然而無可回避的是,他在行文過程中必須承認某些詩句確實有"譏諷"的意思。

不僅蘇軾,"烏臺詩案"發生後其營救者也在攀附《詩經》闡釋傳統,以《詩經》類比蘇詩。張方平上奏云:"自夫子刪詩,取諸諷刺,以爲言之者無罪,聞之者足以戒。故詩人之作,其甚者以至指斥當世之事,語涉謗讟不恭,亦未聞見收而下獄也。"(《樂全集》卷二六)張方平援引《詩大序》申說,借《詩經》"美刺"傳統替蘇軾開脫。實際上,"烏臺詩案"十年之後的元祐三年(1088),已被朝廷重用的蘇軾在《乞郡劄子》中仍然以《詩經》"美刺"傳統總結自己的作詩之意:"昔先帝召臣上殿,訪問古今,敕臣今後遇事即言。其後臣屢論事,未蒙施行,乃復作爲詩文,寓物托諷,庶幾流傳上達,感悟聖意。而李定、舒亶、何正臣三人因此言臣誹謗,遂得罪,然猶有近似者以諷諫爲誹謗也。今臣草麻詞有云'民亦勞止',而趙挺之以爲誹謗先帝,則是以白爲黑,以西爲東,殊無近似者。"②

所謂"詩無達詁",不少詩歌可以有多層面的闡釋,這正是詩歌的一大魅力。本來,義理化、政教化的闡釋策略容易被有心人利用以進行政治構陷。從蘇軾這封不堪臺諫攻擊自請外放的奏折中,可以看出哲宗元祐時期言官仍然熱衷於利用詩歌闡釋打擊政敵。在這方面,蔡確的"車蓋亭詩案"也是典型的例子。元祐四年(1089)知漢陽軍吳處厚箋注蔡確遊歷車蓋亭時所作《夏日登車蓋亭十絕》,上報朝廷,認爲蔡詩皆涉譏訕,尤其是第八首:"矯矯名臣郝甑山,忠言直節上元間。釣臺蕪沒知何處,嘆息

---

① (宋)朋九萬:《東坡烏臺詩案》,《叢書集成初編》本,商務印書館,1939年版,第18~19頁。

② (宋)蘇軾:《乞郡劄子》,見張志烈、馬德富、周裕鍇主編:《蘇軾全集校注》,河北人民出版社,2010年版,第3216頁。

思公俯碧灣。"吳處厚注釋稱："按唐郝處俊封甑山公,上元初曾仕高宗……臣竊以太皇太后垂簾聽政,盡用仁宗朝章獻明肅皇后故事,而主上奉事太母,莫非盡極孝道。太母保聖躬,莫非盡極慈愛。不似前朝荒亂之政,而蔡確謫守安州,便懷怨恨,公肆譏謗,形於篇什。處今之世,思古之人,不思於它而思處。確此其意何也!"① 吳處厚並非言官,而是蔡確的同鄉,只因與蔡確有私怨便箋注其詩並告發,蔡確最終由宰相貶知安州(今湖北安陸),死於途中。如果不那麼偏重挖掘詩人心志,從詩作細節來看,這不過是一首普通的登覽懷古之作。

與北宋中後期詩歌注釋義理化、政教化風尚不一致的是,現在蘇軾詩歌注本中並沒有此類闡釋。北宋注家的單注本早已失傳,南宋刊刻的集注本中亦無這類注釋,可見,宋代的蘇詩注釋都與杜詩或其他詩人注釋有所區別。

宋代蘇詩注家並非不注釋蘇詩的時代背景,如《集注東坡先生詩前集》卷三《監試呈諸試官》"蛟龍不世出,魚鮪初驚淰"句,程縯注:"《禮運》:'以龍爲畜,故魚鮪不淰。'淰,魚駭貌。"② 趙次公注:"先生詩意以歐陽爲蛟龍,出於希世,學者如魚鮪,見之初驚。"蘇軾此詩作於熙寧五年(1072)歐陽修剛去世時,爲的是緬懷歐陽修的功績,盛讚其嘉祐知貢舉的文風改革,亦借題發揮,表達對當今新政文風再變、輕詩賦、重利益的不滿。《前集》的注釋,趙次公雖然揭示了蘇詩的比喻對象,卻並未聯繫當時的時事背景,進一步闡發蘇詩政治方面的深意。此詩中諸如"爾來又一變,此學初誰論。權衡破舊法,矛矣笑凡餁"這樣頗有寄寓的詩句注家甚至沒有出注。如果此詩爲杜甫所作,注家定然會有不同的表現。

事實上,即使這樣簡單、平實地分析比興手法的注釋在宋代蘇詩注本中也不多見,只有個別注家比較重視辨析、闡發蘇詩詩意,如師尹、趙次公、趙夔。但他們揭示的蘇詩詩意基本與時政義理無關,並不太深入,與北宋中後期的杜詩注釋面貌迥異。那些爲"烏臺詩案"審查的詩歌,大部

---

① (宋)李燾撰,上海師範大學古籍整理研究所、華東師範大學古籍研究所點校:《續資治通鑒長編》第 29 冊,中華書局,1995 年版,第 10271 頁。

② 《集注東坡先生詩前集》殘四卷,現藏於中國國家圖書館。本書中多次引用,以下不另注版本信息。

分只有趙次公、師尹兩位注家徵引《烏臺詩案》中蘇軾的自供爲注，如
《前集》卷二《送曾子固倅越得燕字》趙次公注："以先生《詩案》考之，
此熙寧三年詩也。"卷二《送錢藻出守婺州得英字》詩末師尹注："按公赴
詔獄招此詩言：行青苗助役，不免用鞭箠催促，醉中道此，醒後還驚，恐
得罪，以譏諷朝廷立法不便之故。"個別涉案詩甚至連《烏臺詩案》的解
讀都不引用。可以想見的是，如若有意剖析，蘇詩定有其他詩歌能夠像杜
詩那樣進行義理化的注釋，如《鴉種麥行》《畫魚歌》《吳中田婦嘆》等，
批判新政之意十分顯著，但宋代注家只注釋詩中涉及的典故知識。即使是
一般認爲比較重視注釋蘇詩創作時事背景的施宿，其實對此類意旨也較少
闡發，大多點到即止，並未進一步引申分析。

　　與宋代注家不同的是，清代蘇詩注家在這方面措意良多。以《王狀元
集百家注分類東坡先生詩》卷二十二慶賀類《朱壽昌郎中少不知母所在，
刺血寫經，求之五十年，去歲得之蜀中，以詩賀之》爲例。此詩不在現存
《前集》殘四卷當中，"百家注"無題注①，詩中全部爲事典、語典注釋，
"施顧注"在卷五，爲現有宋刻本所缺，不過，《蘇詩佚注》存有從"四河
入海"中輯出的施注。此詩"施顧注"題注云：

　　　　朱壽昌字康叔，揚州天長人，以父巽蔭守將作監主簿，知廣德
　　軍。母劉氏方娠，巽守京兆，出劉氏，康叔生數歲始歸父家，自是母
　　子不相聞。長大懷思涕泣，追求四十餘年，罕御酒肉，言及輒流涕。
　　用浮屠法灼臂燒項，刺血書佛經，力所可致無不爲者。熙寧初，與家
　　人辭決，弃官入秦，曰："不見母，吾不反矣。"得之於同州。劉時年
　　七十餘矣，嫁黨氏，有數子，悉迎以歸京兆。以其事聞，詔還赴闕，
　　王介甫有所惡，止付審官院。康叔先已爲兩郡，至是折資通判河中府
　　以便親養。數歲，母卒。幾喪明，有白烏集墓上。知鄂州，康叔在州
　　縣間，所至有風績。先知閬州，有大姓雍子良妻殺人，挾財與勢得不
　　死，至是又殺人，賂里民，出就吏。康叔取正諸法，蜀人神之。勇於
　　爲義，周人之急，官至中散大夫，卒年七十。東坡多與康叔詞帖，載

---

① 若無另外説明，所據"百家注"文字出自題爲（宋）王十朋：《王狀元集百家注分類東
坡先生詩》，《中華再造善本》唐宋編收録黃善夫家塾刊本，北京圖書館出版社，2004 年版。

集中所謂"朱鄂州"者是也。①

"施顧注"增加的題注介紹了朱壽昌的生平仕履，詳細敘述對其母劉氏的孝行，略微涉及王安石對朱壽昌的態度與蘇軾跟他的交往。需要注意的是詩中最後一聯的注釋，詩云："西河郡守誰復譏，潁谷封人羞自薦"，出句"百家注"宋援注爲：

> 吳起出衛國門，與其母訣，齧臂而盟曰："起不爲卿相，不復入衛！"頃之，其母死，起終不歸。後仕衛，爲西河守。

對句趙次公注云：

> 鄭莊公寘母姜氏於城潁，而誓之曰："不及黃泉，无相見也！"既而悔之。潁考叔爲潁谷封人，聞之，有獻於公。鄭伯用其説，而母子如初。

《蘇詩佚注》所輯"施顧注"此句的注釋與"百家注"大致相同，皆節引自《史記·吳起傳》與《左傳·隱公元年》，表述略有差異。

到了清代，查慎行在他的《補注東坡先生編年詩》中注釋此句云：

> "西河郡守"借吳起而指李定也。按江少虞《皇宋事實類苑》云："司農少卿朱壽昌所生母被出，及長，弃官入關，得母於陝州，士大夫嘉其孝節，多以歌詩美之。蘇子瞻爲作詩序，且譏激世人之不養者。時李定不服母喪，言者攻之，見其序大恚恨。後爲中丞，遂起臺獄云云。"今考之《全集》，序已失傳，而此詩結二句，諷刺之意凜然可見。陳訐曰："李定不服母喪，而壽昌弃官求母，二事相形，恰在同朝。"王介甫左袒李定，反忌壽昌，但付審官院，折資通判河中府，故云："西河郡守誰復譏。"不獨刺李定，亦以深罪介甫。"潁谷封人羞自薦"則言壽昌不欲與世爭名，故乞河中以去。施氏補注不爲分析，徒填故實，則"羞自薦"三字如何著落？即"誰復譏"三字，義亦俱脱空矣。②

---

① ［日］小川環樹、倉田淳之助編：《蘇詩佚注》上册，壬生川通五條南人株式會社，1965年版，第40～41頁。

② （清）查慎行：《補注東坡編年詩》卷八，見王友勝校點：《蘇詩補注》，鳳凰出版社，2013年版，第232頁。

查慎行的注釋表達了三層意思。第一，蘇詩"西河郡守誰復譏，潁谷封人羞自薦"，蘇軾以"西河郡守"吳起、"潁谷封人"潁考叔喻指李定，從反面襯托朱壽昌之純孝。吳起爲一己之私志罔顧母喪，潁考叔雖成全別人的孝心卻自薦求名獲利，都不如朱壽昌弃官求母的高尚品行。此外，查慎行認爲，蘇詩不僅借古人稱贊朱壽昌，更借古人與朱壽昌譏諷李定。李定爲了當官不服母喪，與朱壽昌弃官求母的行爲直接形成對比。第二，查慎行認爲，蘇詩雖然批評李定，但實際譏諷的對象是王安石，因爲王安石和李定政治立場相同，皆爲新法一派，王安石罔顧儒家倫理道德，袒護李定不服母喪的行爲，反而對道德高尚的朱壽昌横加貶斥。第三，查慎行經眼過宋刻"施顧注"部分卷帙，不滿意施氏原注，稱其"不爲分析，徒填故實"，以至蘇詩詞句無法落實。

查慎行之後，清代詩注家如馮應榴、王文誥、翁方綱，皆認同查氏的解讀，紛紛於注中敷衍李定之事。如王文誥《蘇文忠公詩編注集成》"金花詔書錦作囊，白藤肩輿簾蹙綉"句下"誥案"云："叙壽昌事至此畢，以下乃公本意"，"感君離合我酸辛，此事今無古或聞"句下先引翁方綱之注釋，再云："公後記蔡延慶追服母喪事，引朱壽昌、李定爲論，是此二句信因李定發矣。前注疏漏。"① 王文誥從蘇詩文本的叙述出發疏通詩歌語脉，把李定與蘇詩聯繫起來理解。

可以看到，清代注家在注釋中闡發自己觀點時，不遺餘力地貶損宋人注釋，這的確也説明蘇詩宋注有一定缺失。就宋詩宋注而言，王安石其實亦有《送河中通判朱郎中迎母東歸》詩，李壁題注云：

> 壽昌父巽守雍，出其母劉氏，嫁民間，母子不相知者五十年。熙寧初，弃官入秦，與家人訣，誓不見母不復還。行次同州，得之，劉氏時年七十餘矣。雍守錢明逸以事聞，由是天下皆知其孝，壽昌再爲郡守。至是以母故，通判河中府，迎其母同弟妹以歸。又一説載：朱壽昌者，少不知母所在，弃官走天下求之，刺血書佛經，志甚苦。熙寧初，見於同州，迎以歸，朝士多以詩美之。蘇内翰子瞻詩云："感君離合我酸辛，此事今無古或聞。"王荆公薦李定爲臺官，定嘗不持母服，臺諫給舍皆論其不孝，不可用。内翰因壽昌作詩貶定曰："此

---

① （清）王文誥：《蘇文忠公詩編注集成》卷八，巴蜀書社，1985年版。

事今無古或聞。"①

李壁的注釋與"施顧注"類似，主要爲歷史典故的陳列，詩意剖析較少，不過，李壁選擇引用與李定相關的材料，表明其或多或少還是認同蘇詩對李、王有所譏諷的。而蘇詩的宋代注家，一般不會過多引申、揣度。"西河郡守誰復譏，潁谷封人羞自薦"句，《蘇詩佚注》還輯有趙次公原注未被"百家注"收錄的佚文，云："然則公之詩意，以朱侯既無吳起之譏，且不待孝叔之獻也。自薦者，自獻也。"② 趙次公就詩論詩，不進一步聯繫注解，實乃蘇詩注釋去義理化、政教化的典型表現。

宋代蘇詩注本注釋去義理化、政教化的原因，應該跟蘇軾的政治地位敏感有關。在北宋黨禁時期，其詩歌注釋者不敢也不願如御史酷吏那般"逼問"蘇軾，挖掘其與政治時事相關的某種深意。另外，在"溫柔敦厚"的儒家詩教觀念影響下，多"怨刺"的蘇詩並非爲人推崇，本朝注家也可能是爲尊者諱。

蘇軾與蘇詩本身的這種形象與特點，除了影響到蘇詩宋注的去義理化、去政教化表現，也旁及其他方面，使蘇詩宋注深具特色。

第二節　"知人論世"法的新運用

詩歌注釋的本質是閱讀、理解與闡釋詩歌作品。關於如何閱讀、理解與闡釋詩歌，先賢孟子已經指出一種重要的方法："頌其詩，讀其書，不知其人，可乎？是以論其世也。是尚友也。"③ 孟子雖是從道德修養的角度指出頌讀古人的詩書必須"知人""論世"，但把詩書文本與作者以及作者所處的社會時世直接聯繫起來的"知人論世"思想對我國詩歌的闡釋影響非常深遠。對詩歌的閱讀、理解、闡釋，實際上不一定要把詩歌文本與現實世界具體對應，但是我國的"詩言志"傳統規定了"詩""言""志"

---

① （宋）王安石撰，（宋）李壁箋注，高克勤點校：《王荆文公詩箋注》，上海古籍出版社，2010年版，第1204頁。

② ［日］小川環樹、倉田淳之助編：《蘇詩佚注》上册，壬生川通五條南人株式會社，1965年版，第144頁。

③ 楊伯峻：《孟子譯注》卷十，中華書局，2015年版，第192～193頁。

三者的直接對應關係，以"知人論世"法來閱讀、理解、闡釋詩歌很早便流行開來，從《詩經》《楚辭》的漢代注釋，到隋唐《文選》學，注家都相當重視詩歌作者以及創作時的背景介紹。

"知人論世"法的普遍運用可謂我國注釋學的一大特色，不同時代有不同的關注重點與詩學觀念。宋人重拾孟棨"詩史"的闡釋概念，這一概念極爲契合宋人的文化性格，風靡一時，滲透到宋代詩學的諸多方面。在宋人"詩史"觀念的作用下，蘇詩注家運用"知人論世"法來注釋詩歌表現出一些新的特點。這些新特點有些是宋代詩歌注釋與其他時代相比共有的變化，有些只是宋代蘇軾詩歌注釋呈現出來的共同特徵。

一、宋人"詩史"觀念的内涵、發展及與蘇詩闡釋的互動影響

宋祁（998—1061）在《新唐書·杜甫傳贊》中重拾晚唐孟棨稱杜詩爲"詩史"的評價模式："甫又善陳時事，律切精深，至千言不少衰，世號'詩史'。"① 以杜甫或杜詩爲"詩史"的觀念自此便在宋人當中迅速流傳開來，成爲宋代非常重要的詩學闡釋範疇。因爲"詩史"言簡而意蘊無窮，可隨人們對"詩"與"史"及二者關係的不同理解得到多種維度的闡釋，而"詩"與"史"本就内涵豐富，令"詩史"的概念極具包容力。據楊松年先生研究總結，② 宋人實際使用的"詩史"概念其内涵可以歸納爲九類：

1. 以杜詩善於反映、敘述那一個時代的政事。
2. 以杜詩所敘述的物事或描繪的情景，最能實錄。
3. 以杜詩用典未嘗失誤。
4. 以杜詩練句下字，往往超詣。
5. 以杜詩寓褒貶之意，具《春秋》之法。
6. 以杜詩備於衆體。

① （宋）歐陽修、宋祁：《新唐書》卷二百一，中華書局，1975 年版，第 5738 頁。
② 楊松年：《宋人稱杜詩爲詩史説析評》，收入《中國古典文學批評論集》，三聯書店香港分店，1987 年版，第 127~162 頁。另外，張暉總結晚唐、宋以至元、明、清的"詩史"内涵共十七種，參見張暉：《中國"詩史"傳統》，生活·讀書·新知三聯書店，2012 年版，第 263~264 頁。

7. 以杜詩詩情誠實。

8. 以杜詩有年月地理本末之類。

9. 直稱杜甫本人或其詩作爲詩史。

也就是説，不同的主體對"詩史"的理解可能有差异。此外，張暉先生指出，宋人對"詩史"的認識不僅存在類型差异，也有歷時的發展變化。他把兩宋三百餘年的"詩史"內涵分爲三個時期：北宋仁宗末年到哲宗初年（1060—1090），徽宗、欽宗朝（1101—1127），南宋到元初（1127—1286），各時期使用的主要內涵分別爲：

1. 北宋仁宗末年到哲宗初年：善陳時事的律詩；追求普遍性的詩學；杜詩記録唐代酒價；作爲史筆的杜詩；知人論世。

2. 徽宗、欽宗朝：杜詩叙事的功能；詩歌實録的功能（年月、地理、數字、人物）；老杜人品誠實；重視杜詩字句的出處；杜詩文備衆體。

3. 南宋到元初：《春秋》筆法；《史記》筆法；知人論世；忠君；字字有出處。①

張暉先生總結宋代"詩史"觀念的發展歷程道："'詩史'概念在北宋時，內涵豐富而又遊移不固定，充滿活力，給人一種動態的感覺。但到南宋，'詩史'原有的豐富內涵被摒出人們的視野，逐漸穩定在《春秋》筆法和'知人論世'之上……"②

誠如二位學者所言，宋人使用的"詩史"概念內涵豐富又有發展變化。如其所示，宋人所稱"詩史"在宋末以前基本指杜甫或杜詩③，宋人的"詩史"觀念是圍繞如何理解和闡釋杜詩而形成並展開的，因此目前學界的研究基本都從杜詩闡釋的角度討論"詩史"。但是，實際上，宋人的"詩史"觀念也旁涉其他詩人，宋人對杜詩的闡釋一方面影響着對其他詩人的評價以及宋代詩人自身的創作，另一方面，宋詩的特點、宋人對本朝詩人的態度也同時影響着宋人評價杜詩的視角與標準。"詩史"內涵的不斷豐富、拓展，發生在宋代詩學本身的嬗變過程當中，得益於宋人不斷把

① 張暉：《中國"詩史"傳統》，生活·讀書·新知三聯書店，2012年版，第20~21頁。
② 張暉：《中國"詩史"傳統》，生活·讀書·新知三聯書店，2012年版，第75頁。
③ 也偶爾用於評價白居易和宋末一些詩人，如王楙稱贊白居易："白樂天詩多記歲時……亦可謂'詩史'者焉。"見（宋）王楙撰，鄭明、王義耀校點：《野客叢書》卷二十七，上海古籍出版社，1991年版，第399頁。而宋末元初時稱贊他人詩歌爲"詩史"則比較多見，參見張暉：《中國"詩史"傳統》，生活·讀書·新知三聯書店，2012年版，第73~74頁。

杜甫及杜詩與其他詩人詩作進行比較。正是其他詩人的加入，宋人的"詩史"觀念才骨肉豐滿起來。

在宋人"詩史"觀念形成與發展的歷程中，蘇軾是非常重要的一位。蘇軾指出："古今詩人衆矣，而杜子美爲首，豈非以其流落饑寒，終身不用，而一飯未嘗忘君也?"陳文華先生認爲，這是最早明確把杜詩置於儒家思想道德體系之中進行評價的言論，而儒家詩教觀正是宋代"詩史"多種内涵邏輯上最終之統攝。① 即是説，蘇軾對杜詩的評價影響了其他宋人對"詩史"的認識。不過，蘇軾本人的詩學觀念並非本書討論重點。本節主要討論"詩史"觀念如何影響宋人對蘇詩的評價、其他宋人對蘇軾及其詩歌的認識如何影響了他們的"詩史"觀念。

衆所周知，最早明確提出"詩史"概念的是晚唐孟棨《本事詩》，其稱杜甫所作贈李白詩："備叙其事，讀其文盡得其故迹。杜逢祿山之難，流離隴蜀，畢陳於詩，推見至隱，殆無遺事，故當時號爲'詩史'。"孟棨所謂"詩史"是基於杜詩善記叙的文學特性而言。到北宋中期，當宋祁重拾"詩史"概念時，仍然認爲杜甫善於記叙時事，其詩在聲韻方面嚴格精當又表意貼切，筆力深厚能駕取千言長篇。如果聯繫《杜甫傳贊》中"詩史"評價的上下文，可以發現宋祁眼中的"詩史"無疑增添了許多道德内涵：

> 唐興，詩人承陳、隋風流，浮靡相矜。至宋之問、沈佺期等，研揣聲音，浮切不差，而號"律詩"，競相襲沿。逮開元間，稍裁以雅正，然恃華者質反，好麗者壯遺，人得一概，皆自名所長。至甫，渾涵汪茫，千彙萬狀，兼古今而有之，它人不足，甫乃厭餘，殘膏剩馥，沾丐後人多矣。故元稹謂："詩人以來，未有如子美者。"甫又善陳時事，律切精深，至千言不少衰，世號"詩史"。②

這段話顯示出宋祁的文學觀念貶抑"浮靡"而崇尚儒家的詩學品味"雅正"，並且推崇杜甫對後世的影響力與貢獻，正是其在《新唐書·文藝傳序》中宣稱的："然嘗言之，夫子之門以文學爲下科，何哉? 蓋天之付與，於君子小人無常分，惟能者得之，故號一藝。自中智以還，恃以取敗者有

---

① 參見陳文華：《杜甫傳記唐宋資料考辨》，文史哲出版社，1987 年版，第 203~217 頁。
② （宋）歐陽修、宋祁：《新唐書》卷二百一，中華書局，1975 年版，第 5738 頁。

之，朋姦飾偽者有之，怨望訕國者有之。若君子則不然，自能以功業行實光明於時，亦不一於立言而垂不腐，有如不得試，固且闡繹優游，异不及排，怨不及誹，而不忘納君於善，故可貴也。"① 在宋祁的文藝觀念中，其仍以文學爲下科，更看重作者的道德修養。宋祁以杜甫爲古今詩人之領袖，稱杜詩爲"詩史"，不僅僅就杜詩的文藝才能而言，亦包含着一種道德上的評價。如上文所言，杜甫被宋人推崇備至，比起藝術上的成就，更重要的是人品高尚。而宋人得出這一結論，主要依據是杜詩在自我陳述與人事叙述中透露的感情、志向及價值觀念。

與杜甫相比，宋人從蘇詩中讀出的蘇軾形象難免有些瑕疵，不符合他們心目中的儒家理想人格，因而即使在蘇軾的政治表現與人生態度受到高度肯定、贊揚的南宋，蘇詩也未被授予"詩史"的榮譽。宋人相信"詩言志"，詩爲"心畫心聲"，蘇詩中的蘇軾形象與儒家推崇的人格性情相較，不够平和寬厚而多怨刺。黃庭堅告誡外甥洪芻："東坡文章妙天下，其短處在好罵，慎勿襲其軌也。"② 而黃庭堅的理想標準是："詩者，人之情性也，非强諫争於廷，怨忿訴於道，怒鄰罵坐之爲也。其人忠信篤敬，抱道而居，與時乖逢，遇物悲喜，同牀而不察，並世而不聞，情之所不能堪，因發於呻吟調笑之聲，胸次釋然，而聞者亦有所勸勉。"③ 子曰："詩可以興，可以觀，可以群，可以怨。"（《論語·陽貨》）《詩經》大小序亦開創了"下以風刺上，主文而譎諫，言之者無罪，聞之者足以戒"的"美刺"闡釋傳統，後來鍾嶸亦言："離群托詩以怨。"④ 蘇軾以詩抒寫自己的怨憤之情並無不可，但黃庭堅更提倡一種内心自足充盈，平和、豁達、自在的性情，並且認爲詩歌能够也應該陶冶、發揮詩人的這種性情。黃庭堅的看法並非孤例，陳師道《後山詩話》亦云："蘇詩始學劉禹錫，故多怨刺，學不可不慎也。"⑤ 葉夢得《石林詩話》也記載了文同勸阻蘇軾喜作詩譏

---

① （宋）歐陽修、宋祁：《新唐書》卷二百一，中華書局，1975 年版，第 5723 頁。

② （宋）黃庭堅：《答洪駒父書》，見劉琳、李勇先、王蓉貴校點：《黃庭堅全集》，四川大學出版社，2001 年版，第 474 頁。

③ （宋）黃庭堅：《書王知載〈朐山雜咏〉後》，見劉琳、李勇先、王蓉貴校點：《黃庭堅全集》，四川大學出版社，2001 年版，第 666 頁。

④ 王叔岷：《鍾嶸詩品箋證稿》，中華書局，2007 年版，第 77 頁。

⑤ （宋）陳師道：《後山詩話》，見吳文治主編：《宋詩話全編》第 2 册，江蘇古籍出版社，1998 年版，第 1019 頁。

誚的故事。①

在“詩史”其他一些内涵層面，蘇詩也被認爲不及杜詩。如以杜詩寓褒貶之意、具《春秋》筆法方面，許顗《彥周詩話》（撰於 1128 年）云：

東坡作《妙喜師寫御容詩》，美則美矣，然不若《丹青引》云“將軍下筆開生面”，又云：“褒公鄂公毛髮動，英姿颯爽來酣戰。”後説畫玉花驄馬，而曰：“至尊含笑催賜金，圉人太僕皆惆悵。”此語微而顯，《春秋》法也。②

“微而顯”爲《春秋》“五例”之一：“《春秋》之稱，微而顯，志而晦，婉而成章，盡而不污，懲惡而勸善。非聖人，誰能修之？”③ 楊伯峻注釋指“言辭不多而意義顯豁”④。許顗稱讚杜詩“微而顯”以對比蘇詩的“美甚美矣”，是説杜詩言辭微婉而表達的意義幽深，不似蘇詩僅有文學表達形式的美感。杜詩具有《春秋》筆法正是宋人以杜詩爲“詩史”的重要内涵。如周煇（1126—?）《清波雜志》卷第十一李遘年云：“詩史猶國史也。《春秋》之法，褒貶於一字，則少陵一聯一語及梅，正《春秋》法也。”⑤ 與杜詩相比，蘇詩雖亦有褒貶，但不以“微而顯”的方式出之，過於直露，且流露的情性不完全是“温柔敦厚”的，所以許顗認爲其文學上的藝術性蓋過了其思想性，也就配不上“詩史”的稱號。

又如在以杜詩廣備衆體方面，釋普聞《詩論》云：

老杜之詩，備於衆體，是爲“詩史”。近世所論：東坡長於古韻，豪逸大度；魯直長於律詩，老健超邁；荆公長於絶句，閑暇清癯。其各一家也。⑥

蘇軾、黄庭堅、王安石都專擅一體，不如杜甫兼備衆體，所以他們的詩都

① （宋）葉夢得：《石林詩話》卷中，見吳文治主編：《宋詩話全編》第 3 册，江蘇古籍出版社，1998 年版，第 2697 頁。
② （宋）許顗：《彥周詩話》，見吳文治主編：《宋詩話全編》第 2 册，江蘇古籍出版社，1998 年版，第 1395～1396 頁。
③ 《左傳·成公十四年》語，見楊伯峻：《春秋左傳注》，中華書局，1990 年第 2 版，第 870 頁。
④ 楊伯峻：《春秋左傳注》，中華書局，1990 年第 2 版，第 870 頁。
⑤ （宋）周煇撰，劉永翔校注：《清波雜志校注》，中華書局，1994 年版，第 455～456 頁。
⑥ （宋）普聞：《釋普聞詩話》，見吳文治主編：《宋詩話全編》第 2 册，江蘇古籍出版社，1998 年版，第 1426～1427 頁。

不能獲得"詩史"的稱號。

相較於杜詩"用典未嘗失誤""練句下字，往往超詣"，部分宋人也稱賞蘇詩用典與煉字精妙，但批評其誤用典故、遣詞不當者亦有不少，邵博《聞見後錄》、嚴有翼《藝苑雌黄》、吴曾《能改齋漫錄》、葉大慶《後考古質疑》等詩話筆記有大量蘇詩辨誤的内容。

以上所舉有關"詩史"的談論，展示了宋人以杜詩爲"詩史"時如何評價蘇詩，另一方面，也如其所示地呈現出蘇詩如何襯托出杜詩"詩史"的光環。不過，"詩史"觀念與蘇詩闡釋的互動關係不止於此，除了明確提到"詩史"術語之處，實際受到"詩史"觀念影響的其他方面也與蘇詩闡釋相互影響。

比如，宋人以杜詩爲"詩史"較早的一個内涵是認爲杜詩記録了唐代酒價①，説明杜詩叙述物事、描繪情景能够實録。釋文瑩《玉壺清話》（撰於 1078 年）記載：

> 真宗嘗曲宴群臣於太清樓，君臣歡洽，談笑無間。忽問："塵沽佳者何處？"中貴人奏有南仁和者，亟令進之，遍賜宴席。上亦頗愛，問其價，中貴人以實對之。上遽問近臣曰："唐酒價幾何？"無能對者，惟丁晋公奏曰："唐酒每升三十。"上曰："安知？"丁曰："臣嘗讀杜甫詩曰：'蚤來相飲一斗酒，恰有三百青銅錢。'是知一升三十錢。"上大喜曰："甫之詩自可爲一時之史。"②

杜詩不一定真的能够反映唐代的酒價，但持有"詩史"觀念的宋人認爲杜詩乃對現實生活的實録。宋人亦有諸多關於蘇詩的類似討論。比如陳師道《後山詩話》云：

> 眉山長公守徐，嘗與客登項氏戲馬臺，賦詩云："路失玉鈎芳草合，林中白鶴野泉清。"廣陵亦有戲馬臺，其下有路，號玉鈎斜。唐高宗東封，有鶴下焉，乃詔諸州爲老氏築宫，名以白鶴。公盖誤用，而後所取信，故不得不辨也。③

---

① 張暉：《中國"詩史"傳統》，生活·讀書·新知三聯書店，2012 年版，第 29 頁。
② （宋）釋文瑩撰，楊立揚點校：《玉壺清話》，中華書局，1984 年，第 1 頁。
③ （宋）陳師道：《後山詩話》，見吴文治主編：《宋詩話全編》第 2 册，江蘇古籍出版社，1998 年版，第 1025 頁。

蘇軾原詩《與舒教授、張山人、參寥師同遊戲馬臺，書西軒壁，兼簡顏長
道二首》其一云：

> 古寺長廊院院行，此軒偏慰旅人情。楚山西斷如迎客，汴水南來
> 故遶城。路失玉鈎芳草合，林亡白鶴古泉清。淡遊何以虞庠老，坐聽
> 郊原琢磬聲。

蘇詩作於元豐元年（1078）九月之徐州，戲馬臺在徐州城東南，上建臺頭
寺，寺中有西軒。① 陳師道認爲蘇詩句中的"玉鈎"乃實寫"玉鈎斜"這
一地名，但"玉鈎斜"在揚州而非徐州，是蘇軾誤記。陳師道的看法在宋
代頗爲流行，胡仔《苕溪漁隱叢話》亦引《後山詩話》此段談論，蘇詩注
家也多有注意，"百家注"卷二十三題咏類趙次公注云："按《桂苑叢談》：
'李蔚咸通中自大梁移鎮淮海，見郡寡勝遊之地，命於戲馬亭西連玉鈎斜
道，葺亭名曰賞心。'今云'路失玉鈎'，誤用，此揚州戲馬亭事也。""施
顧注"云："《桂苑叢談》：'咸通中李蔚鎮彭城，於戲馬臺西連玉鈎斜道，
開鑿池沼，締葺亭臺，名曰賞心。'陳無己《徐州白鶴觀記》：'徐山不泉，
州治之南有平泉焉，深明潔甘，旱潦自如。説者曰：泉有鶴下。故名。'
陳無己詩話乃云：'眉山長公守徐，嘗與客登項氏戲馬臺，賦詩云：路失
玉鈎芳草合，林中白鶴野泉清。廣陵亦有戲馬臺，其下有路，號玉鈎斜。
唐高宗東封，有鶴下焉，乃詔諸州爲老氏築宮，名以白鶴。公盖誤用，而
後所取信，故不得不辨也。'"

　　依照《桂苑叢談》的記載，徐州本就有玉鈎斜道，但趙次公仍然沿用
陳師道指出的誤用揚州戲馬亭事。"施顧注"在趙次公注的基礎上重新徵
引材料並標注出處，兩可並存之。總之，陳師道、胡仔以及趙次公等蘇詩
注家以"玉鈎"實指現實中某一道路名的思路一致。與之相對比，清代注
家王文誥稱：

> 玉鈎斜，人盡知爲揚州事，可謂公獨不知乎？且所謂玉鈎斜道
> 者，像其形也，非真有玉鈎之一物，不可移掇他處者。此詩因戲馬臺
> 借用，猶言臺下之路，悉爲芳草所合，不見如鈎之形而已。當是時，

---

① 具體考證參見張志烈、馬德富、周裕鍇主編：《蘇軾全集校注》，河北人民出版社，2010
年版，第 1848~1849 頁。

陳無己方受知於徐，詩果有誤，何不質言之，乃晚年載入詩話，是可异矣。王注、施注皆主陳説，謬甚。①

的確，"路失玉鈎芳草合"可以只是詩人在西軒登高遠眺，所見戲馬臺下草木渾濛一片，遮掩了原本的道路，"玉鈎"不過是形象化、有美感的比喻。宋人多認同陳師道的説法，正是在"詩史"觀念盛行的氛圍中，以詩爲現實世界之實録的結果。宋人的"詩史"觀念實際時常影響到對蘇詩的解讀，宋代詩話筆記多有表現，如釋惠洪《冷齋夜話》卷二：

> 東坡錢塘詩曰"我識南屏金鯽魚"二句皆似童稚語，然皆記一時之事。……西湖南屏山興教寺池有鯽十餘尾，金色，道人齋餘，争倚檻投餅餌爲戲。東坡習西湖久，故寓於詩。②

胡仔《苕溪漁隱叢話》：

> 吴興，澤國也，春夏之交，地尤卑濕，仍多蚊蚋。子瞻作守日有詩云："風定軒窗飛豹脚，雨餘欄楯上蝸牛。"真紀實也。③

朱翌《猗覺寮雜記》卷上：

> 石炭自本朝河北、山東、陝西方出，遂及京師。陳堯佐理河東時，始除其税。元豐元年，徐州始發。東坡作詩記其事。④

惠洪與胡仔的談論旨在説明蘇詩有紀實性，朱翌強調的是蘇詩與當時社會現實的關聯，認爲蘇詩忠實地記叙了社會上發生的事件。這些都是宋人以杜詩爲"詩史"時指認的詩歌特點，李樸《與楊宣德書》："唐人稱子美爲'詩史'者，謂能紀一時事耳。"⑤ 蔡居厚《蔡寬夫詩話》："子美詩善叙事，故稱'詩史'。"⑥

---

① （清）王文誥：《蘇文忠公詩編注集成》卷十七，巴蜀書社，1985 年版。

② （宋）惠洪：《冷齋夜話》卷二，收入張伯偉編校：《稀見本宋人詩話四種》，江蘇古籍出版社，2002 年版，第 22 頁。

③ （宋）胡仔撰，廖德明校點：《苕溪漁隱叢話·後集》卷二十七，人民文學出版社，1962 年版，第 204 頁。

④ （宋）朱翌：《猗覺寮雜記》，《叢書集成初編》本，中華書局，1985 年版，第 17～18 頁。

⑤ （宋）王正德：《餘師録》，見《景印文淵閣四庫全書》第 1480 册，臺灣商務印書館，1986 年版，第 779 頁。

⑥ （宋）蔡居厚：《蔡寬夫詩話》，見郭紹虞：《宋詩話輯佚》，中華書局，1980 年版，第 393 頁。

又如洪邁《容齋五筆》卷八"白蘇詩紀年歲"條所云：

> 白樂天爲人誠實洞達，故作詩述懷，好紀年歲。因閲其集，輒抒
> 録之。"此生知負少年心，不展愁眉欲三七"，"莫言三十是少年，百
> 歲三分已一分"……其多如此。蘇公素重樂天，故間亦效之，如"龍
> 鐘三十九，勞生已強半，歲莫日斜時，還爲昔人嘆"，正引用其語。
> 又"四十豈不知頭顱，畏人不出何其愚"，"我今四十二，衰髮不滿
> 梳"……玩味莊誦，便如閲年譜也。①

在宋代，杜詩之外，只有個别詩人的詩作偶爾被稱作"詩史"，白居
易詩是其中之一，王楙《野客叢書》"白樂天詩紀歲時"條云："白樂天詩
多紀歲時，每歲必紀其氣血之如何，與夫一時之事，後人能以其詩次第而
考之，則樂天平生大略可睹，亦可謂'詩史'者焉。"宋人認爲，"有年
月、地里、本末之類，故名'詩史'"②。如此，則蘇詩與杜詩、白詩相
同，在多記年月這一内涵上實際具有了"詩史"的品質。

也就是説，在宋代"詩史"觀念産生、發展的過程中，蘇詩充當了重
要角色，在"詩史"觀念影響宋人對蘇詩的闡釋的同時，人們對蘇詩的認
識實際上也鞏固了杜詩的"詩史"地位。認識到這一點，方可充分理解宋
代蘇詩注釋表現出的受到"詩史"觀念影響的一些現象。實際上，這些宋
代注家或注本編者也是宋代"詩史"觀念的塑造者之一。

二、"詩史"觀念作用下宋人"知人論世"法的新運用

儘管宋人使用的"詩史"概念内涵豐富又有發展變化，綜合來看，仍
有貫穿始終的核心精神。關於這一核心精神是什麼，張暉先生認爲："綜
觀歷代的'詩史'説，其間貫徹着一個最爲基本的核心精神，那就是強調
詩歌對現實生活的記録和描寫。"③淺見洋二先生認爲："所謂'詩史'
説，基本上可以理解爲這樣一種文學觀念，即想閱讀詩中有關詩人生活時

---

① （宋）洪邁，穆公校點：《容齋隨筆》，上海古籍出版社，2015 年版，第 512~513 頁。
② （宋）姚寬撰：《西溪叢語》，見《景印文淵閣四庫全書》第 850 册，臺灣商務印書館，
1986 年版，第 937 頁。
③ 張暉：《中國"詩史"傳統》，生活·讀書·新知三聯書店，2012 年版，第 264 頁。

代的‘時事’的記述。"① 即是説，如果一定要爲"詩史"下一個定義，
那麽就詩歌創作而言，"詩史"指詩人以詩歌記録和描寫現實生活；就讀
者閱讀而言，"詩史"指讀者想要並能夠從詩中了解到詩人的現實生活。
根據"詩史"觀念的核心精神，就詩歌注釋而言，"詩史"觀念的表現是
注家藉助詩人現實生活的情況介紹來幫助理解詩歌，此即孟子提出的"知
人論世"讀詩方法。《孟子·萬章下》云：

> 一鄉之善士，斯友一鄉之善士；一國之善士，斯友一國之善士；
> 天下之善士，斯友天下之善士。以友天下之善士爲未足，又尚論古之
> 人。頌其詩，讀其書，不知其人，可乎？是以論其世也。是尚
> 友也。②

顏崑陽先生指出，孟子是從道德修養的角度提倡尚友古人。③ 古人早已逝
去，如何尚友？只能讀其詩書。孟子本意可能只是提倡一種活躍的讀書方
法，能夠從詩書中聯想、構建起立體的作者形象，從而尋求志同道合
之人。

正因孟子推崇這種讀書方法，他指出了讀詩應當"以意逆志"。《孟
子·萬章上》云：

> 故説《詩》者，不以文害辭，不以辭害志。以意逆志，是爲得
> 之。如以辭而已矣，《雲漢》之詩曰："周餘黎民，靡有孑遺。"信斯
> 言也，是周無遺民也。④

孟子充分認識到詩歌文本修辭表達的特殊性，强調詩歌不能僅從文字表面
意義進行理解，需要調動讀者自己的主觀能動性。那麽，讀者如何理解詩
人真正之"志"？孟子能夠不以文、辭害志，得益於其了解周朝歷史，在
這一前提下，孟子才得出不能"信斯言"的結論。這正是"知其人""論
其世"的讀書路徑。

---

① ［日］淺見洋二：《論"詩史"説——"詩史"説與宋代詩人年譜、編年詩文集編撰之關
係》，《唐代文學研究》1992 年 8 月刊，第 780 頁。
② 楊伯峻：《孟子譯注》卷十，中華書局，2015 年版，第 192~193 頁。
③ 顏崑陽：《李商隱詩箋釋方法論——中國古典詮釋學例説》，里仁書局，2005 年版，第
108 頁。
④ 楊伯峻：《孟子譯注》卷九，中華書局，2015 年版，第 165 頁。

可見，孟子提出"知人論世"最初只是爲了"知人""尚友"，但他指出的讀書尚友方法實際開示了一條閱讀、理解詩歌的具體路徑。於是，運用"知人論世"法注解詩歌成爲詩注家們常用的手段。王國維先生稱："漢人傳《詩》，皆用此法，故四家詩皆有序。序者，序所以爲作者之意也。"① 比如《詩經》小序，不論正確與否，序作者試圖聯繫國朝政治、風土人情等來闡明詩人之意，一眾注家各自敷衍、補充、闡發，實際上即運用"知人論世"之法注釋《詩經》。鄭玄更創製《詩譜》，爲"詩三百"構建歷史譜系。後來的詩注家常常在詩篇前或題下介紹詩人的生平經歷或創作背景，便是延續"知人論世"法以注詩的傳統。也就是説，孟子可能只是看重作爲詩歌功能的"知人論世"，通過讀詩以"知人"，之後人們更習慣把"知人論世"視作詩歌闡釋的理論指導，強調的是"知人論世"對理解詩歌的重要性。不過，這只是使用角度的區別，"知人論世"本身蘊含的觀念是一致的。

作爲一種理解與闡釋詩歌的傳統方法，"知人論世"核心的理念是默認詩歌能夠反映現實中的詩人的意志以及其生活的世界，這與宋人的"詩史"觀念一致。二者皆源於我國"詩言志"詩學觀念的強大影響力。"詩言志"被朱自清先生稱爲我國詩學的"開山綱領"。《尚書·堯典》記舜的話云："詩言志，歌永言，聲依永，律和聲。"《左傳·襄公二十七年》和《莊子·天下篇》也説"詩以言志""詩以道志"。把握"詩言志"命題首要的不是對"志"的概念史展開細緻分析，雖然這一方面也很重要，但更重要的是認識到"詩""言""志"三者之間的特定關係。"詩言志"這一説法人爲地確立了"詩—言—志"的可能性與合理性，"言"既是名詞又是動詞，語言之詩能夠言説表達詩人之志，詩與人合二爲一。古代先賢不是沒有看到語言的獨立性與局限性，子曰："始吾於人也，聽其言而信其行；今吾於人也，聽其言而觀其行。"（《論語·公冶長》）"言盡意"還是"言不盡意"的"言意之辯"從先秦開始便爭訟不已。但古人普遍更接受《詩經》大序"在心爲志，發言爲詩"的闡發，孔穎達稱："詩者，人志意之所之適也。雖有所適，猶未發口，蘊藏在心，謂之爲志；發見於言，乃

---

① 王國維：《〈玉谿生詩年譜會箋〉序》，見周錫山編校：《王國維集》，中國社會科學出版社，2008 年版，第 97 頁。

名爲詩。言作詩者所以舒心志憤懣而卒成於歌咏，故《虞書》謂之'詩言志'也。"① 於是先秦到漢初確立的"詩言志"觀念把詩之語言與詩人之心志直接對應起來，以爲心理層面的詩人心志能通過語言層面的詩透徹澄明地展現，形成了對後世詩學闡釋影響深遠的"詩言志"傳統。

顯然，"知人論世"與"詩史"皆以"詩言志"爲前提，相信詩歌語言表達詩人心志的能力，並由詩人心志進一步推演出更立體化的詩人形象以及詩人生活的世界。由於二者共享最根本的詩學理論基礎，所以許多宋人以"知人論世"爲"詩史"的重要内涵，認爲讀詩可以"知人論世"便是"詩史"的表現。如胡宗愈在《成都新刻草堂先生詩碑序》中説：

> 先生以詩鳴於唐，凡出處去就，動息勞佚，悲歡憂樂，忠憤感激，好賢惡惡，一見於詩。讀之，可以知其世。學士大夫謂之詩史。②

然而，宋人以之爲"詩史"的"知人論世"已與孟子乃至其後諸多闡釋者使用的"知人論世"不同。首先，是使用角度的差異。宋人的"知人論世"説主要強調作爲詩歌某種功能的"知人論世"，即閱讀詩歌可以"知人""論世"。而在具體的詩歌闡釋當中，理解詩歌需要"知人論世"。雖然兩種情況都默認詩歌與"人""世"的直接對應關係，但使用角度有所區别。

其次，宋人的"知人論世"觀念不僅注重孟子提出的"知人"以尚友，更強調"知世"與"論世"本身。胡宗愈在《成都新刻草堂先生詩碑序》中的説法，"讀之可以知其世"，明確表明了宋人的這一傾向。文天祥亦指出：

> 昔人評杜詩爲"詩史"，蓋其以咏歌之辭，寓紀載之實，而抑揚褒貶之意燦然於其中，雖謂之史可也。予所集杜詩，自余顛沛以來，世變人事，概見於此矣。是非有意於爲詩者也，後之良史尚庶幾有

---

① 孔穎達：《詩譜序》注釋，見（漢）毛亨傳，（漢）鄭玄箋，（唐）孔穎達疏，（唐）陸德明音釋，朱杰人、李慧玲等整理：《毛詩注疏》，上海古籍出版社，2013年版，第6頁。
② （唐）杜甫撰，（清）仇兆鰲注：《杜詩詳注》附編，中華書局，1979年版，第2243頁。

考焉。①

如果説孟子是從道德修養的角度體察詩歌“知人”的功能，那麽文天祥等宋人是憑藉對歷史的興趣去强調詩歌“論世”的作用。宋代史學發達，透過詩歌了解詩人所處時代的世變人事，本身就令詩歌讀者感到愉悦。而在時局危亡之際，詩人在當時的表現更可以作爲參照指引宋人。因此，宋人的“知人論世”觀除了“知人”，也開始强調讀詩以了解詩人生活的世界。

宋人首次把詩歌視作詩人個人歷史的記録，試圖通過詩歌復原詩人的行迹。因此，宋代編年詩文集盛行，人們認爲把詩歌按創作時間的先後進行排列，就能反映詩人一生的軌迹，也因此到宋代才出現詩人年譜，“最大原因之一是强烈的閲讀意向，即通過編年詩文集按照年代先後閲讀詩人作品，可以説正是這種閲讀意向要求年譜這種著作的産生”②。

以上總結的宋人“知人論世”觀念的新特點，明顯受到宋人“詩史”觀念的影響。一開始，孟棨拈出的“詩史”概念指杜詩善於記叙其所經歷的時事，宋祁稱杜詩“善陳時事”。李復亦稱：“杜詩謂之‘詩史’，以班班可見當時事。至於詩之叙事，亦若史傳矣。”③ 李樸云：“唐人稱子美爲‘詩史’者，謂能紀一時事耳。”④ 善於記叙時事，則詩人生活世代的興替變化也寓於其中，魏了翁《程氏東坡詩譜序》即云：“杜少陵所爲號‘詩史’者，以其不特模寫物象，凡一代興替之變寓焉。”⑤ 正是因爲宋人有這種相信詩歌能够叙述世變人事的“詩史”觀念，“知人論世”才特別突出“論世”的功能。至於宋人的“知人”觀念，顯而易見跟“詩史”觀念中以詩見史的内涵相關。因此，當蘇詩注家運用傳統的“知人論世”法注釋詩歌時，也表現出相應的新特點。

---

　　① （宋）文天祥：《文信國集杜詩原序》，見《景印文淵閣四庫全書》第 1184 册，臺灣商務印書館，1986 年版，第 808 頁。

　　② ［日］淺見洋二：《論“詩史”説——“詩史”説與宋代詩人年譜、編年詩文集編撰之關係》，《唐代文學研究》第九輯，2000 年，第 779 頁。

　　③ （宋）李復：《潏水集》卷五，見《景印文淵閣四庫全書》第 1121 册，臺灣商務印書館，1986 年版，第 50 頁。

　　④ （宋）王正德：《餘師録》卷三，見《景印文淵閣四庫全書》第 1480 册，臺灣商務印書館，1986 年版，第 779 頁。

　　⑤ （宋）魏了翁：《重校鶴山先生大全文集》卷五十一，《中華再造善本》唐宋編，北京圖書館出版社，2004 年版。

三、蘇詩注釋運用“知人論世”法的具體表現

宋代注家注釋蘇詩，一方面受到“知人論世”觀念的影響，表現出與前代不同的新特點，另一方面又與宋人對其他詩人詩歌的注釋有所區別。具體表現如下：

第一，蘇詩注家重視爲詩作繫年。不少蘇詩注家都注意説明蘇詩的寫作時間，只是詳略有所不同。注家多在題注中注明蘇軾作詩的時間，如“百家注”卷三堂宇類《次韻子由綠筠堂》題注“任（居實）”曰：“熙寧元年戊申作。”《蘇州姚氏三瑞堂》題注亦云：“熙寧六年癸丑，先生在杭州作。”這種繫年十分簡略，未説明繫年的依據。詳細者如《前集》卷一《辛丑十一月十九日既與子由別於鄭州西門……》題注趙次公云：“是歲宋仁宗皇帝嘉祐六年也。先生生於丙子，時年二十六。以《潁濱遺老傳》考之，先生與子由俱以賢科中第，尋除簽書鳳翔判官，子由除商州推官，以策訐直忤時政，告未即下，而先生先赴。時老泉命修《礼》書，留京師。先生既當赴官，子由送至鄭州，而還京師，侍老泉之側也。”趙次公的繫年詳細介紹了判斷理由與文獻根據。“施顧注”的題注亦重視考辨蘇詩的寫作時間，如卷三十九《夢中作寄朱行中》題注云：“寄此詩時行中在廣州也。”卷四十一《飲酒二十首……示舍弟子由、晁無咎學士》題注：“晁無咎名補之，時通判揚州。”

這種爲詩歌繫年的注釋方法與宋以前的詩歌注釋很不相同。在詩題下，注家們很早便運用“知人論世”法闡明與詩人創作相關的背景知識，比如《文選》的題注有一定體例，主要説明作者的創作動機與事件背景，如班固《兩都賦》題下李善注曰：“自光武至和帝，都洛陽，西京父老有怨。班固恐帝去洛陽，故上此詞以諫，和帝大悦也。”題注之後有時也設置專門的作者注，如盧諶《贈劉琨並書》，題左“盧子諒”下五臣劉良注曰：“諶。在路被劉聰破，遂將妻子往并州投琨，後在段匹磾處憶琨前恩，故贈此詩也。”

李善與五臣的注釋比較細緻地交代了詩歌的寫作背景，方便讀者領會詩人的創作意圖。但是，他們並未想到要證實此詩作於何時何地，這跟《文選》是文學總集有關，也受限於“文獻不足徵”，注家難以一一考辨詩歌的寫作時間，但最關鍵的是此時的注家尚未有爲詩歌繫年的意識。直到

宋代，"詩史"觀念深入人心，在各種條件的促成下，注家才開始有意識
地爲詩作繫年，以此"知人論世"。

與爲詩作繫年相關的是爲詩歌編次先後順序。在"詩史"觀念的作用
下，宋代比前代更爲重視按時間順序排列詩文集，出現了大量編年體例的
詩文集。蘇軾生前自編的《東坡集》即大致依時間順序編次，其詩集編年
意識見於《答陳師仲主簿書》：

> 足下所至，詩但不擇古律，以日月次之，异日觀之，便是
> 行記。①

"不擇古律"即不按詩歌體裁編次，"以日月次之"表明編次唯一的綫索跟
依據是詩歌寫作的時間。其實時間的流逝是自然發生的，如魏了翁所言：
"自文章之盛而百家之傳有總集，有別集，大抵有後先之序。"② 宋人編撰
詩文集時以時間爲序，有明確的意圖，如蘇軾稱："异日觀之，便是行
記。"按時間編次的詩集就可以充當個人經歷的記錄。

蘇軾的觀點與態度推動了當時詩集編年編次的流行。被四庫館臣認爲
最早採用編年體的杜詩集——黃伯思所編《校定杜工部集》——即受蘇軾
的影響。③ 李綱爲此本作序云："舊集古律异卷，編次失序，不足以考公
出處及少壯老成之作。余嘗有意參訂制，特病多事，未能也。故秘書郎黃
長睿父，博雅好古，工於文辭，尤篤喜公之詩。乃用東坡之説，隨年編
撰，以古律相參，先後始末，皆有次第。然後子美之出處及少壯老成之作
燦然可觀。"④

李綱聲稱黃伯思是採用蘇軾的説法按年編次杜詩，實際上也道出了黃
伯思及他自己的編年意圖，即"考公出處及少壯老成之作"。這一閱讀詩
歌的意圖最早由呂大防（1027—1097）提出。呂大防是現存最早的年譜作
者，其在《杜工部年譜》跋尾云："予苦韓文、杜詩之多誤，既讎正之，

---

① （宋）蘇軾：《答陳師仲主簿書》，見張志烈、馬德富、周裕鍇主編：《蘇軾全集校注》，河北人民出版社，2010 年版，第 5327 頁。

② （宋）魏了翁：《程氏東坡詩譜序》，見《重校鶴山先生大全文集》卷五十一，《中華再造善本》唐宋編，北京：北京圖書館出版社，2004 年版。

③ 四庫館臣認爲"編年實始自伯思"。但此觀點可能有誤，早期杜集似亦有編年者，參見吳懷東：《黃伯思〈校定杜工部集〉小考》，《杜甫研究學刊》2015 年第 1 期，第 70 頁。

④ （宋）李綱：《重校正杜子美集序》，見（唐）杜甫撰，（清）仇兆鰲注：《杜詩詳注》附編，中華書局，1979 年版，第 2246 頁。

又各爲《年譜》以次第其出處之歲月，而略見其爲文之時。則其歌時傷世，幽憂切嘆之意，粲然可觀。又得以考其辭力少而銳，壯而肆，老而嚴，非妙於文章，不足以至此。元豐七年十一月十三日，汲郡呂大防記。"① 呂大防製作詩人年譜，手段是"次第其出處之歲月""略見其爲文之時"，目的在觀詩人之意與"少而銳，壯而肆，老而嚴"的文學生命歷程。顯然，這種觀念充盈着一種由詩見史的歷史意識，與"詩史"觀念密不可分。

正是由於宋人的詩集編年意識與"詩史"觀念密不可分，而在宋代公認爲"詩史"者只有杜詩，所以杜詩注本採用編年體例者最多，如趙次公《杜詩先後解》、黃希父子《黃氏補千家注紀年杜工部詩史》、題王十朋所編《王狀元集百家注編年杜陵詩史》等。其他詩人詩歌注本雖然看似按時間順序編排，但多因注釋所據底本即大致編年，注家一般不會像杜詩注釋或者清人的注釋那樣，在注本中調整原有詩歌的順序。蘇詩的注釋，清代查慎行《補注東坡先生編年詩》、馮應榴《蘇文忠詩合注》、王文誥《蘇文忠公詩編注集成》等皆依據自己對蘇詩寫作時間的考證，調整了《東坡集》《東坡後集》中蘇詩的先後次序，並體現於注本中。而宋人所編《集注東坡先生詩前集》《注東坡先生詩》，看似編年，實則完全依照白文本詩集的編次順序。施宿雖然有新的編次意見，卻沒有體現在注本中。當然，亦有宋代注家用心考索，以編年體例編撰注本者，如任淵的《山谷詩集詩注》（後通稱《山谷內集詩注》），即在洪炎所編《豫章黃先生集》的基礎上，打破原集分體的體例，結合黃庭堅的生平經歷與其他稿本、刻本等，重新爲山谷詩繫年編次。

因此，至少從現存蘇軾詩歌注本來看，"詩史"觀念影響宋代蘇詩注家以"知人論世"法注詩的表現只在爲詩歌繫年這方面，不包括編年。

第二，宋代蘇軾詩歌注本附錄有詩人年譜。現存三種宋代蘇詩注本，《集注東坡先生詩前集》殘餘四卷，原貌無從窺測，暫不論，"百家注"卷首附有傅藻《東坡紀年錄》，"施顧注"附有注家施宿所作《東坡先生年譜》。實際上，附錄年譜是宋代詩注本的流行做法，意義重大。

注釋時附錄年譜的做法可以追溯到東漢，鄭玄在注釋《詩經》的同時

---

① （宋）呂大防等撰，徐敏霞校輯：《韓愈年譜》，中華書局，2006 年版，第 6 頁。

撰寫《詩譜》，但《詩譜》與年譜區别明顯。

首先，《詩譜》的叙述對象與宋人年譜有所不同。《詩譜序》稱："詩之興也，諒不於上皇之世。……夷厲已上，歲數不明，大史《年表》自共和始，歷宣、幽、平王而得《春秋》次第。以立斯譜。"①《詩譜》的結構框架類似司馬遷《史記》中的《十二諸侯年表》《六國年表》等，按時間順序進行叙述。這一點與宋人年譜相同。但是，鄭玄之《詩譜》所譜寫的對象是出自衆人之手的《詩經》，作者大多不知名。若與後世比較，這些詩作可謂群體之詩，更多反映了某一地域或人群的思想情感。② 鄭玄按時間、地域排列這些詩作，爲其建立譜系，以成《詩譜》。而魏晉以降，詩人個體意識覺醒，出現了真正意義上的詩人之詩。因此，在宋代，詩人年譜是按時間順序排列的一人之詩。

其次，鄭玄撰寫《詩譜》的意圖也與宋人撰寫詩人年譜不同。《詩譜序》稱："欲知源流清濁之所處，則循其上下而省之；欲知風化芳臭氣澤之所及，則傍行而觀之。此《詩》之大綱也。舉一綱而萬目張，解一卷而衆篇明，於力則鮮，於思則寡，其諸君子亦有樂於是與。"③ 鄭玄認爲通過《詩譜》可以綱舉目張，如同把創作於不同時期、地域的《詩經》置於時空縱橫交織的網絡之中，"循其上下而省之""傍行而觀之"，由此知見各地的風土人情以及王化政教。子曰"詩可以觀"，鄭玄對此的解讀正是"觀風俗之盛衰"④，即是其撰寫《詩譜》的意圖。

而宋人撰寫詩人年譜的意圖主要取"詩可以觀"的另一層含義，即詩以觀志。"百家注"卷首所附傅藻《東坡紀年録》作者跋云："予於暇日因二家之述，遍訪公之文集，采其標題與其歲月……足以觀公宦遊窮達之節，吟咏著作之時。""施顧注"所附施宿《東坡先生年譜》，其序曰："又采之《國史》以譜其年，及新法罷行之目列於其上，而系以詩之先後，庶

① 鄭玄：《詩譜序》，見（漢）毛亨傳，（漢）鄭玄箋，（唐）孔穎達疏，（唐）陸德明音釋，朱杰人、李慧玲等整理：《毛詩注疏》，上海古籍出版社，2013 年版，第 1～10 頁。
② 錢志熙：《從群體詩學到個體詩學——前期詩史發展的一種基本規律》，《文學遺産》2005 年第 2 期，第 16～27 頁。
③ 鄭玄：《詩譜序》，見（漢）毛亨傳，（漢）鄭玄箋，（唐）孔穎達疏，（唐）陸德明音釋，朱杰人、李慧玲等整理：《毛詩注疏》，上海古籍出版社，2013 年版，第 10 頁。
④ 鄭玄：《論語·陽貨》注釋，見（魏）何晏等注，（宋）邢昺疏：《十三經注疏》下册《論語注疏》，上海古籍出版社，1997 年版，第 2525 頁。

幾□（學）者知先生自始出仕，至於告老，無一念不惓惓國家，而此身不
與。"① 傅藻與施宿考索詩人行迹仕履，目的皆在"觀公宦遊窮達之節"
"知先生自始出仕，至於告老，無一念不惓惓國家"，即以詩觀知詩人之
志。此"志"乃蘇軾在出處進退的人生浮沉中體現的志意，是詩人個體
之志。

　　也就是説，《詩經》是群體詩學集體意識的體現，而宋代年譜是詩人
個體完整的、獨立的思想情感之表達。與之相應，鄭玄撰寫《詩譜》的關
注點更多在於詩歌産生的群體要素，比如詩人集體所在的地域環境、風俗
盛衰等。而宋人撰寫詩人年譜則側重於説明某一詩人的思想感情或文學生
命的發展脉絡。

　　事實上，年譜的産生嚴格説來即在宋代。② 宋代以前，諸如帝王實
録、正史年表、墓表、行狀、日記等，同樣按時間順序記載人物的生平事
迹，與年譜的定義相似，《辭源》云："按年記載人物的生平事迹、經歷、
著述等，叫年譜。"③《辭海》云："傳記體裁之一。按年月記載人物生平
事迹，被譜述的人物，稱爲譜主。"④ 但這些體裁或事無巨細，或列舉要
事，記叙手法與内容側重都與宋代命名並大量出現的年譜不同，故來新夏
先生定義年譜爲："年譜是史籍中較爲特殊的一種人物傳記體裁。但和一
般的傳記有所不同，一般的傳記主要記録傳主的生平大要，而年譜則是以
譜主爲中心，以年月爲經緯，比較全面、細緻地叙述譜主一生事迹。"⑤

　　第三，與杜詩注釋不同，在詩歌句注方面，宋代蘇軾詩歌注釋較少以
詩"論世"。這跟"詩史"視域下宋人對蘇詩的認識、評價有關。上文已
經談到，由於蘇軾及蘇詩的個性特徵，終宋之世人們未授予其"詩史"稱
號。後世人的態度却有所不同。元程鉅夫在《王寅夫詩序》中稱：

　　　　繼風騷而詩者，莫昌於子美。秦蜀紀行等篇，山川風景，一一如
　　畫，逮今猶可想見。他詩所咏，亦無非一時事物之實，謂之詩史，信

　　① 見［日］小川環樹、倉田淳之助編：《蘇詩佚注》下册，壬生川通五條南人株式會社，
1965 年版，第 4 頁。
　　② 參見吳洪澤：《宋代年譜考論》第一章"年譜體的形成"，四川大學博士學位論文，2006
年，第 5～34 頁。
　　③ 何九盈、王寧、董琨主編：《辭源》，商務印書館，2015 年版，第 0129 頁。
　　④ 辭海編輯委員會：《辭海》，上海辭書出版社，1999 年版，第 575 頁。
　　⑤ 來新夏、徐建華：《中國的年譜與家譜》，中國國際廣播出版社，2010 年版，第 2 頁。

然。後之才氣筆力，可以追蹤子美，馳騁躪藉而不困憊，在宋惟子瞻
一人。其平生遊覽經行及海南諸詩，使讀之者真能知當時土風之爲何
如。詩之可以觀，未有過於二公者也。①

程鉅夫雖然沒有直接指認蘇詩爲"詩史"，但稱"在宋惟子瞻一人"可以
追配子美，即認爲在忠實地描述、反映社會風土人情方面，蘇詩足以擔當
"詩史"的榮譽。明楊慎《升庵詩話》"蘇堤始末"條直接稱蘇詩爲"詩
史"：

> 東坡先生在杭州、潁州、許州皆開西湖，而杭湖之功尤偉。其詩
> 云："我在錢唐拓湖淥，大堤士女争昌丰。六橋横絕天漢上，北山始
> 與南屏通。忽驚二十五萬丈，老葑席卷蒼雲空。"此"詩史"也，而
> 注殊略。②

楊慎爲蘇詩注釋未能體現蘇詩"詩史"的特質而遺憾。清代注家直接指出
蘇詩具有記錄歷史的特點，因此必須極爲熟悉宋代歷史政事才能注蘇。韓
對爲王文誥《蘇文忠公詩編注集成》所作序稱：

> 注古人之詩難矣，注大家之詩更難。若夫杜少陵、蘇長公二家之
> 詩，則尤有難者。蓋少陵丁天寶之季，出入戎馬，跋履關山，感事攄
> 懷，動有關係，非熟於有唐一代之史者，不能注杜集也。長公親見慶
> 曆人才之盛，備知安石變法之弊，進身元祐更化，卒羅紹聖黨禍，凡
> 所感激，盡吐於詩。其詩視少陵爲多，其容悴，升沈亦與少陵僅以奔
> 赴行在者異。少陵事狀頗略，而長公政績獨詳。唐之雜纂不載少陵，
> 而兩宋紀錄非長公不道，故注蘇較難於注杜。雖熟有宋一代之史勢，
> 不能括其全。③

韓對甚至認爲注蘇難於注杜，因爲蘇詩與宋朝歷史有對應關係。而宋代蘇
軾詩歌注本的注家，只有施宿非常重視利用《國史》等史料來注釋蘇詩，
但其注法並不成熟（詳見本書第四章論述）。其他注家很少引用史料注釋

---

① （元）程鉅夫：《王寅夫詩序》，見《景印文淵閣四庫全書》第 1202 册《雪樓集》，臺灣
商務印書館，1986 年版，第 177 頁。
② （明）楊慎撰，王大厚箋證：《升庵詩話新箋證》，中華書局，2008 年版，第 831 頁。
③ （清）王文誥：《蘇文忠公詩編注集成》，《蘇文忠公詩編注集成總目》附錄，巴蜀書社，
1985 年版。

蘇詩，僅關注詩歌直接涉及的人物經歷或事件。

以“百家注”卷一紀行類《予昔過嶺而題詩龍泉鐘上今復過而北次前韻》爲例説明：

> 秋風卷黄落，次公曰：“《月令》：‘季冬之月，草木黄落。’漢武帝《秋風詞》云：‘草木黄落兮雁南飛。’”朝雨洗綠净。次公曰：“退之詩：‘瞰臨眇空闊，綠净不可唾。’”人貪歸路好，節近中原正。下嶺獨徐行，艱嶮未敢忘。遥知叔孫子，已致魯諸生。繽曰：“《前漢》：叔孫通爲博士，説上曰：‘臣願徵魯諸生，與臣弟子共起朝儀。’於是招魯諸生三十餘人，其所不能致者二人。”次公曰：“此言建中靖國間新天子即位，必新定禮儀。”

“百家注”的注家主要注釋蘇詩涉及的典故。最後兩句趙次公雖然有進一步的思考，聯繫到了當時的政治背景，但只拈出“新定禮儀”這一相似點。趙次公實際上並没有把蘇詩置於當時的歷史政治環境之中解讀。陸游的注釋與這些注家不同。陸游爲施元之、顧禧所作蘇詩注本作序稱：

> “……‘遥知叔孫子，已致魯諸生’，當若爲解？”至能曰：“……建中初復召元祐諸人，故曰‘已致魯諸生’。恐不過如此耳。”某曰：“……建中初韓、曾二相得政，盡收用元祐人，其不召者亦補大藩，惟東坡兄弟猶領官祠。此句蓋寓所謂‘不能致者二人’，意深語緩，尤未易窺測。”

陸游回顧歷史，從徽宗即位時復用舊臣而蘇軾兄弟不見召還中體會蘇軾用典的深意——“不能致者二人”。

陸游此種闡釋蘊含的詩學理念，被宋末元初的方回揭示。《瀛奎律髓》卷十春日類《正月二十日與潘郭二生出郊尋春忽記去年是日同到女王城作詩乃和前韻》方回評注云：

> 東坡初貶黄州之年，即“細雨梅花”、“關山斷魂”之時也。次年正月二十日往岐亭見陳慥季常，是以爲《女王城》之詩。又次年正月二十日與潘郃老等尋春，是以有“事如春夢了無痕”之詩。又次年正月三日尚在黄州，復出東門，仍和此韻云：“亂山環合水侵門，身在淮南盡處邨。五畝漸成終老計，九重新掃舊巢痕。”謂元豐官制行罷

廢祖宗館職，立秘書省，以正字校書郎等爲差，除資序而儲士之意淺矣。

觀此等語，豈惟可以考大賢之出處，抑亦可見時事之更張，仁廟之所以遺燕安於後世者何其盛，熙豐之政所以大有可恨者何其頓衰。坡下句云"豈惟慣見沙鷗喜，已覺來多釣石溫"，又可痛。坡翁一謫數年，甘心於漁樵而忘返也。"新掃舊巢痕"事，陸放翁爲施宿《注坡詩》作序，記所對范至能語，學者可自檢觀。①

方回認同陸游對蘇詩的諸種解讀，指出蘇詩可以"知人論世"，也從世變人事的角度去評注蘇詩，實際上已經以蘇詩爲"詩史"。其實其他宋人也有這種看法，如魏了翁《程氏東坡詩譜序》云："惟文忠公之詩，益不徒作，莫非感於興衰治亂之變，非若唐人家花車斜之詩，競爲庚辭險韻以相勝爲工也。永歌嘆美之詞，閎挺而不浮；隱諷譎諫之詞，諄實而不懟。而又所與交者，皆一代之聞人。千載而下，誦其詩者，不必身履熙、豐、祐、聖之變，而識世道之升降；不待周旋於熙豐祐聖諸公，而得人品之邪正。"② 這與宋人對杜詩的認識以及清人對蘇詩的評價比較一致。但這些看法基本產生於南宋中期以後，除了施宿注有所體現，其他蘇軾詩歌注釋並沒有受到很大影響。

第三節　以學問爲注、以詩法爲注

據《續資治通鑒長編》卷三百四十二記載，神宗時宰相王珪解釋蘇軾詩歌的意義云：

珪因舉軾《檜》詩"根到九泉無曲處，世間唯有蟄龍知"之句，對曰："飛龍在天，軾以爲不知己而求之地下之蟄龍，非不臣而何?"

---

① （元）方回選評，李慶甲集評校點：《瀛奎律髓》卷十，上海古籍出版社，2005年版，第372~373頁。

② （宋）魏了翁：《重校鶴山先生大全文集》卷五十一，《中華再造善本》唐朱編，北京圖書館出版社，2004年版。

上曰："詩人之詞，安可如此論！彼自咏檜，何預朕事？"珪語塞。[①]

王珪採用經學比興、義理的注詩方法解讀蘇詩，而宋神宗的答復"詩人之詞，安可如此論！"深具意味。這句話説明人們已經認識到"詩人之詞"有其特殊性，只適用相應的闡釋策略。以詩爲史的觀念即是宋人開發出的一種詩歌闡釋思路，此外，黃庭堅提出的"無一字無來處"亦是重要的詩歌闡釋觀念，對宋人的詩歌注釋影響很大。蘇軾詩歌注本表現出以學問爲注、以詩法注詩的特點。

一、宋人"無一字無來處"詩學觀念的内涵與淵源

黃庭堅在《大雅堂記》中指責那些穿鑿附會、過度闡釋詩歌義理者，既"破"則須"立"，黃庭堅進一步把眼光由詩歌的意義内容引到文本的語言表達上，從而提出立足於文本語言的"無一字無來處"闡釋觀念：

> 自作語最難，老杜作詩，退之作文，無一字無來處，蓋後人讀書少，故謂韓、杜自作此語耳。古之能爲文章者，真能陶冶萬物，雖取古人之陳言入於翰墨，如靈丹一粒，點鐵成金也。[②]

黃庭堅慨嘆杜詩韓文"無一字無來處"，反映出他對於創新的極度渴望。創新，即他所無而唯我有。黃庭堅一方面顯露出作爲後來者的無力感，另一方面他並没有放弃，而是借由連杜甫、韓愈這樣極富創造力的詩人也遇到類似困境，來鼓勵自己與後輩（洪芻）繼續追求詩歌語言藝術的獨特與創新。在黃庭堅眼中，"無一字無來處"之"字"如同陳舊、廢弃的"鐵"，可以通過詩人的加工鍛造，重新熔鑄爲嶄新璀璨的"金"。黃庭堅所追求的是一種立足於語言而最終超越語言的創新。

黃庭堅提出"無一字無來處"的詩學觀念有其理論淵源。黃氏的岳父孫覺已經指出杜詩"無兩字無來歷"，黃庭堅可能受到啓發。爲黃庭堅詩歌作注釋的任淵便説道："孫莘老云：'老杜詩無兩字無來歷。'劉夢得論

---

① （宋）李燾撰，上海師範大學古籍整理研究所、華東師範大學古籍研究所點校：《續資治通鑒長編》第 23 冊，中華書局，1995 年版，第 8228 頁。

② （宋）黃庭堅：《答洪駒父書》，見劉琳、李勇先、王蓉貴校點：《黃庭堅全集》，四川大學出版社，2001 年版，第 475 頁。

詩亦言：‘無來歷字，前輩未嘗用。’山谷屢拈此語，蓋亦以自表見也。”①

　　時人“以故爲新、以俗爲雅”的觀點應當也對黃庭堅有所影響。陳師道《後山詩話》記載：“閩士有好詩者，不用陳語常談。寫投梅聖俞，答書曰：‘子詩誠工，但未能以故爲新，以俗爲雅爾。’”② 梅堯臣之後，蘇軾也主張：“詩須要有爲而作，用事當以故爲新、以俗爲雅。”③ 而黃庭堅在他處亦談道：“蓋以俗爲雅、以故爲新，百戰百勝，如孫、吳之兵；棘端可以破鏃，如甘蠅、飛衛之射。此詩人之奇也。”④ 顯然，“以故爲新、以俗爲雅”的觀念與黃庭堅提出的“點鐵成金”、詩歌如何繼承與創新一致。梅堯臣、蘇軾、黃庭堅，這些杰出的宋詩作者不僅認爲“陳語常談”也可作成好詩，更大力宣揚對陳言俗語的充分利用，在繼承之上達致創新。

　　雖然黃庭堅提出“無一字無來處”的最終目的是創新，但在表述上“無一字無來處”全盤否定了詩人創新的部分，這種闡釋立場上接初唐李善注釋《文選》時提出的“作者必有所祖述”觀念。在《文選注》首篇《兩都賦》序的首句“或曰賦者古詩之流也”的注釋中李善稱：“諸引文證，皆舉先以明後，以示作者必有所祖述也。他皆類此。”⑤ 祖述即效法、模仿，來自《禮記·中庸》：“仲尼祖述堯舜，憲章文武。”李善認爲作者之間相互模仿、借鑒，因此，注釋作品文本時可以通過徵引所模仿的對象顯示出他們的出處，而所注釋文本的意義也在展示比較的過程中不言自明。“他皆類此”也説明李善是有意爲其整個注釋發凡起例，“作者必有所祖述”是其貫穿始終的闡釋觀念。

　　李善的看法與《文選》收錄作品與編集的時代有關。《文選》收錄了先秦到梁初的作品，彼時南朝文壇模擬創作之風盛行，當時許多詩人寫作“學某某體”“擬某某體”“效某某作”等詩歌，詩學闡釋領域，以“源流”

　　① 任淵：《古詩二首上蘇子瞻》詩注，見（宋）黃庭堅撰，（宋）任淵、史容、史季温注，劉尚榮校點：《黃庭堅詩集注》，中華書局，2007 年版，第 47～48 頁。

　　② （宋）陳師道：《後山詩話》，見吳文治主編：《宋詩話全編》第 2 册，江蘇古籍出版社，1998 年版，第 1026 頁。

　　③ （宋）蘇軾：《題柳子厚詩二首》之二，見張志烈、馬德富、周裕鍇主編：《蘇軾全集校注》，河北人民出版社，第 7548 頁。

　　④ （宋）黃庭堅：《再次韻（楊明叔詩）序》，見劉琳、李勇先、王蓉貴校點：《黃庭堅全集》，四川大學出版社，2001 年版，第 126 頁。

　　⑤ （梁）蕭統編，（唐）李善注：《文選》卷一，上海古籍出版社，1986 年版，第 1 頁。

品第人物及詩作也成爲風尚，如鍾嶸《詩品》便屢屢使用“源出、祖述、祖襲、憲章”等詞評論詩人與《詩經》《楚辭》兩大詩歌源頭或者其他詩人的關係。李善注釋《文選》對此當有心得，自然影響到其提出“作者必有所祖述”的觀點。

“無一字無來處”的觀念與李善“作者必有所祖述”皆否定作者自我創新的可能，強調對前人的繼承。然而，“無一字無來處”的表述又悄然轉換了重點，這正是黃庭堅詩學觀念的精華所在。“無一字無來處”把“作者必有所祖述”所揭示的作者主體之間的模仿繼承關係轉換成了作品文本之間的來歷出處關係，更加強調文本的語言表達。這一轉換意義重大，避免了“作者祖述”所意味的作者主體之間的模仿、蹈襲、偷竊，更易令詩人們接受，實際上也的確引導人們把關注點放到作品語言本身。

“無一字無來處”的觀念在宋代影響很大，在其指導下，宋詩的面貌有所不同。黃庭堅與奉其爲宗主的江西詩派提倡詩歌寫作充分利用前人遺產，重視詩歌語言的鍛造，鑽研字法、句法、章法等語言結構規律，形成了生新瘦硬的詩風。在南宋初期江西詩派獲得政局與文壇的雙重認可，黃庭堅及江西詩派的詩學理論如日中天，江西詩風也盛行一時。在詩歌闡釋方面，誰也不願意被認爲是“讀書少”“見識差”，南宋前期的詩學闡釋領域掀起一股爲前人和當代詩人詩作尋找“來處”的風氣。當時許多詩話、筆記著作都涉及這方面內容，吳开的《優古堂詩話》、張表臣的《珊瑚鈎詩話》、周紫芝的《竹坡詩話》甚至以詩篇詩句或者用典的來歷出處爲最主要的討論對象。在細緻而專門的詩歌注釋領域，“無一字無來處”的觀念被應用得更爲徹底，概括而言，主要有以學問爲注、以詩法注詩兩大特點。

二、以學問爲注：宋代詩注知識化的傾向

注釋都必然以知識、學問爲基礎，但宋人以學問爲注的傾向與前代有所不同。這種不同主要表現在兩方面。一是宋代詩注家普遍相信詩人“以學問爲詩”，在注釋時尤其強調詩中蘊含的典故知識。如爲蘇詩分類、注釋的趙夔自序云：

崇寧年間，僕年志於學，逮今三十年，一句一字，推究来歷，必

欲見其用事之處。經史子傳，僻書小説，圖經碑刻，古今詩集，本朝
故事，無所不覽。又於道釋二藏經文，亦嘗遍觀抄節。及詢訪耆舊老
成間，其一時見聞之事，有得既已多矣。①

趙夔列舉了自己注釋過程中參考的書籍類型以及多種知識來源渠道，強調
不如此不足以注釋蘇詩。任淵《黃陳詩集注序》稱黃庭堅、陳師道的詩：

> 本朝山谷老人之詩，盡機騷雅之變，後山從其遊，將寒冰焉。故
> 二家之詩，一句一字，有歷古人六七作者。蓋其學該通乎儒釋老莊之
> 奧，下至於醫卜百家之説，莫不盡摘其英華，以發之於詩。……暇日
> 因取二家之詩，略注其一二，第恨寡陋，弗詳其秘，姑藏於家，以待
> 後之君子有同好者，相與廣之。②

事實上，宋詩宋注，凡有序言傳世可窺注家注釋動機者，無一不強調詩人
涉獵廣泛、學問該通，並把這一點視作注釋主要的困難。魏了翁爲李壁
《王荊文公詩注》作序云：

> 公博極群書，蓋自經子史以及於百家急就之文，旁行敷落之教，
> 稗官虞初之説，莫不牢籠搜攬，消釋貫融。故其爲文，使人習其讀而
> 不知其所由來，殆詩家所謂秘密藏者。今石林李公，曩居臨川，省公
> 之詩，息遊之餘，遇與意會，往往隨筆疏於其下。涉目既久，命史纂
> 輯，固已粲然盈編。會某來守眉山，得與寓目。③

詩人知識越豐富、學問越淵博，使用的典故就越多。正如最早對文學典故
下定義的劉勰所言："事類者，蓋文章之外，據事以類義，援古以證今者
也。"④ 這些來自本文之外的知識的引入，豐富了詩歌文本的意蘊，同時
也給一般讀者增加了理解的難度。宋代詩慣人於用典，對注釋者來說，發
掘這些用事（用典）之處就成了注釋的主要任務。相應的，注家本身的學
問也成了評價注本好壞的重要因素。許尹爲任淵注本所作《黃陳詩集序》

---

① 趙夔原序，見題（宋）王十朋：《王狀元集百家注分類東坡先生詩》，《中華再造善本》
唐宋編，北京圖書館出版社，2004 年版，卷首附録。
② （宋）黃庭堅撰，（宋）任淵、史容、史季温注，劉尚榮校點：《黃庭堅詩集注》，中華書
局，2007 年版，第 1 頁。
③ （宋）魏了翁：《臨川詩注序》，《重校鶴山先生大全文集》卷五十一，《中華再造善本》
唐宋編，北京圖書館出版社，2004 年版。
④ （梁）劉勰撰，范文瀾注：《文心雕龍注》，人民文學出版社，1958 年版，第 614 頁。

稱任淵“博極群書”：

> 二公之詩，皆本於老杜而不爲者也。其用事深密，雜以儒佛、虞
> 初稗官之說，雋永鴻寶之書，牢籠漁獵，取諸左右。後生晚學，此秘
> 未覩者，往往苦其難知。三江任君子淵，博極群書，尚友古人，暇日
> 遂以二家詩爲之注解，且爲原本立意始末，以曉學者。非若世之箋
> 訓，但能標題出處而已也。①

錢文子在《蓑室史氏注山谷外集詩序》中盛贊史容：

> 史公儀甫遂繼而爲之注。上自六經、諸子、歷代之史，下及釋老
> 之藏、稗官之録語，所關涉無不盡究。……而爲之注者乃即群書而究
> 其所自来，則注者之功宜難於作。而公以博洽之能，乃隨作者，爲之
> 訓釋，此其追慕先輩，嘉惠後學之意，殆非世俗之所能識也。②

注蘇詩者也感嘆以“一二人之學”不足以窺蘇詩之涯涘，必集衆人所長方
可。題王十朋編撰的《王狀元集百家注分類東坡先生詩》書序云：

> 訓注之學，古今所難，自非集衆人之長，殆未易得其全體。況東
> 坡先生之英才絕識，卓冠一世，平生斟酌經傳，貫穿子史，下至小
> 説、雜記、佛經、道書、古詩、方言，莫不畢究，故雖天地之造化，
> 古今之興替，風俗之消長，與夫山川、草木、禽獸、鱗介、昆蟲之
> 屬，亦皆洞其機而貫其妙。積而爲胸中之文，不啻如長江大河，汪洋
> 閎肆，變化萬狀，則凡波瀾於一吟一咏之間者，詎可以一二人之學而
> 窺其涯涘哉。③

以上提到的都是宋詩注者，在他們的注釋中“以學問注詩”的傾向顯而易
見，因爲宋代詩人的確擅長“以學問爲詩”。劉克莊稱：“以情性禮義爲
本，以鳥獸草木爲料，風人之詩也；以書爲本，以事爲料，文人之詩

---

① （宋）黄庭堅撰，（宋）任淵、史容、史季温注，劉尚榮校點：《黄庭堅詩集注》，中華書
局，2007 年版，第 2 頁。

② （宋）黄庭堅撰，（宋）任淵、史容、史季温注，劉尚榮校點：《黄庭堅詩集注》，中華書
局，2007 年版，第 715 頁。

③ 題（宋）王十朋：《王狀元集百家注分類東坡先生詩》，《中華再造善本》唐宋編，北京
圖書館出版社，2004 年版，卷首附録。

也。"① 而"本朝則文人多，詩人少"②。其同時之人嚴羽亦稱"詩有別材，非關書也；詩有別趣，非關理也"③，並總結出宋詩"以學問爲詩，以議論爲詩，以文字爲詩"的總體特點。也就是説，正是因爲宋代詩人本身多利用其他書籍中的典故知識創作詩歌，具有與前代不同的以學問爲詩的特點，使得宋詩注家相應也以學問爲注，重視發掘蘊藏在詩歌中的典故知識密碼。

宋人"以學問爲注"的第二個表現是擴展了典故知識的範圍，把典故和出處結合起來，尤其重視語典出處的注釋。以往的注家大多只注釋有礙讀者理解詩意的典故，而宋人除了注釋此類影響詩意理解的事典出處，也會大量注釋那些並不妨礙理解的、側重語言表達層面的語典出處。也就是説，宋代詩注家擴大了學問、知識的範圍，把文本間的重復視作一種知識上的聯繫，認爲詩人是有意沿襲、改造。因此，注家們普遍熱衷尋找詩中來自其他文本的細節，以此爲知識、學問的一種體現。

比如趙夔認爲蘇軾學問淵博，列舉其豐富知識的來源渠道之前稱："一句一字，推究來歷，必欲見其用事之處"，即注釋蘇詩的目的在於還原蘇詩的"用事之處"，方法是推究一句一字的"來歷"，説明字句的來歷成爲用事（即用典）的重要內容。任淵亦稱："二家之詩，一句一字，有歷古人六七作者。蓋其學該通乎儒釋老莊之奧，下至於醫卜百家之説，莫不盡摘其英華，以發之於詩。"黃、陳之詩一句一字歷古人六七作者，原因在於詩人"其學該通"，即任淵直接把詩句的出處來歷與詩人學問聯繫起來。

從用典的角度來看，宋人以學問爲注此種表現即是強調語典注釋，這是宋代詩歌注釋最顯著的特徵之一。所謂語典，不能簡單從來源文本的性

① （宋）劉克莊：《何謙詩》，見辛更儒：《劉克莊集箋校》第 10 册，中華書局，2011 年版，第 4413 頁。
② （宋）劉克莊：《竹溪詩》，見辛更儒：《劉克莊集箋校》第 9 册，中華書局，2011 年版，第 3996 頁。
③ （宋）嚴羽：《詩辯》，見張健：《滄浪詩話校箋》，上海古籍出版社，2012 年版，第 129 頁。

質進行判定①，不是説典故來源是"人事"②事件就是事典，是"成辭"言語就是語典。典故來源是言語者也可能成爲事典，反之亦成立。比如蘇軾《蘇州閶丘江君二家雨中飲酒二首》之二："五紀歸來鬢未霜，十眉環列坐生光。喚船渡口迎秋女，駐馬橋邊問泰娘。曾把四弦娛白傅，敢將百草鬥吳王。從今却笑風流守，畫戟空凝宴寢香。"其中"喚船渡口迎秋女"句程縯注："杜牧《杜秋娘》詩：'却喚吳江渡，舟人那得知。'""駐馬橋邊問泰娘"李厚注："劉禹錫《泰娘》詩：'有時裝成好天氣，走上皋橋折花戲。風流太守韋尚書，路傍忽見停隼旗。'"蘇詩中"秋女""泰娘"的出處是兩首唐詩，文本類型顯然是"言語"或劉勰所稱"成辭"。但蘇軾用典的目的在於以杜秋娘、泰娘來代指宴席上的侍女，指涉原來唐詩所叙述的整個事件過程。這並非修辭上的代名，不是通例，而且蘇軾使用了杜牧、劉禹錫詩歌叙事創造出的情境氛圍與意義，把其詩中描繪的事件信以爲真，用"喚、渡、秋女、橋、問、泰娘"等詞彙交互聯想與指稱唐詩中的事件與當下的場景。蘇詩又在連用數個典故之後，結尾一大反轉，"從今却笑風流守，畫戟空凝宴寢香"，一個"空"字推翻了前面所有關於女性的描繪，説明蘇軾參與的這次宴會並沒有令人艷羨的偶遇或者美女，"十眉環列坐生光"只是詩人的自我戲謔，詩歌的寫法是化實爲虛。也就是説，蘇軾看中的是典故所表述的事件內容，而不在語言表達本身，因此，程縯、李厚引用唐詩詩句爲注仍然是注釋事典，而非注釋語典。反之，若典故來源爲史書記載的一段故事中的某一句話，用典的目的在於襲用此一句話的某種語言表達方式而非整個故事的意義內容，那麼，即使注釋所引乃此一事件的叙述語句，仍爲語典注釋。

---

① 比如陳望道先生認爲："文中夾插古人成語或故事的部分，名叫引用辭。"（陳望道：《修辭學發凡》，上海開明書店，1935年第6版，第194頁）王易先生認爲："引喻者，引古人之故事成語以飾其辭而增其信也。"（見王易：《修辭學通詮》，《民國叢書》第二編，上海書店，1990年版，第64頁）國內研究漢語用典的第一本專著羅積勇先生《用典研究》對典故定義爲："爲了一定的修辭目的，在自己的言語作品中明引或暗引古代故事或有來歷的現成話，這種修辭手法就是用典。"（羅積勇：《用典研究》，武漢大學出版社，2005年版，第2頁）其區分用典引言爲"引平常話語"、"引描述之語"和"引言理之語"，有意識地探討了語典概念，但分類標準不一，未中肯綮。或者從廣、狹二義來界定，如馬强才《中國古代詩歌用事觀念研究》："（用事）狹義的概念主要是指過去之事件，廣義的概念還包括引用前人言語。"（馬强才：《中國古代詩歌用事觀念研究》，中國社會科學出版社，2014年版，第24頁）
② 劉勰《文心雕龍·事類》最早把"事類"即典故分爲"成辭"與"人事"兩種類型。見（梁）劉勰撰，范文瀾注：《文心雕龍注》，人民文學出版社，1958年版，第614頁。標點略有改動。

也就是説，注釋語典出處，强調的是語言文字表現形式的轉换生成，事典則强調語言文字的指稱内容。當然，語典與事典的區分並非涇渭分明，因爲語言的形式與内容相輔相成、不可分離，詩人用典往往兩者皆有涉及，只是二者有誰占優勢、誰是主導的區别。用典的時候若側重語言形式的利用，就是使用語典；若内容意義的運用占主導，就是使用事典。

由於直接關涉内容意義，事典的運用容易妨礙讀者對詩歌的理解，所以任何時代的注家都必然以事典爲注釋的主要對象。而宋人特别重視注釋與詩意理解關聯相對不大的語典出處，强調詩句語言表達的來源。比如蘇詩《廣陵會三同舍各以其字爲韻仍邀同賦》之《劉貢父》"况逢賢主人"句，"賢主人"乃美稱，意義不難理解，而《前集》"新添"注云："李白詩：'山公醉後能騎馬，别是風流賢主人。'又退之《代張籍與李浙東書》云：'問無恙外，不暇出一語，且先賀其得賢主人。'""胡"注云："杜詩：'始知賢主人，贈此遣愁寂。'"注家連引三個出處注釋前人對"賢主人"的使用，以此展示詩人所言有根據、來處，在展示的過程中又自然呈現出詩人如何利用陳言俗語"以故爲新"的技藝。

顯然，宋代詩注家以學問爲注的特點深受黄庭堅"無一字無來處"觀念的影響。正因認爲詩人的詩歌"無一字無來處"，注家才要積累學問、知識，以發掘這些隱藏在詩中的衆多"來處"；正因"無一字無來處"的觀念側重文本的語言表達形式，注家才樂此不疲地探尋文本間語言的重復之處，熱衷注釋詩中的語典出處。

另外需要注意的是，"無一字無來處"作爲黄庭堅及江西詩派的詩學觀念之一，與其他一些理論觀點相呼應，共同影響宋代以學問爲注的傾向。來看黄庭堅"無一字無來處""點鐵成金"詩論出處的完整語境：

> 所寄釋權一篇，詞筆從横，極見日新之效。更須治經，深其淵源，乃可到古人耳。青瑣祭文，語意甚工，但用字時有未安處。自作語最難，老杜作詩，退之作文，無一字無來處，蓋後人讀書少，故謂韓杜自作此語耳。古之能爲文章者，真能陶冶萬物，雖取古人之陳言入於翰墨，如靈丹一粒，點鐵成金也。文章最爲儒者末事，然索學

之，又不可不知其曲折。①

黃庭堅點評洪芻所寄友人（應該是江西詩派釋善權）的詩文作品，實際分爲兩部分内容：針對"詞筆從橫"、語言表達已經較好的詩作，黃庭堅建議他通過"治經"提高思想道德修養，使作品的境界更上一層，最終達到黃氏理想中的典範，即類似"古人"的程度；而對於"語意甚工，但用字時有未安處"的祭文，黃庭堅提出了著名的"無一字無來處""點鐵成金"。黃庭堅的初衷是因材施教，針對不同問題的詩文對象給出相應的指導意見。

也即黃庭堅所謂"學問"其實有兩個重點：一是儒家經學，二是前人的詩文作品。黃庭堅《論作詩文》稱："詞意高勝，要從學問中來爾。"被認爲是江西詩派殿軍人物的趙蕃在《讀舊詩作》中亦稱："江山真末助，學問本深基。"② 其實文治國策下的宋人一直好古重學，這是儒家的優良傳統，如孔子性而好古亦重學，一再說過"述而不作，信而好古，竊比於我老彭"（《論語·述而》）、"我非生而知之者，好古，敏以求之者也"（《論語·述而》）、"十室之邑，必有忠信如丘者焉，不如丘之好學也"（《論語·公冶長》）、"默而識之，學而不厭，誨人不倦，何有於我哉？"（《論語·述而》）等名言。重視學問也是宋代文官政治的現實需要，科舉仕途之外，還可"師古以用今"，如歐陽修二十七歲的時候所言：

> 君子之於學也，務爲道。爲道必求知古，知古明道，而後履之以身，施之於事，而又見於文章而發之，以信後世。其道，周公、孔子、孟軻之徒常履而行之者是也；其文章，則六經所載，至今而取信者是也。其道易知而可法，其言易明而可行。③

歐陽修有比較明確的"古今"觀念，"學"的目的是"爲道"，"爲道"的途徑是"知古"，"知古明道"之後付諸當下切身的實踐應對才是最終目的，所以他在論說之小結處，每每落腳於當下："至今而取信者""以信後

---

① （宋）黃庭堅：《答洪駒父書》，見劉琳、李勇先、王蓉貴校點：《黃庭堅全集》，四川大學出版社，2001年版，第475頁。

② （宋）趙蕃：《淳熙稿》卷十二，清武英殿聚珍版叢書本。

③ （宋）歐陽修：《與張秀才第二書》，見《歐陽修全集》，中國書店，1986年版，第481～482頁。

世""易知而可法""易明而可行"。因此，在宋代，好古重學是較普遍的風氣，並非黃庭堅首倡。

但是，黃庭堅提倡的學問與歐陽修等人略有不同，因爲黃氏針對的是如何通過讀書積累學問從而作出好的詩文。黃庭堅一方面强調要多讀儒家經典以修身養性，培育深厚的學問根柢與道德情操以"探本窮源"。如《與徐甥師川》所言：

> 甥讀書益有味否？須精治一經，知古人關捩子，然後所見書傳，知其指趣，觀世故在吾術内。古人所謂"膽欲大而心欲小"，不以世之毀譽愛憎動，此膽欲大也；非法不言，非道不行，此心欲小也。文章乃其粉澤，要須據其根本，本固則世故之風雨不能漂摇，古人特立獨行者，盖用此道耳。①

黃庭堅認爲讀透儒家經書，參悟其中的道德心術，内心獲得堅定自足的信仰，則可游刃有餘地應對其他事物，即"以此心術作爲文章，無不如意，何況翰墨與世俗之事哉！"② 再如《答洪駒父書》所稱："所寄釋權一篇，詞筆從横，極見日新之効。更須治經，深其淵源，乃可到古人耳。"③《答李幾仲書》稱："足下天資超邁，上有親以爲之依歸，旁有兄弟以爲之伙助，春秋未三十，耳目聰明，若刻意於德義經術，所至當不止此耳。"④ 黃庭堅認爲讀儒經、治儒學可以獲得學問與道德精神的"根柢"，根本穩固則文章翰墨、世故俗事等其他方面的枝葉自然繁茂，如南宋江西詩派曾幾所言："自古詞林枝葉，皆從根柢中來。"⑤

另一方面，黃庭堅强調熟讀前代優秀詩人的作品。黃庭堅在《與徐師川書》中説道："詩政欲如此作。其未至者，探經術未深，讀老杜、李白、

---

① （宋）黃庭堅撰，劉琳、李勇先、王蓉貴校點：《黃庭堅全集》，四川大學出版社，2001年版，第486頁。
② （宋）黃庭堅：《書贈韓瓊秀才》，見劉琳、李勇先、王蓉貴校點：《黃庭堅全集》，四川大學出版社，2001年版，第655頁。
③ （宋）黃庭堅撰，劉琳、李勇先、王蓉貴校點：《黃庭堅全集》，四川大學出版社，2001年版，第475頁。
④ （宋）黃庭堅撰，劉琳、李勇先、王蓉貴校點：《黃庭堅全集》，四川大學出版社，2001年版，第465頁。
⑤ （宋）曾幾：《茶山集》卷七《李商叟秀才求齋名於王元渤以養源名之求詩》，清武英殿聚珍版叢書本。

韓退之詩不熟耳。"① 黃庭堅把"讀老杜、李白、韓退之詩不熟"與"探經術未深"並舉,實際表明除了最為根本的儒家經典,作詩直接的學問來源於李杜等杰出詩人的優秀作品。因此,黃庭堅還稱:"詩意無窮,而人之才有限。以有限之才,追無窮之意,雖淵明少陵不得工也。"② 黃庭堅未盡之意由惠洪補充,惠洪提出"奪胎換骨"的解決方案:"然不易其意而造其語,謂之換骨法;窺入其意而形容之,謂之奪胎法。"③ 也就是說,無論人的天賦才性如何,都可以通過治學,要麼在修養方面得到內在的提升,要麼在語言表達方面得到鍛煉。因此,全面來看,宋人"以學問為注"指涉道德修養與文學技藝兩方面的內容,宋代蘇詩注釋主要是後者。

三、以詩法為注:注家對詩歌藝術性的興趣

對注釋者來說,"注釋什麼"和"怎麼注釋"始終是最為核心的兩大問題。唐代孔穎達認為:"注者,著也,言為之解說,使其義著明也。"④ 傳統注釋者的主要任務是消除理解上的困難,令文義隱晦之處豁然明了,與意義理解相關的部分是注釋的主要對象。而在宋代,注釋者不僅關注影響意義理解的疑難字詞、典故出處,也開始關注那些對理解意義內容幫助不大的部分,或者說是另一層面的意義,即詩歌作為語言藝術在表達上的特點。也就是說,關於"注釋什麼"的問題,宋代注家開拓了一項新的內容,即以詩法為注。

---

① (宋)黃庭堅撰,劉琳、李勇先、王蓉貴校點:《黃庭堅全集》,四川大學出版社,2001年版,第479頁。

② (宋)惠洪《冷齋夜話》卷一,見張伯偉編校《稀見本宋人詩話四種》,江蘇古籍出版社,2002年版,第17頁。

③ (宋)惠洪《冷齋夜話》卷一,見張伯偉編校《稀見本宋人詩話四種》,第17頁。標點有改動。按:學界以往多認為"奪胎換骨"法為黃庭堅提出,周裕鍇先生指出此乃句讀引起的誤解,實是惠洪的詩法心得。參見周裕鍇:《惠洪與換骨奪胎法——一樁文學批評史公案的重判》,《文學遺產》2003年第6期,第81~98頁;莫礪鋒:《再論"奪胎換骨"說的首創者》,《文學遺產》2003年第6期,第99~109頁;周裕鍇:《"奪胎"與"轉生"的信仰——關於惠洪首創作詩"奪胎法"思想淵源旁證的考察》,《成都理工大學學報(社會科學版)》2010年第2期,第1~4頁。

④ 孔穎達:《毛詩注疏》卷一注釋,見(漢)毛亨傳,(漢)鄭玄箋,(唐)孔穎達疏,(唐)陸德明音釋,朱杰人、李慧玲等整理:《毛詩注疏》,上海古籍出版社,2013年版,第4頁。

　　魏晉以降，人們已經意識到詩歌作爲文學有獨特的審美藝術特性，但在注釋領域，直到宋代才開始普遍重視詩歌的文藝特徵，自覺分析、總結詩歌的創作方法與藝術經驗，這是宋代詩注具有開創意義的新特點。這包含兩個層次的内涵：一是宋代詩注家自覺體認詩歌作爲審美藝術的文學特性，關注詩歌語言表達上的文藝特徵；二是宋代注家對詩歌作爲語言藝術的創作方法進行分析與總結。

　　注家雖然標榜"無一字無來處"，但實際出注之處是有限的，在語典注釋中究竟哪些語言表達會吸引注家的關注？細心體會，可以發覺引起宋人注釋興趣的正是詩歌作爲文學藝術與一般語言表達不同之處。比如蘇詩《傅堯俞濟源草堂》"喬木如今似畫圖"句，施元之、顧禧《注東坡先生詩》的注釋只引用："杜子美《反照詩》：'荻岸如秋水，松門似畫圖。'"又如《薏苡》："兩俱不足治，但愛草木長"，"百家注"中趙次公以陶淵明詩句"孟夏草木長"爲注。注家顯然不爲釋義而注，"似畫圖""草木長"此種語言表達有一定特別之處，所以注家才爲其尋找出處來源。"似畫圖"強調的是"風景如畫"這一獨特的文學視角，"草木長"特殊在其詞語之間搭配組合造成的韻味效果。再如《前集》卷一《次韻和劉京兆石林亭之作石本唐苑中物散流民間劉購得之》詩中"胡"注云：

　　　　嘗喜本朝孫莘老之説，謂"杜子美詩無兩字無來處"，而僕意又
　　獨謂："非特兩字如此耳，往往一字繁切，必有來處。"今句云"鴻毛
　　於太山"，其"於"字則孟子云"太山之於丘垤"也，可謂一字有
　　來處。

"於"是常見的介詞，注家認爲此字有所來處，自然不因字面上兩"於"字的形體跟讀音相同，也不爲解釋這一介詞表示的意義，重點在此一"於"字在"鴻毛於太山"與"太山之於丘垤"的具體語境中勾連的兩個意象的對比效果，注家注釋的興趣點是大小對比、反差强烈這一語言藝術表達方式。

　　"無一字無來處"詩學觀念對待詩歌創新的路數是先發現、再破壞，注家一方面敏鋭地挖掘詩中具有文學審美特性、可以凸顯詩人藝術性構思、詩意盎然之處；另一方面又不遺餘力地打破詩人自創的幻想，試圖找出更早的原型。而引起注家注釋興趣、注釋衝動的這些語言表達，正是那

些新鮮的、與日常用語不同的地方，此即文學之爲文學在語言上的本質性審美特徵。

"以詩法爲注"的第二層内涵是指宋代注家對詩歌作爲語言藝術的創作方法進行分析與總結。自漢代注釋者簡略地以"賦比興"總結《詩經》的創作方法，其後的詩歌注釋並沒有延續、發揚這一層面的注釋類型，注釋者歷來關注的都是詩歌表達的内容、意義，而非詩歌語言如何表達、蘊含了怎樣的藝術規律。直到唐代，隨着科舉以詩賦取士，詩歌愈加普及，除了鑒賞、品評詩歌，技術層面上如何創作詩歌也逐漸成爲廣大學子關心的詩學内容。明代李東陽稱："唐人不言詩法，詩法多出宋；而宋人於詩無所得。所謂法者，不過一字一句對偶雕琢之工，而天真興致，則未可與道。其高者失之捕風捉影，而卑者坐於粘皮帶骨，至於江西詩派極矣。"①這段話的確揭示了某些現象，然並不準確。唐人已經談論詩法，重視詩法的研究與傳授②，但這些内容多出現在詩格類著作或秀句選本中，詩歌注釋並沒有引入創作方法層面的内容。直到宋代，黃庭堅提出"無一字無來處"，標舉了一條"詩可學而能"的道路，於是以江西詩派爲代表的典型宋詩闡釋觀念尤其關注詩歌如何創作的詩法問題，這一傾向影響到注釋領域，宋代詩注便也開始分析、總結詩歌的創作方法。

宋代詩注家開始分析、總結詩歌用典方法、出處類型。比如趙次公稱杜詩：

> 若論其所謂來處，則句中有字、有語、有勢、有事，凡四種。兩字而下爲字，三字而上爲語，擬似依倚爲勢，事則或專用、或借用、或直用、或翻用、或用其意不在字語中。於專用之外，又有展用、有倒用、有抽摘滲合而用，則李善所謂"文雖出彼而意殊，不以文害"也。③

趙夔也在其蘇詩注本自序中進行過類似經驗總結與理論概括。蘇軾詩歌注

---

① （明）李東陽撰，李慶立校釋：《懷麓堂詩話校釋》，人民文學出版社，2009 年版，第 27 頁。

② 王德明：《略論唐代的詩法研究與傳授》，《中國韻文學刊》2009 年第 2 期，第 13～18 頁。

③ 見林繼中輯校：《杜詩趙次公先後解輯校》附録趙次公注杜詩《自序》，上海古籍出版社，2012 年版，第 1 頁。

釋的具體表現後文詳細討論。

　　存有自序的注家是少數，更多注家在注釋當中分析品評詩歌的藝術手法與表達效果，如任淵注釋黄庭堅詩，常用"摘字""借用""翻用""借使其字"等術語分析山谷的用典之法。黄庭堅《古詩二首上蘇子瞻》其一"江梅有佳實，托根桃李場"句，任淵注："《文選·古詩》云：'冉冉孤生竹，結根太山阿。'此句效其體。……'場'謂場圃，寒山子詩：'昨晚何悠悠，場中可憐許。上爲桃李逕，下作蘭蓀渚。'此句並摘其字。""效其體""摘其字"皆是注家對詩人創作手法的揭示。

　　又如杜甫《麗人行》："頭上何所有？翠微匐葉垂鬢唇。背後何所見？珠壓腰衱穩稱身。"《補注杜詩》中趙次公注云："'頭上'、'背後'之句，此亦曹子建矣，《美女篇》'頭上金雀釵，腰珮翠琅玕'之勢也。盖舉頭與腰之飾而一身之服備矣。"趙次公認爲杜詩詩句之間的結構、句法與曹植詩篇相同，暗含杜詩祖述、仿效曹詩之意。這也是對詩人創作經驗的一種分析總結。再如王安石詩《除夜寄舍弟》，李壁在詩末注云："方干詩：'紅燈短燼方燒臘，畫角殘聲又報春。明日便爲經歲客，昨朝猶是少年人。'觀公此作，則覺干語爲繁矣。"① 通過與其他詩人類似作品的比較，在注釋中評論詩歌藝術上的優點，雖極爲簡略，却顯示出對只注釋意義内容的傳統注釋的突破，關注到了詩歌藝術表達的風格、效果。

　　總之，在"注釋什麼"的問題上，即注釋對象方面，宋代注家開始以詩法爲注。至於"怎麼注釋"，即注釋方法方面，宋人也以詩法爲注，突出的表現是一種新的注釋方法，即"引詩注詩"的大量運用。

　　清代注家邵長蘅稱："引詩注詩始於宋人。"② 如果僅就形式上以詩句注釋詩句而言，早在《詩經》《楚辭》的漢代注本已經出現這種現象，李善《文選注》亦不乏其例。但邵氏拈出宋代作爲"引詩注詩"的開端絶非無知或偏見，宋代注釋"引詩注詩"的表現在整個詩歌注釋發展歷程中的確比較特殊，它是宋代詩歌注釋以詩法爲注在方法層面的結晶。

　　最早和基本的注釋方法是直接解釋字詞音義（訓詁）或分章斷句串聯

① （宋）王安石撰，（宋）李壁箋注，高克勤點校：《王荆文公詩箋注》，上海古籍出版社，2010年版，第984頁。
② （清）邵長蘅撰：《注蘇例言》，見（清）馮應榴輯注，黄任軻、朱懷春校點：《蘇軾詩集合注》附録，上海古籍出版社，2001年版，第2719頁。

解説大意（章句），使文意著明。如韓愈詩《答張徹》"觥秋縱兀兀"句，南宋魏仲舉注本的注釋爲："兀兀，醉貌。"①這種直接的詞義解釋是傳統的注釋方法，宋人也有使用。除了直接的解釋説明，還有間接的文獻徵引，這種徵引爲注的現象也出現得很早，畢竟"徵於舊則易爲信，舉彼所知則易爲從"②。尤其在李善大量獨立運用徵引注法之後，隨着文獻逐漸增多與學術漸趨規範，間接徵引越來越頻繁地被使用。

"引詩注詩"也是徵引爲注的方式之一，然而其與其他徵引有所不同，注釋詩歌的時候，往往不僅没有爲文本讀者"答疑解惑"減少理解上的困難，反而增加了閱讀的負擔。如《前集》卷一《辛丑十一月十九日既與子由別於鄭州西門⋯⋯》"不飲胡爲醉兀兀"句，趙次公的注釋爲："白樂天《對酒》云：'所以劉阮輩，終年醉兀兀。'又齊己詩云：'愛陶長官醉兀兀。'"師尹注："白樂天詩：'不飲長如醉，加飱亦似飢。'"雖然讀者通過"兀兀"的不同出處語境，可以慢慢揣摩到其詞義爲"醉酒的樣態"，但這種只羅列、不解釋的方式對讀者而言十分間接、曲折。也就是説，注家雖然觀照了詩歌的意義，却不以注釋意義爲直接目的，"引詩注詩"的訴求在其他方面。

不以注釋意義爲直接目的的"引詩注詩"現象在宋代大量出現，爲注家普遍運用。那麽，注家運用"引詩注詩"方法進行注釋的訴求何在？論述至此，易知其與黄庭堅"無一字無來處"詩學觀念有關，是宋代注家以詩法爲注的表現之一。首先，"引詩注詩"是徵引出處的方式之一，宋人熱衷注釋語典出處與"無一字無來處"觀念深入人心有關。其次，在衆多出處中，宋代注家有意引用詩句注釋詩句，是爲了通過相同體裁的比較，展示詩人如何在繼承中創新，這也是黄庭堅提出"無一字無來處"的意旨之一。再次，吸引注家"引詩注詩"之處多是詩歌語言藝術與衆不同而匠心獨運的地方，注家認爲這是詩人創作的藝術特色有必要出注，因爲即使這些富於特色之處也都有來歷、出處，關鍵在詩人如何轉化、利用。

李之儀的一段論述很有代表性地説明了"無一字無來處"觀念對宋人

---

① （唐）韓愈：《新刊五百家注音辯昌黎先生文集》卷二，《中華再造善本》叢書唐宋編收録本，北京圖書館出版社，2006年。

② 黄侃撰，吳方點校：《文心雕龍劄記》，中國人民大學出版社，2004年版，第183頁。

詩歌闡釋的影響，這也是宋代注家"引詩注詩"的詩學闡釋態度。《姑溪居士後集》卷十五《雜題跋》云：

> 作詩要字字有來處，但將老杜詩細考之，方見其工。若無來處，即謂之亂道亦可也。王舒王《解字》云："詩字，從言從寺。"寺者，法度之所在也，可不信哉？近得蔡天啓句法，頗得其趣，嘗記其一聯云："草長蝴蝶狂深見，興盡黄蜂欲退飛。"乃"穿花蛺蝶深深見"與"六鷁退飛過宋都也"，然用之惟在不覺，若覺則不工矣。①

李之儀這段話透露出三點傾向：第一，宋人所謂"來處""來歷""出處"，更多指向本末論意義上的"本"與"根"，強調的是一種理據性。朱熹就喜歡連稱"根原來處"，如"理則根原來處，確然不可易者也"②。這種對根源來處的講究，上承北宋儒學復興運動以來的士人風貌。宋朝國小軍弱，強敵環伺，是以立國之自信尤重漢唐文化之統緒，以繼往開來爲己任。經過太祖、太宗、真宗連續三代的政教文治，在經濟穩定發展的基礎上，到仁宗時政治上以復古爲名行慶曆新政之實，儒學上理學家號稱直承孟、韓之儒家正統，文學上亦開展起聲勢浩大的詩文革新。這種在政治、思想、文化各個方面的高昂使命感與責任感，深深影響着宋代士大夫對"古"與"根"的執着，在詩學上自然亦重出處、來歷。此即"無一字無來處"詩學觀念的思想基礎。

第二，探尋出處的目的主要是鑒賞、學習詩歌的藝術方法。黄庭堅及江西詩派特別強調"法"的概念，宋詩話中討論句法、字法、活法甚至"無法"的地方不勝枚舉。宋人最推崇杜甫而非李白，黄庭堅的詩學理論影響大於蘇軾，皆由於前者才有"法"可學，至少當時大多人這麽認爲。這與北宋詩人面對"世間好語言，已被老杜道盡；世間俗語言，已被樂天道盡"③的困難局面相關，宋人唯有重學、重法，才能在前代文學高峰之後開闢出一塊自己的領地。而同類比較，是鑒賞、學習的捷徑。黄庭堅關於"無一字無來處"的論述中，他通過否定"自作語"的方式來提倡巧妙

① （宋）李之儀：《姑溪居士全集》，《叢書集成初編》本，商務印書館，1935 年版。

② （宋）朱熹：《答李堯卿》，見徐德明、王鐵校點：《晦庵先生朱文公集》，上海古籍出版社、安徽教育出版社，2002 年版，第 2698 頁。

③ （宋）胡仔撰，廖德明校點：《苕溪漁隱叢話·前集》卷十四，人民文學出版社，1962 年版，第 90 頁。

利用前人陳言、點鐵成金，目的在於以故爲新，達到化腐朽爲神奇的效果。這一思路蘊含的"故"與"新"、"腐朽"與"神奇"、"鐵"與"金"的對比思維，正是"引詩注詩"方法包含的同類比較意圖。任淵稱黄庭堅、陳師道的詩"一句一字有歷古人六七作者"①，詩句出處有可能來源衆多，無法確定，這種情況下注家選擇"引詩注詩"，徵引的詩句不一定是唯一的出處，也不一定是最早的出處。可是宋代注家往往仍然"引詩注詩"，有意識對比詩句之間的同異，顯然是爲了通過同體裁作品的繼承與新變，透析詩人如何"以故爲新"，以呈現詩人獨運之匠心巧藝。

第三，作詩有出處的效果最好是無迹可尋，不讓讀者察覺，否則便"不工矣"，不再渾融一體。這種心理自相矛盾，既希望"字字有來處"，顯出根柢學力，又期望別人看不出自己對其他文本的利用。要達到這一"水中著鹽""羚羊掛角，無迹可求"的高妙境界，對詩人而言，就是任何引用都不能影響當前詩意的表達，做到爲我所用的"辭達而已矣"。"草長蝴蝶狂深見，興盡黄蜂欲退飛"的妙處在即使不考究出處亦不影響對此詩意義的理解，其本身的表達已經清晰流暢，而意識到"穿花蛺蝶深深見"與"六鷁退飛過宋都也"的出處只是令詩意的表達效果更豐富。那麼，對注釋者來説，注出的詩句出處最好是跟當前詩意表達有關的文本。也就是説，"引詩注詩"的理想情況，是在出注之處意義相同的前提下尋找語言表達類似的出處。正因此，李善稱："然文雖出彼而意並殊，不以文害意也。"宋代注家"引詩注詩"的時候也盡量參照詩歌的意義，盡可能地選取與詩意一致的詩歌。畢竟，如果不以此爲篩選標準，文字字面的出處將會無窮無盡。

綜上所述，無論是注釋對象，還是注釋方法，宋代注釋家都受到"無一字無來處"詩學觀念的影響，表現出以詩法爲注的特點。"無一字無來處"對語言文字本身的關注、對語言表達出處的重視，影響了注家對詩歌語言藝術特徵的注釋興趣。隋唐以來，詩賦即是科舉的常設科目，在宋代，享有文壇話語權的士大夫既是學者又是有着大量創作的詩人文章家，故而他們對詩歌的理解、接受與闡釋，最終服務於詩歌創作，"無一字無

---

① 《黄陳詩集注序》，見（宋）黄庭堅撰，（宋）任淵、史容、史季溫注，劉尚榮校點：《黄庭堅詩集注》，中華書局，2007年版，第1頁。

來處”便是一種指向創作論的闡釋理論。黃庭堅引導後輩以“無一字無來處”的眼光觀看詩歌，亦是希冀他們能夠“點鐵成金”，創作出“無一字無來處”式的詩歌。所以，宋代注家不僅關注詩歌如何被理解、接受，也開始關注詩歌怎樣創作的藝術方法問題，在注釋内容與方式上都體現出對創作方法的重視，以詩法爲注。

第四節　宋代蘇詩注家的地域特徵

蘇軾是眉州眉山縣（今四川省眉山市）人，眉州在北宋屬成都府路，爲古蜀之地。蘇軾作爲蜀人的驕傲，同鄉後學仰慕其文學風采而爲其詩歌作注並不難以理解，然而，在宋代，不僅蘇詩注家多蜀地人士，其他詩人的注家亦多蜀人，這便是一個頗具意味的現象了。宋代詩歌注釋的這一地域特點是蜀地文學傳統的延續，與宋代社會各方面發展情況相關，也與宋詩及宋代詩歌注釋的特色緊密聯繫。充分認識這一現象，有助於全面、深入地把握宋代蘇詩注釋的特點、地位與意義。

一、現象：宋代詩注家多西蜀人士

宋代號稱“千家注杜”“百家注韓”“百家注蘇”，但實際注家並没有這麽多。誠然，宋人熱衷爲詩歌作注，注本種類繁多，注家人數亦衆。除大量晋、唐人詩歌注本外，僅宋人注宋詩至少已有 54 種。① 另據洪邁《容齋隨筆》“注書難”記載的故事②推測，當時還有不少詩注稿本藏諸名山、未經刊刻。南宋理宗寶慶二年（1226）董居誼爲黃希、黃鶴父子《補千家注紀年杜工部詩史》所作序稱：“近世鋟板，注以集名者，毋慮二百

---

① 張三夕《宋詩宋注管窺》考證宋人注宋詩凡 35 種（《古籍整理與研究》1989 年第 4 期），姜慶姬輯補 8 種（《宋詩宋注研究》，南京大學 2006 年博士學位論文），但據李曉黎辯證，實只 6 種，李又增加 13 種（《宋詩宋注輯補》論文兩篇，《華中學術》2012 年第 1 期、2013 年第 1 期），故共 54 種。此數目還可能增加。

② （宋）洪邁撰，穆公校點：《容齋隨筆·容齋續筆》卷十五，上海古籍出版社，2015 年版，第 218～219 頁。

家。"①無論這"二百家"指注本種類還是注家人數，都説明當時杜詩注釋流行的盛況。儘管如此，注本自我宣稱注家有千百位者，如《集千家注分類杜工部詩》《黄氏補千家注紀年杜工部詩史》《五百家注昌黎文集》《王狀元集百家注編年杜陵詩史》《王狀元集百家注分類東坡先生詩》等集注本，實際的注家卻没有這麼多。杜詩號稱"千家注"，注家姓氏目録陳列的注家一共只有一百四五十位，並且拉上唐代韓愈、元稹以及宋祁、王安石、黄庭堅、胡仔等宋代名人。韓集、蘇集注本的注家目録如法炮製，只要談論過韓文蘇詩，不管這些人是否有系統的注釋，都可能被注本編者納入注家名單。

　　再檢視注本的注釋内容，亦存在托名與僞作的問題。如杜詩"僞王洙注""僞蘇注"，淺妄可笑，早已被胡仔、洪邁等宋人指摘，爲托名僞作的典型。"僞王洙注""僞蘇注"流行一時，表明宋人並没有明確的著作版權意識。比如黄庭堅，由於其在《大雅堂記》中表露過箋注杜詩的意願："余嘗欲隨欣然會意處，箋以數語，終以汩没世俗，初不暇給。"②黄庭堅不僅被當作杜詩的注者，也出現在蘇軾詩注中。然而，黄氏原文明確表示自己並未注杜。再考察黄庭堅名下的杜詩、蘇詩注釋内容，其中一些内容出自其書信序跋，明顯是後人收集嫁接而成，另一些注釋則顯然不可能出自黄庭堅之手，如特意注出李廣射石這類常用的典故，或把蘇軾的朋友誤作唐人等（第三章有詳細論述）。也就是説，宋代注本雖以黄庭堅爲杜詩、蘇詩的注家之一，但黄庭堅並没有真正注釋過杜詩、蘇詩，此乃宋人編刻注本時僞托名人以誇飾的風氣。

　　因此，在宋代注本編刻托名成風的背景下討論詩歌注家，不能僅憑書中宣稱的注者名號。嚴格來看，只有系統而專門地注釋過某一詩人詩集者才能算作真正的注家。判斷的依據除了參考注家姓氏目録，更重要的是注本中的注釋實績，應從注釋數量、注釋内容與方法、水平來看，並且可以結合時人以及後世的評價。由此標準篩選出的注家，尤其是重要的、知名的注家，在宋代數量有限。有意思的是，其中相當一部分都爲蜀人。

---

　　①　（宋）黄希、黄鶴：《黄氏補千家注紀年杜工部詩史》附録，《中華再造善本》金元編，北京圖書館出版社，2006年版。

　　②　（宋）黄庭堅撰，劉琳、李勇先、王蓉貴校點：《黄庭堅全集》，四川大學出版社，2001年版，第437頁。

　　先來看蘇詩的宋代注家。如趙次公、趙夔等知名注家的單注本已經失傳，他們以及其他許多注家的注釋內容都保存在南宋刊刻的集注本中。現存最早的蘇詩注本即《集注東坡先生詩前集》殘四卷，乃"十注"本與"五注"本的拼合本，十位注家是程縯、李厚、師尹、林子仁、宋援、趙次公、趙夔、任居實、孫倬、李堯祖（注家的確定詳見下章）。這十位注家是宋代蘇詩注釋的主力，據《王狀元集百家注分類東坡先生詩》統計①，除蘇軾自注跟題名撰者王十朋有 51 條注釋外，此十位注家名下的注釋最多（見表 1-1）：

表 1-1

注家	趙次公	程縯	李厚	宋援	林子仁
注釋條數	3814	2336	1901	892	605
注家	師尹	趙夔	任居實	孫倬	李堯祖
注釋條數	453	398	287	117	46

　　"百家注"注家姓氏目錄共有 96 位注者，除以上十位與王十朋、實際無注的年譜作者傅藻，30 條以上注者 3 人，20 條以上 6 人，10 條以上 14 人，其餘 61 人皆爲 10 條及以下，與十注注者相差懸殊。即是說，整個"百家注"的注釋主體即爲此十位注家的注釋，而他們當中，趙次公、程縯、宋援、師尹、趙夔、任居實、孫倬七位皆爲西蜀人士。七位注家的籍貫、生平詳見下章，此不贅述。

　　杜詩注家多蜀籍的現象不如蘇詩這麼突出，但也有代表性。注蘇的七位重要西蜀注家也出現在《黃氏補千家注紀年杜工部詩史》的注家姓氏目錄中，其中趙次公、師尹的注釋較多且重要。師尹著有《杜工部詩注》，雖已佚失，但郭知達《新刊校定集注杜詩》引用多達 336 條，其他集注本也多有徵引。另外，蜀人師古撰《杜甫詩詳說》28 卷（已佚），也是杜詩較重要的注本。

　　除了這些明確可知爲蜀人的杜詩、蘇詩注家，若從集注本所附的注家

---

　　① 統計所據"百家注"版本爲《四部叢刊》初編本《分類集注東坡先生詩》，上海書店出版社，1989 年版，其底本爲宋刊元遞修建安虞平齋務本書堂本。此本與黃善夫本的主要區別是有一些"增刊""補注"，二者實爲同源，對本書論述並無影響。

姓氏目録來看，籍貫西蜀的注家還有趙若拙、周成祖、孫彥忠等人，但這種判定方法不太可靠，而且他們大多籍籍無名，注釋實績並不突出，故略而不談。

再看黃庭堅詩注三大家：任淵、史容、史季溫。他們皆爲蜀人。宋詩宋注中，除了蘇詩便是山谷詩最受注家青睞。宋代的黃庭堅詩注共有七種，流傳至今的是任淵《山谷内集詩注》、史容《山谷外集詩注》、史季溫《山谷別集詩注》，一般稱爲"三家注"。除了"三家注"，其餘黃庭堅詩注皆失傳，且在當時不太知名，而任淵、史容、史季溫的注釋不僅在宋代已爲人重視，深受好評，而且迄今爲止皆無可替代的新注本，僅有零星的補注、修正，其地位可以想見。

黃庭堅生前效仿《莊子》，把自己詩文分爲内篇、外篇，其去世 24 年後（南宋建炎二年，1128），外甥洪炎以黃庭堅中年手編《退廳堂録》爲斷，只收其後之作品，即《豫章黃先生集》。任淵注釋此集，對編次繫年略作調整，書名《山谷詩集注》。在洪炎編集之後，黃庭堅伯舅之子李彤編《外集》，收録黃氏青年時期和刪去的作品；淳熙九年（1182）黃庭堅之孫黃𥘵編《別集》，補録前兩集遺漏之作。爲《外集》作注的是史容《山谷外集詩注》，史容之孫史季溫又接着注釋《別集》，是爲《山谷別集詩注》。自從史容、史季溫的注釋流行之後，任淵之書便通稱爲《山谷内集詩注》。

任淵亦曾爲陳師道詩、宋祁詩作注。陸游《施司諫注東坡詩序》稱："近世有蜀人任淵，嘗注宋子京、黃魯直、陳無己三家詩，頗稱詳贍。"[1]《後山詩注》存世，而宋祁詩注亡佚。又據方回《桐江集》卷四《跋許萬松詩》，史容還著有《後山詩外集注》，已佚。

山谷詩三家注者中任淵最負盛名。宋人已發現其注釋特長並肯定其成就。許尹《黃陳詩集注序》云："三江任君子淵，博極群書，尚友古人。暇日遂以二家詩爲之注解，且爲原本立意始末，以曉學者。非若世之箋訓，但能標題出處而已也。"[2] 陳振孫《直齋書録解題》評價道："新津任

---

① （宋）陸游撰，錢仲聯、馬亞中主編：《渭南文集校注》第 1 册，浙江教育出版社，2011 年版，第 376 頁。

② （宋）黃庭堅撰，（宋）任淵、史容、史季溫注，劉尚榮點校：《黃庭堅詩集注》，中華書局，2007 年版，第 2 頁。

淵子淵注……大抵不獨注事，而兼注意，用功爲深。"① 四庫館臣爲《後山詩注》所作提要云："淵生南北宋間，去元祐諸人不遠，佚文遺迹，往往而存。即同時所與周旋者，亦一一能知始末，故所注排比年月，鈎稽事實，多能得作者本意。"②

史容的注釋成績也不俗。錢文子《菴室史氏注山谷外集詩序》稱："公所自編謂之《外集》者，猶不易通，史公儀甫遂繼而爲之注。上自六經、諸子、歷代之史，下及釋老之藏、稗官之録，語所關涉，無不盡究。予官成都，得於公之子叔廉而遍閲之。其於山谷之詩，既悉疏理，無復凝結，而古文舊事，因公之注，所發明者多矣。"③ 清代姚範認爲黃庭堅的詩注中，史容注較好："《宋藝文志》有陳逢寅注二十卷，而不及任淵、史容。"④

山谷"三家注"中，任淵字子淵，蜀州新津人。《山谷内集詩注》任淵序自稱"天社任淵"，許尹《黃陳詩集序》曰："三江任君子淵，博極群書，尚友古人"，"子淵名淵，嘗以文藝類試有司，爲四川第一，蓋今日之國士、天下士也"⑤。《直齋書録解題》著録任淵《訐庵集》："新津任淵子淵撰，紹興乙丑類試第一人，仕至潼川憲。嘗注山谷、後山詩，行於世。新津有天社山，故稱天社任淵。"⑥ "三江"亦是新津地名。史容，字儀甫，號菴室居士，眉州青神人。錢文子《菴室史氏注山谷外集詩序》云："公蜀青衣人，名容，號菴室居士，仕至太中大夫。晚謝事，著書不自休，嘗爲《補韻》及《三國地名》，皆極精密。今年余七十，耳目清明，齒髮不衰。"⑦ 眉州有青衣江穿過，《輿地廣記》云："西魏置眉州，取峨眉山

① （宋）陳振孫撰，徐小蠻、顧美華點校：《直齋書録解題》卷二十，上海古籍出版社，1987 年版，第 593 頁。
② （清）永瑢等：《四庫全書總目》卷一百五十四，中華書局，1965 年版，第 1329 頁。
③ （宋）黃庭堅撰，（宋）任淵、史容、史季温注，劉尚榮點校：《黃庭堅詩集注》，中華書局，2007 年版，第 715 頁。
④ （清）姚範：《援鶉堂筆記》卷四十，清道光姚瑩刻本。
⑤ （宋）黃庭堅撰，（宋）任淵、史容、史季温注，劉尚榮點校：《黃庭堅詩集注》，中華書局，2007 年版，第 2～3 頁。
⑥ （宋）陳振孫撰，徐小蠻、顧美華點校：《直齋書録解題》卷十八，上海古籍出版社，1987 年版，第 545 頁。
⑦ （宋）黃庭堅撰，（宋）任淵、史容、史季温注，劉尚榮點校：《黃庭堅詩集注》，中華書局，2007 年版，第 716 頁。

爲名。後周改曰青州，取青衣水爲名。"① 《太平寰宇記》云："青神縣南六十里，舊五鄉，今四鄉，漢南安縣地，屬犍爲郡。縣臨青衣岡，西魏分置青神縣。"② 錢文子乃用古稱青衣指代青神縣。

史容之孫史季溫，字子威。其爲趙汝愚所編《國朝諸臣奏議》作序稱："先正丞相忠定福王趙公曩嘗類編國朝名臣奏議，開端於閩郡，奏書於錦城，亦已上徹乙覽。……念昔先大父鄴室，曾受忠定之知，嘗同蜀之名流，預討論之列。"③ 趙汝愚淳熙十二年（1185）任四川制置使，史容對其在成都時的編撰有輔助之功。

另外還有王安石詩的著名注家李壁，字季章，眉州丹棱人，乃著名史學家李燾之子。王安石是富有爭議的人物，其宋代系統的注釋只有李壁所作《王荆文公詩箋注》，由其門人李西美於嘉定七年（1214）刊行。雖另有《王荆公詩庚寅補注》存世，但注者不詳，附於李注後，未嘗單行。

李壁未必是宋代最優秀的詩注家，却是最重要的詩注者之一。作爲宋代知名人物，他的注釋已爲時人重視。如劉克莊《後村詩話》雖然對其疏漏多有貶斥，却也説明對其注本的重視。即使數百年後，批評李壁爲人的四庫館臣也指出："壁附和權奸，以致喪師辱國，實墮其家聲，其人殊不足重。而箋釋之功，足裨後學，固與安石之詩，均不以人廢云。"④

簡而言之，以上提到的宋代重要詩注家的具體籍貫，趙次公、程縯、宋援、趙夔、孫倬僅知爲西蜀人士；任淵，蜀州新津人；任居實，眉州人；師尹，眉州彭山人；師古，眉州眉山人；史容、史季溫，眉州青神人；李壁，眉州丹棱人。

二、成因與意義：文學、歷史、地域的互動

宋代詩注家多蜀人，尤多眉州人，如此集中的地域分布顯然並不是偶然，其成因可謂文學、歷史與地域的互動。

---

① （宋）歐陽忞撰，李勇先、王小紅校注：《輿地廣記》卷二十九，四川大學出版社，2003年版，第846頁。

② （宋）樂史：《太平寰宇記》卷七十四，《景印文淵閣四庫全書》第469冊，臺灣商務印書館，1986年版，第609頁。

③ （清）陸心源：《皕宋樓藏書志》，中華書局，1990年版，第284頁。

④ （清）永瑢等：《四庫全書總目》卷一百五十四，中華書局，1965年版，第1325頁。

第一，蜀人好慕文學的歷史傳統令注家易對詩歌發生興趣。歷史上，蜀地杰出文人層出不窮，文學成爲蜀文化的優勢傳統。早在《漢書·地理志》中已有説明："景、武間，文翁爲蜀守，教民讀書法令，未能篤信道德，反以好文刺譏，貴慕權執。及司馬相如遊宦京師諸侯，以文辭顯於世，鄉黨慕循其迹。後有王褒、嚴遵、揚雄之徒，文章冠天下。由文翁倡其教，相如爲之師。"① 漢初文翁任蜀郡守，認爲蜀民未受教化，派遣子弟去京師學習，引進"七經"，宣導學校教育。但相比齊魯，蜀學不那麼"篤信道德"，而"好文刺譏，貴慕權執"，所以出了司馬相如、揚雄（以及後世的李白）等道德品行有争議的大文豪。的確，相比厚重的中原文化，蜀文化不是儒家正統經學的繼承者，在思想上始終保持一定的邊緣性，擅長融會貫通、推陳出新，適宜文學家的生長。蜀人善文的傳統一直延續到宋朝，南宋紹興二十六年（1156），宋高宗略帶偏見地對臣子説："蜀人多能文，然士人當以德行爲先，文章乃其餘事。"②

蜀文化的這種特點有天然的地域原因。以今重慶市與四川省中東部爲腹地的古巴蜀地區，是連接更偏遠蠻荒的西南廣大地區與中原的橋梁，而巴蜀北依秦嶺，東靠三峽，在古代當真是"一夫當關，萬夫莫開"，自商周以來便是控制西南地區的重要關塞，也容易成爲封閉的割據之地。巴蜀之地中，西蜀以今四川盆地中西部平原爲主，地理條件比多山的東巴更適宜農耕。而且蜀人很早便開始興修水利，秦代修築的都江堰水利工程，保證了成都平原的沃野千里，《華陽國志·蜀志》稱："蜀沃野千里，號爲'陸海'，旱則引水浸潤，雨則杜塞水門，故記曰：水旱從人，不知饑饉，時無荒年，天下謂之'天府'也。"③ 土地水利是農業之本，西蜀坐擁這樣得天獨厚的農耕便利與物産資源，基本保證了居民的自給自足，加上對外交通的困難、政治上的動蕩，蜀人逐漸養成了安逸享樂的民風。《隋書·地理志》云："（蜀）其地四塞，山川重阻，水陸所輳，貨殖所萃，蓋一都之會也。……其人敏慧輕急，貌多蔞陋，頗慕文學，時有斐然，多溺

① （漢）班固：《漢書》卷二十八下，見顧頡剛等點校：《點校本二十四史精裝版·漢書》第 6 册，中華書局，2011 年版，第 1645 頁。
② （宋）李心傳撰，胡坤點校：《建炎以來繫年要録》卷一百七十一，中華書局，2013 年版，第 3257 頁。
③ （晋）常璩撰，劉琳校注：《華陽國志校注》卷三，巴蜀書社，1984 年版，第 202 頁。

於逸樂，少從宦之士，或至耆年白首，不離鄉邑。"① 在古代，文章之學雖有經國之用，但文學畢竟偏重生計層面之上的審美趣味與精神追求，整個民風崇文享樂，離不開基本的經濟、物質保障，這是蜀人好文客觀的地域因素。

地域文化傳統的影響當然不是絕對有效，但正如劉安世批駁蘇軾所言："某初不聞其語，然'立賢無方'，須是賢者乃可。若中人以下，多系土地風俗，安得不爲土習風移？"② 在蜀地接受教育而成長起來的人士，從小耳濡目染文學同鄉的故事與作品，自然會對文學流露出更多的興趣。表現在注釋領域，詩歌注釋比其他文本注釋更能引起蜀人的關注也就不足爲怪了。

第二，宋詩及詩學闡釋的特點需要注家注釋，而宋代蜀地的政治、經濟、文化等方面的發展爲其提供了方便。南宋嚴羽對宋詩特點的概括十分到位："以學問爲詩，以議論爲詩，以文字爲詩。"③ 宋以前的詩多由興發感動而來，是詩人內在情感的抒發，宋詩雖也由外事外物觸動，卻增加了詩人理性思維的冶煉，更加注重語言形式的工藝美與交際往來的情境需要④，表意更幽微複雜。因此，典型的唐詩似乎不需要注解，吟咏情性而已；而典型的宋詩大量使用典故，化用前人語句，與書籍相關、與道理相涉，以學問作詩，也需要以學問注詩。宋代許多詩集的序言（自序或他序）都強調詩人學識淵博、旁徵博引帶來注釋上的困難，而這也是挑戰、吸引注家注釋的動力。同樣，宋詩人"以文字爲詩""以議論爲詩"，注家也需要相應鑽研詩人遣詞造語的出處與技藝，並知人論世，考察還原詩歌的創作背景，從而知曉詩人議論所寄寓的深意。

必須要承認的一點是，注釋不同於文學創造，才情與閱歷可以令注家注釋得更妥帖精妙，卻非必需，長期好學深思的沉潛堅持才是注家必備的品質，而豐富的可備查閱的書籍則是注釋不可或缺的客觀條件。宋代蜀人注家中可考具體籍貫者，任居實、師尹、師古、史容、史季溫、李壁都是

---

① （唐）魏徵等：《隋書》卷二十九，見顧頡剛等點校：《點校本二十四史精裝版·隋書》第 3 冊，中華書局，2011 年版，第 830 頁。

② （宋）邵博：《邵氏聞見後錄》，中華書局，1983 年版，第 159 頁。

③ （宋）嚴羽：《滄浪詩話》，中華書局，1985 年版，第 7 頁。

④ 周裕鍇：《從工藝的文章到自然的文章——關於宋代兩則諺語的另類解讀》，《文學遺產》2014 年第 1 期。

眉州人，任淵所在的新津與眉州緊鄰。眉州在宋代爲三大刻書中心之一，藏書豐富，書籍流通快捷便利。晁公遡在南宋初作《眉州州學藏書記》云："郡之富於文，不獨諸生之言辭爲然，蓋文籍於是乎出，至布於其部，而溢於四方。"① 這種現象源於唐五代戰亂及宋"靖康之難"後，眉州接收了很多的移民，這些移民要求子孫"承家從仕"，促進了眉州教育、科舉的繁盛，最終使眉州成爲西蜀的文化中心之一。② 另外，上述注家中，史容、史季温爲祖孫，李燾、李壁爲父子，家族內部的傳承也是眉州多注家的原因。

從蜀地整體的政治、經濟、文化情況來看，其在南宋由於軍事戰略的需要，地位提高，實力得以增強。中原淪陷、宋室南渡後，蜀地"一夫當關，萬夫莫開"的戰略地位得以凸顯，宋人對此深有感觸，諸如"東南立國，倚蜀爲重"③"蜀在宇内，九之一爾。得之則安，失之則危"④的言論不勝枚舉。因此，巴蜀之地由宋真宗時分開的川峽四路（益州路、梓州路、利州路、夔州路）逐漸合併爲統一的實體行政機構——四川制置使司，蜀地長官有便宜行事的權力。朝廷的重視提高了蜀地的政治地位，爲當地經濟發展提供了權力保障，促進了經濟以及文化的繁榮。南宋時的科舉制度爲四川地區設置類省試，顯示出對蜀民的重視。在這樣的氛圍下，蜀人心態也悄然變化，更加自信⑤。這些都有利於蜀人注家的注釋活動。

第三，蜀地成爲注家與詩人因緣際會的媒介，這是觸發蜀人注詩的直接原因。

趙次公，林繼中先生考證其與邵溥、晁公武交遊，隆興年間任隆州司法⑥。隆州與眉州相鄰，同屬成都府路（原益州路），治所在今四川仁壽

① （宋）晁公遡：《嵩山集》，《景印文淵閣四庫全書》第 1139 册，臺灣商務印書館，1986年版，第 278 頁。
② 祝尚書：《論宋代文化中的"眉山現象"》，《四川大學學報（社會科學版）》2004 年第 3 期，第 105～110 頁。
③ （宋）徐鹿卿：《清正存稿》，《景印文淵閣四庫全書》第 1178 册，臺灣商務印書館，1986 年版，第 831 頁。
④ （宋）郭允蹈：《蜀鑒》，巴蜀書社，1984 年版，第 4～5 頁。
⑤ 曹鵬程：《兩宋時期的蜀地形象及其嬗變》，《四川師範大學學報（社會科學版）》2016 年第 2 期，第 143～149 頁。
⑥ （唐）杜甫撰，（宋）趙次公注，林繼中輯校：《杜詩趙次公先後解輯校》，上海古籍出版社，2012 年版，第 2～3 頁。

附近。趙次公在注文中提到邵溥、晁公武，而邵氏紹興四年（1134）知瀘州，五年權川峽宣撫副使，置司綿州，六年除川峽宣撫使幹辦公事，七年知衡州，尋改眉州，居犍爲至卒；晁公武亦是靖康末避亂入蜀，紹興中舉進士後離蜀。次公若與二人有交遊，則至少南宋紹興（1131—1163）、隆興年間（1163—1164）皆在蜀中活動。杜甫居蜀十年，留下大量經典詩作，眉州又是蘇軾的故鄉，趙次公居蜀的經歷一定影響了其注杜、注蘇的選擇。

趙夔，"百家注"姓氏目錄稱其"西蜀趙氏夔字堯卿，前知榮州"。榮州即今四川自貢附近。其注蘇自序稱："及詢訪耆舊老成間，其一時見聞之事，有得既已多矣。頃者赴調京師，繼復守官，累與小坡叔黨遊從至熟，叩其所未知者，叔黨亦能爲僕言之。"可見趙夔注蘇詩極爲重視與蘇軾相聯繫的人物的一些説法，趙夔本爲蜀人，又在蜀地做官，這爲他詢訪人物提供了方便。

任淵，字子淵，蜀州新津人，是少見的與詩人有交遊的詩注家。任淵自述云："始山谷來吾鄉，徜徉於巖谷之間，余得以執經焉。"[①] 北宋紹聖元年（1094）黃庭堅五十歲，被貶涪州別駕黔州安置，元符元年（1098）又遷戎州（今四川宜賓附近）。元符三年五月徽宗即位，復宣德郎，監鄂州在城鹽稅。因江漲，其七月底從戎州出發，八月十一日抵達青神探望姑母，十一月自青神返回戎州，十二月再次從戎州出發北歸。任淵所説從師執經受業的經歷便是在黃庭堅到青神探親這數月間。黔州屬夔州路，戎州屬梓州路，雖同屬巴蜀之地，仍有不小距離。而青神縣屬眉州，北靠蜀州，新津正在兩州交界處。黃庭堅《答王周彥書》記載其貶蜀期間當地人士熱情求教的情況云："凡儒衣冠，懷刺袖文，濟濟而及吾門者，無不接。"[②] 任淵在多年後的詩注序中強調這段經歷，少年居鄉時期對此後志業選擇想必頗有影響。

蜀人詩注家箋注對象的選擇，或深或淺，或顯或隱，多與西蜀地域有關。這種地域上因緣際會的聯繫可以從李壁貶謫撫州始注王安石詩略見隱

---

① （宋）黃庭堅撰，（宋）任淵、史容、史季溫注，劉尚榮點校：《黃庭堅詩集注》，中華書局，2007 年版，第 1 頁。

② （宋）黃庭堅撰，劉琳、李勇先、王蓉貴校點：《黃庭堅全集》，四川大學出版社，2001 年版，第 468 頁。

曲。李壁因對權相韓侂胄的矛盾態度，被御史參責"反復詭譎"，削三秩，開禧三年（1207）被貶謫居撫州，兩年後，返回故里眉州。《直齋書録解題》卷二十著録《注荆公集》云："參政眉山李壁季章撰，謫居臨川時所爲也。"① 臨川（今江西撫州）是王安石的故鄉，李壁謫居的書堂正鄰近王安石故居，箋注動機受此段經歷直接觸發。所以魏了翁爲其注本作序云："石林李公，曩居臨川，省公之詩，息遊之餘，遇與意會，往往隨筆疏於其下。涉目既久，命史纂輯，固已棻然盈編。會某來守眉山，得與寓目。"② 在同一塊土地上，對先賢的感受益發親近熱切，這種地理上的因緣與蜀人熱衷注釋杜詩、蘇詩、黃詩一樣，可謂水到渠成。

總而言之，宋代詩注家多蜀人，這是蜀人尚慕文學的表現。宋以前，詩歌注釋不受重視，《詩經》《楚辭》多被注釋者作政教化理解，除了總集、史部收録的詩歌作品偶爾被連帶注釋，專門的詩集注釋幾乎没有。即使是對宋人詩注影響很大的《文選》注釋，詩歌也只是其中一個門類而已。真正以詩人詩集爲對象的注釋潮流始自北宋中後期。詩集增加了注釋，易於理解，促進了詩歌的傳播，擴大了詩歌的影響力。注者對詩人詩作進行編輯整理、校訂完善，甚至重新安排體例，或編年，或分類，或集注補注。這是宋代文學文化蓬勃發展的内容之一，蜀人注家在這方面做出了重要貢獻。

　　小結

本章從總體上探究宋代蘇軾詩歌注本注釋的特點，主要關注宋代詩注與此前文學注釋的不同、詩歌注釋與經學注釋的區別以及蘇詩注釋與其他詩人詩歌注釋的异同。作爲宋代詩歌注釋的有機組成部分，蘇軾詩歌注釋與其他詩歌注釋一樣，深受宋詩學重要的"詩史"觀念、"無一字無來處"觀念的影響，表現爲"知人論世"法的新運用、"以學問爲注"、"以詩法爲注"、"引詩注詩"等方面。蘇詩注家以及其他宋代詩注家多西蜀人士，這一地域分布也是值得玩味的文化現象。雖然時代詩學闡釋環境雖然對蘇詩注釋影響很大，若從現存蘇軾詩歌注本注釋來看，蘇詩注釋仍有一些因

① （宋）陳振孫撰，徐小蠻、顧美華點校：《直齋書録解題》卷十八，上海古籍出版社，1987年版，第591頁。按：李"壁"點校本作"璧"，本書統一稱爲"李壁"。
② （宋）魏了翁：《臨川詩注序》，《重校鶴山先生大全文集》卷五十一，《中華再造善本》唐宋編，北京：北京圖書館出版社，2004年版。

蘇軾個人而不同的特點。比如北宋中後期義理、政教化注詩的風氣並未滲透到蘇詩注本的注釋中。

以上主要就共時的層面分析總結宋代蘇詩注釋的總體特點，然兩宋三百餘年，蘇詩的注釋實際上有着自身的發展變化，不同注家、不同注本呈現的注家注釋面貌也大不相同。宋代蘇詩注本沒有單注本傳世，只有集注本、合注本，所以，研究注家、注本的注釋離不開注本的編輯問題。下文便分別探討每一種蘇詩注本的注釋特色以及注本編者通過注釋增删編次傳達的詩學觀念。

第二章　編年集注本《集注東坡先生詩前集》的注釋研究

　　現藏於中國國家圖書館的《集注東坡先生詩前集》（簡稱《前集》）殘四卷是目前最早的蘇詩注本。這一注本是宋代蘇詩早期編年集注體例系列注本之一。南宋中期刊刻的《王狀元集百家注分類東坡先生詩》卷首書序云："予舊得公詩'八注'、'十注'，而事之載者十未能五，故常有窺豹之嘆。"施宿所作《〈注東坡先生詩〉序》亦云："東坡先生詩，有蜀人所注八家，行於世已久。"① 至清初，查慎行已稱："茲集舊有八注、十注……今皆不傳。傳者惟王氏、施氏兩家耳。"② 不過，稍後的馮應榴注釋蘇詩時利用了一部"五注"本，即《集注東坡先生詩後集》殘七卷，稱："惜止見《後集》而未見《前集》也。"③ 可惜馮氏所用"五注"本《後集》不知所蹤，相隔不算太久的王文誥、翁方綱等其他蘇詩注家皆未睹其書原貌。迄今爲止，此一系統的注本僅存《前集》四卷，乃"五注"一卷與"十注"三卷的拼合本④，在文獻上與學術上極具研究價值。

---

① （宋）施宿：《〈注東坡先生詩〉序》，見［日］小川環樹、倉田淳之助編：《蘇詩佚注》下册，壬生川通五條南人株式會社，1965年版，第3頁。
② （清）查慎行：《補注東坡先生詩編年詩例略》，見王友勝校點：《蘇詩補注》，鳳凰出版社，2013年版，第1～2頁。
③ （清）馮應榴：《蘇文忠詩合注凡例十二則》之一，見黄任軻、朱懷春校點：《蘇軾詩集合注》，上海古籍出版社，2001年版，第2639頁。
④ 關於此本的版刻特徵與藏弆源流，參見劉尚榮：《蘇軾著作版本論叢》，巴蜀書社，1988年版，第41～43頁。

第一節　注本的編刊體例

一、集注注家身份的確定

現存《前集》卷一至卷三爲"十注"，十位注家在書中題作："程""李""宋""趙""新添""補注""師""孫""傅""胡"；卷四爲"五注"，五位注家爲："程""李""宋""趙""新添"。目前研究者確定這些注家身份的方法唯有比勘大量吸收了"八注""十注"等早期編年集注本的《王狀元集百家注分類東坡先生詩》（此種注本簡稱"百家注"，特指某一具體版本則簡稱《百家注》）的注家姓氏目錄與書中注家名號。通過比勘，可以確定"程"爲程縯，"李"爲李厚，"宋"爲宋援，"趙"爲趙次公，"師"爲師尹，"孫"爲孫偉。這些注家與注文的對應情況在兩種注本中大體一致，而"新添""補注""傅""胡"則變化較多。

《前集》中"新添"的注釋大多爲"百家注"中林子仁名下的注釋，"補注"爲趙夔的注釋，而"傅""胡"的身份尚存疑問。劉尚榮先生大致考察"百家注"與《前集》的同異，推論道："可能是十注編者從八注中任意抽取幾條注，妄歸在於胡、傅二人名下，從而將八注推廣爲十注。"[1]之後何澤棠先生《蘇詩十注之傅、胡考》詳細比較"百家注"中傅藻、胡仔、胡銓的注釋，認爲《前集》的"傅""胡"注與這些注家注釋情況相去甚遠（"百家注"中傅藻爲年譜作者，實際無注），實際分屬趙次公、程縯、李厚、師尹、林子仁、趙夔等多人，得出二人注釋出於後人偽托的結論。[2]

南宋遺民蔡正孫所編的《精刊補注東坡和陶詩話》前些年在韓國被重新發現，旅韓學者也陸續展開了研討[3]。這一蘇軾和陶詩注本徵引了傅共

---

① 劉尚榮：《蘇軾著作版本論叢》，巴蜀書社，1988 年版，第 46～47 頁。
② 何澤棠：《蘇詩十注之傅、胡考》，《樂山師範學院學報》2010 年第 3 期，第 1～3 頁。
③ 參見楊焄：《傅共〈東坡和陶詩解〉探微》，《中山大學學報（社會科學版）》2013 年第 6 期，第 25～35 頁；卞東波：《〈精刊補注東坡和陶詩話〉與蘇軾和陶詩的宋代注本》，《復旦學報（社會科學版）》2015 年第 3 期，第 31～39 頁。

的《東坡和陶詩解》，再次印證南宋福建仙溪傅氏家族是專門研究蘇軾的
一個世家。現存的傅幹《注坡詞》卷首有署名"傅共洪甫"所作序言，稱
傅幹爲"余族子"，故楊焄先生推斷"傅共撰著《東坡和陶詩解》的時間
似當在傅幹《注坡詞》之前，即於紹興初年甚至稍前的南、北宋之際就已
經完成了"①。不過，楊焄先生以爲《前集》題作"傅云"的内容指傅藻
所云，實際是對劉尚榮先生推論的誤解②。遺憾的是筆者未能獲睹韓國這
一蘇詩選注本，難以判斷其中傅注與《前集》傅注的關係，然而，從情理
推斷，仙溪傅氏家族既撰有蘇軾和陶詩注、蘇詞注、蘇軾年譜，應當不乏
其他蘇詩的注釋，《前集》中的"傅"注很可能原本實有其人。不過，鑒
於尚無實證，本書仍然依從目前學界的認知，以"傅""胡"注爲趙次公
等人注釋的僞托。

二、注本編刊時代的考辨

　　從"新添""補注"的名稱可知，這些注釋應是在已有集注之後依據
新出注本進行的添補。馮應榴根據五注本《集注東坡詩後集》殘七卷的内
容稱四注本注家爲：程縯、李厚、宋援、趙次公，五注本之"新添"即林
子仁。從《前集》與"百家注"的比對情況來看亦是如此。林子仁即林敏
功，注以字行。林子仁與其弟林敏修（字子來）皆爲吕本中《江西詩社宗
派圖》中人物，其生活年代與注釋時間比較複雜，下文詳細討論。

　　"十注"之"補注"對應的趙夔注的時間比較容易確定。趙夔的單注
本雖然亡佚，所幸"百家注"書前附録有其書序，趙夔自稱："崇寧年間，
僕年志於學，逮今三十年，一句一字，推究來歷，必欲見其用事之處。"③
可見趙夔單注本大概刊行於南宋高宗紹興二年至紹興六年（1132—1136），
如此，則"八注"本、"十注"本等吸收趙夔注的集注本刊行時間不應早

---

　　① 楊焄：《傅共〈東坡和陶詩解〉探微》，《中山大學學報（社會科學版）》2013年第6期，
第28頁。
　　② 楊焄先生認爲《前集》"傅云"指傅藻所云，據其注釋乃根據劉尚榮先生的《宋刻集注
本東坡前集考》，但劉氏雖稱"傅"即傅藻，實際並未給出任何理由，並且指出"凡集注中屬於
'傅云'的注文，在類注中分別歸在趙次公、李厚、程縯、師尹、趙夔等人名下"。見劉尚榮：
《蘇軾著作版本論叢》，巴蜀書社，1988年版，第45頁。
　　③ 趙夔原序，見題（宋）王十朋：《王狀元集百家注分類東坡先生詩》，《中華再造善本》
唐宋編，北京圖書館出版社，2004年版，卷首附録。

於高宗紹興年間（1131—1162）。又，陳巖肖《庚溪詩話》載録了一段孝宗與梁克家的對話：“上因論文問曰：‘近有趙夔等注軾詩甚詳，卿見之否？’梁奏曰：‘臣未之見。’上曰：‘朕有之。’命内侍取以示之。至乾道末，上遂爲軾御製文集叙贊，命有司與集同刊之。”則在孝宗乾道二年（1166）①集趙夔等人注釋的蘇詩注本已經較爲流傳。因此，《前集》的刊行時間最有可能在高宗朝後期或孝宗朝初年（1132—1166）。

較難確定的是《前集》所集各位注家的注釋時間。劉尚榮先生根據《前集》“十注”與“五注”對北宋諸帝嫌名避諱嚴格，而南宋高宗之名大多缺筆卻不諱孝宗名的情況斷定，“集注本——包括五注和十注，均應是北宋末年編定，南宋初年（高宗朝）刊行，至遲應在宋孝宗前問世”②。劉先生的結論把《前集》書稿編定的時間提到北宋末年，有一定合理性，卻不夠準確。比如趙夔在北宋末已開始注蘇，定然避北宋帝諱甚嚴，這種書寫習慣很可能延續至南渡以後，這並不意味着趙夔書稿是在北宋末年編定的。又如趙次公有注釋云：“先生以詩被勘，今有《詩案》行於世。”（見“百家注”卷十二筆墨類《孫莘老寄墨四首》之四“吾窮本坐詩”句注）原本不當公開的御史臺審案記録《烏臺詩案》，據内山精也先生考察，最早是在北宋滅亡前夕的靖康年間以抄本的形式傳出，流行於世應在南宋前期③。即是説，趙次公注釋蘇詩的時間更可能在南宋初年。

事實上，也許“十注”注家還有若干位南渡之人，他們的注蘇活動可能開始於北宋末，卻不一定完成於此時，書稿編定也可能在南宋。因此，準確來説，依據避諱情況只能表述爲：《前集》注家們早在北宋末年已經開始注釋蘇詩，其注釋内容的形成與編定時段爲北宋末至南宋初。

具體而言，由於《前集》注釋内容最多的注家趙次公在注文中曾多次批駁“舊注”，而通過“百家注”的比對，容易確定“舊注”指程縯、李厚注釋的情況。亦有學者根據日本禪僧所輯《蘇詩佚注》指出偶有指涉宋

---

① 黃啓方先生考證“乾道初者”至遲在乾道二年。據《宋史》卷三三《孝宗本紀》載，乾道二年十二月，遣梁克家等賀金主生辰。又卷三八四《梁克家本傳》，其使金時正爲中書舍人。見黃啓方：《王十朋與〈百家注東坡詩〉》，收入《兩宋詩文論集》，2010 年版，第 327 頁。

② 劉尚榮：《蘇軾著作版本論叢》，巴蜀書社，1988 年版，第 49 頁。

③ ［日］内山精也撰，朱剛等譯：《傳媒與真相——蘇軾及其周圍士大夫的文學》，上海古籍出版社，2013 年版，第 140～156 頁。

援、林子仁的條文。① 也就是説，趙次公已經看到並利用程縯、李厚、宋
援、林子仁等人的注釋。

趙次公是宋代杜詩、蘇詩的重要注家，目前學界對趙次公生平及注書
活動的研究結論大致如下：

趙次公，一説趙彦材（才）、字次公，蜀人。曾與邵溥、晁公武交遊。
南宋孝宗隆興（1163—1164）間任隆州（今四川仁壽附近）司法。其注杜
詩在高宗紹興四年（1134）至十七年（1147）間②，注蘇詩大概在紹興二
十二年至紹興二十五年（1152—1155）③。

趙次公注蘇的時間來自倉田淳之助先生的考證，其根據是《蘇詩佚
注》所輯趙次公佚注中《岐亭五首》下有趙注引胡仔批駁《緗素雜記》的
一段話，而這段話出自胡仔《苕溪漁隱叢話・前集》卷三十八，此書撰成
於紹興十八年（1148）。再結合西野貞治指出的，"百家注"卷十《荔支
嘆》"君不見武夷溪邊粟粒芽"句宋援注實爲《苕溪漁隱叢話・前集》卷
四十六中的文字，而宋援在趙次公之前。那麼趙注編成時間應在胡仔《苕
溪漁隱叢話・前集》刊行數年之後，於是推定趙注的編撰時間在紹興二十
二年紹興至二十五年這一時段前後。

但筆者以爲這一考證結果需要審慎對待。因爲《蘇詩佚注》是從講稿
中輯出的，趙次公佚注也可能羼入他人注釋，而"百家注"其實較爲隨意
地分配注文與注家（詳見第三章第二節）。因此，根據趙次公、宋援徵引
《苕溪漁隱叢話・前集》來判斷次公注釋的時間，不一定可靠。

不過，倉田先生推定的結果還是比較合理的。若考慮徽宗朝黨禁的政
治氛圍，即使蘇軾生前或建中靖國以後已有注家注釋蘇詩，其手稿亦無法
付梓，也只能在民間小範圍內流傳。如此，爲趙次公多次批駁的程縯、李
厚等人的"舊注"，得以流通的時間應該在南宋初，那趙次公作注的時間
相應也不會太早。果真如此，則收錄次公注釋的《前集》的編刊時間在高

---

① ［日］倉田淳之助：《趙次公注について》"次公注の編撰"部份，見［日］小川環樹、
倉田淳之助編：《蘇詩佚注》，壬生川通五條南人株式會社，1965 年版，第 282 頁。

② 參見（唐）杜甫撰，（宋）趙次公注，林繼中輯校：《杜詩趙次公先後解輯校》，上海古
籍出版社，2013 年版，第 1 頁；莫礪鋒：《一部引人注目的博士論文——兼談古典文學微觀與宏
觀並重的研究法》，《古典文學知識》1996 年第 1 期。

③ ［日］倉田淳之助：《趙次公注について》"次公注の編撰"部分，見［日］小川環樹、
倉田淳之助編：《蘇詩佚注》，壬生川通五條南人株式會社，1965 年版，第 282~283 頁。

宗紹興二十二年（1152）至孝宗乾道二年（1166）之間是比較符合情理的。

另外，需要單獨説明一下《前集》"新添"即林子仁的注釋時間，因爲所謂"新添"，可能是新注也可能是舊注新出。要判斷是前者還是後者需要結合林子仁的生活年代以及蘇詩注本的注釋內容。

林子仁的生平出處，據章定《名賢氏族言行類稿》卷三十三①可知：林敏功字子仁，蘄州蘄春人，治《春秋》，十六歲預鄉薦，下第歸，嘆曰："軒冕富貴，非吾所樂！"杜門不出二十年，該通六經，貫穿百氏，尤長於詩。建中靖國元年（1101）或崇寧年間（1102—1106）②，新黨人物蔡卞自池州召還，路過蘄春相訪，後力薦於上，朝廷遂下詔以禮敦遣。而林子仁聞訊逃往山中，卒不奉詔。他在當地享有聲譽，張商英、徐澤之守蘄州時皆尊禮之。政和五年（1115）③林震知蘄州，對同僚言："吾宗有德君子。"政和七年（1117）林震還朝，舉其隱德，賜號"高隱處士"，視朝散大夫，旌表門閭，但林子仁稱疾不受。後來守令率鄉黨、親戚、耆老親臨勸諭，遂不得辭。今存林子仁謝表數句："自是難陪英雋之遊，奚敢妄意高尚之事？臥牛衣而待旦，寒如之何；搔鶴髮以興懷，老其將至。"又云："守令親臨，賓友咸集。諭臣以雨露之澤，俱可均霑；戒臣以雷霆之威，不宜輕忤。"林子仁在徽宗政和七年（1117）以後接受朝廷冊封，以"杜門不出二十年"倒推，則其下第至早在紹聖五年（1098）左右，時爲哲宗紹聖（1094—1098）、元符（1098—1100）間。其"十六歲預鄉薦"，若以其十八歲"下第歸"，則林子仁大概生於神宗元豐三年（1080）前後。

又，林子仁與其弟林敏修字子來皆爲呂本中《江西宗派圖》所錄二十五人之一，是江西詩派代表人物，與徐俯、夏倪、饒節等皆有來往。阮閲《詩話總龜》卷八云："癸未正月三日，徐師川、胡少汲、謝夷季、林子仁、潘邠老、吳君裕、饒次守、楊信祖、吳廸吉見過，會飲於賦歸堂，亦

---

① （宋）章定：《名賢氏族言行類稿》，《景印文淵閣四庫全書》第 933 冊，臺灣商務印書館，1986 年版，第 497 頁。

② 章定原文爲"元符末"，此據伍曉蔓考證蔡卞元符三年至建中靖國元年事迹校改後之説。見伍曉蔓：《江西宗派研究》，巴蜀書社，2005 年版，第 335 頁注釋。

③ 章定原文僅稱"政和間"，亦據伍曉蔓考證成果改，見《江西宗派研究》，第 335 頁。伍氏改訂的依據爲李之亮：《宋兩淮大郡守臣易替考》，巴蜀書社，2001 年版，第 383 頁。

可爲一時之盛。"① 此 "癸未" 應爲徽宗崇寧二年（1104）。吕本中《紫薇詩話》亦記載："宣和末，林子仁敏功寄夏均父倪詩云：'嘗憶他年接緒餘，饒三落托我迂疏。溪橋幾换風前柳，僧壁今留醉後書。'忘記下四句。饒三，德操也。"② 則徽宗宣和年間（1119—1125），林子仁仍然健在，此時林子仁四十五歲左右。

顯然，若《前集》"新添" 是林子仁新注，則其注蘇時間應在《前集》成書前不久，至早也是高宗紹興二十二年（1152）前後，此時林子仁七十餘歲，似乎不太可能有精力遍注蘇詩。

再來看蘇詩注本中林子仁的注釋内容。倉田淳之助先生根據《蘇詩佚注》指出趙次公所批駁的舊注有指涉林子仁的條文，而筆者發現 "百家注" 亦有林子仁批駁舊注之處。如卷二十送别類上《次韻周長官壽星院同餞魯少卿》"歸路相將踏桂華" 句，程縯注："唐垂拱中，天台桂子落十餘日方止。"接着林子仁注云："'桂華'意指月也，胡瓜反，舊注引天台桂子，非是。不然却成重押花字韻矣。"林子仁批駁的舊注即程縯的注釋。

又，"百家注" 卷九亭榭類《東樓》"爲著新書未絶麟" 句，趙次公注："此非是孔子《春秋》事，乃司馬遷作《史記》述陶唐至漢武太和年得白麟而止，亦猶《春秋》'止於獲麟'也。"其後林子仁注："此一聯意指董仲舒下帷講誦目不窺園，及著《玉杯繁露》。書特不泥本事耳，故首言董生是前身以引之。所謂高閣者，直指東樓也。舊注引庾翼所謂'此輩宜束之高閣'，失詩意矣。"顯然趙次公跟林子仁都對舊注有所駁斥。"爲著新書未絶麟" 的出句 "獨棲高閣多辭客" 下有李厚注，引《晉書》："杜乂殷浩並才名冠世，而庾翼弗之重也，每語人曰'此輩宜束之東閣，俟天下太平，然後議其任耳'。"李厚注即林子仁所謂 "舊注"。不過，爲趙次公批駁的引孔子撰《春秋》止於獲麟事爲注的舊注内容未被 "百家注" 收録，可能被 "百家注" 編者集注時删汰。

綜上，若《蘇詩佚注》與 "百家注" 的注文的確出自題名注家，則林子仁注蘇詩時已有程縯注、李厚注，而趙次公注蘇時已有程、李、林三人

① （宋）阮閲編，周本淳校點：《詩話總龜》前集卷八，人民文學出版社，1987 年版，第 88 頁。

② （宋）吕本中：《紫薇詩話》，見吳文治主編：《宋詩話全編》第 3 册，江蘇古籍出版社，1998 年版，第 2881 頁。

的注釋。考慮到北宋後期的黨禁局勢，林子仁注蘇的時間可能在欽宗時及南宋初。《前集》卷四《湯村開運鹽河雨中督役》"鹽事星火急，誰能恤農耕"句，子仁注："諷開此河不當，又妨農事也。"此詩收入《烏臺詩案》，注家不引用《詩案》而直接評說，似乎不太可能在徽宗朝，然而，不排除民間黨禁明嚴實寬的可能性。若程縯、李厚等"舊注"在北宋後期已見流通，那麼林子仁注蘇也有可能在其隱居家鄉、閉門不出的二十年期間。那麼，其注釋著作早已完成，只是散落於兵荒馬亂之中，直到南宋初年才重見天日，故其時五注本編者以其爲"新添"。但是，難以確定之處在於，《蘇詩佚注》與"百家注"在注文歸屬方面都有諸多不可靠的地方，有真有假，不能完全信任。比如"百家注"卷十一書畫類《九月十五日邇英講論語……臣軾詩云》題注中"子仁"注云："趙注此敘乃以九月十五日爲哲宗皇帝之元祐七年，誤矣。……"據此，則林子仁已看到趙次公注釋，但事實上不可能，顯然實際注家有誤。因此，關於《前集》注家注釋及注本編撰的時間只能論述至此，疑點尚待新證據的發現才能完全解決。

三、關於編年體例的説明

《前集》現有目録（詩十八卷）與四卷詩注。就注本中詩歌的編排來看，若從分體、分類、編年的書編體例中選擇，其體例爲編年，大體上詩歌依時間順序排列，起始詩爲蘇軾嘉祐六年（1061）所作《與子由別鄭門馬上賦》（此爲目録所題，書中詩題爲《辛丑十一月十九日，既與子由別於鄭州西門之外，馬上賦詩一篇寄之》）。

需要説明的是，實際上此一注本在詩歌編排方面並未進行繫年編次，而是完全依據當時流行的蘇軾詩集白文本編排蘇詩次序。對照《東坡集》四十卷[①]之卷一至十八，《前集》目録中的詩歌次序與其基本一致，每卷起止詩歌也相同，只在題目簡稱以及個別詩作位置略有差異。因篇幅所限，目録不可能全引原詩題，不同書籍目録對詩題的簡稱都大同小異，這一現象十分正常。至於個別詩作次序的差異也應是編刻或抄録時的失誤。比如《前集》目録卷二《送張安道赴南都留臺》在《送劉道原歸覲南康》

---

① 所用版本爲《蘇詩佚注》下册所附《東坡集》十八卷，第1~223頁。此本乃日本宮內廳圖書館所藏宋本前後二集二十四卷，配補日本內閣文庫另一宋本所成全本。

之後，《東坡集》卷二此詩却在後二首《次韻張安道讀杜詩》之後，次序略有不同。而在《前集》的詩注當中，這一次序已經調整回來，與《東坡集》完全一致。顯然，這只是《前集》目録作者個人的偶然誤刻（或誤抄）而已。胡仔《苕溪漁隱叢話》稱："世傳《前集》乃東坡手自編者，隨其出處，古律詩相間，謬誤絶少。"① 此《前集》即《東坡集》四十卷。《東坡集》本來已按時間先後大致編年，以至依據其順序的注本《前集》看起來亦爲編年體例。

　　《前集》的注者與編者只做了集注的工作，並未利用注家繫年的成果重新編定詩歌次序。另一看似爲編年體例的注本《注東坡先生詩》（即"施顧注"）亦是如此，注家實際上並未編次詩歌先後順序。這一點是宋代蘇詩注家與清代蘇詩注家的一大區別，後者如查慎行、馮應榴、王文誥等，皆根據自己對蘇詩寫作時間的考證在注本中重新調整了蘇詩的次序，不完全依照《東坡集》《東坡後集》中的編次。但是，如果橫向比較現存三種宋代蘇詩注本，從呈現的注本面貌來看，《前集》是集注編年，而其他兩種注本爲分類集注、編年單注。

　　另外補充説明一點，由於《前集》是集注本，所集各注家原本的注本可能有不同的編次體例，比如"十注"注家之一趙夔，原來的單注本分蘇詩爲五十門，乃分類注本；而"五注"注家之一趙次公，其蘇詩注本雖已佚失，差不多同一時期所編杜詩注本原題爲《杜詩先後解》，體現出注家明顯的編年意識，則其所編蘇詩注本亦可能依據繫年的結果對《東坡集》詩歌的次序有所調整。可惜這些蘇詩注家的單注本皆已失傳，被吸收到《前集》時，至多只保留了部分關於繫年的注釋内容在題注或某些句注中，對《前集》詩歌的編次没有産生影響。

第二節　集注注家各自的注釋特點

　　《集注東坡先生詩前集》作爲現存最早的蘇詩注本，所集諸位注家，

<hr />

① （宋）胡仔撰，廖德明校點：《苕溪漁隱叢話·後集》卷二十八，人民文學出版社，1962年版，第212頁。

如程縯、林子仁、趙次公、趙夔等人，不僅是宋代蘇詩注釋早期的拓荒者與奠基人，實際也是蘇詩注釋最重要的生力軍，後來的"百家注"與"施顧注"都充分參考、利用了他們的成果。可惜《前集》僅餘四卷，又是經過刪汰的集注本，因此討論這些注家的注釋特點需要借助直接承襲其注釋的"百家注"以及《蘇詩佚注》，特此説明。

一、趙次公：注蘇"最詳"

趙次公是宋代杜詩、蘇詩最重要的注家之一，其注杜的成績早已獲得宋人承認，南宋曾噩爲《九家集注杜詩》作序稱："惟蜀士趙次公，爲少陵忠臣。"① 劉克莊《陳教授杜詩補注》云："杜氏《左傳》、李氏《文選》、顏氏《班史》、趙氏《杜詩》，幾於無可恨矣。"② 金人元好問也在《杜詩學引》中總結宋代注杜情況云："杜詩注六七十家，發明隱奧，不可謂無功。至於鑿空架虛，旁引曲證，鱗雜米鹽，反爲蕪累者亦多矣。要之，蜀人趙次公作《證誤》，所得頗多；托名於東坡者，爲最妄。"③

趙氏對蘇詩注釋也有很大貢獻，在當時也較知名，樓鑰《簡齋詩箋叙》稱："少陵、東坡詩，出入萬卷書中，奥篇隱帙，無不奔湊筆下，固已不易盡知；況復隨意模寫，曲盡物態，非親至其處，洞知曲折，亦未易得作者之意。西蜀趙彥材注二詩最詳，讀之使人驚嘆。"④ 林希逸《竹溪鬳齋十一稿續集》卷十三《題徐少章和注後村百梅詩》亦言："在昔聞人有注前人詩者，有和前人詩者，未有且注且和者。獨趙次公於坡老爲然，數十卷之詩和盡而注又特詳，此人所難能也。"⑤

樓鑰、林希逸都强調了次公蘇詩注釋的一大特點——"最詳""特

---

① （宋）曾噩：《九家集注杜詩序》，見華文軒編：《古典文學研究資料彙編杜甫卷》上編唐宋之部，中華書局，1964年版，第788頁。

② （宋）劉克莊：《陳教授杜詩補注》，見辛更儒箋校：《劉克莊集箋校》第9冊，中華書局，2011年版，第4207頁。

③ （金）元好問：《杜詩學引》，見姚奠中主編：《元好問全集》，山西古籍出版社，2004年版，第750頁。

④ 此文乃樓鑰爲胡釋《增廣箋注簡齋詩集》所作序，見（宋）陳與義撰，吳書蔭、金德厚點校：《陳與義集》，中華書局，1982年版，第1頁。

⑤ （宋）林希逸撰，林式之編：《竹溪鬳齋十一稿續集》，《景印文淵閣四庫全書》第1185冊，臺灣商務印書館，1986年版，第685～686頁。

詳”，即注釋十分詳細，這對理解“援據閎博，指趣深遠”①的蘇詩來説尤爲難得，也使趙次公的注釋與其他注釋區别開來。那麽，趙次公在哪些方面注釋得特别詳細呢？在内容上主要有兩大方面：一是蘇詩的意義内容，二是詩歌的藝術創作方法。爲了詳細解釋蘇詩這兩方面的内容，趙次公靈活運用了文字、音韻、訓詁等語言學方法，知人論世的歷史學方法，以意逆志的心理學方法，以及主要探討字法、句法、章法的藝術修辭學方法。

（一）靈活運用文字、音韻、訓詁結合的語言學方法

如《前集》卷一《和子由寒食》“忽聞啼鴂驚羈旅，江上何人治廢田”句，次公注云：“‘啼鴂’，舊注本作‘鶗鴃’，引《離騷經》云：‘恐鶗鴃之先鳴兮，使夫百草爲之不芳。’按：鶗，音弟；鴃，音桂。注云：‘以秋分鳴，故百草不芳。’今本是‘啼鴂’。鴂，音居閲切，乃《七月》詩所謂：‘七月鳴鴂。’據李善注《思玄賦》：‘鷤鴃鳴’，引《臨海异物志》：‘鷤鴃，一名杜鵑，至三月鳴，晝夜不止。’又引服虔云：‘鷤鴃一名鴂。’詳先生詩意，應爲催耕之鳥鳴，故人治廢田。然三月當鳴於二月晦，聞之旅况之驚可知也。”

趙次公不僅僅指出舊注版本有异文而已，他還通過文字、音韻、訓詁結合的方法説明名物屬性，解釋今本所改正的鴂三月啼鳴，才符合寒食節令且有催耕之意，與蘇詩詩意方吻合。

又如卷一《饋歲》“山川隨出産，貧富稱小大”句，次公注：“‘大’，音唐佐切，義同徒蓋切之‘大’。經傳者皆讀從徒蓋切而已。惟杜甫於《天狗賦》曾押在貨卧韻下，云：‘不愛力以許人兮，能絶甘以爲大。’”“微摯出春磨”句，次公注：“‘微摯’，微妙之操摯也。在官韻注，摯訓握持。蓋《周禮》各以其貴寶爲摯是已。”趙次公的訓釋説明“微摯”其實是“微贄”，微薄禮物的意思。他留意到蘇詩特殊的詞彙，通過聲訓、義訓，旁徵博引以解釋説明，使蘇詩的語義得以貫通。

再如卷一《病中聞子由得告不赴商州三首》之二“説客有靈慙直道，逋翁久没厭凡才”句，對句宋援注爲：“逋翁，四皓也，避秦隱於商山。”

① （宋）陸游：《施司諫注東坡詩序》，見錢仲聯、馬亞中主編：《渭南文集校注》第 1 册，浙江教育出版社，2011 年版，第 376 頁。

"胡"注："白樂天云：'漢容黃綺爲逋客。'"而趙次公的注釋云："逋者，隱遁之義。四皓隱於商山，今已没矣，餘子碌碌皆凡才可厭，則宜得子由之往以慰其望耳。蓋説客、逋翁皆商州事。李商隱《商於詩》云：'割地張儀詐，謀身綺季長'，亦言此也。"趙氏直接釋義、解釋典故，都是爲了説明蘇詩的意指内容。

趙次公也注意到蘇詩的押韻問題，如卷一《和子由踏青》："宜畜使汝羊如麢"句，次公注："《尔雅》曰：'麢，大羊。'而杜預奏事曰：'臣前在南，聞魏興，北山有野羊，大者數千百斤，試令求之，牝牡各得一枚。'豈《尔雅》所謂麢者乎？麢与麔皆從鹿，鹿屬也，可以挨傍押韻矣。"

（二）注重輔助詩意説明的知人論世的歷史學方法

爲了説明蘇詩詩意，趙次公也會"知其人、論其世"，介紹相關的人事背景。如：

> 卷一《鳳翔八觀》之《李氏園》"抽錢箅間口，但未榷羹粥。當時奪民田，失業安敢哭"句，次公注："按章衡《編年通載》，茂貞卒於鳳翔。而歐陽所立傳則云：茂貞加封岐王，其居岐以寬仁愛物，民頗安之。嘗以地狹賦薄，下令榷油，禁城門無内松薪，以其可爲炬也。有優者誚之曰：臣請併禁月明。茂貞笑而不怒。今先生云'抽錢箅間口'，又云'當時奪民田'，豈有所據而言耶?"

> 卷一《和子由踏青》"道人得錢徑沽酒，醉倒自謂吾符神"句，次公注："或云'道人賣符自稱符神'之句先生蓋有所譏誚。考癸卯嘉祐八年之春乃仁宗末年也，八月英宗即位，時韓琦、曾公亮一朝，無可譏者，詩蓋紀実事耳。"

> 卷一《九月二十日微雪懷子由弟二首》之二"遥知讀易東窗下"句，次公注："先生與子由之於《易》蓋家學也。此指言子由在京師懷遠驛之東窗。"

> "百家注"卷十九《次韻法芝舉舊詩一首》"春來何處不歸鴻"句，次公注："建中靖國之初，皆起諸公之廢者，先生又得請歸常州，此詩蓋以興之也。"

趙次公在宋人"詩史"觀念影響下運用"知人論世"方法注釋蘇詩，但他只是力所能及地調度可知的歷史知識進行推論，所以他稱："今先生云

'抽錢筭間口'，又云'當時奪民田'，豈有所據而言耶？"用一種揣測的語氣而非考證求實的態度去探討蘇詩涉及的歷史現實。因此，趙次公的注釋相當主觀，比如他直接稱"韓琦、曾公亮一朝，無可譏者"，排除了蘇詩譏諷時政的可能，從而推導出"詩蓋紀实事耳"的結論；稱蘇軾兄弟於《易》有家學却没有徵引文獻以證明；認爲"春來何處不歸鴻"是比興手法的運用也没有更明晰的解説。儘管他的結論未必不是蘇詩原意，但他的推論過程缺乏可以驗證的論據，於是顯得不那麼嚴謹。

可見，趙次公意識到詩中有史，運用"知人論世"法以史注詩，但他的注釋方法與後來清代學者習用的"以史證詩""史詩互證"方法並不相同，只能算作一種"以史釋詩"的注法，而且趙次公的"以史釋詩"也與南宋中期施宿在"施顧注"題注中採用的"以史釋詩"注詩方法略有不同（"以史證詩"與"以史釋詩"的差异詳見第四章）。趙次公没有明確的"考據驗證"①的意識，並不注重史料本身的真實性、可靠性，也不以實證、求真爲注釋目的，"知人論世"的内在邏輯只是孟子所言"頌其詩，讀其書，不知其人可乎？是以論其世也"，"知人論世"的目的在於解釋説明詩句意義或者詩人的創作意圖。因此，趙次公一般不標注論説的出處、根據，更不像乾嘉學者那樣力求依據最可信的史料，强調"以史證詩"論證的嚴密性。即使與宋人相比，若跟稍後的施宿比較，趙次公"以史釋詩"的態度也是比較輕率的，比如"百家注"卷二十二送別類下《送黃師是赴兩浙憲》"白首沉下吏，綠衣有公言"句，趙次公注云："當時人有未解此句，問之先生，先生曰：'吾家朝雲每見師是，怪其官職不遷耳。'然後知綠衣指朝雲。盖綠衣乃《詩》篇名，妾之服也。""施顧注"卷三十三施宿題注同樣講述這段逸聞，却給出了其來源依據，有孫覿詩跋墨迹石刻爲證，顯然比趙次公更有"以史證詩"的意識。

其實趙次公運用語言學方法注詩也有這種依憑己意、相對不太嚴謹的問題。如卷二《渼陂魚》題注次公曰："此杜甫詩有《渼陂行》者也。雖士大夫，非西人者，往往讀爲蕩漾之漾。此字從水、從美，以其陂中魚美，故得名。""百家注"卷一紀行類《別黃州》"猶向君王得敝幃"句，次公注："《曲禮》乃是'幃'字，在之字韻。今微字韻中'幃'字，注

---

① 參見周裕鍇：《中國古代闡釋學研究》，上海人民出版社，2013 年版，第 377 頁。

云：‘單帳也。’今豈用單幬之義乎？”

正如有研究者指出的，“趙次公是將杜詩當作純文學來闡釋，其文學思想又受江西詩派所謂杜詩‘無一字無來處’的影響，闡釋目的主要是箋釋文句，考證出典。歷史解釋只是爲此而服務的手段。客觀方面，宋代學風空疏而清初學風嚴謹，趙次公地位低下，偏居西蜀，所見材料有限”①。趙次公的蘇詩注釋也大致如是，“以史釋詩”的目的在於解說蘇詩詩句的意義内容，如卷一《和子由聞子瞻將如終南太平宮谿堂讀書》“橋山日月迫，府縣煩差抽”句，次公注：“《史記》：‘黃帝葬橋山。’在今寧州真寧縣。先生此詩乃癸卯年之秋也，是歲嘉祐八年，仁宗皇帝三月上仙，十月葬於永昭陵。方秋時，乃府縣應副山陵事所需也，故曰：‘府縣煩差抽。’”趙次公介紹蘇軾作詩的時間以及涉及的歷史事件，只不過是爲了説明蘇詩“府縣煩差抽”的具體意指，他的認知重心不在過去之“史”，而在當下需要被注釋之“詩”。

當然，必須肯定趙次公運用語言學、歷史學方法注詩的啓發作用，他的許多觀點充盈着個人的思考，不強下斷語也體現了他治學認真、實事求是的態度。不過，相對而言，次公更擅長以下兩種注釋方法。

（三）擅長利用“以意逆志”條分縷析的心理學方法

《孟子·萬章上》云：“故説《詩》者，不以文害辭，不以辭害志。以意逆志，是爲得之。”②“以意逆志”強調讀者的主觀能動性，不能局限於文字表面的叙述，要求讀者自己去揣摩詩歌的意義與詩人的意圖。注家肩負任務，不僅要“以意逆志”達致自己的理解，還要展示自己“以意逆志”的過程，向其他讀者進行解釋。趙次公在這方面尤爲擅長，他不滿足於《文選》五臣注那樣簡明直接地串講貫通詩歌的語脉文意，還對詩人幽微曲折的藝術心理進行了揣摩、還原，並融入自己的評價與鑒賞。

如《前集》卷一《九月二十日微雪懷子由弟二首》“愁腸別後能消酒”句，趙次公注云：“酒所以消愁，而別後之愁腸，反能消酒，則酒力不勝也。”趙次公詳細解説了蘇詩隱晦的情感與深意，與其對比，“施顧注”此句注釋只注出了語典的來源：“白樂天《勸酒寄元九詩》：‘俗號消愁藥，

---

① 武國權：《趙次公〈杜詩先後解〉研究》，西北師範大學碩士學位論文，2005年。
② 楊伯峻：《孟子譯注》卷九，中華書局，2015年版，第165頁。

神速無以加。'"

又如卷四《湯村開運鹽河雨中督役》"居官不任事，蕭散羨長卿。胡不歸去來，滯留愧淵明"句，次公注："相如倦遊，不慕官爵，求為文園令，稱疾間居，此雖居官而不任事也。既不能如長卿之蕭散，又不如淵明之歸去，所以嘆其督役之勞也。"次公徵引典故疏通了蘇詩詩句表層的含義，何為"羨長卿""愧淵明"，一般對蘇詩的理解也就到此為止了，但次公更進一步，指出了"羨長卿""愧淵明"背後的深意其實是"嘆其督役之勞"。蘇軾作為監官本身並不辛勞，從蘇詩後文的描述以及卒章"寄語故山友，慎毋厭藜羹"來看，詩人所嘆之勞更多的是對新政的無可奈何，只是此詩已收入《烏臺詩案》，故次公欲說還休。

再如卷三《八月十七復登望海樓自和前篇是日牓出與試官五人復留五首》之五"秋花不見眼花紅，身在孤舟兀兀中"句，次公注："言在試院中，秋花不得見，但見眼花紅而已。眼既眩矣，身如在舟中。"次公用一"眩"字，把"眼花紅"與"孤舟兀兀"聯繫起來，打通了蘇詩兩句的意脈。

注釋容易引起閱讀障礙的事典是所有注家主要的任務，而自李善以後，許多注家注釋事典僅僅徵引典故的來源，但趙次公往往在典故出處的前後有一二解說點撥，這樣就令蘇詩用典的意圖顯豁很多。比如卷一《病中大雪數日未嘗起觀虢令趙薦以詩相屬戲用其韻答之》"何時反炎赫"句，次公注："退之《謝鄭群贈簟詩》云：'却顧天日常炎曦。'今此取寒而願熱之意。其在大雪詩使為工，若先生《蘄簟詩》云：'皇天何時反炎燠'，却止是直取退之詩為簟事使而語頗同此也。"下句"却欲躬臼磨"，次公注："後漢馮衍妻姑悍不畜媵妾，兒女自操井臼，以言勞則體中生熱也。亦寒而願熱之意。"趙次公不僅揭示出蘇詩所用典故的來歷，亦點明用典的當下目的，詩意更清楚明了。

卷三《自徑山回得呂察推詩用其韻招之宿湖上》"飄然便欲去，誰在子思側"句，先有李厚注："《孟子》：'昔者魯繆公無人乎？子思之側則不能安子思。'"次公注："先生蓋以子思自待而欲呂察推在其傍之義，不必泥出處也。"李厚注出的典故來源僅有陳列，的確容易令讀者產生過度聯想，而次公明確指出蘇軾用典的真意，方便了讀者理解。

趙次公遍和蘇詩，本身就是一位靈心巧藝的詩人，又對蘇詩極為熟悉，因此，對蘇詩藝術心理"以意逆志"、以心比心式的揣摩還原是他經常使用的注釋方法，也常常與其他幾種方法結合起來使用，尤其是在分析蘇詩創作技藝的時候。

（四）主要探討字法、句法、章法的藝術修辭學方法

趙次公分析用字之法的注釋非常多，如卷一《病中大雪數日未嘗起觀號令趙薦以詩相屬戲用其韻答之》"有客獨苦吟"句，次公注："'有客'字起於《詩》'有客有客'，而老杜用之屢矣。'苦吟'字，古詩'白頭猶苦吟'。"《王維吳道子畫》"吳生雖妙絕，猶以畫工論"句，次公注："'妙絕'字祖出魏文帝《與吳質書》曰：'公幹五言詩之善者，妙絕時人。'而老杜言《吳畫於元皇帝廟》詩曰：'畫手看前輩，吳生遠擅場。森羅移地軸，妙絕動宮牆。'"卷二《凌虛臺》"臺前飛雁過，臺上雕弓彎。聯翩向空墜，一笑驚塵寰"句，次公注："此乃退之《雉帶箭》云：'衝人決起百餘尺，紅翎白簇隨傾斜。將軍仰笑軍吏賀，五色離披馬前墮。'取其意、變其字者也。"卷二《和子由木山引水二首》其一"蜀江久不見滄浪"句，次公注："《孺子歌》曰：'滄浪之水清兮，可以濯我纓。'雖在楚地有'滄浪水'之名，而'滄浪'兩字，大率言水之狀耳。如《選》詩云：'垂影釣滄浪。'"以上諸例，趙次公特意強調蘇詩所用字詞的出處，實際上有意區分"字"與"意"，也即認識到字詞在當下語境中的使用意義的特殊性。這一點下文另有論述。

需要注意的是，趙次公對字法的討論，主要不是一種小學訓詁的闡釋方法，而是一種文學性的分析，重在如何表達使用。比如卷一《石鼓歌》"舊聞石鼓今見之，文字鬱律蛟蛇走"句，次公注："'鬱律'字，《西京賦》在山言之則曰'隱鱗鬱律'；《甘泉賦》在聲言之則曰'雷鬱律於巖突'；《江賦》在氣言之則曰'時鬱律其如烟'。今先生以言字之形矣。"趙次公其實也在解釋"鬱律"的含義，但與其他注家注釋不同：《文選》張衡《西京賦》"於前則終南太一，隆崛崔崒，隱鱗鬱律，連岡乎嶓塚"句，五臣呂延濟注："崔崒、隱鱗、鬱律，皆險曲貌。嶓塚，山名。"揚雄《甘泉賦》："雷鬱律於巖突兮，電倏忽於牆藩。"馬融《長笛賦》："爾乃聽聲類形，狀似流水，又象飛鴻……充屈鬱律，瞋菌碨柍。"李善注："皆眾聲鬱積競出之貌。"呂延濟注："皆聲鬱結不散貌。"郭璞《江賦》"時鬱律其如烟"句，李善注曰："鬱律，烟上貌。成公綏《天河賦》曰：'氣蓬勃以

霧蒸。’”趙次公沒有直接解釋詞義，如“險曲貌”“衆聲鬱積競出之貌”“烟上貌”，他着重辨析的是“鬱律”的出處以及蘇詩此詞與其他出處具體用法的不同。

此種注例又如卷一《餽歲》“農功各已收”句，次公注：“凡‘功’皆謂之‘收’，《選》云：‘功名良可收’也。而農事亦謂之‘收’，則《左傳》有云：‘妨於農收’是已。”

趙次公也會分析、總結蘇詩的句法。有時摘句評論，如卷七雨雪類《雪夜獨宿柏山庵》：“天公用意真難會，又作春風爛熳晴。”次公注：“此句與前卷春雪詩‘從今造物尤難料，更煖濡留御臘衣’同説。”仍以意義解釋爲主。趙次公多稱詩歌句法爲“勢”，強調詩句語言的樣式、格式，以及隱含其中的力的變動趨勢與這種樣式排列造成的心理效果。比如卷一《東湖》“深有魚與龜，淺有螺與蚌”句，次公注：“此退之《溪堂》詩‘淺有蒲蓮，深有兼葭’之勢也。”又如卷一《和子由聞子瞻將如終南太平宮谿堂讀書》“秋風欲吹帽，西皋可縱遊”句，次公注：“‘秋風欲吹帽’則用退之《薦士詩》‘霜風破佳菊，佳節迫吹帽’之勢也。”“勢”雖然基於語言文字上的部分相同，側重點卻在文字排列順序本身引起的力的變動及效果，其關注點不在文字字面，也不在詞句整體表達的語義，而是語言結構本身，因此是一種句法。

趙次公有時也把句法稱爲“格”。如“百家注”卷二十惠貺類《送牛尾狸與徐使君》“泥深厭聽鷄頭鶻，酒淺欣嘗牛尾狸”句，次公注：“先生詩有因題中三字而爲之對，如以‘白茅薑’對‘黃耳菌’，下以‘梅黃雨’對‘舶趠風’。與今以‘鷄頭鶻’對‘牛尾狸’同格，其意自貫，不害爲工。”“格”亦是一種語言結構的樣式，此例主要指特殊類型的對偶。又如黃善夫本“百家注”卷十園林類《南園》詩：“不種夭桃與綠楊，使君應欲作農桑。春疇雨過羅紈膩，夏壠風來餅餌香。”詩末趙次公注：“此格謂之言山不言山，言水不言水之格，最爲巧妙。”《四部叢刊》影印宋刊元遞修本“百家注”題注下另有“增刊”云：“王介甫有云：‘含風鴨綠鱗鱗起，弄日鵝黃嫋嫋垂。’上暗言水，下暗言柳，亦此格也。”此二條注文似乎當連起來讀，很可能都出自趙次公。

宋刊元遞修本“百家注”在宋末或元初增補的“新添”“增刊”有許多的確是趙次公的注文，“增刊”之後明確標明“次公”注。再如“百家注"卷二十五雜賦類《梵天寺見僧守詮小詩清婉可愛次韻》："但聞烟外鐘，不見烟中寺。幽人行未已，草露濕芒屨。惟應山頭月，夜夜照來去。"次公注："此三韻詩，杜甫蓋有此格矣。"以上所稱"格"實際是廣義的句法，是對作詩規律的概括，不僅僅指每聯兩句之間的關係，還包括整首詩的一種結構樣式。

除了語言結構樣式，趙次公也會分析涉及語義的作詩規律。如卷一《中隱堂詩》之三"春深桃杏亂，笑汝益羈孤"句，次公注："此篇專詠梅花也，落句'汝'者，指梅花也。杜甫於決明花云：'涼風蕭蕭吹汝急，恐汝後時難獨立。'亦以'汝'言之也。"稱梅花爲"汝"，這不僅是一種字法，也是一種整體上的擬人修辭手法。趙次公類似分析還有卷一《病中聞子由得告不赴商州三首》之一"病中聞汝免來商，旅雁何時更著行"句，次公注："鴻雁有兄弟之序，故言兄弟者多用雁也。商州雖屬山南西道，而在鳳翔之東南，子由若赴商州可以至鳳翔。今既不然，是爲羈旅之雁不著行矣。"不過，趙次公分析字法、句法，最終的目的仍然是解說蘇詩詩意。

趙次公注釋蘇詩之章法包括其分章斷句式的辨析解說。如"百家注"卷十果實類《荔支嘆》前八句後次公注："上四句以言漢和帝時交州貢荔支，下四句以言唐明皇時涪州貢荔支也。""永元荔支來交州，天寶歲貢取之涪。至今欲食林甫肉"句，次公注："以言林甫爲相，專事諂諛，無一言以救其弊也。"

另有"百家注"卷十七酬答類中《次韻答劉涇》詩末次公注："此篇皆所以裁抑劉涇之豪氣也。劉涇好爲險怪之文。"而《蘇詩佚注》所輯趙次公注更完整，云：

> 此篇自"吟詩莫秋蟲聲"至"以病爲樂子未驚"，以裁抑劉涇之夸衒。文章寫字議論讀書等皆以爲病而已，此柳子厚比之爲嗜土炭酸成之說也。//自"我有至味非煎烹"至"亦不自嫌翠織成"，則先生特以言無事閑卧爲樂也。//自"意行"而下散言其無拘束、無避忌，以無事爲政，欲縱意於江湖。//末句又不分別食飲之優劣，期在飽而

已，皆所以裁抑劉涇之豪氣也。①

除了這種章句式的解説，趙次公有時對篇章整體寓意的分析也很有見地，如卷二《秀州僧本瑩静照堂》，詩末次公注：

> 此篇先生主意以言僧不便可謂之静。盖言凡天下之人，或貧賤，或富貴，皆不免於動也。如鳥之囚，如馬之繫，本亦處静矣，而鳥不忘飛，馬常念馳，未嘗無意於動也。其不能自勝於囚繫之間，不若聽其飛馳矣，故厭事在動爲之中，既已厭之矣，及其無事之間，則又悲也。貧賤之勞形與富貴之疲神，曷嘗静而無事哉？乃更謂本瑩之爲此堂將以告誰而能静也？惟隱淪於江湖者，以扁舟爲樂，不以適時爲事而後能静。猶是之人，從之猶不可，而况從我輩乎？觀此亦以譏本瑩之在人間亦不能終静也。

讀者一般會以爲蘇詩在稱贊僧本瑩，趙次公却解讀爲譏諷，結論出人意料，仔細揣摩次公的分析又切中肯綮。

上述四種方法以外，趙次公也會爲了説解詩意而駁斥舊注，如卷十五投贈類《贈葛葦》"竹椽茆屋半摧傾，肯向蜂窠寄此生"句，程縯注："有學逃生死法者，乃詐死寄魂魄於蜂窠中，鬼卒尋之，了不可得。"次公注："'蜂窠寄此生'不過言其所居窄小而懸露耳，先生又有詩曰：'舉族長懸似細腰'，舊注所引與詩意不相似，非是。"

以上舉例辨析的是趙次公蘇詩注釋的主要特點與運用的注釋方法。這些現象之中其實蘊含着一些趙次公鮮明的注釋觀念。趙次公的杜詩注釋自序云：

> 余喜本朝孫莘老之説，謂："杜子美詩無兩字無來處。"又王直方立之之説，謂："不行一萬里，不讀萬卷書，不可看老杜詩。"因留功十年注此詩，稍盡其詩，乃知非特兩字如此耳，往往一字繁切，必有來處，皆從萬卷中來。

而《前集》卷一《次韻和劉京兆石林亭之作石本唐苑中物散流民間劉購得之》詩中"胡"注云：

---

① ［日］小川環樹、倉田淳之助編：《蘇詩佚注》上册，壬生川通五條南人株式會社，1965年版，第160～161頁。

嘗喜本朝孫莘老之説，謂"杜子美詩無兩字無來處"，而僕意又獨謂："非特兩字如此耳，往往一字繁切，必有來處。"今句云"鴻毛於太山"，其"於"字則孟子云"太山之於丘垤"也，可謂一字有來處。

顯然，此"胡"注也應爲趙次公注。從他自以爲發現了杜詩、蘇詩"無一字無來處"的奧秘來看，他未必直接受到黄庭堅詩學主張的啓發，但無疑黄庭堅及江西詩派的觀念影響了次公對蘇詩典故出處的注釋興趣，而且次公也認同李善"作者必有所祖述"的理念。

趙次公在杜甫《戲爲六絶句》之六"未及前賢更勿疑，遞相祖述復先誰"的注釋中云：

陸機《豪士賦序》云："巍巍之盛，仰遞前賢。"此兩句功用可敵。陸機《文賦》云："必所擬之不殊，乃闇合乎曩篇。雖杼軸於予懷，怵他人之我先。"則公之意矣。唐乾封郊祀《詔》曰："其後遞相祖述，禮儀紛雜。"而在文章言之，則沈休文作《謝靈運傳論》曰："异軌同奔，遞相師祖。"李善注《文選》亦曰："諸引文證，皆舉先以明後，以示作者必有所祖述也。"然則祖述者，文人烏能輒已邪？故雖孔子，亦曰："祖述堯舜。"豈專自己出哉！[1]

文人渴望超越前賢、獨立創新，事實却總是"闇合乎曩篇"，與更早的作品有所重復。李善認爲"作者必有所祖述"，是把這種可能有意也可能無意的重復看作作者有意"祖述"前人。趙次公繼承了李善這一觀念，也認爲文人創作不可避免有所效法，不存在由個人單獨創造的文學成果。所以，他把杜詩的出處分爲四種類型：

若論其所謂來處，則句中有字、有語、有勢、有事，凡四種。兩字而下爲字，三字而上爲語，擬似依倚爲勢，事則或專用，或借用，或直用，或翻用，或用其意不在字語中。於專用之外，又有展用、有倒用、有抽摘滲合而用，則李善所謂"文雖出彼而意殊，不以文

_____

① （唐）杜甫撰，（宋）趙次公注，林繼中輯校：《杜詩趙次公先後解輯校》，上海古籍出版社，2012 年版，第 464 頁。

害"也。①

從趙次公的注釋實例來看，這種區分也適用於其蘇詩注釋。趙次公實際劃分的是：字詞、短語、句法、事典四種出處類型。他所稱的"字"是指獨立運用的最小語言單位，可以是單音節語素，也可以是雙音節或多音節語素。如卷一《病中大雪數日未嘗起觀虢令趙薦以詩相屬戲用其韻答之》"有客獨苦吟"句，次公注："'有客'字起於《詩》'有客有客'，而老杜用之屢矣。'苦吟'字，古詩'白頭猶苦吟'。"卷二《凌虛臺》"臺前飛雁過，臺上雕弓彎。聯翩向空墜，一笑驚塵寰"句，次公注："此乃退之《雉帶箭》云：'衝人決起百餘尺，紅翎白鏃隨傾斜。將軍仰笑軍吏賀，五色離披馬前墮。'取其意、變其字者也。"而杜甫《登岳陽樓》"吳楚東南坼，乾坤日夜浮"句，次公注曰："'東南'與'日夜'字，若論出處，則《周禮·職方氏》：'東南曰揚州。''日夜'字，《呂氏春秋》云：'水泉東流，日夜不休。'而謝玄暉詩有云：'東江流日夜'也。又若'東南坼''日夜浮'之語，亦自有所依傍。"②"東南坼""日夜浮"即"語"，代表的是更複雜的語言單位組合，可以是合成詞、短語或者短語的搭配組合，有時也可指代整個句子。

"勢"相當於語法層面的句法，前文已有論述。唐代詩僧皎然早已聲稱"詩有三偷"："偷語最是鈍賊"，"偷意事雖可罔，情不可原"，而"偷勢才巧意精，略無痕迹"③。

"事"比較容易理解，即典故，明清以前稱用典為用事，此處與前三項並列是指典故中的事典，是引用內容意義時對某一故事、事件的概括。如卷一《二十六日五更起行至磻溪未明》"馬上傾倒天瓢翻"句，次公注："意用李靖為客，嘗夜投宿一巨宅，有老婦延之。中夜叩戶甚迅，婦變色曰：'天符至矣！'實告靖曰：'老婦龍也，二子俱出，今天命行雨，欲煩一行。'即以一竿使跨之，以一瓢與之，曰：'跨此所至，以楊枝灑瓢水，則

① （宋）林希逸撰，林式之編：《竹溪鬳齋十一稿續集》卷三十，《景印文淵閣四庫全書》第1185冊，臺灣商務印書館，1986年版，第867頁。
② （唐）杜甫撰，（宋）趙次公注，林繼中輯校：《杜詩趙次公先後解輯校》，上海古籍出版社，2012年版，第1369頁。
③ （唐）皎然撰，許清雲輯校：《皎然詩式輯校新編》，文史哲出版社，1984年版，第28頁。

雨也。’此詩意主禱雨，故用此。而‘天飄’字則韓詩云：‘舉瓢酌天漿。’”

赵次公解釋事典時所言："事則或專用，或借用，或直用，或翻用，或用其意不在字語中。……"又包含了不同層面的内容。此一"事"在用典的對象方面實際上包括了所有"字、語、勢、事"的類型，也就是説趙次公把出處與用典混同起来，"專用、借用、直用、翻用、展用、倒用、抽摘滲合而用"的對象不僅是"事"，也包括"字、語、勢"。比如"百家注"卷四宗族類《小兒》"小兒不識愁，起坐牽我衣"句，次公注："暗使李白詩：‘兒女嬉笑牽人衣。’""百家注"卷十一試選類《催試官考較戲作》"組練長驅十萬夫"句，次公注："‘十萬夫’字借杜牧之《晚晴賦》中語：‘命竹爲十萬丈夫。’""暗使""字借"便是用典（用事）方法中的"暗用""借用"，其對象不只是故事、事件，也包含已有的成語、典故。

趙次公指稱蘇詩用典的術語還有許多例證，如卷一《中隱堂詩》之一"退居吾久念，長恐此心違"句，次公注："此篇以言王君之祖，自蜀而來長安也。‘心違’字，出於‘王心不違’‘王心載違’，而杜詩翻用‘寸心違’。""百家注"卷二古迹類《白水山佛迹岩》："根株互連絡"句，次公注："翻用《列子》言海中五山之根，無所連著也。"則"翻用"大概指靈活運用的意思。亦有其他一些術語，如"倒文""使"。如卷一《石鼓歌》"此鼓亦當遭擊掊"句，次公注："《莊子》：‘掊擊於世俗’之倒文也。"卷一《是日至下馬磧憩於北山僧舍……》："蕭蕭聞馬檛"句，次公注："蓋使《詩》：‘蕭蕭馬鳴’也。"

通過以上分析可知，趙次公注釋蘇詩有十分鮮明的個人特色，有所長亦有所短，其注詩活動不僅有比較明確的詩學理念作爲指導，也善於分析、總結詩人的創作規律。在具體的注釋中，他善於運用以意逆志的心理學方法揣摩詩人本意，也注重分析詩歌的藝術手法，習慣用自己的話語解釋説明蘇詩的意旨，因此，與其他注家注釋相比更爲詳細明白，對讀者理解蘇詩幫助尤大。

二、趙夔：長於典故注釋與歷史闡釋

（一）注蘇動機與注釋理念：對蘇詩典故出處的執著

趙夔其人，"百家注"注家姓氏目録稱其"西蜀趙氏夔字堯卿，前知榮州"①。明張鳴鳳《桂故》卷七云："趙夔以《二十四岩洞歌》鐫南溪之穿雲岩，歌非奇作，或以其摠括附近諸岩洞名故鐫之。或謂夔爲趙賢良，又有詩贈海陵佘公，夔自稱曰'漳川居士'，山間諸詩惟玄風洞所作足自立於宋人間。《郡志》謂夔自南遷北還經此，夔盖亦紹興中遷者，所云賢良，或其發身之科，然皆莫可考矣。時有將仕郎劉振爲夔書《岩洞歌》，其書髣髴顔真卿《多寶塔》迹。振字時舉，臨川人。"②《桂故》乃記古粵地，今廣西、廣東一帶的勝迹與故實，"紹興甲戌"即高宗紹興二十四年（1154）。據趙夔蘇詩注自序"崇寧年間，僕年志於學，逮今三十年"，則作《岩洞歌》時已過耳順。若如清汪森《粵西文載》卷六十七《遷客傳》所云："趙夔紹興間南遷北歸，常寓正悟寺，遍遊桂林，有《二十四岩峒歌》。"③則趙夔致仕較晚，老年仍有調任。

　　趙夔的蘇詩注本應該是最早的蘇詩分類注本，可惜已經佚失，所幸其注蘇自序附錄在後來的"百家注"書前得以流傳後世。從中可以窺知其注釋蘇詩的動機與注釋理念，尤其強調蘇詩的典故出處。序文如下：

　　　　昔杜預注《春秋》、《左傳》，顏籀注班固《漢書》，時人謂：征南、秘書爲丘明、孟堅忠臣。又李善於梁宋之間開《文選》學，《注》六十卷流傳於世，皆僕所喜而慕之者，此《注東坡詩集》所以作也。

　　　　東坡先生讀書數千萬卷，學術文章之妙若太山北斗，百世尊仰，未易可窺測藩籬，況堂奧乎？然僕自幼歲誦其詩文，手不暫釋，其初如涉大海，浩無津涯，孰辨淄澠涇渭，而魚龍异狀，莫識其名；既窮

---

　　① 榮州即今四川自貢附近，南宋光宗趙惇曾任榮州刺史，按慣例光宗即位後應升級改名，祝穆《方輿勝覽》卷六十四"紹熙府"建制沿革亦載："榮州……後以係光宗皇帝潛藩陞紹熙府"。但李心傳《建炎雜記甲集》卷九"潛藩州建軍府名"條記載："舊制天子即位，嘗以所領州鎮自防禦州而下皆陞軍名，若節鎮則建爲府。……光宗自榮州刺史進封恭王，今上自英國公出就傅，後封嘉王。四州皆爲大郡，然三州躐升爲重慶、英德、嘉府，而榮州至今不錫軍名，盖中書之誤。"寧宗初封英國公，在位三十一年（1194—1224），李書成於嘉定九年（1218），其時尚未改名。周紹泉先生曾撰《紹熙府設置年代及所轄州縣之我見》根據今自貢榮縣宋碑崖刻、明清民國以來《榮縣志》，判斷乾隆年間榮縣知縣黃大本編撰的《榮縣志·補遺篇》記載："宋理宗紹定六年（1233）二月丁亥升府"較爲可信。此一考證成果可輔助説明"百家注"成書在理宗紹定之前。

　　② （明）張鳴鳳：《桂故》，《景印文淵閣四庫全書》第 585 册，臺灣商務印書館，1986 年版，第 780 頁。

　　③ （清）汪森編：《粵西文載》，《景印文淵閣四庫全書》第 1467 册，臺灣商務印書館，1986 年版，第 151 頁。

山海變怪，然後了然無有疑者。

崇寧年間，僕年志於學，迨今三十年。一句一字，推究來歷，必欲見其用事之處。經史子傳，僻書小説，圖經碑刻，古今詩集，本朝故事，無所不覽。又於道釋二藏經文亦常遍觀抄節。及詢訪耆舊老成間，其一時見聞之事，有得既已多矣。頃者赴調京師，繼復守官，累與小坡叔黨遊從至熟，叩其所未知者，叔黨亦能爲僕言之。

僕既慕先生甚切，精誠感通，一日，先生野服乘驢，若世之所畫李太白者，惠然見訪。僕方坐一室中，書史環列，起而迎見。先生顧僕喜曰："天下之樂，莫大於此。"了無它語。又一日夢與先生對談，因問水仙王事，即答以茫昧之語，殊不可曉，不知何意也。

僕於此詩分五十門，總括殆盡。凡偶用古人兩句，用古人一句，用古人六字、五字、四字、三字、二字，用古人上下句中各四字、三字、一字相對，止用古人意不用字，所用古人字不用古人意，能造古人意，能造古人不到妙處，引一時事，一句中用兩故事，疑不用事而是用事，疑是用事而不用事，使道經僻事、釋經僻事、小説僻事、碑刻中事，州縣圖經事，錯使故事，使古人作用字成一家句法，全類古人詩句，用事有所不盡，引用一時小詩，不用故事而句法高勝，句法明白而用意深遠，用字或有未穩，無一字無來歷，點化古詩拙言，間用本朝名人詩句，用古人詞中佳句，改古人句中借用故事，有偏受之故事，有參差之語言，詩中自有奇對，自撰古人名字，用古謠言，用經史注中隱事，間俗語俚諺詩意物理，此其大略也。

三十年中，殫精竭慮，僕之心力盡於此書。今乃編寫刊行，願與學者共之。若乃事有遺誤，當竢博雅君子補而鐫之，庶俾先生之詩文與《左傳》《漢書》《文選》並傳無窮，而僕於杜預、顏籀、李善三子亦庶幾焉。雖然，尚有可以言者，先生之用事不可謂無心，先生之用古人詩句未必皆有意耳，蓋胸中之書汪洋浩博，下筆之際，不知爲我語耶他人之語也，觀者以意達之可也。①

序文第一段與最後一段透露了趙夔的志向，其爲蘇軾詩集作注的動機不僅

---

① 趙夔原序，見題（宋）王十朋：《王狀元集百家注分類東坡先生詩》，《中華再造善本》唐宋編，北京圖書館出版社，2004年版，卷首附錄。

在於喜愛欣賞蘇軾及其詩，希望其"與《左傳》《漢書》《文選》並傳無窮"，也由於仰慕歷史上因注釋流芳百世的杜預、顏籀、李善等著名注家，趙夔注蘇之理想抱負可見一斑。

第二段强調了蘇軾學問淵博，蘇詩海涵地負，表明趙夔認爲注釋蘇詩最大的困難在於詩人淵博的學問導致詩中有衆多典故密碼，不易破解這些典故的出處來歷。於是第三段中趙夔説明了他歷經三十年，利用了哪些渠道，"一句一字，推究來歷，必欲見其用事之處"。這些渠道包括：經史子傳，僻書小説，圖經碑刻，古今詩集，本朝故事，以及道釋二藏經文與耆舊老成、小坡叔黨的口傳逸聞。

第四段趙夔講述自己與蘇軾的想夢因緣。後來清代注蘇大家馮應榴在其注本自序中亦提到趙夔兩經夢蘇事，稱："夫以堯卿之去公未遠，創始爲注積三十年，其見夢也固宜。"①

第五段與最後一段集中體現了趙夔對蘇詩的認識，也反映出趙夔本人的注釋觀念。趙夔注本原書已佚，所分五十門類別已不可考。第五段主要對蘇詩典故出處的類型進行了排比式列舉，但多依經驗分類，看起來比較雜亂。但仔細梳理他的論述，其實還是有條理可循且頗有價值，大致歸納如下：

> 用字句：偶用古人兩句，用古人一句，用古人六字、五字、四字、三字、二字，用古人上下句中各四字、三字、一字相對。
>
> （字句的來源）間用本朝名人詩句，用古人詞中佳句，引用一時小詩，（改古人）有參差之語言；用古謡言，間俗語俚諺、詩意物理
>
> （效果）用字或有未穩
>
> （總結用字句的方法）無一字無來歷；點化古詩拙言
>
> 用意：用意不用字，用字不用意
>
> （效果）能造古人意，能造古人不到妙處
>
> 用事：一句中用兩故事，錯使故事，改古人句中借用故事，有偏受之故事
>
> （事的來源）使道經僻事，釋經僻事，小説僻事，碑刻中事，州

---

① （宋）蘇軾撰，（清）馮應榴輯注，黃任軻、朱懷春校點：《蘇軾詩集合注》，上海古籍出版社，2001年版，第2635頁。

縣圖經事；用經史注中隱事；引一時事

（效果）疑不用事而是用事，疑是用事而不用事，用事有所不盡

句法：使古人作用字成一家句法；不用故事而句法高勝；句法明白而用意深遠；全類古人詩句

其他：詩中自有奇對；自撰古人名字

趙夔總結的是自己注釋實踐中認識到的蘇詩的用典技巧與典故出處來源的類型，只是陳述得比較錯亂，有時講用典的方式，有時從用典的效果區分，有時又羅列不同類型的來源。實際上，趙夔的總結與趙次公的結論大致相同，趙次公認爲："若論其所謂來處，則句中有字、有語、有勢、有事，凡四種。"如上文所述，趙次公事實上區分爲字詞、短語、句法、事典四種出處類型。與趙次公相比，趙夔的分類更細緻全面，並增加了"意"這一類型。趙次公雖然提到"或用其意不在字語中"，却並未單列"用意"這一用典類型，而趙夔提到"用意不用字""用字不用意""能造古人意""能造古人不到妙處"等。

"意"作爲一種用典類型，主要指文學表達上的詩意，是一種整體上的內容意義與效果感受。唐代皎然已經指出偸語、偸意、偸勢的不同，"偸意事雖可罔，情不可原"①，宋詩話亦區別"意用事"與"語用事"，如魏慶之《詩人玉屑》卷七把用事分爲"用其意、用其語"兩種，稱："有意用事有語用事。李義山'海外徒聞更九州'，其意則用楊妃在蓬萊山，其語則用鄒子云'九州之外更有九州'，如此然後深穩健麗。"② 李商隱詩句"海外徒聞更九州"字詞上的用典要素是"九州、更"，"意"方面的用典要素是這句詩整體表達的"遠在海外聽到九州更變却只剩徒然"的詩意，而對應的典故來源是鄒忌詩句與"楊妃（死後）在蓬萊山（即海外）"傳說的內容意義。

（二）實踐中的其他注釋重點：詩意解析與背景介紹

趙夔在自序中表明的注釋觀念的確運用到其注釋實踐當中，注重典故

---

① （唐）皎然撰，許清雲輯校：《皎然詩式輯校新編》，文史哲出版社，1984 年版，第 28 頁。

② （宋）魏慶之：《詩人玉屑》，見吳文治主編：《宋詩話全編》第 9 冊，江蘇古籍出版社，1998 年版，第 9031 頁。

出處的注釋，在注文中也會分析具體的用典方式與效果。比如卷一《真興寺閣》"山川與城郭，漠漠同一形"句，"補注"云："此詩用古人意而不用其字。如杜子美《登慈恩寺塔》詩云：'秦山忽破碎，涇渭不可求。俯視但一氣，焉能辨皇州。'言其高也。"兩詩之意都在描繪登高望遠時山川渾朦一片的景象。又，卷二《仙遊潭五首》之一"光搖岩上寺，深到影中天"句，"補注"云："'光搖寺'者，若古詩云：'水光搖上下'；'影中天'者，若'澄徹照天心'。此其意也。"趙夔通過"引詩注詩"，不僅注釋了語典出處，還強調了蘇詩與古詩描繪的場景內容詩意一致：水折射的陽光隨着粼粼流波似乎令山岩上的寺廟搖曳擺動起來，高高的寺廟投射到潭水中的影子也深不可測。

　　"用字句"者如卷二《送劉攽倅海陵》"秋風昨夜入庭樹"句，"補注"云："劉夢得《秋風引》云：'何處秋風至，蕭蕭送雁群。朝來入庭樹，孤客最先聞。'"用句法如"百家注"卷二十四行類《鐵溝行贈喬太傅》"城東坡隴何所似，風吹海濤低復起"句，趙夔注："杜詩：'嘉陵江土何所似，石黛碧玉相因依。'公所用此句法也。"

　　在注釋詩句語典方面，趙夔增加了不少本朝人如宋祁、歐陽修等的詩文作爲蘇詩的出處，可能跟他個人的知識構成與觀念有關。如卷二《次韻子由綠筠堂》"風梢千黛亂"句，"補注"云："宋子京詩：'槪竹森烟黛。'"《送錢藻出守婺州得英字》"日旰坐邇英"句，蘇軾自注："邇英，閣名。"其後"補注"曰："宋景文詩：'大極洪樞暇，西清秘閣開。文從壁府出，輦自殿中來。'蓋謂是也。"又如卷一《石鼓歌》"欲讀嗟如箝在口"句，次公注："'箝在口'，以言讀之難也。退之《苦寒詩》云：'濁醪沸入喉，口角如銜箝。'""補注"云："永叔詩云：'有口欲說嗟如箝。'"同詩"強尋偏傍推點畫，時得一二遺八九"句，"補注"云："永叔云：'石鼓有十，今在鳳翔孔子廟中，初弃於野，鄭餘慶徙於廟。其一無文，其九有文，可見者四百一十七字，可識者二百七十二字。'"又，卷二《司竹監燒葦園因召都巡檢柴貽勗左藏以其徒會獵園下》"獵獵霜風吹帽斜"句，李厚注引《北史》典故，"補注"云："永叔詩：'獵獵歸袖風中斜。'"

　　除了典故出處注釋，趙夔有時也會如趙次公那樣串講分析蘇詩的整體含義，如卷一《中隱堂詩》之三"二月驚梅晚，幽香此地無"句，"補注"云："此二句叙堂前景也。蓋長安梅花最少而開又晚，故有是句。韓退之詩'二月初驚見草芽'，蓋氣候稍晚，故凡開者皆晚，不獨梅耳。杜詩：
'丹橘黃柑此地無。'"又"依依慰遠客，皎皎似吳姝。不恨故園隔，空嗟
芳歲徂。春深桃杏亂，笑汝益羈孤"句，趙次公先注云："此篇專咏梅花
也，落句'汝'者，指梅花也。杜甫於決明花云：'涼風蕭蕭吹汝急，恐
汝後時難獨立。'亦以'汝'言之也。"接着"補注"云："此托興也。此
地絕少而又開晚，堂前乃有一株，正當桃杏亂時，則梅之羈孤可知矣。蓋
以桃杏喻小人，梅喻君子。顏延之見其子峻立宅，謂曰：善爲之母令汝
拙。謝希逸賦云：'羈孤近進。'羈孤者，清潔耿介不群之貌。'"趙夔雖然
分析蘇詩的比興寓意，但跟北宋後期的杜詩闡釋仍有不同，並未落實到具
體的人物事件，沒有過度引申比附，只是從文學情境的角度進行闡發。而
且，這類直接解說闡發的注釋在《前集》與"百家注"中也不多見。

　　另外，相較於《前集》其他注家，趙夔有更明確的關注蘇詩寫作背景
的意識，這種意識主要體現在他對蘇詩涉及人物的介紹以及蘇詩寫作時
間、地點的注釋中。趙夔在自序中已經指出蘇詩"間用本朝名人詩句"
"引用一時小詩""引一時事"，反映出他對今典的敏感。與這種傾向一致，
趙夔在詩注中也比較注重歷史闡釋，《前集》有部分題注對蘇詩贈答、交
游對象的生平作了簡單介紹，這類注釋大多出自趙夔之手。以《前集》卷
二爲例：

表 2—1

序號	題目	《集注東坡先生詩前集》卷二題注
1（11）	《和子由記園中草木十一首》	無
2	《周公廟廟在岐山……》	無
3	《南溪之南……故名之避世堂》	無
4	《樓觀》	"趙（次公）"注："樓觀者，崇勝觀也。乃尹喜舊宅，俗謂之樓觀。"
5	《五郡》	無
6	《授經臺》	蘇軾自注："乃南山一峰爾，非復有築處。"
7	《大秦寺》	無
8	《仙遊潭五首》	自注："潭上有寺三，二在潭北……故南寺有塔望之可愛，而終不可到。"
9	《愛玉女洞中水……》	無
10	《自仙游回至黑水……》	無

序號	題目	《集注東坡先生詩前集》卷二題注
11	《南溪有會景亭……》	無
12	《凌虛臺》	"師（尹）"注："今在鳳翔廟之後園。""補注"："乃陳希亮知鳳翔時建也。"
13	《竹（鼠卯）》	無
14	《渼陂魚》	自注："陂在鄠縣。""趙"注："此杜甫詩有《渼陂行》者也。雖士大夫非西人者往往讀爲蕩漾之漾。此字從水從美，以其陂中魚故得名。"
15	《讀道藏》	"補注"："終南縣有上清太平宮，宮有道藏，先朝所賜舊書也。"
16	《十二月十四日夜微雪明日早往南溪小酌至晚》	無
17（2）	《九月中曾題二小詩於南溪竹上既而忘之昨日再遊見而録之》	無
18	《司竹監燒葦園因召都巡檢柴貽勗左藏以其徒會獵園下》	無
19（2）	《和子由木山引水二首》	無
20	《寄題興州晁太守新開古東池》	無
21	《華陰寄子由》	無
22	《和董傳留別》	"補注"："董傳字至和，洛陽人，有詩名於時，嘗在鳳翔與東坡相從。韓魏公鎮長安，傳有詩云：'古來風義遺才少，送世公卿薦士稀。'韓舉而已卒矣。"
23	《次韻柳子玉見寄》	無
24	《送曾子固倅越得燕字》	"趙"注："以先生《詩案》考之，此熙寧三年詩也。""補注"："子固名鞏，南豐人，嘉祐二年永叔知貢，舉子固兄弟四人同登科。治平中與東坡同在館中。"
25	《王頤赴建州錢監求詩及草書》	無
26	《秀州僧本瑩静照堂》	無
27	《石蒼舒醉墨堂》	"補注"："蒼舒京兆人，字才美，善行草，人謂得草聖三昧。官爲承事郎，通判保安軍，嘗爲丞相汲郡吕公微仲所薦，不達而卒。"
28	《送安惇秀才失解西歸》	無
29	《送任伋通判黃州兼寄其兄孜》	"補注"："孜時爲簡州平泉令，字師聖。伋字師中，皆名士，眉人也。東坡謂之：'大任小任'兄弟。於慶曆間登第。"
30（2）	《和子由初到陳州見寄二首》	題下有"次韻"二小字注，可能是自注或編輯按語
31	《次韻子由緑筠堂》	無

續表 2-1

序號	題目	《集注東坡先生詩前集》卷二題注
32	《送劉攽倅海陵》	"補注"："邠字貢父，嘗爲泰州通判。"
33	《送錢藻出守婺州得英字》	"補注"："藻字醇老。"
34	《送呂希道知和州》	"補注"："希道乃文穆之後。"
35	《次韻王誨夜坐》	無
36	《送文與可出守陵州》	"補注"："與可名同，梓州鹽亭縣安泰人。皇祐元年馮京榜及第。"
37	《送劉道原歸觀南康》	"補注"："道原名恕，廬州人。熙寧二年爲秘書丞編修文字。"
38（8）	《出都来陳所乘船上有題小詩八首不知何人有感于余心者聊爲和之》	無
39	《次韻張安道讀杜詩》	無
40	《送張安道赴南都留臺》	無
41	《傅堯俞濟源草堂》	"補注"："堯俞字欽之，孟州濟源縣有別業。"
42	《陸龍圖詵挽詩》	"補注"："詵字介夫，熙寧己酉年以龍圖閣直學士、右諫議大夫、集英殿修撰知成都府。"
43	《胡完夫母周夫人挽詞》	"補注"："完夫名宗愈，常州人。武平之子，常爲尚書左丞。"
44（2）	《次韻柳子玉過陳絶糧二首》之一	無
45（2）	《潁州初別子由二首》之一	"補注"："熙寧四年十月，東坡赴杭州通判時，黄門送到潁州相別。"
46	《歐陽少師令賦所蓄石屏》	無
47	《陪歐陽公宴西湖》	"補注"："潁州西湖。"
48	《十月二日將至渦口五里所遇風留宿》①	無
49	《出潁口初見淮山是日至壽州》	無
50	《壽州李定少卿出餞城東龍潭上》	無
51	《濠州七絶》之《塗山》	"自注"："下有鮌廟，山前有禹會村。"
52	《濠州七絶》之《彭祖廟》	"自注"："有雲母山，云彭祖所採服也。"
53	《濠州七絶》之《逍遥臺》	"自注"："莊子祠堂在開元寺，即墓爲堂。"
54	《濠州七絶》之《觀魚臺》	無
55	《濠州七絶》之《虞姬墓》	無

① 黄善夫本"百家注"爲"十二月"。

序號	題目	《集注東坡先生詩前集》卷二題注
56	《濠州七絶》之《四望亭》	"自注"："太和中刺史劉嗣之立李紳，以太子賓客分司東都，過濠，爲作。記今存而亭廢者數年矣。"
57	《濠州七絶》之《浮山洞》	"自注"："洞在淮上，夏潦不能及，而冬不加高，故人疑其浮也。"

《前集》卷二 79 首詩共 57 題，39 題無注或蘇軾自注，有注家題注者 18 題，其中趙夔於 16 題下作注。而且，趙夔的題注内容相當集中與明確，主要注釋詩題涉及的人物姓字、籍貫、重要官職與經歷或者蘇軾作詩的時間、地點、事由。除了在題注中，趙夔有時也在詩中注釋人物背景。如卷三《送劉道原歸覲南康》，除題注爲 "補注"： "道原名恕，廬州人。熙寧二年爲秘書丞編修文字。" 詩中 "匡廬先生古君子" 句，趙夔亦注云："'匡廬先生'，道原父也。致仕二十餘年矣。"

趙夔注釋這些作詩的人物與時空背景，踐行的是孟子所謂 "知人論世" 以讀書尚友的闡釋路徑，以期還原一個歷史中的蘇軾，從而呈現出蘇詩表達的詩人本意。但是，趙夔的題注對人物時事背景的介紹十分簡略，也沒有進一步聯繫詩歌内容進行觀照，所以，儘管趙夔的注釋受到當時以杜詩闡釋爲代表的 "詩史" 觀念影響，然而其 "知人論世" 法、"以史釋詩" 法的運用都比較簡略，與後來的施宿注釋蘇詩不同。總體而言，相比其他《前集》注家，趙夔更善於運用歷史闡釋的方法注釋詩歌，主要注釋蘇詩中的知識性典故。

三、其他注家：大致相同，各有側重

（一）程縯：徵引爲注，詳於地理

"百家注" 注家姓氏目録稱程縯字季長，黄希、黄鶴父子《黄氏補千家注紀年杜工部詩史》的注家姓氏目録稱爲 "西蜀程氏縯季良"。程縯的生平不詳，《宋史·藝文志》地理類著録其撰《職方機要》四十卷，王應麟《玉海》卷十五稱："《職方機要》四十卷，大觀中晋原丞程縯撰。縯案：新、舊《九域》，二書上據歷代諸史、地志，旁取《左傳》《水經》注釋並《通典》，言郡國事，采异聞小説，紬次爲書。" 袁本《郡齋讀書後志》卷一亦云："右不題撰人姓名。序云'本新、舊《九域志》，上據歷代

史，旁取《左氏》、《水經》、《通典》，且採舊聞，參以小說，黜繆舉真，紬成此書。其間載政和間事，蓋當時人也。"①

由此可知程縯在徽宗大觀年間（1107—1110）任晉原（今四川大邑縣）縣丞，書中亦載政和（1111—1118）時事，主要著述時段應爲北宋後期。②

"職方"最初是職掌官名，後亦指版圖疆域。從《職方機要》程縯自序來看，此書應爲考釋地理故事類的著作，程縯應當比較熟悉地理、歷史掌故，這的確與"百家注"中程縯的注釋傾向相符。程縯的注釋基本都爲徵引，很少注家自己的解說評論，所徵引的材料以史部著作居多，詳於地理，有時也援引雜說、故事來注釋蘇詩涉及的典故。

如卷四《山村五絕》之一"無象太平還有象"句，程縯注云："唐文宗延英對宰相曰：'卿等有意太平乎？'牛僧孺對曰：'太平無象。'"趙次公注云："據《詩案》，此五絕是熙寧六年所作。'無象太平還有象'，反牛僧孺之言也。"程縯的注釋一般不標注徵引材料的出處，而是截取關鍵文句或有所概括。後來"百家注"卷二十四絕句類此詩句下删去趙次公注釋，而補全程縯注所引典故中牛僧孺奏答"太平無象"之後的部分："今雖未及至治，亦可謂小康，而更求太平，非臣所及。"實際上仍然是根據史傳原文的概括簡化，《資治通鑑》卷二百四十四原文爲："僧孺對曰：'太平無象。今四夷不至交侵，百姓不至流散，雖非至理，亦謂小康。陛下若別求太平，非臣等所及。'"

（二）李厚：側重注釋事典以及歷史掌故、地理沿革

"百家注"及《黄氏補千家注紀年杜工部詩史》的姓氏目錄皆言李厚

① 見（宋）晁公武撰，孫猛校證：《郡齋讀書志校證》，上海古籍出版社，2011 年版，第347 頁。

② "百家注"卷九亭榭類《次韻陳海州乘槎亭》題下程縯注："《因話錄》云：《漢書》載張騫窮河源，言其奉使之遠。實無天河之説。惟張華《博物志》云：近世有人居海上，每年八月見乘槎來不違時……後世相傳得織女支機石，持以問君平。'都是憑虛無之説。今成都嚴真觀有一石，呼爲支機石，云當時君平留之。寶曆中，予下第還家，於京都途中逢官差夫遞昇張騫槎。先在東都禁中，今准詔索有司取進，不知是何物也。前輩詩往往有張騫槎者，相襲訛謬矣，縱出雜書亦不足據也。"按："寶慶"（1225—1227）爲南宋理宗年號，若"寶慶"爲"慶曆"字訛，則程縯年長蘇軾而晚卒至少十餘年。但"寶慶"（825—827）亦爲唐敬宗李湛年號，上述引文即收入今通行本唐趙璘《因話錄》卷五，且宋代杜詩注本如《黄氏補千家注紀年杜工部詩史》《分門集注杜工部詩》中"查上似張騫"句的注釋與此一程縯注内容完全相同，題爲僞王洙注。因此，程縯此注並不能説明其生活的年代。由於只看蘇詩注釋容易引起誤會，特此注明。

字德載，附於"臨安李氏堯祖唐卿"之後。但這種姓氏目錄記載的籍貫很不可靠，如胡仔本是徽州績溪（今安徽宣城市績溪縣）人，徽州在南宋屬江南東路，後卜居湖州吳興（今屬浙江湖州市），南宋屬兩浙西路。胡仔以卜居之地有"苕溪"自號"苕溪漁隱"，姓氏目錄便以"苕溪胡氏"稱之，而隨後的胡銓是廬陵（今江西省吉安市）人，在南宋屬江南西路。胡仔、胡銓兩人籍貫分屬兩路仍歸在一處。又如"後山陳氏師道"，彭城（今江蘇徐州市）人，自號後山居士，卻以似地名之"後山"冠籍，所領陳希仲、陳元龍、陳體仁、陳德溥爲浙江溫州人，潘大臨、潘大觀是黃州黃岡（今湖北黃岡市）人。顯然姓氏目錄作者對各注家的籍貫沒有仔細考察，想當然地籠統劃分，故不能依此斷定注家籍貫。至於李厚其他信息亦不可考。

李厚的注釋對象及注釋方法與程縯相似，都側重注釋蘇詩涉及的事典以及歷史掌故、地理沿革等背景內容，注釋方法主要是概括式徵引，標注的出處較爲簡略或不標出處，注家自己的解說評論也較少。不過，與程縯相比，李厚較多注釋語典，更多地"引詩注詩"。

注釋事典如卷二《送曾子固倅越得燕字》"賈誼窮適楚，樂生老思燕"句，出句爲李厚注："賈誼傳：天子議以誼任公卿之位，絳、灌之屬皆害之，出爲長沙大傅。長沙，楚地也。"對句程縯注："樂毅去燕奔趙，燕王以其子間爲昌國君，而毅往來復通燕。"李厚所注出自《漢書·賈誼傳》，原文爲："於是天子議以誼任公卿之位，絳、灌、東陽侯、馮敬之屬盡害之。廼毀誼曰：'洛陽之人年少初學，專欲擅權，紛亂諸事。'於是天子後亦疏之，不用其議，以誼爲長沙王太傅。"李厚對此出處引文有所裁剪，並增加了自己簡略的解說"長沙，楚地也"，以解釋、落實蘇詩中"適楚"二字。這種概括式的徵引不太嚴謹，摻入注家的主觀意見，可能會與原出處產生歧異，但注文簡潔精當，對讀者閱讀、理解詩作比較便利。

注釋語典如卷二《渼陂魚》"坐客相看爲解顏，香粳飽送如填塹"句，李厚注："退之詩：'匕抄爛飲穩送之。'曹植詩：'食若填巨塹。'"李厚沒有標注具體的前人詩歌題目，選擇的詩句出處也未窮盡，後來注家相繼還有補充。

程縯、李厚注釋事典有開拓、奠基之功，有時卻也不太準確，爲後來注家批駁。如卷三《遊徑山》"夜鉢咒水降蜿蜒"句，李厚注："《佛圖澄傳》：襄國成塹，水源枯竭，石勒問澄：'何以致水？'澄曰：'今當勅龍取水。'乃坐繩床，燒安息香，咒數百言。如此三日，水泫然微流，有一小龍長五六寸許，有頃，水大至。"次公注："舊注所引非鉢中降龍事。或者以《抱朴子》所載推之曰：按使者甘宗所奏西域事云：外國方士能神咒者，臨川禹步吹氣，龍即浮出，初出乃長十數丈。方士吹之，一吹則龍，輒一縮至長數寸，乃取著壺中，以少水養之，遇旱乃發壺出龍，著淵中，因復禹步，吹之長十數丈，須臾而雨四集矣。此乃與咒龍在鉢事相類。然必專有僧咒鉢事。或又曰涉法師蓋嘗咒鉢矣。"

（三）宋援：多與程、李注相配合，標注出處更規範

"百家注"及《黃氏補千家注紀年杜工部詩史》的注家姓氏目錄皆言宋援字正輔，西蜀人，其餘不可考。

從《前集》的收錄情況來看，宋援的注釋多與程縯、李厚之注配合。如補充釋音，卷三《和歐陽少師會老堂次韻》"我欲弃官重問道，寸莛何以得春容"句，程縯注："東方朔《答客難》言：以莛撞鐘，豈能發其音声？《韓詩》：'東野不回頭，有如寸莛撞巨鐘。'"接着宋援注："《禮記·學記》：'待其從容，然後能盡其聲。'注云：'從，讀如戈春之春。'"

宋援注相對來説標明出處者比程縯、李厚更多，如《和歐陽少師寄趙少師次韻》"何日揚雄一廛足，却追范蠡五湖中"句，程縯注："揚雄居岷山之陽，有宅一區，有田一廛。"宋援注："《史記》：范蠡泛扁舟，遊五湖。"

又如卷二《虞姬墓》，此七絶前二句"帳下佳人拭泪痕，門前壯士氣如雲"，程縯注："項羽聞漢軍四面皆楚歌，驚曰：漢家皆已得楚乎？乃夜起飲。帳中有美人，姓虞氏，常幸從，乃悲歌慷慨，自爲歌詩数曲，美人和之。羽泣下數行，左右皆泣，於是羽遂上馬戲下騎，從者八百餘人，夜潰圍出。"後二句"倉皇不負君王意，獨有虞姬與鄭君"，宋援注："項羽垓下之敗，虞姬先自刎，鄭君嘗事項籍，籍死而屬漢，高帝命籍臣皆名籍，鄭君獨不奉詔。詔拜名籍者爲大夫，而逐鄭君。見鄭當時傳。"可見同樣注釋蘇詩涉及的歷史故事典故，程縯以徵引原文爲主，而宋援的注釋更加規範，具有概括性且有較明確的驗證意識，因此時常在概括事典大意後標明"見（《史記》）鄭當時傳"等。

（四）林子仁：《前集》中多補充語典出處

林子仁即林敏功，其生平出處前文已有介紹。林子仁在《前集》中被作爲"新添"，其注釋多爲補充語典出處，如卷三《和劉道原咏史》詩末"窗前山雨夜浪浪"句，"新添"云："韓退之《別知賦》：'雨浪浪其不止。'"《臨安净土寺》"浩歌出門去"句，先是次公注："《楚辭》：少司命云：'臨風恍兮浩歌。'而杜甫云：'浩歌正激烈。'"後"新添"云："李白詩云：'仰天大笑出門去。'"

"新添"有時也簡單地注釋事典出處。如卷二《陪歐陽公宴西湖》"已將壽夭付天公，彼徒辛苦吾差樂"句，"新添"云："《前漢》：陳遵謂張竦曰：足下誦諷經書，苦身自約，不敢蹉跌，而我放意自恣，浮湛俗間，官爵功名不減於子，而差獨樂，顧不優邪？"又，卷二《十二月二日將至渦口五里所遇風留宿》"孤舟繫桑本"句，"新添"云："成二年，齊高固入晋師，桀石以投人，禽之而乘其車，繫桑本焉。"

總體而言，《前集》的"新添"注釋內容較單一，注釋方法以徵引爲主。但"百家注"收録的林子仁注則複雜得多。除本章第一節所舉林子仁批駁舊注及徵引趙次公注外，亦有引用筆記雜説爲已有注釋踵事增華處，如《前集》卷一《壬寅二月有詔令郡吏分往屬縣減决囚禁……》"帝子傳聞李"句下已有趙次公與"補注"注出"帝子"所指，次公注："帝子即先生本注唐玉真公主也。帝子指言天子之女。《九歌》於《湘夫人》云：'帝子降兮北渚'，言堯之女也。""補注"即趙夔注云："唐睿宗之女字持盈，始封長昌縣主，俄進號上清元都太洞三景師。天寶三年，上言曰：'妾高宗之孫，睿宗之女，陛下之女弟，於天下不爲賤，何必名係主號、資湯沐，然後爲貴？請人數百家之産，延十年之命。'帝許之，與金仙公主皆爲道士。"而"百家注"紀行類此句下新增了林子仁的注釋，云："《青城山記》：'玉真公主，肅宗之姑也，築室丈人觀。玉真、金仙二宮主真容見在。'"此一注文連言"玉真、金仙"，似乎有意補充趙夔的注釋，從時間來看不太可能出自林子仁，從徵引書目與注釋對象來看亦更似南宋中期"百家注"編撰時的集中補注（詳見下章）。

另外，林子仁也引用差不多同時的魏泰之著作。"百家注"卷二十惠貺類《歐陽晦夫遺接羅琴枕戲作詩謝之》"至今畫像作此服，凛如退之加渥丹”句，子仁注：“魏泰《東軒雜録》：‘晏公一日見韓愈畫像，語坐客曰：此兒大類歐陽修，安知非愈後身也?’《詩》云：‘顔如渥丹。’”

“百家注”中林子仁也多次徵引《（黄州）東坡圖》，如卷三堂宇類《南堂五首》之一、卷十八酬答類中《和王鞏六首並次韻》之三、卷二十三游賞類《上巳日與二三子携酒出遊隨所見輒作數句明日集之爲詩故詞無倫次》等。《（黄州）東坡圖》這類著作似乎不會編撰於北宋，應在蘇軾得到官方承認後的南宋才得以產生。

又，“百家注”卷二十四傷悼類《韓康公挽詩三首》之三詩末趙次公注釋後，林子仁有其最長的一段注文：

> 先生第二章詩云：“三朝翼贊勛。”謹按范純仁撰公《墓志》：“公以父蔭補太廟齋郎，少好學，以文章知名於時。慶曆二年進士及弟，名居第三。及仁宗嘉祐間已爲翰林學士，又迁諫議大夫權御史中丞，又以端明殿學士知成都，屢居顯美不可概舉。”則公已歷仁宗朝逮英宗與神宗，至哲宗而薨。先生蓋但数其仁宗及英宗與神宗爲三朝也。《墓志》又云：“考諱億，以忠義顯於仁宗之朝，至參知政事，諡忠憲，封冀國公。”故先生詩有“興王有世臣”，次章有“再世忠清德”等語也。《墓志》又云：“公知慶州，熟羌有據堡劫鎮城殺吏士者，公出兵討之。賊既平，詔書獎諭，遂知成都。又於神宗朝夏人擾邊，慶州失利，即拜公陝西宣諭使，將校皆得自除。又奏攻守策，而神宗手詔還之曰：‘此良策也。然西略一委，卿安事廷議。’公曾築羅元等城，使河東、陝西爲掎角，後西邊既平，而神宗曰：‘西邊之寧，卿之力也！’”故先生詩有“德業經文武”，次章有“餘威靖塞氛”等句也。又按《墓志》：“仁宗慶曆二年，公初通判陳州，又安撫江南，又出爲鄆州鈐轄，又知河陽，又河北安抚使，又知慶州，又知成都。在英宗朝，自成都召還，權知開封府。於神宗朝爲陝西河東宣抚使，又知鄧，又知許，未赴，知大名，又知許，移太原府，俄知定州，復知潁昌，又知河南，以遇哲宗即位，恩封康國公，判大名府兼北京留守。元祐三年薨於第。”公歷六藩府，凡二十餘所，故先生詩有“空餘行樂地，處處泣遺民”之句也。又按《墓志》：“公爲陝西河東時，攻討防守既有成策，而慶州卒有叛亡者，言事者因指宣抚司數出師，煩勞致怨，遂罷相，知鄧州。”故先生有“功成不歸國”之語，意蓋

有恨焉。又按上卷有《次韻韓康公置酒見留》，又有《和康公憶持國》詩，故先生詩有"初筵點後塵"及"賦詩猶墨濕"之句也。

此注共 728 字，注釋方法其實比較簡單，主要引用韓絳墓志説明蘇軾挽詩中若干詩句的具體含義，也引用蘇軾其他詩進行説明。注家運用墓志材料的方式與後來的施宿類似，皆爲"以史釋詩"，重點在解釋蘇詩的意旨。但這樣的注釋在林子仁名下注中偶爾一見，並未形成獨立的注釋特點。

值得注意的是，此一注文的諸多叙述細節，如"先生""謹按"等語辭及斷句方式，與前文所舉《九月十五日邇英講論語……臣軾詩云》題注中林子仁的注釋頗爲一致，其云：

趙注此叙乃以九月十五日爲哲宗皇帝之元祐七年，誤矣。謹按先生以元祐元年自中書舍人爲翰林學士知制誥，二年兼侍讀，四年除龍圖學士知杭州。又前集有《謝賜御書詩表》在《知杭州表》之前，此必元祐二年或三年。又坡詩自注："前此未嘗以御書賜群臣。"此必元祐四年之前而非七年也。

若從時代判斷林子仁不可能看到趙次公的注釋，那麼"百家注"中題名"子仁"的注釋雖可能集中出自某一人之手，也不過假托林敏功而已。

（五）師尹：原注編年單行，注法靈活多樣

師尹是南北宋之交注杜、蘇的知名人物，亦入選郭知達《九家集注杜詩》。其生平可從魏了翁應其同年、師尹之孫師祖敬請所作《朝奉大夫通判夔州累贈正奉大夫師君墓志銘》[①]得曉大概：師尹，字民瞻，眉州彭山人，卒於紹興二十二年（1152）。十歲喪父，受教於群兄，穎異強記，十八歲試成都學官，文冠輩類。崇寧年嘗與州貢奏名禮部，却因蔡京阻撓落選。政和八年（1118）以太學上舍生擢第，調京兆府兵曹掾兼工曹，歷任京兆府監税、鳳翔府教授。爲人讜直，雖與秦檜在太學有舊，紹興年間秦檜當國時欲陷宣撫使鄭剛中獄，以美官利誘，師尹仍力明鄭冤，被拘留審訊，以致爲秦檜打壓，通判夔州成都府以終，積階至朝奉大夫，累贈正奉大夫。

---

① （宋）魏了翁：《重校鶴山先生大全文集》卷八十七，《中華再造善本》唐宋編，北京圖書館出版社，2004 年版。

　　同文魏氏稱："予幼讀杜起部、蘇文忠公詩，於師氏注釋明辯閎博，心竊好之。"

　　張忠綱先生《杜集叙録》評述師尹《杜工部詩注》稱："師尹於杜詩異文多所考定。趙次公注即將師本作爲舊本正文的主要校本，並云：'師民瞻所傳任昌叔本。'"① 但未説明出處。果真如此，則趙次公亦有可能在師尹之後注蘇詩。

　　師尹的蘇詩注釋應當直接依據當時流通的蘇軾詩集作注，大致編年，且單獨成注。《前集》卷一《郿塢》"塢裏金多退足憑"句，師尹注云："事見本卷'黄金漫似丘'注。"此一注文在"百家注"卷四壁塢類被删去。"黄金漫似丘"出自《壬寅二月有詔令郡吏分往屬縣減決囚禁……》，在《前集》卷一，的確有師尹注釋："卓郿塢中珍藏有金二三万斤，銀八九萬斤，錦綺積如丘山。"而此詩在"百家注"卷一紀行類。

　　師尹多注釋語典、事典出處，有時也直接解釋詩意或蘇詩音義，注法比較靈活多樣。如卷二《十二月二日將至渦口五里所遇風留宿》"吞吐久不嚘"句，師尹注："嚘，楚快切，一舉盡嚵。《曲禮》曰：'無嚵炙。'"師尹也時常引用《烏臺詩案》來説明詩意，見於"百家注"卷十《司馬君實獨樂園》、卷十三《次韻潜師放魚》卷十六《捕蝗至浮雲嶺山行疲苦有懷子由弟二首》等多詩。也有注家用自己的話語直接解釋者，如"百家注"卷六節序類《七月五日二首》之一"避謗詩尋醫，畏病酒入務"句，先是次公注："爲官有尋醫，官政有入務，先生以文爲戲也。"仍然未妥帖透徹，接着師尹注："'詩尋醫'謂不作詩也；'酒入務'謂止酒不飲也。"直截地把蘇詩本意揭示開來。

　　師尹也比較注重運用蘇軾自己的文章注釋蘇詩，如卷二《逍遥臺》"常怪劉伶死便埋"句，程縯注出事典，云："晉劉伶嘗乘鹿車，携一壺酒，使人荷鍤隨之，曰：'死便埋我。'"師尹注："公曰：'伯倫非達者也。棺椁衣衾，不害爲達，苟爲不然，死則已矣，何必更埋？'"師尹所引用的蘇軾他處言論對理解此詩句十分關鍵，注得很好。

　　（六）孫僴：簡單注釋事典、語典出處

　　"百家注"及《黄氏補千家注紀年杜工部詩史》的注家姓氏目録皆言

---

　　①　見張忠綱：《杜集叙録》，齊魯書社，2008年版，第46頁。

"西蜀孫氏倬字瞻民"，而其生平不詳。

　　孫倬在《前集》中主要簡單注釋事典、語典出處，如卷二《送曾子固倅越得燕字》"醉翁門下士，雜沓難爲賢"句，孫倬注："劉向傳：雜遝衆賢，罔不肅和。"此句出自《漢書·劉向傳》。又《胡完夫母周夫人挽詞》"豈似凡人但慈母，能令孝子作忠臣"句，趙次公注僅言："傳言：求忠臣必於孝子之門。"孫倬注："《南史》：刘敬宣性至孝，桓序謂其父牢之曰：'此兒非爲家之孝子，必爲國之忠臣。'"又如卷二《寄題興州晁太守新開古東池》"自言官長如靈運，能使江山似永嘉"句，先程縯注："宋謝靈運爲永嘉太守，郡有名山水，素所愛好，所至輒爲詩以致其意。永嘉，今温州是也。"後孫倬注："貫休詩：'永嘉爲郡後，山水添鮮碧。'"《十二月二日將至渦口五里所遇風留宿》"舟人更傳呼，弱纜恃菅蒯"句，孫倬注："《左氏·成公九年》：'虽有絲麻，無弃菅蒯。'"

第三節　注本整體上的注釋特色

　　作爲集注本，《前集》整體上的注釋特色不等同其所集注家的注釋特色，注家原本的注釋有可能被注本編者刪削調整，因此，對《前集》注本注釋的評價主要將其視作一個被編輯整合後的注釋個體，其內部各位注家的注釋內容只是討論的對象之一。作爲整體的《前集》注釋，其特色在與其他注本注釋進行比較的過程中可以得到凸顯。

一、注重詩歌意義、詩人心理以及藝術手法的解説評論

　　《前集》注家注釋蘇詩的時段在北宋末至南宋初，匯輯這些注家注釋的"五注"本、"八注"本、"十注"本等早期集注本在當時十分流行，後來南宋中期刊行的"百家注"與"施顧注"皆吸收、利用了其中的內容又有所增删改動。《前集》作爲這一系統的注本之一，與其他系統的注本相較，在內容上側重四方面的注釋：一是典故出處，二是字、詞、句、篇的語義，三是詩人的創作心理，四是詩歌創作的藝術手法。

　　有礙意義理解的事典始終是注釋的主要對象，而北宋末南宋初注家受"無一字無來處"觀念影響又熱衷於注釋語典出處，因此典故出處的注釋

是《前集》注釋的重要内容，後來的"百家注"與"施顧注"皆充分吸收了這部分注釋成果。清人錢大昕（1728—1804）認爲："王本長於徵引故實，施本長於臧否人倫。"① "王本"即"百家注"，錢大昕認爲此本擅長"徵引故實"，其實"百家注"的這一優長很大部分應歸功於《前集》等早期集注本。"百家注"事實上直接而充分地吸收了早期集注本關於典故出處的注釋，雖然亦有新增的部分，但新增的典故出處，尤其是事典等"故實"，並非"百家注"新增注釋的主要内容。"施顧注"雖也重視典故出處的注釋，甚至在標注體例、出處來源方面更嚴謹、精確，不過，其在注釋對象的選擇上主要仍是對《前集》等早期集注本的進一步補充、完善。所以，儘管典故出處是任何注本都必備的注釋重點，這方面的内容仍然可謂《前集》的注釋特色之一。

把《前集》與"百家注""施顧注"進行内容上的比勘，可以發現後者充分吸收、利用《前集》注釋的同時也有不少刪汰。《前集》被刪汰的注釋主要有字、詞、句、篇的語義、詩人的創作心理以及詩歌創作的藝術手法等方面的内容。

（一）字、詞、句、篇的語義

如《前集》卷一《次韻和劉京兆石林亭之作石本唐苑中物散流民間劉購得之》"都城日荒廢"句，趙次公的注釋爲："《左氏》云：'都城過百雉，國之害也。'本言諸侯之大夫，其所邑曰'都'。今先生所言'都城'，則王都之城也。"而"百家注"卷九亭榭類中的趙次公注釋只保留了徵引《左傳》原文的注文，次公解釋字詞語義的部分則被刪汰。

又如卷一《九月二十日微雪懷子由弟二首》"近買貂裘堪出塞，忽思乘傳問西瞷"句，次公注："貂裘，蘇季子之裘也，見《史記》。乘傳，所以爲使也；瞷，竇也。《詩》云：'憬彼淮夷，來獻其琛。'問之爲義，蓋'問其不貢'，乃齊責楚貢包茅不入之比，故乘傳以問之。"次公解釋了蘇詩的詞義並疏通句意。而"百家注"卷七雨雪類刪去了"問之爲義"後面的内容。

① 錢大昕原序，見（清）馮應榴輯注，黄任軻、朱懷春校點：《蘇軾詩集合注》，上海古籍出版社，2001年版，第2636頁。

（二）詩人的創作心理

如《前集》卷一《病中聞子由得告不赴商州三首》之二"逋翁久没厭凡才"句，趙次公的注釋爲："逋者，隱遁之義。四皓隱於商山，今已没矣，餘子碌碌皆凡才可厭，則宜得子由之往以慰其望耳。蓋説客、逋翁皆商州事。李商隱《商於詩》云：'割地張儀詐，謀身綺季長'，亦言此也。"而"百家注"卷十六簡寄類删去了李商隱詩之前的部分。

又如卷一《維摩像唐惠之塑在天柱寺》"田翁俚婦那肯顧，時有野鼠銜其髭"句，"補注"云："蘇公詩妙處含蓄甚多，引用事實亦復稱是，只如此一'髭'字，不無所本。晋謝靈運髭美，臨刑，因施作南海祇垣寺維摩詰像髭。寺人保惜，略不虧損。子由嘗和此詩云：'長嗟靈運不知道，强剪美髭插兩顴。彼人視身如枯木，割去右臂非所患。何況塑畫已身外，豈必奪爾庸自全。'蓋非之也。"若是没有趙夔注釋首尾解説的文字，讀者只看徵引的材料，一般不會直接領悟到蘇詩用"髭"字的深層意蘊，即趙夔所説的"含蓄"，只以其爲普通的語典出處。讀者再讀至趙夔揭示出的"蓋非之也"，也會進一步思考蘇軾用典寄寓其中的實際態度。而上述注文，"百家注"中"堯卿"注只保留了中間徵引謝靈運故事與蘇轍詩歌的部分，删去了其他解説。"施顧注"卷一也只有謝靈運典故的内容與出處。

（三）詩歌創作的藝術手法

舉例如下：

卷一《壬寅二月有詔令郡吏分往屬縣減决囚禁……》"三川氣象侔"句"胡"注云："退之詩：'氣象難比侔。'此句反用古人意也。"按："反用古人意"是對詩人用典方法的分析。

卷一《餽歲》"農功各已收"句趙次公注："凡'功'皆謂之'收'。《選》云'功名良可收'也。而農事亦謂之'收'，則《左傳》有云'妨於農收'是已。"按：此例主要是對用字法的總結。

卷一《二十七日自陽平至斜谷宿於南山中蟠龍寺》"入門突兀見深殿"句趙次公注："杜甫《宿贊上人房》詩：'夜深殿突兀，風動金琅璫。'杜以夜之深晏而殿勢突兀，而先生却言殿之深邃，皆不以文害意也。"按：此例通過比較，分析、評論蘇詩的藝術效果及創作方法。

諸如"先生詩意以歐陽爲蛟龍……""嘗喜本朝孫莘老之說……""此句反用古人意也""凡'功'皆謂之'收'(《選》云'功名良可收')也。而農事亦謂之'收',則《左傳》有云'妨於農收')是已""杜以夜之深晏而殿勢突兀,而先生却言殿之深邃,皆不以文害意也"等解說評論的部分被"百家注"删汰,只保留了徵引的典故出處。

綜上,從内容上看,《前集》注釋的特色正是其被後來注本選擇性增删的部分,主要有四個方面的内容:一是典故出處,二是字、詞、句、篇的語義,三是詩人的創作心理,四是詩歌創作的藝術手法。而從注釋方法的角度來看,凡是通過直接解說評論,而非間接徵引的方式注釋的内容易遭其他注本删汰,這正是《前集》注釋在方法上的特色。

二、注本注釋特色形成的原因

《前集》注釋特色的形成與時代詩學風尚的變化以及注本編刊的不同訴求有關。

第一,北宋中後期以比興、義理注詩的風氣影響了《前集》注家的注釋。在内容方面,《前集》中程縯、師尹、趙次公、趙夔等注家間或注釋字、詞、句、詩篇的意義並分析詩人的創作心理,這些注釋對象也是北宋中後期比興義理詩注尤其關注的問題。如《前集》卷三《監試呈諸試官》:"蛟龍不世出,魚鮪初驚淰。"程縯注:"《禮運》:'以龍爲畜,故魚鮪不淰。'淰,魚駭貌。"趙次公注:"先生詩意以歐陽爲蛟龍,出於希世,學者如魚鮪,見之初驚。"蘇軾此詩作於熙寧五年歐陽修剛去世時,蘇詩緬懷歐的功績,盛讚其嘉祐知貢舉的文風改革,亦借題發揮,表達對當今新政文風再變、輕詩賦、重利益的不滿。《前集》的注釋,尤其次公注,注釋出蘇詩所用比喻想要表達的詩人本意,而詩人本意正是比興義理注詩着力挖掘的注釋對象。

在方法上,原本宋代的詩注總體上並不注重字詞意義的小學訓詁式解釋,多採用李善徵引爲注的方式注詩,但《前集》的注釋受到比興義理注詩的一些影響又有所反抗,於是呈現出一種中間過渡式的狀態。宋代經學被概括爲"義理之學",所謂"義理"是指符合儒家思想的經義道理,"義理之學"講求觀其大略,領會經籍的要旨。與"義理之學"對立的是漢代的"章句之學",兩者的主要區別在於:"漢儒治經,從章句訓詁方面入手，亦即從細微處入手，達到通經的目的；而宋儒則擺脫了漢儒章句之學的束縛，從經的要旨、大義、義理之所在，亦即宏觀方面着眼，來理解經典的涵義，達到通經的目的。"① 宋代經學與前代經學的這種區別也體現在文學注釋領域。正如第一章所論，北宋中後期的比興義理注詩風氣便深受當時經學注釋的影響，人們關注詩歌中有關政教義理的引申、比附，而非語言文字的意義。

從時間上來看，《前集》的注家生活於北宋後期至南宋前期，他們的注釋最可能受到當時比興義理注詩風尚的影響。的確，在某些注釋對象的選擇與直接解説的注釋方式上，《前集》繼承了比興義理注詩的風格，但《前集》注家又因蘇軾與蘇詩的特殊性以及他們個人的注釋理念的不同，實際上對比興義理注詩持反對意見。所以，《前集》並不以儒家政教義理爲標準去分析評判蘇詩的意旨，過分强調蘇詩的引申、比附意義，而是更平實地從蘇詩語言文字的表達出發，關注蘇詩詞句在語言學上的意義或者詩人的創作心理。

作爲《前集》注釋方法上的特色，"説意義"式的直接解説是相對李善間接徵引的注釋方法而言的。唐玄宗批評李善的《文選注》道："唯只引事，不説意義。"② 李善相信"作者必有所祖述"，文本的意義在與所祖述文本的展示比較過程中不言自明，因此他主要採用徵引爲注的方法。這種注釋方法更加嚴謹，注家間接地表明自己對詩意的理解，能有效避免想當然式的過度引申揣測。正所謂"詩無達詁"，詩歌的意旨許多時候見仁見智，説得太詳細透徹，不僅容易出錯被他人駁斥，有時也破壞了詩意的整體性或朦朧含蓄的美感。着眼於此，蘇軾評價道："李善注《文選》本末詳備，極可喜。所謂五臣者，真俚儒之荒陋者也，而世以爲勝善，亦謬矣。"③ 於是，五臣"説意義"的注法漸爲好學深思的宋人貶斥，而李善的注釋獲得很高評價。

李善徵引爲注的方法在宋代十分流行，逐漸成爲宋代詩注普遍採用的

---

① 漆俠：《宋學的發展和演變》，河北人民出版社，2004 年版，第 5 頁。

② 唐玄宗口敕，附於吕延祚《進集注文選表》後，見（梁）蕭統編，（唐）吕延濟等注：《日本足利學校藏宋刊明州本六臣注文選》卷首，人民文學出版社，2008 年版，第 19 頁。

③ 見（宋）胡仔撰，廖德明校點：《苕溪漁隱叢話·前集》卷一，人民文學出版社，1962年版，第 2 頁。

注釋方式。到南宋末年，劉將孫爲李壁《王荆文公詩箋注》所作序稱：
"李箋比注家异者，間及詩意。不能盡脱窠臼者，尚襲常眩博，每句字附
會膚引，常言常語亦跋涉經史。"① 從劉將孫的評語可知，當時流行的詩
注在他看來一般不會"及詩意"，即不直接注釋説明意義，並往往"襲常
眩博""附會膚引"。這意味着另外一個極端。事實上，李善並非没有直接
解説詩意的注釋，只是相對五臣而言較少，所以被吕延祚稱爲："忽發章
句，是徵載籍，述作之由，何嘗措翰？使復精覈注引，則陷於末學，質訪
指趣，則巋然舊文。祇謂攪心，胡爲析理?"② 吕延祚自以爲五臣比李善
更重視注釋的"述作之由""指趣""析理"。

　　五臣的《文選》注釋長期流行，始終不能偏廢，其實也有道理。"注
者，著也，言爲之解説，使其義著明也"③，注釋的基本任務在於清除讀
者閱讀時的困難，幫助理解原文意義，一味徵引材料而不解釋説明，詩意
曲折隱微之處仍然難以令讀者領會，如同霧裏看花，中隔一層。正因如
此，《前集》的注釋兼採兩種注法，在徵引之外又有解説評論，而後來其
他的蘇詩注本因爲各自的原因反而删去了這些内容，更加凸顯了《前集》
注釋的特色與珍貴之處。

　　第二，江西詩派的發展歷程也與《前集》注釋特色的形成有關。《前
集》的注釋有許多關於詩歌創作藝術手法、表達效果的内容，這與注家受
到黄庭堅以及江西詩派詩學觀念的影響有關。中原陸沉，新的南宋政權通
過清算前朝弊端以確立統治的合理性與權威性，在文化方面，宋高宗聲稱
自己"最愛元祐"④，蘇、黄詩歌獲得官方肯定，奉黄庭堅爲宗主的江西
詩派隨之聲勢日張，其詩學觀念的影響在南宋前期臻於鼎盛。此一時期的
詩歌注釋自然也深受黄庭堅及江西詩派詩學理論的浸潤澆灌。

　　相應的，《前集》有關詩法方面的内容大多被後來的注本删汰，也與

---

① 見（宋）王安石撰，（宋）李壁箋注，高克勤點校：《王荆文公詩箋注》正文前附録
《序》，上海古籍出版社，2010年版，第1頁。
② 吕延祚：《進集注文選表》，見（梁）蕭統編，（唐）吕延濟等注：《日本足利學校藏宋刊
明州本六臣注文選》，人民文學出版社，1962年版，第19頁。
③ 孔穎達：《毛詩注疏》卷一注釋，見（漢）毛亨傳，（漢）鄭玄箋，（唐）孔穎達疏，
（唐）陸德明音釋，朱杰人、李慧玲等整理：《毛詩注疏》，上海古籍出版社，2013年版，第4
頁。
④ （宋）李心傳撰，胡坤點校：《建炎以來繫年要録》卷七十九，中華書局，2013年版，第
1487頁。

江西詩派發展至南宋中期漸趨没落有關。南宋中期江西詩派暴露出奇拗生澀的弊端，時人開始反思、檢討黄庭堅與江西詩派的詩學理論。雖然南宋中興四大家都與江西詩派有淵源，但他們仍然不同程度地表達了對江西詩學的不滿。比如楊萬里反對"挾其深博之學，雄儁之文，於是隳括其偉辭以爲詩"①的創作方法，針對的便是江西詩派"資書以爲詩"的傾向，他甚至作詩云："傳派傳宗我替羞，作家各自一風流。黄陳籬下休安脚，陶謝行前更出頭。"② 他們抛弃了江西詩派的宗師黄庭堅、陳師道，轉而以唐人爲新的詩學典範。

黄庭堅及江西詩派的詩學主張是《前集》注釋的重要理論基礎，《前集》注釋的部分特色内容正好體現了這種詩學觀念。當南宋中期詩學風尚發生變化，新的理論觀點出現，《前集》注釋的一些内容也就不那麼爲人推崇、重視，誕生在此一背景中的詩歌注本在利用《前集》的同時對其注釋有所删汰，也就在所難免了。

第三，每一種注本都有特定的編刊訴求，注本編者會對注家原本的注釋内容進行增删調整。由於《前集》僅存四卷，又缺少序跋凡例等内容，其具體的編刊宗旨難以遽斷。不過，如果與其他注本比較，再結合其書名、編次乃依照《東坡集》《東坡後集》的現象來看，此本應當爲南宋前期蘇詩的普及傳本，很可能是家塾或市坊編刊的，針對一般士人學子的蘇詩注本，所以匯輯了諸多注家的注釋，並且不斷更新，從"四注"本、"五注"本擴展至"八注"本、"十注"本。

這些早期集注本的編刊訴求明顯與施元之、顧禧、施宿合撰的《注東坡先生詩》不同，後者的詩注者同時爲注本編輯者、刊行人。雖然"八注"本、"十注"本的某一位注家可能同時爲注本編者，如王文誥認爲任居實乃"八注"本的編者，但此一系統注本注釋的組合方式爲集注，注釋標明各自的注家名號，而"施顧注"即使利用了他人的注釋，也不標示出處，顯示出注家更明確的統一整合意識。這一點是注家單注本才具有的編刊訴求。

---

① （宋）楊萬里：《黄御史集序》，見辛更儒箋校：《楊萬里集箋校》，中華書局，2007 年版，第 3209~3210 頁。

② （宋）楊萬里：《跋徐恭仲省幹近詩》之三，見辛更儒箋校：《楊萬里集箋校》，中華書局，2007 年版，第 1369 頁。

　　至於同樣爲集注本的《王狀元集百家注分類東坡先生詩》，其炫目招徠的訴求更加明顯，集注又分類，並且號稱"百家"，加上注釋内容的諸種表現，皆説明此種注本編刊時主要針對的讀者群爲社會中下層文人學子，具有民間化以及市坊射利的編刊特徵。

　　要之，《前集》注本的注釋特色在與其他注本注釋的比較中得以顯現，其中詩學闡釋觀念的嬗變是内在的動因，而注本編刊主體的不同訴求是直接原因。

第三章 分類集注本《王狀元集百家注分類東坡先生詩》的注釋研究

  《王狀元集百家注分類東坡先生詩》，一般簡稱"百家注"或者"王注""類注"。此種蘇詩注本特色在於集注與分類，是南宋中期以後直至清初最流行的蘇詩注本，也是迄今唯一完整流傳下來的宋代蘇軾詩歌注本。探討"百家注"的注釋特色，必須先行釐清文獻的真偽，此本是否托名王十朋編注尚無定論，而對此的認識關係到注本所集衆注的內容真偽與價值判斷，是研究的難點與立論的基礎。因此，本章先論述"百家注"的注釋真偽，再分析此本注釋內容、方法、詩學觀念以及分類。

第一節　編注者的身份考辨

一、托名僞作問題的提出

  "百家注"現存最早的版本是南宋建安黃善夫家塾刻本，題爲《王狀元集百家注分類東坡先生詩》二十五卷，附傅藻《東坡紀年録》一卷。卷首《百家注東坡先生詩序》有兩篇序文，一題"西蜀趙公夔堯卿撰"、一題"狀元王公十朋龜齡撰"。《百家注分類東坡先生詩姓氏》題"狀元王公十朋龜齡纂集"，姓氏目録中"東萊吕氏"下云"祖謙字伯恭分詩門類"。其他南宋刊本、宋刊元修本題名、撰者情況基本相同，只是"百家注"時題"諸家注"①。

---

① 　如泉州市舶司東吳阿老書籍鋪本、建安萬卷堂家塾本。

以上信息宋元明數百年間似乎無人質疑。直到清初邵長蘅（1637—
1704）因"百家注"中錯誤太多，進而懷疑此書乃商人刊行的俗本："其
所注蘇詩，雖云百家，必經一手採輯，何至紕繆乃爾！愚意當是賈人俗
本，版寫諸譌，而後生耳食，沿踵至今，釋氏所謂可憐愍者。會予有訂讎
之役，乃稍加是正，隨手繙得若干條，略疏出處，件繫之如左，其它譌
處，尚多不及枚舉。今所抉摘，依原注分屬諸家，不欲獨令王氏蒙陋名
也。"① 但邵長蘅並未質疑此書托名偽作，仍然相信乃王十朋"一手採輯"
諸注，注文亦屬於題名注家所有，故"不欲獨令王氏蒙陋名"。

首先責難"百家注"托名偽作性質的是乾隆年間紀昀（1724—1805）
等四庫館臣，《〈東坡詩集注〉提要》云：

> 考十朋《梅溪前集》載序八篇，《後集》載序三篇，獨無此序。
> 又有《讀蘇文》三則，亦無一字及蘇詩。《梅溪集》爲其子聞詩、聞
> 禮所編，十朋著述搜輯無遺，不應獨漏此序。又趙夔序稱"崇寧間僕
> 年志於學，逮今三十年，一字一句推究來歷，必欲見其用事之處。頃
> 者赴調京師，繼復守官，累與小坡叔黨遊從至熟。扣其所未知者，叔
> 黨亦能爲僕言之"云云。考《宋史》載軾知杭州，蘇過年十九，其時
> 在元祐五六年間。又稱過歿時年五十二，則當在宣和五六年間。若從
> 崇寧元年下推三十年，已爲紹興元年，過之歿七八年矣，夔安能見過
> 而問之？則併夔序亦出依托。核書中體例與杜詩《千家注》相同，殆
> 必一時書肆所爲，借十朋之名以行耳。②

四庫館臣舉出了三大理由：王十朋《梅溪集》沒有提及其編注蘇詩一事，
書前王十朋序、趙夔序乃偽作，其書編注體例與當時市坊流行刊本相同。
雖然其中關於趙夔序偽作的推論略爲牽强，正如其後蘇詩注家王文誥
（1764—？）所批駁："其'頃者'乃追叙舊事，'逮今'乃並計注詩之時，

① 邵長蘅：《王注正譌》，見《景印文淵閣四庫全書》第 1110 册《施注蘇詩》卷首附，臺
灣商務印書館，1986 年版，第 56 頁。
② 見《東坡詩集注》卷首《提要》，《景印文淵閣四庫全書》第 1109 册，臺灣商務印書館，
1986 年版，第 1～2 頁。

與叔黨先卒，兩不相礙。"① 崇寧年間（1102—1106）趙夔十五歲，距蘇過去世至少也有十來年，兩人交遊未必不可能，民國胡玉縉在《四庫全書總目提要補正》中亦云："當從彼注本移之，未必出於依托。……證以晁說之所作《蘇過墓志》，過卒於宣和五年，則尚得相見。假使依托，何不可作一與王注粘合之序哉！"② 但四庫館臣的其他指摘卻合情合理，引發了後世對王十朋是否集注一事的廣泛關注，質疑其乃坊賈托名僞作的聲音愈來愈多。

四庫館臣所言兩大理由，實際也是其後質疑者們的主要論據：一是在"百家注"一書以外，沒有其他證據表明王十朋編注過蘇詩。不僅王十朋本人未提到此事，時人及後世著作也未見此事的記載。南宋初趙夔注蘇詩已見於時人筆記，陳巖肖《庚溪詩話》卷上：

> 今上皇帝（南宋孝宗）尤愛其（蘇軾）文。梁丞相叔子，乾道初③任掖垣，兼講席。一日，內中宿直，召對，上因論文問曰："近有趙夔等注軾詩甚詳，卿見之否？"梁奏曰："臣未之見。"上曰："朕有之。"命內侍取以示之。至乾道末，上遂爲軾御製文集叙贊，命有司與集同刊之。④

現代學者王水照先生遂指出："孝宗在乾道初只看到'趙夔等注軾詩'，如果有王十朋注本，孝宗君臣何以不聞不知？"同一思路，他還提出其他四個疑點：其一，王十朋是高宗時狀元，又是孝宗時政治舞臺上的活躍人物，屢次上書，力圖恢復，又歷知各州，如他確在"乾道間"或更前作成《集注》，應爲時人熟知，但從現在材料來看，直至他晚年及死後三十多年間，竟無人提及此事。其二，樓鑰爲胡稚所作的《簡齋詩箋叙》云："少

---

① 但王文誥誤把四庫館臣提出的理由當做馮應榴所言，云："《合注》載趙夔序'頃者累與叔黨遊從'，又云'逮今三十年'，其'頃者'乃追叙舊事，'逮今'乃並計注詩之時，與叔黨先卒，兩不相礙。如以'頃者'作追叙論，則《合注》失訂者多矣。"見（清）王文誥：《蘇文忠公詩編注集成》，《凡例三十則》之二八，巴蜀書社，1985年版。

② 胡玉縉：《四庫全書總目提要補正》，木鐸出版社，1981年版，第319頁，原第1275頁。

③ 據《宋史》卷三十三《孝宗本紀》載，乾道二年十二月，遣梁克家等賀金主生辰。又卷三百八十四《梁克家本傳》，其使金時正爲中書舍人。則"乾道初者"，至遲在乾道二年。這一發現採自黃啓方：《王十朋與〈百家注東坡詩〉》，見《兩宋詩文論集》，2010年版，第327頁注釋。

④ （宋）陳巖肖：《庚溪詩話》，見吳文治主編：《宋詩話全編》第3冊，江蘇古籍出版社，第2794頁。

陵、東坡詩，出入萬卷，書中奧篇隱帙，無不奔湊筆下。……蜀趙彥材注二詩甚詳，讀之使人驚嘆。"樓鑰此序作於"紹熙壬子正月吉"，即光宗紹熙三年（1192），距王十朋去世已二十一年，尚稱趙彥材所注蘇詩爲"最詳"，足證未見百家集注本。① 其三，陸游與王十朋同朝，他於寧宗嘉泰二年（1202）年所作《注東坡先生序》無一字提及王十朋編撰《集注》之事，而此序主旨正是闡述注蘇之難，理應提及。其時距王十朋去世已三十一年。② 其四是針對清代馮應榴反駁紀昀等館臣所云："或以爲南宋書坊嫁名梅溪以取重，故其集中無一語及集注事。但王楙《野客叢書》已有《集注坡詩》一條。明王弇州《長公外紀》云王十朋集諸家注，《楊升庵集》亦云王十朋注，則由來已久，未可竟疑其僞托矣。"③ 王先生認爲這是馮應榴誤讀的結果："檢《野客叢書》卷二十三'集注坡詩'條，其內容爲駁正趙次公注和程注，所言《集注》實乃《八注》《十注》之類，不能作爲《百家集注》之證；而王世貞、楊慎已是明人，所言更不足爲據。"④ 誠如所述，王楙（1151—1213）作於寧宗慶元至嘉泰年間（1194—1204）的《野客叢書》只提到《集注坡詩》，很可能是早期"五

---

① 按：樓鑰所云趙次公注"最詳"，應該是指趙注解説評析的注釋方法與內容比其他注家詳細，"百家注"對趙注進行了刪削，即使樓氏見到"百家注"，亦會得出趙注"最詳"的評價。刪削情況參見上章。實際上，王先生誤以"百家注"一書注者衆、注釋繁之"詳"爲趙次公個人注釋之"詳"，把分屬兩個層次之"詳"混同比較。雖然如此，樓鑰在談論詩注時未提到"百家注"，的確是很有意味的現象。

② 關於此點，王文誥其實已經進行了解釋。他認爲陸游是出於謹慎，故意避談和時政相關之王十朋及其注。王十朋跟時政的關聯，王文誥歸結於"百家注"中近半注家親歷黨禍，心有餘悸，其他注家亦不敢、不能在注蘇時援引時事、臧否人物。即使有此類注釋，也"由王皆刪去"。所以，對此隱衷深有體會的陸游"不取王注"。參見（清）王文誥：《蘇文忠公詩編注集成》，《凡例三十則》之五。此種解釋顯然無中生有，乃牽強附會的曲護，不足爲信。

③ 見（清）馮應榴輯注，黃任軻、朱懷春校點：《蘇軾詩集合注》，上海古籍出版社，2001年版，第2642頁。據馮應榴自序及其弟馮集梧的跋語可知，是書始撰於乾隆五十二年（1787），迄於乾隆五十八年（1793）而成書，歷時七年。

④ 王水照：《評久佚重見的施宿〈東坡先生年譜〉》，見《中華文史論叢》第3輯，上海古籍出版社，1983年版，第101頁。

注”本、“八注”本或“十注”本，與王十朋是否集百家注兩不相涉①。至於明代楊愼的確提到過王十朋集注本，但僅稱引而已，並未過多介紹②，也不足爲據。

質疑者的另一大理由是“百家注”的注釋内容粗疏以及書名稱引、分類集注等編注體例極具坊賈射利的特徵，不當出自名士王十朋。在邵長蘅、四庫館臣指出這一點後，王文誥予以反駁，他認爲邵氏與館臣看到的“百家注”並非宋刻原本，而是經過明人茅維芝改後的新版本。茅維在明萬曆年間對“百家注”進行了較大改動：原爲七十九類，此拆合爲三十門；原爲二十五卷，此擴爲三十二卷，並增收無注之“和陶詩”。後來毛版又經崇禎時人王永積稍改重印，入清後，康熙朝朱從延又重刻毛版，再把三十門改爲二十九類，文字亦有變動。此本多稱“新王本”，在清代甚爲通行，《四庫全書》所著録即此本。王文誥認爲四庫館臣對“百家注”的質疑與責難實際源於這一版本誤會，以爲他們錯把“新王本”當作“舊王本”來指摘。然而事實上，邵氏與館臣雖然利用的是“新王本”，也曾寓目宋本，稱其爲“舊本”，他們指斥的正是“舊本”，因此才不予收用，只著録“新王本”。

暫不論“百家注”注釋内容是否如邵長蘅所言“紕繆乃爾”，宋刻原本“百家注”的編注體例的確具有館臣指摘的市坊俗本特徵。首先是題名“王狀元”編撰的噱頭，顯然有吸引科舉學子青睞的目的。以此爲書名招

---

① 《野客叢書》卷二十三：“《集注坡詩》有未廣者，如《看潮詩》曰：‘安得夫差水犀手，三千强弩射潮低。’自注：‘吴越王嘗以弓弩射潮，與海神戰，自爾水不近州。’趙次公注：‘三千彊弩字，杜牧《寧陵縣記》中語。’不知此語已先見《前漢·張騫傳》曰：‘漢兵不過三千人，彊弩射之即破矣。’又《五代世家》亦有‘三千彊弩’事，何但牧言。坡詩又曰：‘桃花春浪孤舟起。’程注：‘《杜欽傳》：來年桃花水。’趙注：‘三月桃花浪見《前漢志》。’不知此事已見《月令》：‘仲春之月始雨水，桃始華。’坡詩又曰：‘崎嶇真可笑。’新添注曰：‘李白詩：崎嶇歷落可笑人也。’按白詩‘嶔崟歷落’非崎嶇歷落也，然白云此非白自言，蓋用《晋書》季倫‘嶔崟歷落可笑人’之語。此類甚多，不可勝舉，此猶可也。至有牽合附會極可笑者，不特坡詩如此，諸家詩注亦然。”見（宋）王楙撰，鄭明、王義耀校點：《野客叢書》，上海古籍出版社，1991年版，第337~338頁。

② 《升庵集》卷五十六“檀暈”條：“東坡梅詩：‘鮫綃剪碎玉簪輕，檀暈妝成雪月明。肯伴老人春一醉，懸知欲落更多情。’王十朋集諸家注皆不解檀暈之義。”卷六十八“飯甕”條：“曾南豐文集引山東諺云：‘霜淞打霧淞，貧兒備飯甕。’蓋以雪淞爲豐登兆也。東坡除夜雪詩‘春雪雖云晚，春麥猶可種。敢怨行役勞，助爾歌飯甕。’正用此諺語。王十朋注乃云‘山東人以肉埋飯下，謂之飯甕。’此真齊東野人之語也。”另有王世貞的《長公外紀》十卷是其搜輯蘇軾軼事小語及相關評論以供其閑時翻檢之書。但筆者未找到與十朋相關的文字。

徠者，還有《王狀元集百家注編年杜陵詩史》三十二卷，其中有許多宋人已經質疑的僞王洙注、僞蘇注，很容易判定乃他人托名所作①。

其次，號稱"百家"注的誇飾口吻，與當時流行的"千家"注杜、"五百家"注韓、柳一致，皆是名過其實的虛稱，目的仍在炫目招徠。四庫館臣《〈黃氏補注杜詩〉提要》云："積三十餘年之力，至嘉定丙子始克成編，書首原題《補千家集注杜工部詩史》，所列注家姓氏實止一百五十一人。……蓋坊行原有千家注本，鶴特因而廣之，故以補注爲名。"②《〈五百家注音辨昌黎先生文集〉提要》云："宋魏仲舉編。仲舉建安人，書前題：'慶元六年刻於家塾'，實當時坊本也。"③即使刻於家塾，四庫館臣仍然認爲魏氏爲書商："仲舉建安人，慶元中書賈也。"④館臣的推斷的確有道理，符合南宋刻書業的實際情況，本章第三節另有論述。

再次，分類的體例利於讀者檢索、鑒賞與學習，也存有爲讀者服務的目的。分類本是傳統重要編集體例，南宋初趙夔單注本爲廣蘇詩之傳亦採用分類，但"百家注"謬在分類過於粗率，如四庫館臣所言："其分類頗多顛舛，如《芙蓉城》詩入"古迹"，《虎兒》詩入"咏史"之類，不可殫數。"⑤還有把《畫魚歌》歸入"書畫"類等錯誤，明顯"望題生義"，粗看詩題便率爾分類，稍微閱讀一下詩作本身就不可能如此歸納。

總之，自從清初紀昀等四庫館臣提出質疑後，越來越多的學人意識到"百家注"很可能是托名僞作，葉德輝稱其乃"坊賈嫁名、妄人所集"⑥、小川環樹把僞托原因歸結爲"坊間利其風行"⑦。可以説，"百家注"乃南宋坊賈托名王十朋編撰的觀點事實上已經廣入人心。

---

① 張忠綱：《杜集叙録》，齊魯書社，2008 年版，第 68~69 頁。
② （清）永瑢等：《四庫全書總目》卷一百四十九，中華書局，1965 年版，第 1281 頁。
③ （清）永瑢等：《四庫全書總目》卷一百五十，中華書局，1965 年版，第 1288 頁。
④ 《〈韓柳年譜〉提要》，見（清）永瑢等：《四庫全書總目》卷五十九，中華書局，1965 年版，第 537 頁。
⑤ 見《東坡詩集注》卷首《提要》，《景印文淵閣四庫全書》第 1109 册，台灣商務印書館，1986 年版，第 1 頁。
⑥ ［日］小川環樹、倉田淳之助編：《蘇詩佚注》上册，壬生川通五條南人株式會社，1965 年版，第 1 頁。
⑦ 葉德輝：《郋園讀書志》，上海古籍出版社，2010 年版，第 392 頁。

二、對王十朋實作說的反駁

儘管"百家注"乃坊賈托名的印象廣入人心，但目前學界提起此書仍然大多採用"題爲王十朋編撰"的謹慎表述，不肯遽斷其非，根源在於學術辨僞言"有"容易而言"無"難，"百家注"的確有些現象與王十朋有關聯，清代以來也不斷有學者發聲支持王十朋實作說。梳理這些王十朋實作理由，主要有以下方面：

（1）"百家注"注者姓氏目錄近百位注家將近一半爲王十朋親友僚屬，其中一些鄉耆庶士籍籍無名，若非王十朋集注，難以解釋他們爲何被收入書中。①

（2）王十朋文集《梅溪集》是其去世後子王聞詩、王聞禮所編，難免遺漏舊文，且宋版已殘缺，故《梅溪集》未提到王十朋編注蘇詩、未收録"百家注"王序不能作爲王十朋從未編撰"百家注"的證據。②

（3）《梅溪集》的言論表明王十朋素來推重蘇軾、贊賞蘇詩，有編注蘇詩的情感動機。③

（4）比對"百家注"署名王序與《梅溪集》中其他序文，章節結構乃至寫作習慣、部分内容有相通處，王序未必作僞。④

（5）"百家注"中有"50 條"王十朋的注文，部分按語顯示出王十朋明確的編輯者身份。⑤

（6）"百家注"最早刻本是家塾刻本，理應水平較高，值得信賴。⑥

這些理由，部分是基於客觀現象做出的合理推測，也有爲證明預設結

---

① 持此觀點者及論文有：卿三祥：《〈東坡詩集注〉著者爲王十朋考》，《宋代文化研究》第十二輯，綫裝書局，2003 年版，第 265～297 頁；黃啓方：《王十朋與〈百家注東坡詩〉》，見《兩宋詩文論集》，2010 年版，第 376～386 頁；李貞慧撰：《〈百家注分類東坡詩〉評價之再商榷——以王文誥注家分類說爲中心的討論》，《臺大文史哲學報》2005 年第 63 期，第 1～33 頁。

② 參見卿三祥：《〈東坡詩集注〉著者爲王十朋考》，第 288～289 頁。

③ 參見卿三祥：《〈東坡詩集注〉著者爲王十朋考》，第 264～270 頁；黃啓方：《王十朋與〈百家注東坡詩〉》，第 376～386 頁。

④ 參見卿三祥：《〈東坡詩集注〉著者爲王十朋考》，第 289～294 頁。

⑤ 參見李曉黎：《因爲"睫在眼前長不見"——王十朋爲〈百家注東坡詩〉編者之內證》，《中國韻文學刊》2012 年第 2 期，第 25～40 頁。

⑥ 參見孔凡禮：《關於〈分類集注東坡詩〉的纂集者》，《宋代文史叢考》，學苑出版社，2006 年版，第 92 頁。

論而尋找例證者。所以，爲了釐清這一歷來聚訟不已的難題，以下不厭辭費，逐一辨析上述王十朋實作説的觀點理由。

第（1）條理由，"百家注"注者姓氏目録近百位注家將近一半爲王十朋親友僚屬，這一現象堪稱王十朋實作説的鐵證。[①] 黄啓方先生在《王十朋與〈百家注東坡詩〉》文中將"百家注"注家分爲四類：鄉人舊友（加王十朋共 22 人）、同年同官及各地僚屬詩友（共 25 人）、《江西詩社宗派圖》中詩人（共 25 人）、其他（前四注、後四注與趙夔等早期注家 9 人，另外 7 位江西詩人與胡仔、劉子翬等名宿共 26 人），並稱加上蘇軾自注與《東坡紀年録》的傅藻，恰爲一百家，"百家注"是實指而非虛稱（注家姓氏目録實際只有 96 位）。而且王十朋"鄉人舊友"與"同年同官及各地僚屬詩友"加起來共 47 人，幾乎是總人數的一半，其中不少更是史傳無載的"小人物"，若非王十朋親自收集總匯，難以解釋他們爲何會進入注家名單。

然而，這一現象並非不能解釋。黄啓方先生爲百位注家分類的邏輯是，早期蘇詩集注本注家、江西詩派與胡仔、劉子翬等名宿的身份來歷簡單清楚，只有王十朋"鄉人舊友"與"同年同官及各地僚屬詩友"兩類注家與王十朋直接相關，所以得出他們必然由王十朋直接援引入書的結論。可是，既然其中不乏史傳無載、籍籍無名的小人物，黄先生是如何得知這47 位注家與王十朋的關聯的呢？事實上，今人可以考知的方法，宋人同樣可以採用，即利用王十朋傳世的詩文集。

"百家注"注家姓氏目録共 96 位注家，除了年譜作者傅藻，其餘 95位注家中身份來歷容易確定者有程縯、李厚、師尹、林子仁、宋援、趙次公、趙夔等《前集》中提到的注家與很可能也是早期"八注""十注"注家之一的任居實、李堯祖，以及吕本中所作《江西詩社宗派圖》全部的

---

① 這一思路由王文誥首次提出："初未究此，及鐫局呈宋樣，檢閱數過而豁然開悟，洞中竅竅，蓋其人各以氣類從也。"見（清）王文誥撰：《蘇文忠公詩編注集成》，《凡例三十則》之六。卿三祥極力論説，見《〈東坡詩集注〉著者爲王十朋考》第二部分"從《梅溪集》看王十朋與《百注》諸注家的直接交往"："如此衆多的注家在《梅溪集》中出現，足證王十朋同《百注》注家有廣泛的直接交往。這些注家中，不少人的聲名並不顯赫，詩文並非廣泛流播於世，所以，只有他們的親近者才能採輯到他們的見解，纂成此書。這一點，正是王十朋獨具的著述條件，豈坊賈僞托者所能爲！"這篇文章初稿作於 1989 年 3 月，2002 年 6 月修改後，發表在 2003 年 6 月第 1 版《宋代文化研究》第十二輯（四川大學古籍整理研究所編，綫裝書局，第 271 頁），是當代最早且比較有力地申説王十朋實作論的論文。

25 位成員：謝逸、洪芻、洪朋、饒節、陳師道、潘大臨、徐俯、祖可、林敏功（字子仁，算入早期集注本注家）、韓駒、謝邁、李彭、李錞、夏倪、晁冲之、楊符、高荷、王直方、潘大觀、何覬、林敏修、汪氏革、江端本、善權、洪炎，加上江西詩派宗師黃庭堅及分類者呂祖謙，共 36 位注家。

其他 59 位，秦覯、元勛、蘇庠、曾紆、王銍是蘇黃後學與江西續派，劉子翬、胡仔、汪藻是南宋著名文臣。這些注家有所淵源來歷。而餘下注家，除"林子來①、薛元肅、朱邦翰、周成祖、徐持晦、吳少雲"失考，僅以現存的王十朋《梅溪集》②爲主便可考索出其餘 44 位注家與王十朋的關聯，他們的名字出現其中，詳見附錄。

因爲王十朋極喜以詩記事與自注，其《梅溪集》實際資訊量很大。比如"百家注"注家姓氏目錄中的"林氏明仲"，史傳無載，但《梅溪後集》卷七《酬林明仲寄書並長篇》詩題自注："名季任。"卷五有詩《林明仲自梅嶼拏舟，招丁道濟、道揆、張思豫及予同飲索詩，坐間成六絕，七月朔日》且自注云："明仲別館在城西，予假之踰月。"卷十九另有《林主簿明仲挽詞》。根據這些詩文及注釋即可考索出林明仲的生平簡歷及與王十朋的關聯：林季任，字明仲，鄞縣（今屬浙江寧波市）人，爲王十朋之同僚詩友。一生輾轉辛勤，官止主簿，在郡治城西有別館，紹興三十一年（1161）在鄞江梅嶼招王十朋等同舟飲遊，王十朋更假之逾月，清談相伴，詩文相知，分別後亦有唱和往來。

又如王十朋的表弟賈巖老，《梅溪集》只稱字，名不可知，"百家注"的注釋當中亦題爲"賈、巖老、岩老"。從《梅溪集》其他詩文可知王十朋賈姓平輩行字多有"老"字，巖老疑爲王十朋表叔賈如規之子。在永嘉樂清左原，王、賈兩姓世爲通家之好，王十朋祖母賈氏，妻亦賈氏，乃賈如規之兄賈如訥女。賈巖老曾於王十朋晚年知泉州時（乾道四年至六年）來訪郡齋，《梅溪後集》卷十七《送賈巖老還鄉》之一云："閩江艱險嶺崔

---

① 江西詩派成員林敏修字子來，非子敬，是林敏功（字子仁）之弟。姓氏目錄另有"林氏子來"，疑是目錄作者把一人誤作兩人。但王文誥稱"敏中乃敏功之弟"，以林敏中字子來，黃啓方先生亦從之，皆不知有何根據。見（清）王文誥：《蘇文忠公詩編注集成》附錄《王施注諸家姓氏考》，巴蜀書社，1985 年版。

② （宋）王十朋：《梅溪集》，《景印文淵閣四庫全書》第 1151 冊，臺灣商務印書館，1986 年版，第 109~638 頁。

巍，不憚衝寒冒雪来。留我鈴齋兩三月，扁舟載得義風回。"暮春時聞其姊還鄉，亦思東歸，見《梅溪後集》卷十七《送賈巖老還鄉》之二自注云："巖老聞秭歸，遂起歸興。"王十朋送其至北門，有《送巖老出北門》詩。巖老爲賈如規之子亦可從《梅溪集》考知。賈如規之子賈循字大老，王十朋有《贈大老》詩："士論鄉評重乃翁，賢如狐突教兒忠。"自注："司理子。"賈如規曾調興國軍司理。十朋岳父賈如訥雖然也以事母至孝德稱鄉里，然早逝於建炎三年（1129），孝名讓於乃弟如規，《梅溪前集》卷十七《送表叔賈元範赴省試序》："吾鄉先生賈公，其文藝德行兼長者與。早歲蜚聲太學，名上賢書久矣。……隱居鹿岩，行誼卓絶，月旦鄉評及行道之語咸謂先生'陰德在人，天必相之'。"正與王十朋《送賈巖老還鄉》之二所云"乃翁賢德冠吾鄉，伯氏聲名藹上庠。更喜君如里曾子，少年孝義已非常"印合。

循此方法，失考之"薛元肅"也很可能是《梅溪後集》卷二十《越境送別者七人蔣元肅、黃少度、鹿伯可、趙元序、陳德溥、葉飛卿、林致約少酌驛舍》之蔣元肅。此詩題中的其他六人皆在姓氏目錄中。又《梅溪前集》卷十一《梅溪題名賦》"少雲之作"句王十朋自注："朱少雲吉作。"也不知是否即"吳少雲"。

顯然，即使在今天，只要有心即可憑借《梅溪集》挖掘出與王十朋關聯的人物名單，在王十朋生活的世代，並非一定得王十朋本人集注才能援引這些人物，援引之人可能是王氏的子弟親友，也可能是陌生人。總而言之，這份注家名單與王十朋的關聯不能證明王十朋編注過蘇詩。

事實上，"百家注"這份注家名單也被南宋其他詩歌注本使用，如題王十朋編撰的《王狀元集百家注編年杜陵詩史》，黃希、黃鶴編撰的《黃氏補千家注紀年杜工部詩史》，闕名編《分門集注杜工部詩》，題徐居仁分類、黃鶴補注的《集千家注分類杜工部詩》等。這些號稱"千家注杜"的杜詩注本注家姓氏目錄實際有注家一百四五十位，包括所有蘇詩"百家注"的注釋者，一些版本甚至連訛誤也相同，如把林敏修字"子來"誤作"子敬"，"葉氏飛卿"誤刻爲"葉氏堯卿"等。這些蘇詩、杜詩注本都刊刻於寧宗、理宗時代，集中在福建建安地區，顯而易見這只是當時出版商的流行做法，共用、延續某一注家名單。因此，王十朋的親朋好友出現在衆多蘇詩、杜詩注本的注家目錄並不能證明他們真的注釋過蘇詩、杜詩。

　　第（2）條王十朋實作理由，認爲《梅溪集》是王十朋去世後其子聞詩、聞禮所編，難免有所遺漏，所以沒有提到王十朋編注蘇詩、未收錄"百家注"王十朋自序。現代學者卿三祥先生不僅指出歷代參與《梅溪集》刊刻之人在序跋中數次稱其殘缺，更引最初編者王聞禮之言："其間闕亡者，异時爲別集云。"又列舉《四部叢刊》影印之今存最早刊本明正統劉謙溫州本中《梅溪後集》卷二十一存目缺文之六篇狀辭，説明："《梅溪集》本身既有殘缺，則《四庫提要》以集中無此序爲理由，斷言序非王十朋作，未免有欠公允。"①

　　邏輯上的確如此：沒有收錄作者全部作品的文集，不能據此斷定集外某篇署名文章就是偽作。同理，也不能因爲集中沒有提到王十朋編注蘇詩就斷定他從未有過此舉動。

　　但從經驗情理推之，却並非這樣。第一，王十朋的傳世作品已經較爲完備。雖然爲《宋史·藝文志》著録的《南遊集》二卷，《後集》一卷（別集類），《楚東唱酬集》一卷（總集類）已經亡佚，但從題名來看應爲王十朋在世時的單行本，内容當以詩爲主。而整體收録王十朋作品的集子有初本跟定本兩個系統。朱熹代劉珙作《梅溪王忠文公文集序》稱王十朋之子王聞詩"出公遺文三十二卷"與馬端臨《文獻通考》著録其《梅溪集》三十二卷②吻合，《四庫全書總目提要》認爲此三十二卷本爲初本，對此有專門研究的鄭定國先生推測乃"登第後，十朋自刊也（約紹興二十七年已降）"③。而流傳至今的定本五十四卷系統體例完備、内容豐富，包括《梅溪前集》二十卷，《梅溪後集》二十九卷，《奏議》四卷，《廷試策》一卷，與汪應辰撰《宋龍圖閣學士王公墓志銘》所記"《梅溪前後集》五十卷，《尚書》《春秋》《論語》《孟子》講義皆指授學者，未成書也"④ 基本一致，鄭定國先生認爲此本乃王十朋去世後聞詩之弟聞禮所編⑤。王十朋的著作由二子編輯應該説是非常可靠且比較全面的，因爲王聞詩、王聞

　　① 卿三祥：《〈東坡詩集注〉著者爲王十朋考》，《宋代文化研究》第十二輯，綫裝書局，2003 年，第 288~289 頁。
　　② 另有《續集》五卷，見（元）馬端臨：《文獻通考》，中華書局，1986 年版，第 1906 頁。
　　③ 鄭定國：《王十朋及其詩》，學生書局，1994 年版，第 121 頁。
　　④ 汪應辰撰王十朋墓志銘，見《梅溪先生文集》附録，《四部叢刊》初編本，上海書店出版社，1989 年版。
　　⑤ 鄭定國：《王十朋及其詩》，學生書局，1994 年版，第 122 頁。

禮事父至孝，曾放弃赴舉隨年老父母入夔，侍奉左右，二人在王十朋去世後才蔭補爲官，跟隨乃父機會較多，方便承存其作品，而此集在王十朋去世二十一年之後（光宗紹熙三年）才付梓的原因也是"不肖孤家貧力弱，日夜抱遺書以泣"①，並非遺文難以搜輯。

第二，王十朋頗喜以詩記事與自注，集中却絲毫未提編注蘇詩一事，若爲遺落，未免過於巧合。考察《梅溪集》，對王十朋詩歌"淺""直"的特點自有會心。"淺"指其詩用典不密、不僻，"直"在其以文爲詩，重記叙而語言不夠含蓄婉轉。並且自注甚多，有時堪稱詳瞻。以王十朋自編《楚東唱酬集》爲例，此事不見於其《宋史》本傳、墓志、序文，僅《宋史·藝文志》著録"王十朋《楚東唱酬集》一卷"。②然，從《梅溪集》其詩及自注中，事件的來龍去脉展然可知：

《哭何子應》之三："公作皇華使，子乘郡守輶。江湖吳芮國，襟抱杜陵尊。翰墨頻揮染，詩文細討論。新編刊未就，楚些已招魂（自注云：'何以正月二十二日行部方議刊《楚東酬唱集》途中亡。'）"

《次韵安國讀〈楚東酬唱集〉》："麾把江湖遇列仙，賡酬篇什滿鄱川。寶家兄弟聯珠日，廬阜峰巒夕照天。（自注云：'鄱陽芝山有五老亭，西望廬阜。晚晴則見范文正公詩："試凭高閣望，五老夕陽開。"'）。三郡美名俱赫赫（自注云：'陳洪州、洪吉州、王興化。'），一臺遺墨尚鮮鮮（自注云：'何憲。'）。紫微妙語題詩後，光艷真能照簡編。"

《安國讀〈酬唱集〉有"平生我亦詩成癖，却悔来遲不與編"之句，今欲編後集，得佳作數篇，爲楚東詩社之光，復用前韵》："六逸中無李謫仙（自注云：'前集恨不得公詩爲六。'），詩筒忽得舊臨川（自注云：'舍人前治臨川，乃鄰郡也。'）。枝芳又類燕山桂（自注云：'何卿往矣，今集又得五人。'），馬立欣瞻刺史天（自注云：'五人二帥三守。'）。公似虞臣宜作牧，我慚鼠技濫烹鮮。新詩不减顏公咏，貴若山王定不編。"

---

① 王聞禮跋，見《梅溪先生文集》附録，《四部叢刊》初編本。
② 《宋史·藝文志》別集類著録王十朋《南遊集》二卷、《後集》一卷，總集類著録王十朋《楚東唱酬集》一卷。見（元）脱脱等：《宋史》，中華書局，1977年版，第5375頁、第5504頁。

《五月二十五日餞安國舍人於薦福，洪右史王宗丞来會，坐間用前韵》："尊酒相逢半八仙，鬢絲我類杜樊川。江東渭北四方客（自注云：'張，淮西；洪，江東；王，河北；某，浙東。'），楚尾吳頭五月天。蓮社濫陪陶令飲，兵厨聊擊陸生鮮。待將紅藥翻堦句，別作番陽一集編。（自注云：'張欲盡和《楚東唱酬詩》，故云。'）"

《次韵安國題清音堂》："堂上清音樂奏仙，洲如孤嶼媚中川。餘干遥服三苗國，陸羽高飛百越天（自注云：'有陸羽煮泉亭，時湖廣寇賊未平，故借用舞干意。'）。風過琵琶聲不斷，水来雲錦色長鮮。留題重遇張公子，又入詩中第一編。（自注云：'唐張祐詩在於越題咏，中爲首篇。'）"

王十朋起知饒州，治所即今江西鄱陽，是在孝宗隆興二年（1164）六月，直到乾道元年（1165）七月九日易任夔州。從以上詩歌及自注可知，《楚東酬唱集》即王十朋守饒時與同僚友人陳之茂（字阜卿，即時知洪州）、洪邁（字景盧，時知吉州）、王秬（字嘉叟，時知興化）、何氏（字子應）五人唱酬詩之合集。其《饒州到任謝表》："況此楚東之故邦，實爲江左之奥壤。顏真卿英風如在，范仲淹遺愛猶存。"可以佐證。至於刊集的原因《梅溪後集》卷十一《讀〈楚東倡酬集〉寄洪景盧王嘉叟》有交代："預恐吾儕有別離，急忙刊得倡酬詩。江東渭北何曾隔，開卷無非見面時。"可惜何子應猝亡，加之張孝祥（字安國）厚賞集中詩，欲盡和之，故王十朋計劃以張代何，編刊《楚東酬唱後集》。此後，王十朋還不時懷念斯人斯事，《梅溪後集》卷十一有《再讀〈楚東集〉用前韻寄景盧嘉叟》、卷十二有《初到夔州》《王嘉叟和〈讀楚東詩〉復用前韻以寄》《用讀〈楚東集〉韻寄元章》、卷十七有《提舶示觀〈楚東集〉，用張安國韵，因思番陽與唱酬者五人，今六年矣，陳何二公已物故，餘亦離索，爲之慨然復用元韵》。

今《梅溪集》中不見楚東詩，大概因其早已單獨刊行，故王聞禮編集時不收。然而即便如此，仍有那麼多綫索留存集中讓後來者復原事件經過。頗喜以詩、注記事的王十朋，如果的確集注過百人之詩注，却無隻言片語涉及此役，實在不合常理。

第（3）條理由，《梅溪集》的言論表明王十朋素來推重蘇軾、贊賞蘇詩，有編注蘇詩的情感動機。實作説的支持者認爲《梅溪集》並非沒有留下王十朋集注蘇詩的蛛絲馬迹，王十朋對蘇軾的推重並多次提及便是明證。找出最多條文的黃啓方先生在《王十朋與〈百家注東坡詩〉》一文的"王十朋之東坡情懷"部分首尾處説："此説必須辨明；十朋於東坡其人其詩文，素來用心，並隨時引用；兹將《梅溪前·後集》中與東坡相關文字，按時間先後，條列如下……以上所列，已可説明十朋對東坡其人其詩之推重。以所集諸注者之身份與地區而觀，則十朋平日已用心於此，非晚年求退後倉卒能成。"① 卿三祥先生亦持此觀點，認爲王十朋所作《讀蘇文》："不僅評價了蘇文，兼評價了蘇詩。"② 但王十朋讀過、稱贊過蘇詩都無法直接證明他注釋過蘇詩。這些"證據"不出"用東坡韻"、讀東坡有感、引蘇軾語及軼事、評論蘇軾其人其詩以及過黃州時作《遊東坡十一絶》的範圍，並未提到王十朋注釋蘇詩的意願或者任何行動。

實際上，如果意在指出王十朋對蘇軾作品的熟悉、對蘇詩的喜愛推重，那麼讀過《梅溪集》就能發現比起蘇軾，王十朋更爲崇拜的人是韓愈：他尚在家鄉讀書時已篤意學韓，《前集》卷一《答毛唐卿虞卿借〈昌黎集〉》："予少不知學古難，學古直欲學到韓。奈何韓實不易學，恒覺晝夜心力殫。……學文要須學韓子，此外衆説徒曼曼。韓子皇皇慕仁義，力排佛老回狂瀾。三百年來道益貴，太山北斗世仰觀。我生於今望之遠，時時開卷相欣懂。豈惟廬陵惜舊本，我亦惜此衹自看。子今欲假敢違命，願子寶之同琅玕。"並在詩歌中多次提到韓愈，據《宋代詩人王十朋之推韓學韓》一文，"僅統計其詩歌，'韓愈'一名出現的頻率就高達 66 次，在李、杜之前，居其詩作中先賢人物提及次數之首"③。朱熹作《梅溪王忠文公文集序》亦稱其"故自其布衣時嘗和韓詩數十百篇"，今《梅溪前集》卷九皆爲"和韓詩"，十七題共二十八首。果如卿三祥先生的推斷"王十朋不僅讀蘇詩，熟悉蘇詩，且推崇蘇詩爲古今絶唱，所以他才會給蘇詩作注解"，那韓愈更爲王十朋熟悉、推崇，豈不是最有可能被王十朋用作注

---

① 黃啓方：《王十朋與〈百家注東坡詩〉》，見《兩宋詩文論集》，第 376～386 頁。按：黃先生反駁的"此説"指《四庫提要》所云"考十朋《梅溪前集》載序八篇，《後集》載序三篇，獨無此序。又有《讀蘇文》三則，亦無一字及蘇詩"。黃先生實際有所誤會，從其引用此段標點來看，其"讀蘇文"未加書名號，則以四庫館臣竟然只知《梅溪集》僅三處涉及蘇軾，故加之申辯。

② 卿三祥：《〈東坡詩集注〉著者爲王十朋考》，《宋代文化研究》第十二輯，綫裝書局，2003 年版，第 265～297 頁。

③ 胡曉驪：《宋代詩人王十朋之推韓學韓》，《集美大學學報》2011 年第 3 期，第 72～77 頁。

的方式表明心迹？注釋並非易事，注蘇尤其困難，對蘇詩的熟悉、喜愛、推重是編注蘇詩的必要條件，却並非能推導出實有此事的充分條件。

第（4）條理由，比對"百家注"署名王序與《梅溪集》中其他序文，章節結構乃至寫作習慣、部分内容有相通處，王序未必作偽。四庫館臣認爲王序乃偽作，理由是《梅溪集》不載；陸心源從寫作水平角度亦判其乃托名："愚觀王序，文理拙謬，其非出梅溪手無疑。"[①] 再來看"百家注"這篇署名王十朋所作序言：

> 昔秦延君注《堯典》二字至十餘萬言，而君子譏其繁；丁子襄注《周易》一書纔二三萬言，而君子恨其略。訓注之學，古今所難，自非集衆人之長，殆未易得其全體，況東坡先生之英才絶識，卓冠一世，平生斟酌經傳，貫穿子史，下至小説、雜記、佛經、道書、古詩、方言，莫不畢究，故雖天地之造化，古今之興替，風俗之消長，與夫山川、草木、禽獸、鱗介、昆蟲之屬，亦皆洞其機而貫其妙。積而爲胸中之文，不啻如長江大河，汪洋閎肆，變化萬狀，則凡波瀾於一吟一咏之間者，詎可以一二人之學而窺其涯涘哉。
>
> 予舊得公詩"八注""十注"，而事之載者十未能五，故常有窺豹之嘆。近於暇日，搜諸家之釋，裒而一之，劃繁剔冗，所存者幾百人，庶幾於公之詩有光。雖然自八而十，自十而百，固非略矣，而亦未敢以繁言。蓋以一人而肩烏獲之任則折筋絶體之不暇，一旦而均之百人，雖未能春容乎通衢，張王乎大都，而北燕、南越亦不難到。此則百注之意也。
>
> 若夫必待讀遍天下書然後答盡韓公策，則又望諸後人焉。

其實這是一篇主題明確、層次清晰、文筆堪稱優美的典型書序。王文誥就稱贊道："王龜齡序'昔秦延君注《堯典》二字至十餘萬言而君子譏其繁；丁子襄注《周易》一書纔二三萬言而君子恨其略'，一起扼要，信出鉅手。"[②] 通篇來看，此序文理十分通順：首段議論，强調注釋之難，注學博之蘇詩尤其難；次段記叙，交代集注的起因、經過跟意旨；末段謙辭，

---

① （清）陸心源：《宋本王注蘇詩跋》，見《儀顧堂集》卷十六，同治十三年孟秌福州重刊本。

② （清）王文誥：《蘇文忠公詩編注集成》，《凡例三十則》之二八，巴蜀書社，1985 年版。

稱不足之處留待後人補益。顯然，陸心源與王文誥皆是印象式判斷，言辭皆過激。

第一次對此序真偽進行充分解析論證的是卿三祥先生，在《〈東坡詩集〉著者爲王十朋考》一文的第三部分"從《梅溪集》看'百家注'王十朋序的真實性"中，其從文本結構跟內容出發，把王序與《梅溪集》中的一些文章進行了對比，如篇章結構上"（首段）昔秦延君……（中段）予舊得……（尾段）若夫"的三段形式在《梅溪集》中有六篇，文章內容上也從《梅溪集》中找出多條印證。

以此法來判斷作品歸屬，不是沒有道理，但很難有絕對正確的結論。以序體爲例，即使同一體裁，也會因寫作目的、作序緣起、與所贈對象的親疏關係等的不同而變化，況且還會受到作者的心情、狀態、寫作時地等偶然因素的影響，沒有固定的模式。所以，用這種方法即使得出"相似"的結論，也只能說增大了爲同一作者作品的可能性。

因此卿先生的分析有一定說服力，但仍有些地方需要商榷。第一，三段式寫法其實是比較常用的文章結構，如同詩歌的起承轉合，時文八股的固定模式，具有的個體特色並不明顯；第二，如果此序真出自王十朋之手，再假定用文章風格、寫作習慣的方法進行的判定有效，那它跟同一文類同一題材的其他文章具有的相似之處應該更多。但實際並非如此。

《梅溪集》現存八篇序文，除了三篇送別序、《爲林彥明千秋轂序》記事且太短不予參照以外，其他四篇中，《〈南浦老人詩集〉序》《〈潛澗嚴闍梨文集〉序》《劉方叔〈待評集〉序》皆爲書序，《〈淵源堂十二詩〉序》乃自作詩序。但這四篇序除《劉方叔〈待評集〉序》外，其他三篇寫法相似，皆直接交代事由，起因經過敘述詳備，自稱之"予""某"字眼出現頻率很高：《〈南浦老人詩集〉序》"予"5次、"某"3次；《〈潛澗嚴闍梨文集〉序》"某"8次；《〈淵源堂十二詩〉序》"予"3次、"某"2次。這當然跟王十朋與文集作者的親近有關：南浦老人劉謙仲是王十朋家鄉耆老，嚴闍梨是王十朋的舅公，另一篇乃爲自己的詩作序。這些序文行文相當平直，這一特點跟他的詩歌淺直愛記事的風格一致。稍微不同的是《劉方叔〈待評集〉序》，它先講述了一個哲理故事進行類比，再交代其人其事，而交代作序經由的段落也有"吾"字3處、"予"字10處。對比"百家注"王序整篇文章只出現一處自稱之"予"，其間用語習慣與行文風格體現的差異是比較明顯的。顯然，從寫作風格上進行判斷，不確定因素太多，在缺乏其他證據的情況下，難以服衆。

第（5）條理由，"百家注"中有"50 條"王十朋的注文，部分按語顯示出王十朋明確的編輯者身份——筆者反而以爲，此乃僞托王十朋之名的重要證據。

首先，"見某詩某注"等編輯按語，不僅見於王氏名下，也出現在陳師道、洪炎、劉子翬、"子功"等其他注家名下。如"百家注"卷一《夜雨宿淨行院》詩末"子功"注："見後《馬上寄子由》注。"卷二十四《去歲九月二十七日在黄州生子名遯……》詩中"子翬"注："按《年譜》：元豐七年先生年四十九，在黄三月，量移汝州。餘見《贈朝雲》詩注中。"這些人物不可能都編輯過蘇詩注釋。

其次，論者指出卷一《風水洞二首和李節推》有"十朋曰：'桃源事，第八卷《留題仙遊潭》云：秦人今在武陵溪。'"的注釋，而《留題仙遊潭》的確在"百家注"卷八，"這就意味着王十朋的確是'百家注'的編撰者，不然，没有辦法解釋其對全書結構的精確把握。"① 然而，"百家注"分類上的錯謬很多，不可能出自吕祖謙之手，而以王十朋的學識與平素的嚴謹態度，不太可能在如此分類編次的基礎上再注釋蘇詩。

最後，論者認爲最能體現王十朋編者身份的注釋是卷二十三《遊徑山》詩注中的"十朋"注："此以上並係徑山實事，當以《徑山事狀》注者爲是，如趙次公注者，皆牽合，但不欲盡去之。"注者表明了删削舊注的原因，肯定是最終的編輯者。然而，《遊徑山》亦見於《集注東坡先生詩前集》（即"百家注"的基礎，所謂的"舊注"之一種）卷三，與之對比，"百家注"新增了六條"十朋"注。這六條注釋除最後一條，即上述帶有説明性質的編輯按語外，全部爲徵引《徑山事狀》。最後一條爲"十朋"批駁的趙次公注，内容是關於孫思邈的典故，而"十朋"認爲仍然應該是有關徑山的典故，但他没有找到恰當的出處，故不欲盡去之。需要注意的是，當"十朋"提到前面的注釋時，他所稱乃"《徑山事狀》注者"，與"趙次公注者"對立，而非《徑山事狀》，實際上把自己置於第三者的

① 李曉黎：《因爲"睫在眼前長不見"——王十朋爲〈百家注東坡詩〉編者之内證》，《中國韻文學刊》2012 年第 2 期，第 27 頁。

位置。而今天看到的"百家注",所有六條注釋皆出自"十朋"。這正説明"百家注"有補注詩歌内容者,也有負責編輯注釋者,而最終的編輯者其實比較隨意地分配了注釋内容與注家。這條注釋恰好洩露了"百家注"僞托的具體過程(下節詳細論述)。

至於第(6)條認爲"百家注"最早刻本是家塾本值得信賴的觀點,也不成立。因爲家塾刻本的可靠性是相對而言,它可能比一般市坊刊刻制作水準更高,仍然比不上私宅家刻的精良。更重要的是,黄善夫本"百家注"避諱至"敦",在宋光宗趙惇之後,應刊刻於寧宗時期(1194—1224),爲南宋中期刻本。而南宋中期福建建安的刻書業實際上已深受此地沿海發達的市場經濟影響,許多家塾刻本已不限於在私塾内部流通,與坊肆刻本一樣有着商業目的,同樣可能爲了獲得更多讀者的青睞而極盡所能,商業氣息濃厚。像黄善夫家塾刊刻的其他書籍,如首次把《史記》三家注合併,《後漢書》亦首次將劉攽的《東漢刊誤》加入,爲讀者服務的宗旨顯而易見,屢屢創新也表現出成熟的商業運作理念。而且此種現象不爲黄善夫家塾所獨有,如魏仲舉所編《五百家注音辨昌黎先生文集》亦是家塾刻本,書題云"慶元六年刻於家塾"。但此本亦具有商業性質,體現出諸多市民文化的特徵,以至四庫館臣直接稱其爲"實當時坊本也"[1]"仲舉建安人,慶元中書賈也"[2]。也就是説,至少在南宋福建地區,家塾刻本與市坊刻本並非涇渭分明,家塾刻本可能在製作態度上更嚴謹認真,水平更高,但於編刊性質與目的上與市坊刻本一般無二,皆力求讀者青睞以多銷獲利。因此,不能從"百家注"乃家塾刻本來斷定此本的可靠性。

綜上所述,事實上没有確實可信的理由證明"百家注"的編撰者是王十朋,但以上論述主要以文本外證爲主,也没有確定的證據表明王十朋没有編注此書。更可靠的判斷應該從"百家注"注釋内容本身出發,文本内證方是關鍵。

---

① 《〈五百家注音辨昌黎先生文集〉提要》,(清)永瑢等:《四庫全書總目》卷一百五十,中華書局,1965年版,第1288頁。
② 《〈韓柳年譜〉提要》,(清)永瑢等:《四庫全書總目》卷五十九,中華書局,1965年版,第537頁。

第二節　注本的真僞及成書過程考論

一、注本注釋内容的構成："舊注"與"新注"的集合

就根本而言，要判斷王十朋究竟有没有編注過蘇詩以及此注本是否僞託、在何種意義上作僞，關鍵在於書中注家們的注釋内容本身。"百家注"的注釋内容由兩部分構成：一是"舊注"，二是在舊注基礎上新增的注釋。"百家注"署名王序云："予舊得公詩'八注''十注'，而事之載者十未能五，故常有窺豹之嘆。……近於暇日，搜諸家之釋，裒而一之，劃繁剔冗，所存者幾百人，庶幾於公之詩有光。""八注""十注"指《集注東坡先生詩前集》之類刊行於南宋前期的早期蘇詩編年集注本，當時還有"四注""五注"。① 這一系統的蘇詩注本自刊行後十分流行，雖然署名王序表現出輕視、不滿的態度，其實"百家注"充分吸收、利用了這些早期集注本的成果。下表是對"百家注"各注家注釋條數的統計②：

表 3－1

序號	姓氏目録	正文	注釋條數	備注
1	西蜀趙氏次公字彦材	次公	3814	早期注家
2	永嘉王氏十朋字龜齡集百家注	十朋	51	題名撰者
3	西蜀趙氏夔字堯卿前知榮州	趙堯卿、堯卿、趙夔	398	早期注家
4	程氏縯字季長	程縯、縯	2336	早期注家
5	師氏尹字民瞻	師	453	早期注家
6	李氏厚字德載	李厚、厚、李	1901	早期注家
7	任氏居實字文孺	任	287	早期注家

① 參見劉尚榮：《蘇軾著作版本論叢》，巴蜀書社，1988 年版，第 49 頁。
② 統計所據版本爲《四部叢刊》初編本"百家注"，其底本乃宋刊元遞修建安虞平齋務本書堂本。此本與黄善夫本的主要區别是有一些"增刊""補注"，二者實爲同源，對本書論述並無影響。

續表3-1

序號	姓氏目録	正文	注釋條數	備注
8	豫章黄氏庭堅字魯直	黄魯直、魯直	7	江西詩人之宗
9	謝氏逸字無逸	謝無逸、無逸	9	江西宗派圖詩人
10	洪氏芻字駒父	洪駒父、芻、駒父	14	江西宗派圖詩人
11	洪氏朋字龜父	洪龜父、龜父	14	江西宗派圖詩人
12	饒氏節字德操	饒氏、饒	29	江西宗派圖詩人
13	后山陳氏師道字無己一字履常号彭城居士	陳無己、無己	27	江西宗派圖詩人
14	潘氏大臨字邠老	潘邠老、邠老、潘	12	江西宗派圖詩人
15	徐氏俯字師川	徐師川、師川	15	江西宗派圖詩人
16	東溪詩僧祖可字正平	僧祖可、祖可	11	江西宗派圖詩人
17	蘄陽林氏敏功字子仁	林子仁、子仁	605	早期注家；江西宗派圖詩人
18	韓氏駒字子蒼	韓	15	江西宗派圖詩人
19	謝氏邁字幼（盤）[槃]	槃、邁、幼盤、謝①	7	江西宗派圖詩人
20	李氏彭字商老	李商老、商老、彭、李彭	15	江西宗派圖詩人
21	（季）[李]氏錞字希聲	季希聲、希聲、希声	10	江西宗派圖詩人
22	西蜀孫氏倬字瞻民	孫倬、倬、孫②	117	早期注家
23	漢陽張氏（拭）[栻]字欽夫號南軒先生	張拭、欽夫、敬夫	34	王十朋同僚
24	苕溪胡氏仔	胡仔、仔	35	《苕溪漁隱叢話》作者，多評蘇詩
25	夏氏倪字均父	夏倪、夏	5	江西宗派圖詩人
26	晁氏冲之字叔用	晁、叔用	5	江西宗派圖詩人
27	歷陽張氏孝祥字安國號于湖先生	張孝祥、張安國、安國、孝祥	26	王十朋同僚、詩友
28	楊氏符字信祖	楊	10	江西宗派圖詩人
29	高氏荷字子勉	高	7	江西宗派圖詩人

① 卷九《孫莘老求墨妙亭詩》首次單稱"謝"注，另有注者"謝逸"。單稱姓一律計入"謝邁"名下。
② 另有"孫彦忠"，計入"孫倬"。

續表 3-1

序號	姓氏目録	正文	注釋條數	備注
30	西蜀宋氏援字正輔	宋援、援	892	早期注家
31	王氏直方字立之	王	2	江西宗派圖詩人
32	潘氏大觀字仲達	潘仲達、仲達	5	江西宗派圖詩人
33	何氏覬字人表	何人表、覬、人表	6	江西宗派圖詩人
34	林氏敏修字子敬①	林子敬曰、子敬、林	8	江西宗派圖詩人
35	汪氏革字信民	汪信民、信民、革	12	江西宗派圖詩人
36	建安劉氏子翬字彦冲號屏山先生	劉子翬、子翬	23	理學名家，劉珙叔父
37	林氏子來	子來	3	失考，很可能與前林敏修子敬爲一人
38	東萊呂氏祖謙字伯恭分詩門類	祖謙、呂、伯恭	30	題名分類者
39	沈氏敦謨	沈曰、敦謨	11	王十朋同學、詩友
40	曹氏夢良	曹、夢良	9	王十朋同鄉、同學、詩友
41	永嘉丁氏鎮叔	丁鎮叔、鎮叔、丁	5	王十朋同鄉、詩友
42	永嘉張氏器先	張器先、器先	6	王十朋同僚
43	永嘉甄氏雲卿	甄、雲卿	5	王十朋同鄉、詩友
44	永嘉項氏用中	項、用中、黃中②、周中	11	王十朋同鄉、同僚、詩友
45	趙氏若拙	若拙曰、若拙、趙	5	王十朋同僚、詩友
46	崔氏肅之	崔、肅之	4	王十朋同僚、詩友
47	賈氏巖老	賈、巖老、岩老	5	王十朋表兄弟
48	吳氏憲	憲、吳憲	5	王十朋同鄉、詩友

　　① 江西詩人林敏修是林敏功之弟，字子來，非子敬。另有林式之，字子敬，福州福清人，林公水（1183—1261）之子，受業林希逸之門。然時代略晚，不應爲"百家注"編者所納。林子來亦無考其人。由於正文中注者只稱行字，而"子敬、子來"皆有，無法判定究竟孰是林敏修，故後文統計按照目録兩存之。又王文誥《蘇文忠公詩編注集成》稱"敏中乃敏功之弟"，而黃啓方先生論文引目録"蘄陽林氏敏中字子敬"，則與《四部叢刊》版本相異，以林子來爲林敏修，林敏中字子敬爲二人弟。然此林敏中亦不可考知。

　　② 馮應榴認爲"黃中"爲林黃中，但不知何據，王文誥已言："注中有黃中無林黃中，此林字疑《合注》誤增。"筆者對照《四部叢刊》本作"黃中"時《四庫全書》本有作"用中"者，故皆計入項氏。

續表 3-1

序號	姓氏目録	正文	注釋條數	備注
49	薛氏士昭	士昭、薛①	5	王十朋同鄉、同僚、詩友
50	丁氏惠安	惠安	5	王十朋同鄉、同僚、詩友
51	永嘉葉氏思文	思文、葉	7	王十朋鄉里耆老、詩友
52	汪氏洋字養源②	養源、洋、汪	25	王十朋同僚、《墓志銘》撰者
53	(汪)[江]氏端本	江	2	江西宗派圖詩人
54	胡氏邦衡	邦衡	23	王十朋同僚、詩友
55	喻氏叔奇	喻	3	王十朋同學、同年、同僚、詩友
56	馮氏方字圓仲	馮	11	王十朋同學、同僚、詩友
57	臨安李氏堯祖字唐卿	堯祖	46	失考；王文誥稱早期注家
58		子功	11	失考
59	曾氏公衮	曾、公衮	10	江西詩人友
60	龔氏實之	龔	4	王十朋同僚、詩友
61	芮氏國器	芮	6	王十朋同僚、詩友
62	(薛)[蔣]氏元肅③	元肅	3	王十朋同僚、詩友
63		師古	1	《杜甫詩詳説》作者

---

① 另有"薛元肅"，計入"薛士昭"。詳見"（蔣）[薛]氏元肅"條注釋。

② 汪洋跟汪養源實際乃弟兄兩人。汪洋即汪應辰（1118—1176），字聖錫，《宋史·汪應辰傳》稱其："初名洋，與姓字若有語病，特改賜應辰。""養源"乃汪應辰兄汪涓之字，周必大《文忠集》卷四十九《題鞠城銘》："汪公涓字養源，被遇孝宗，歷左司諫、中書舍人，蓋吏部尚書諱應辰字聖錫之兄。"汪氏弟兄乃信州玉山人，皆爲一時名士，《江西通志》卷八十五引《人物志》："汪涓字養源，應辰之兄也。踐履篤實，有古君子風。登進士第爲中書舍人，與應辰同處禁塗，時稱二汪。"然作爲紹興五年進士第一人，弟顯於兄，目録混誤二人殆有此因。汪氏兄弟皆與王十朋有交情，《梅溪後集》卷十八有《悼汪舍人養源》："伯仲同持橐，聲名壓縉紳。"句自注："庚辰同考殿試。"庚辰即紹興三十年，此年有館職召試，二人疑同參加。而王十朋的墓志即由汪應辰撰，兩人有同僚之誼，汪氏《文定集》卷十二亦有《題張魏公命王詹事作不欺室銘》，略見二人相知所由。從正文稱引來看，應是編者誤以汪涓之字爲汪洋所有。

③ 薛元肅，曾任知縣，《福建通志》卷二十六録有薛元肅光宗紹熙年間（1190—1194）任汀州府知縣，其他不可考。疑薛乃蔣之訛，爲《越境送別者七人蔣元肅、黃少度、鹿伯可、趙元序、陳德溥、葉飛卿、林致約少酌驛舍》之蔣元肅。

序號	姓氏目錄	正文	注釋條數	備注
64	吳氏季南	季南、吳季南	3	王十朋同鄉、學生
65	萬氏先之	先之	4	王十朋表兄弟
66	毛氏叔度	毛、叔度	4	王十朋同鄉、遠親、詩友
67	陳氏希仲	希仲	3	王十朋同鄉、學生、詩友
68	朱氏邦翰	朱	3	失考
69	周氏成祖	周	4	失考
70	陳氏元龍	元龍	2	王十朋同學、同年、同僚
71	宋氏彦（材）［才］①	彦才	4	王十朋鄉里耆老
72	葉氏（堯）［飛］卿②	飛卿	3	王十朋同僚、詩友
73	萬氏大年	大年、萬大年	3	王十朋表弟
74	黄氏少度	少度	3	王十朋同僚、詩友
75	林氏致約	致約、約	7	王十朋同僚、詩友
76	趙氏元序	元序	3	王十朋同僚、詩友
77	陳氏德溥	德溥	3	王十朋同僚、詩友
78	程氏天祐	程、天祐	14	王十朋後學，有贈詩
79	永嘉孫氏彦忠	彦忠	5	王十朋同年、同僚、詩友
80	林氏明仲	明仲	5	王十朋詩友
81		夢仙	2	失考
82	萬氏申之	申之	3	王十朋表兄弟
83	徐氏持晦	持晦	4	失考

　　① 宋彦才是王十朋鄉里前輩故老。《梅溪前集》卷十八《代祭宋彦才文二首》之一："念吾鄉之耆舊，所餘纔二三人。嗟浮世之年齡，自古稀七十者。"又有《宋彦才挽詞》："德著吾鄉月旦，評丘園蕭散傲虛名。袍雖不奪，詩尤好秋不曾悲賦自清。早掛儒冠，知有命晚。"趙彦材字次公（或云趙次公字彦材），文中皆稱次公注，且正文中只有"彦才"注，故姓氏目錄乃刻誤。

　　② 目錄稱"葉氏堯卿"，應爲葉氏飛卿之刻誤。"葉飛卿"見於《梅溪後集》卷二十《越境送別者七人蔣元蕭、黄少度、鹿伯可、趙元序、陳德溥、葉飛卿、林致約少酌驛舍》，是王十朋的同僚、詩友，稱其姓字的方式同其他僅見於《梅溪集》的不出名注家。正文中"堯卿"曾和"飛卿"同詩有注文，卷七《大風留金山兩日》"灊山道人獨何事"句堯卿注："參寥號灊山道人。"飛卿注："按《同安志》'潛山方三百里'。又陶隱居云潛山，在潛縣。灊與潛同。"故以所有"堯卿"注歸趙夔，"飛卿"注歸葉飛卿，而單稱"葉"注計入前葉思文。

續表 3-1

序號	姓氏目錄	正文	注釋條數	備註
84	陳氏體仁	体仁、體仁	3	王十朋同僚、詩友
85	劉氏珙字共父	共父	18	王十朋同僚，朱熹撰王十朋文集序乃代其所作
86	吳氏明可	明可、吳	6	王十朋官長、詩友
87	真隱詩僧善權字巽中	僧善權、善權	8	江西宗派圖詩人
88		彥之	1	失考
89	洪氏炎字玉父	玉父	11	江西宗派圖詩人
90	鹿氏伯可	鹿	2	王十朋同僚、詩友
91		康叔	1	失考
92		德揚	1	失考
93		浦卿	1	失考
94	汪氏彥章	彥章	8	駢文大家，與江西詩人友善
95		居仁	6	1. 呂本中，江西詩人，《江西宗派圖》撰者；2. 徐居仁，杜詩注家。詳後
96	秦氏少儀	少儀、秦	6	蘇黃後學，秦觀弟
97	蘇氏養直	養直、蘇	4	蘇黃後學
98	王氏性之	性之	7	以史著知名，與江西詩人友善，曾紆女婿
99	元氏不伐	元、不伐	5	蘇黃後學
100		德權	1	失考
101	王氏壽朋字夢齡	夢齡	3	王十朋二弟
102	王氏百朋字昌齡	昌齡	1	王十朋三弟
103	吳氏少雲	少雲	4	失考①
104	孫氏子尚			正文無注，王十朋詩友
105		胡	7	

---

① 《梅溪前集》卷十一《梅溪題名賦》"少雲之作"句王十朋自注："朱少雲吉作。"不知是否爲此人。

序號	姓氏目録	正文	注釋條數	備注
106		洪父	2	失考
107		趙	4	
108		子雲	1	失考
109		馬	1	
		新添、新刊	26	
		增刊、增入、新增	49	

此表直觀地反映出各注家注釋數量的差異：14 位不見於"百家注"姓氏目録的注家除"子功"注有 11 條外，其餘皆在 10 條以下。而姓氏目録中有注釋的 95 位注家，注釋內容最多者爲：

注家	趙次公	程縯	李厚	宋援	林子仁
注釋條數	3814	2336	1901	892	605
注家	師尹	趙夔	任居實	孫倬	李堯祖
注釋條數	453	398	287	117	46

除此十位與有 51 條注釋的王十朋外，注文 30 條以上注者 3 人（張杙、胡仔、呂祖謙），20 條以上 6 人（饒節、陳師道、張孝祥、劉子翬、汪洋、胡銓），10 條以上 14 人，其餘 61 人皆爲 10 條及以下，與排在前列的注家們相差懸殊。

"百家注"注釋內容最多的注家，由於"五注"與"十注"的拼合本《前集》的存世，程縯、李厚、宋援、趙次公、林子仁、趙夔、師尹、孫倬八位可確知爲早期集注本系統的注家。如果比對《前集》與"百家注"，可以發現前者僞托的"傅"注、"胡"注除了分屬趙次公、程縯、林子仁、趙夔等人的注釋，也有一些屬於任居實的注釋。即是說，儘管現存《前集》殘四卷未見"任"注，任居實也應爲早期集注本注家之一。

"百家注"注家姓氏目録稱"任氏居實字文孺"。任居實，眉州人，生平不詳，僅知其徽宗崇寧二年進士及第，宋彭百川《太平治迹統類》卷二十七"徽宗崇寧二年三月知舉安惇上合格進士李階等，丁亥御集英殿策試，初賜霍端友、蔡佃……任居實、汪伯彥、張守等以下三百三十八人及第出身。"①《四川通志》卷一百二十二"選舉"類亦稱其爲崇寧進士。②

王文誥也認爲任居實乃"八注"注家,並稱:"又益以孫傆、李堯祖爲十注。"③李堯祖,"百家注"姓氏目錄稱"臨安李氏堯祖字唐卿",然而其生平不詳。王文誥並未説明其把李堯祖視作"十注"注家的原因,但從注釋數量上看,此一結論未必没有道理,李堯祖應該很可能也是早期集注本注家。

既然早期集注本注家正是"百家注"注釋内容最多的注家,新增的其他注家的注釋分量完全不能與其比肩,"百家注"的注釋主體仍然是已有的早期集注本的注釋,那麼"百家注"署名王十朋所作自序表現出的輕蔑態度並不符合實際,"百家注"事實上充分吸收、利用了已有的蘇詩注釋成果。

"百家注"利用早期集注本的方式,通過比對其與《前集》的注釋内容同异可知,其在基本沿襲舊注的基礎上主要進行了删削,《前集》注家名下偶有增補的情況。增補較多的例子如卷一紀行類《風水洞二首和李節推》之二,删去了趙次公的一條注釋並削減三處注文,又新增了一條"任"注、"次公"注、"厚"注。同卷《壬寅二月有詔令郡吏分往屬縣減决囚禁……》:"帝子傳聞李"句新增了一條林子仁的注釋。這些增補的《前集》注家注釋,趙次公、趙夔名下注文較多,很可能"百家注"編者參考的舊注不僅有《前集》之類"八注"本、"十注"本,應該也有當時尚存的注家單刊本,如趙次公、趙夔的單注本。不過整體來看,"百家注"新增注釋主要爲《前集》注家以外的其他注家,只是這些新增注家的注釋相對而言是很小一部分,"百家注"的注釋主體仍然是舊注。

釐清"百家注"注釋的内容構成後,此本是否王十朋編撰、是否僞托的問題焦點,自然落到新增的八十餘位注家注釋的真僞問題上。包括王十朋在内,這些新增注家注釋的性質與來源正是判斷"百家注"是否托名僞作的關鍵所在。

---

① (宋)彭百川:《太平治迹統類》,《適園叢書》本,1914年版。
② 楊芳燦等:《四川通志》第7册,華文書局,1967年版,第3702頁。
③ 王文誥便認爲任居實爲"八注"注家,稱:"又益以孫傆、李堯祖爲十注。"見(清)王文誥:《蘇文忠公詩編注集成》,《蘇海識餘》卷二,巴蜀書社,1985年版。

二、注本托名僞作的方式：注釋内容與注家不完全一致

細檢"百家注"新增注家的注釋内容，可以發現不少疑點。比如黄庭堅名下注釋共七條，第一條如下：

> 卷一紀行類《壬寅二月有詔令郡吏分往屬縣減决囚禁……》"自刃俄生肘"句"黄魯直"曰："《潘子真詩話補遺》曰：杜詩'當知肘腋事，自及樂鏡徒'①，'肘腋'是趙滅智伯事。"

只看黄庭堅注不知所謂。其實此句下黄注之前已有師尹、趙次公注出典故並解説詩意：師尹曰："王允與吕布謀誅卓，令李肅以戟刺之衷甲。不入，卓驚呼：'布所在！'布曰：'有詔。'遂殺卓。"次公曰："'生肘'字，諸葛亮所謂'變生於肘腋之下'，言布嘗與卓結爲父子而卒殺卓也。"蘇詩詩意至此已顯豁，黄庭堅注釋杜詩及趙滅智伯事，是進一步的補充，可以深化理解詩人暗藏其中的褒貶態度，也並非無益處。疑問在於，黄庭堅能够看到《潘子真詩話補遺》嗎？他在怎樣的情况下會用此語來評論蘇軾的詩？

潘淳（或作錞），字子真，師事黄庭堅，是黄氏盛贊的晚輩②，與江西詩派人物結社交遊③，建中靖國元年（1101）因陳瓘與蔡京的争鬥免官隱居，卒年大概在高宗紹興元年（1131）之前④。其《詩話補遺》已經失傳。據張伯偉考察，"如果將宋代詩話的寫作年代逐一考訂，則可以發現一個有趣的現象，即絕大多數是晚年所作"⑤。潘淳的《詩話補遺》也應成書於晚年隱居時期（徽宗朝中後期），據"補遺"之名更可能是其去世後由他人編集刊刻。黄庭堅卒於徽宗崇寧四年（1105），看到潘淳《詩話

① 杜诗原句是"焉知肘腋祸，自及枭獍徒"（《草堂》）。

② 黄庭堅《書倦殼軒詩後》云："因五甥又得潘延之之孫子真，雖未識面，如觀虎皮，知其嘯於林而百獸伏也。"見（宋）黄庭堅撰，劉琳、李勇先、王蓉貴校點：《黄庭堅全集》，四川大學出版社，2001年版，第742頁。

③ 張元幹《蘆川歸來集》卷九《蘇養直詩帖跋尾六篇》之甲卷云："往在豫章問句法於東湖先生徐師川，是時洪芻駒父、弟炎玉父、蘇堅伯固、子庠養直、潘淳子真、吕本中居仁、汪藻彦章、向子諲伯恭，爲同社詩酒之樂。"見（宋）張元幹：《蘆川歸來集》，上海古籍出版社，1978年版，第173頁。

④ 吴肖丹：《潘錞生平及〈潘子真詩話〉補考》，《文教資料》2010年第4期，第38~40頁。

⑤ 張伯偉：《宋代詩話産生背景的考察》，《中國詩學研究》，遼海出版社，2000年版，第265頁。

《補遺》的可能性微乎其微，遑論還借用其觀點評論蘇詩！

黃庭堅名下另外六條注釋皆徵引其他文本：

> 卷三宮殿類《奉敕祭西太一和韓川韻四首》其二"玉璽親題御筆，金童來侍天香"句（前有"次公"注，省）"魯直"注："唐李正封詩：天香夜襲衣。"

按：李正封描寫牡丹的名句"國色朝酣酒，天香夜染衣"歷來爲人所稱道，而且卷十四《述古聞之明日即來坐上復用前韻同賦》程縯注同引而更加詳細："唐玄宗内殿賞牡丹，謂穆修己曰：'今京邑詩誰爲首出？'修己曰：'李正封詩：天香夜染衣，國色初酣酒。'時楊妃侍側，上曰：'粧臺前飲以紫金醆。'則正封之詩見矣。事見《南部新書》。"

> 卷三堂宇類《南堂五首》其二"故作明窗書小字，更開幽室養丹砂"句，"魯直"注："按先生《與王定國書》云：'近有人惠丹砂少許，光彩甚奇，固不敢服。然其教以養火，觀其變化，聊以悦神度日。'"按：黃庭堅一般用"公"指第三人稱時的蘇軾。

> 卷五寺觀類《宿臨安净土寺》"石鏡炯當路，昔照熊虎姿"句，（"縯"、"彦忠"注省）"魯直"注："《太平寰宇記》云：'山之東峰有石鏡，徑二尺七寸，其光如鏡。'《五代史》記云：'昭宗改爲衣錦山。'"

> 卷八江河類《河復並序》"巨野東傾淮泗滿，楚人恣食黄河鱣"句，（"次公"注省）"魯直"注："魏武帝四時食制鱣魚，大如五鬥，齒長一丈。郭璞注《爾雅》：'鱣魚長二丈。'"

> 卷十二書畫類《題王晉卿畫後》"醜石半蹲山下虎"句，"魯直"注："《前（漢）李廣傳》：'廣出獵，見草中石以爲虎而射之，中石没矢。'"

> 卷十九酬答類下《丹元子示詩飄飄然有謫仙風氣吳傳正繼作復次其韻》題注，"魯直"曰："王希明纂《天文圖》有丹元子《步天歌》一卷傳於世，蓋星曆之學也。"按：鄭樵《通志》卷六十八著録"丹元子《步天歌》一卷。唐右拾遺内供奉王希明撰"，而蘇詩的"丹元子"顯然指友人，查慎行《蘇詩補注》認爲即蘇軾所稱"丹元姚先生"。

以上黃庭堅名下的注釋皆以徵引爲注，所引乃《爾雅注》《漢書》《五代史》《太平寰宇記》等常見書籍和名詩名句以及一處蘇軾原文，爲進一步的補充，並無多少發明創見。難以想像善於用典、不喜俗語的詩壇巨擘黃庭堅會特意注出李廣射石這樣常用的典故，也不會不知"丹元子"乃蘇軾對朋友的戲稱，還拙劣地比附唐人，一般來説他也不會用"先生"來稱謂蘇軾。這些都與黃庭堅的身份、學識乃至言語習慣不符。

　　類似注釋内容與注家身份、學識水準不匹配的情況還有很多，比如得蘇黃親炙的秦觀字少儀（注中多稱字，故特意標明）、元勋字不伐、蘇庠字養直、曾紆字公衮、王銍字性之等人及江西詩派陳師道字無己、洪炎字玉父、韓駒字子蒼、王直方字立之以及汪藻字彦章、劉子翬（注中皆稱名）、胡銓字邦衡等詩人學者，本應對蘇詩有更個人化、更靈活的理解，但"百家注"他們名下的注釋往往在早期集注本注家的注釋之後踵事增華，補充徵引圖經、雜説等或杜詩韓句裏的出處，並無多少新意發明，不合情理。

　　再看可以確定注釋來源的部分。輯評輯注只要來源清楚可信，不一定得是專門注家所爲。如胡仔在《苕溪漁隱叢話》中有許多關於蘇詩的談論，"百家注"的編者在胡仔名下引録《苕溪漁隱叢話》的相關内容，也可視作真的注釋。然而，"百家注"的編者並未認真踐行這一輯注工作，而是粗率、隨意地分配他人注釋與題名注家。

　　以胡仔的注釋爲例。卷七《癸丑春分後雪》"却作漫天柳絮飛"句"仔"注："世傳王淡交雪句'似梅花落也，如柳絮因風'與坡詩全相類，豈偶然邪？"此段論説亦見於《苕溪漁隱叢話·前集》卷二十九：

> 　　苕溪漁隱曰："東坡雪詩有'飛花又舞謫仙檐'之句，余讀李謫仙詩'好鳥迎春歌後院，飛花送酒舞前檐'，恐或用此事也。'應慚落地梅花鐗，故作漫天柳絮飛'，世傳王淡交雪句'似梅花落地，如柳絮因風'與坡詩全相類，豈偶然邪？'遺蝗入地應千尺，宿麥連雲有幾家'，蓋蝗遺子於地，若雪深一尺則入地一丈，麥得雪則滋茂而成稔歲，此老農之語也。故東坡皆收拾入詩句，殆無餘蘊矣。"[1]

卷七《謝人見和前篇二首》之一"飛花又舞謫仙檐"句亦有"仔"注：

---

① （宋）胡仔撰，廖德明校點：《苕溪漁隱叢話·前集》卷二十九，人民文學出版社，1962年版，第 204 頁。

"李白詩：'飛花送酒舞前檐。'"《雪後書北臺壁二首》之二"宿麥連雲有幾家"句"仔"注："蝗遺子於地，若雪深一尺則入地一丈，麥得雪則滋茂而成稔歲，此老農之語也。"又卷二十二《送張嘉州》詩末"仔"注："此詩中兩句全是李謫仙詩，故繼之以'謫仙此語誰解道，請君見月時登樓'之句。此格本出於李謫仙，其詩云：'解道澄江净如練，令人還憶謝玄暉。'蓋'澄江净如練'即玄暉全句也。後人襲用，此格愈變愈工。"此段亦出自《苕溪漁隱叢話・前集》卷四十二。

但是，此類從詩話中輯出的詩注在"胡仔""仔"名下的注釋中占比不大。胡仔共有 35 條注釋，大多爲繫年、注釋典故出處或徵引他文以呈現蘇詩某一方面的意義。這些注釋與詩話詩評在內容及敘述方式上有所區別，不見於現存胡仔作品，也不應當出自胡仔的佚文。即是説，"百家注"的編者並未有效利用《苕溪漁隱叢話》，諸如《澄泥硯》《橄欖》《荔支嘆》《用前韻再和許朝奉》等詩，胡仔皆有論説，却未被"百家注"吸收引用。

儘管如此，胡仔可謂唯一受到"百家注"編者尊重的詩話作者。其他注家如陳師道名下並不引《後山詩話》，王直方名下也不引《王直方詩話》（又稱《詩文發源》《王立之詩話》），反而是其他注家時有徵引。比如卷三《歸真亭》詩末"子敬"注："王直方《詩文發源》云：'鼅趺，碑座也。'"卷八湖類《西湖戲作》題下"信民"注："《詩文發源》云：'杭有西湖，而穎亦有西湖……'"其餘還有"玉父"注、"伯恭"注、"居仁"注、"善權"注、"孝祥"注等，都引用王直方的詩話內容。然而，王直方本人名下的注釋只有兩條，一引《新城縣圖經》（卷一《新城道中二首》其一），一引杜詩詩句（卷三《中隱堂詩》其一）。

顯然，在詩話作者爲注家的情況下，"百家注"的編者並未仔細核對這些被引用的詩話內容與注家的對應關係，而是比較隨意地分配注釋內容與注家。這種隨意性，不僅體現在本應屬於詩話作者名下的內容歸於他人，也表現爲那些引用詩話筆記著作的注家實際不太可能如此徵引注釋或評論。

比如"百家注"中引用《王直方詩話》的注者多爲王直方（1069—1109）同時代人，如汪革（字信民，1071—1110）、洪炎（字玉父，

1067—1133)、釋善權①，"子敬"可能指林敏修，"居仁"②可能是吕本中
(1085—1145)，皆是北宋末江西詩派中的人物。然而，細看他們引用的詩
話内容，《西湖戲作》"信民"注："《詩文發源》云：杭有西湖，而潁亦有
西湖，皆爲遊賞之勝。東坡連守二州，其到潁有《謝執政啓》云：'入參
兩禁，用玷北扉之榮；出典二邦，輒爲西湖之長。'"汪革幾乎與王直方同
歲，生活時代也與蘇軾（1037—1101）相近，如果他要介紹蘇軾與潁州西
湖的淵源，完全可以同王直方在詩話中的表述一樣，徑直叙述即可，並不
需要引用時人的著作，因爲這段文字並無王直方個人獨特的見解，只有時
代稍後者才需要引録話題對象同時代人的講述。王直方的此段詩話内容即
被胡仔（1110—1170）《苕溪漁隱叢話·前集》卷四十一轉載。類似的例
子還有卷二十二《仲元覜王元直自眉山來見予……》之五"善權"引《詩
文發源》中關於王慶源的人物簡介、卷二十《次韻宋肇惠澄心紙二首》
"居仁"引《詩文發源》中談論蘇軾時代澄心堂紙异常珍貴的文字。於情
於理，釋善權、吕本中都不會引用這些内容解釋説明蘇詩。

　　"百家注"中被引用的宋人詩話筆記還有範鎮《東齋記事》、釋文瑩
《湘山野録》、沈括《夢溪筆談》、陳正敏《遯齋閑覽》、劉安世《元城先生
語録》、葛立方《韻語陽秋》、潘淳《詩話補遺》、魏泰《東軒筆録》以及
蘇軾《（東坡）志林》。它們的引用者從蘇黄後學到王十朋的親友僚屬，人
數衆多，並無規律。也就是説，"百家注"的編者比較隨意地分配注釋内
容與注家，並没有嚴謹地核對注釋來源。從注釋内容與所屬注家不完全一
致的角度來看，"百家注"即是一種僞托。

　　此種僞托的重要表現是注釋往往具有可替換性。"百家注"新增注家
的注釋大多爲徵引其他文本，不像趙次公、師尹那樣在徵引前後會有解説
評論，顯示出注家自己的審美或價值判斷。如果把"百家注"某一新增注
家名下的注釋改換到其他任何一位的名下，一般來説並無違和感，不會影
響對詩句的理解。

　　以與王十朋親厚的兩位弟弟爲例，王百朋有一條注釋，在卷十《寒蘆

---

　　①　詩僧善權具體生卒年不詳，當在南北宋之際，與蘇庠、饒節、韓駒等交遊。參見伍曉
蔓：《江西宗派研究》，巴蜀書社，2005 年版，第 315～318 頁。

　　②　吕本中不見於姓氏目録，故也可能是著名杜詩分類者徐居仁。

港》李厚、趙次公注後引《水衡記》："黄河二月、三月水名桃花水。"王壽朋共三條注釋，分別是卷十《褉亭》引鄭雲叟詩句、卷十一《書林次中所得李伯時〈歸去來〉〈陽關〉二圖後二首》之一題注引《林氏家譜》簡介人物生平、卷二十二《送鄧宗古還鄉》趙次公注後云："《晋志》云：齊有甘德，魏有石申，夫皆掌天文。"這些注釋没有用注家自己的言語進行解説，即使被替換也無甚影響。此種可替換性也説明這些注釋並不需要是王十朋的親近者才能注出、才能被收集到，編者可以任意分配注家與注文。而當注釋並非出自題名注家之手，從性質上來説，便是僞托。

三、注本的成書過程：集中補注分類再編輯分配

"百家注"新增注家的注釋在方法與内容方面都有明顯的共同特徵，從這一點切入可以還原此本的成書過程。

注釋方法方面，以篇幅適中而新增注家算多的卷一紀行類《是日至下馬磧，憩於北山僧舍、有閣曰懷賢，南直斜谷，西臨五丈原，諸葛孔明所從出師也》爲例説明：

> 南望斜谷口，三山如犬牙。西觀五丈原，鬱屈如長蛇。［次公］按《長安志》引《水經注》曰："斜水北歷斜谷，過五丈原，亦謂之武功水。"又曰："武功，盖在渭水南、郿縣北。"是今先生禱雨於虢縣之磻溪，故所經由，望見郿縣之五丈原。［李商老］唐李筌曰："營壘之法據山憑岡，如蟠龍走蛇。"有懷諸葛公，萬騎出漢巴。［續］按《蜀志》："建興十二年，諸葛亮悉大衆由斜谷出，以流馬運，據武功五丈原與司馬仲達對於渭南，分兵屯田爲久駐之基。"吏士寂如水，蕭蕭聞馬撾。公才與曹丕，豈止十倍加。［厚］《諸葛亮傳》："先主病篤，召亮謂曰：'君才十倍曹丕，必能安國家、定大事。'"顧瞻三輔間，［季（李）希聲］《三輔黄圖》曰："三輔，治所京兆，在故城内尚冠里；馮翊，在故城内太上皇廟西南；扶風，在夕陽街北。三輔者，謂主爵中尉及左右内史。漢武帝改曰：京兆尹、左馮翊、右扶風，共治長安城中，是爲三輔。後漢光武之後，扶風出治槐里，馮翊出治高陵。"勢若風卷沙。一朝長星墜，［續］《諸葛亮傳》注載《晋陽秋》曰："有星赤而芒角，自東北西南流，投於亮營，俄而亮卒。"

竟使蜀婦髽。[厚]《記》曰："婦人髽而吊也。"自敗於狐駘始也，蓋
魯臧紇敗於狐駘，國人逆喪者皆髽。[次公]言緣亮之死，将遂敗亡，
而蜀士卒之妻，服其夫之喪而髽。山僧豈知此，一室老烟霞。往事逐
雲散，故山依渭斜。[次公]按《長安志》引《水經》曰："渭水經行
武功縣北。"則渭在此矣。客来空吊古，清泪落悲笳。

此詩五古十句，五位注家共九條注釋。詩記遊咏古，對讀者来説可能在地
理、史事有理解難度，徵引相關典籍是各位注家最主要的注釋方法，這樣
的注文趙次公、程縯、李厚各有兩條，李錞一條（引《三輔黄圖》）。另外
一位新增注家李彭徵引唐人語句指出蘇詩可能的化用所自，爲"無一字無
来處"的注詩風氣添一實例。但趙次公、李厚除了徵引，還會酌情對蘇詩
詩意或典故本身隱曲之處進行解釋説明。正如上章對《前集》各注家注釋
特點的介紹，早期集注本注家的注釋方法靈活多變，多數注家有明顯的個
人特色，而"百家注"新增注家的注釋不僅分量不多，作用相對間接，更
重要的是，注釋方法單一，絶大部分爲徵引其他文本，注家很少對所徵引
的材料作進一步分析解説，也不太注重音義訓詁、歷史背景、文藝品評等
方面。

　　在注釋内容與觀念上，"百家注"也具有一些共性。對照《前集》可
以發現，"百家注"新增注家注釋在内容上最爲明顯的共同特徵是大量援
引各種地方地理著作，像圖經、方志或雜纂等。如《前集》卷四《往富陽
新城李節推先行三日留風水洞見待》只有趙次公兩條注釋，"百家注"新
增了四條：題注"江"引《富陽縣圖經》、詩中"夏"引"先生《詩話》
云……"、"晁"引《圖經》、"張孝祥"引《杭州圖經》。其他詩歌注釋中
諸如《吳郡圖經》《臨安縣圖經》《三輔黄圖》《同安志》《永嘉志》《成都
古今記》《吳興統記》《吳興雜録》等方志地理類書籍也經常被徵引，例多
不一一列舉。

　　除了專門的地理著作，"百家注"新增注家引用詩話、筆記、雜録，
有不少也是爲了注釋詩中的地理因素。如"百家注"卷二十《送錢藻出守
婺州得英字》全詩在《前集》已有注釋的基礎上唯一新增注釋爲"東陽佳
山水"句"信民"注："《韻語陽秋》云：'東陽峴山，去縣三里，舊名三
丘山。'"卷三《奉敕祭西太一和韓川韻四首》題注"子羣"曰："《東軒筆
録》云：'太一宫舊在京城西蘇村，謂之西太一。熙寧初，詔作宫於京城

之東西隅，謂之中太一。'"

新增注家爲注釋地理，不僅徵引書籍的範圍愈趨廣泛，内容也愈趨精細，這與"百家注"中早期集注本注家的注釋很不相同。以佛道二藏的作品爲例，新增注家時常引用《洞天福地記》《天師二十四化記》《真境録》等道家著作，《顧渚山記》《青城山記》《武林山記》《廬山記》《九華山録》等具體到某一山川的載籍也大量見諸注釋。雖然程縯、趙次公等早期蘇詩注家也要注釋詩中涉及的地理背景，但他們大多徵引正史志傳與《太平寰宇記》《水經注》等地理總志，不如新增注家注釋那樣細緻深入。

這種對比體現出"百家注"新增注釋對博物知識的濃厚興趣，以及徵引書籍的精細化、通俗化特點。新增注家時常引用《名畫記》《圖畫見聞志》《香譜》《琵琶録》《歷代寶檀記》《南部烟花記》《漢宮閣記》等注釋書中涉及的具體名物。早期集注本注家並非不引用這些書籍，但新增注釋引用的頻率更高，而且即使面對同類注釋對象，新增注釋引用的書目也有區別。比如佛道類著作，早期集注注家通常徵引《楞嚴經》《大智度論》《維摩詰經》《傳燈録》《列仙傳》《黃庭内（或外）景經》等士大夫精英人士認可的經典文本，有時甚至不標出處或僅稱佛書、道書、道經。但"百家注"新增注釋時常徵引《慈化大師塔銘》、《度人經》、《大還秘契圖》（有時稱《大還丹秘契圖》《大丹秘契圖》）、《紫陽真人周君内傳》、《益州洞庭玄中記》、《通真子瘴論》、《歸藏啓筮》、《清靈真人裴君内傳》、《登真隱訣》等民間更爲流行的宗教書籍，尤其以道藏類居多，基本都標注出處。如卷二十《王頤赴建州錢監求詩及草書》，此詩與《前集》相比，唯一新增注釋是"丹砂伏火入頰紅"句"安國"注引《古嵩子真訣》。卷十九《和猶子遲贈孫志舉》"善權"亦引《古嵩子丹砂行伏丹訣》。

以上指出的"百家注"新增注釋的共同特徵，並非某一位或某一群體注家的特點，而是所有新增注家整體具有的共性。從江西詩派、理學名家到名不見經傳的王十朋親友，名下注釋都有此類援引。也就是說，"百家注"新增注釋在内容上與注釋觀念上具有明顯的共同特徵，應該集中出自某一位或若干位注家之手。

這一點需要結合南宋中期的詩學觀念以及社會文化背景來看。詩歌注釋不僅會因人而异，也會隨着時代詩學觀念與社會闡釋風尚的發展而變化。宋代的詩注觀念，注家注釋的興趣點與注釋目的也是不斷發展變化着的。特別重視文學中的地理因素，並非北宋以及南宋初年的詩學闡釋風尚，這與南宋人對地理的知識興趣積累密切相關。不少學者已經指出，南宋初期中央政府尷尬的處境令地志的編撰權進一步下落到地方與民間，極大促進了地理類著作在社會上的流通傳播，影響着地志的文學化與文學的地理化，反映出人們對地理知識的濃厚興趣。① 可想而知，南宋社會對地理知識的普遍興趣一定得經過一段時間的積累，事實上，無論是強調地理因素的詩賦創作，還是引入詩文勝覽的地理著作，都直到南宋中期才大量湧現並產生代表作品。“百家注”新增注釋表現出的對詩中地理因素的濃厚興趣，所援引的大量地方地理著作，必須以相應地理書籍的流通傳播以及社會整體的文學闡釋新訴求爲背景和基礎。如汪革、劉子翬等北宋末南宋初人，不會那麽巧合地超越時代闡釋風氣，像數十年後的注家那樣強調蘇詩中的地理知識。這種明顯的、共同的注釋興趣點顯然集中出自某一時期。

再略舉例證以説明。“百家注”新增注釋時常同一首詩徵引同一書籍，却分屬不同注家。如卷五寺觀類《秀州報本禪院鄉僧文長老方丈》新增兩條注釋，皆引《洞天記》，分屬“德揚”“幼槃”。其他地方此書亦作《三十六洞天記》，此處省稱也相同，過於巧合。卷十一書畫類上《雍秀才畫草蟲八物》，前四首《促織》《蟬》《蜣蜋》《天水牛》除第三首外，每首題注皆引《遯齋閑覽》，注家却分別是“無己”“秦”“十朋”。卷十四花類《再和楊公濟梅花十絶》新增只有“十朋”與“邦衡”的兩條注釋，皆引《香譜》，也過於巧合。

另外，卷八湖類連續兩首詩《次韻趙德麟西湖新成見懷絶句》《再次韻趙德麟新開西湖》題注皆爲“饒”注，分別是“此潁州西湖”“此亦潁州西湖”。一個“亦”字顯示出此語作者面對的是如此編次的蘇詩集本，而非閑談中對某詩偶然、隨意的評論。饒節不太可能會特意標明趙德麟詩中西湖非杭州西湖乃潁州西湖，這顯然是注釋統編者的僞托。

那麽，結合“百家注”僞托的性質，其具體的成書過程可以推定。

---

① 參見郭聲波：《唐宋地理總志從地記到勝覽的演變》，《四川大學學報（哲學社會科學版）》2000 年第 6 期，第 86～92 頁；潘晟：《宋代圖經與九域圖志：從數據到系統知識》，《歷史研究》2014 年第 1 期，第 79～96 頁。

"百家注"以編撰者爲王十朋炫目招徠，新增的其他注家實際上也多爲托名。即是説，"百家注"一書的分類及編注，應該是南宋中期的書商委請若干位文士先集中補注分類，再統一編輯，分配注釋内容與注家。其分類者並非吕祖謙，編撰者亦非王十朋。這種僞托方式不同於"僞洙注""僞蘇注"，並没有生造事實，只是注釋内容與題名注家不完全一致，仍是南宋人的注釋成果，主要反映南宋中期社會中下層人士的詩學闡釋觀念，在文獻及詩學闡釋學方面都有重要的價值與意義。

第三節　注本分類體例的特點

分類反映的是人們對事物屬性的認識，是人類認知世界的基本方式，類目的設置没有絶對的對錯，只有相對合理與否。"百家注"的分類結果正是其分類者對蘇詩認識的體現，有個人性也有一定的歷史性。如果把宋人對詩歌的不同分類結果聯繫起來看，視宋代詩集分類爲一個整體，會發現"百家注"的分類並不孤立、偶然，其實反映着特定的詩學觀念。而作爲詩歌注本的編排體例，分類本身同注釋一樣，是人們對詩歌理解與闡釋的結果。因而，注本分類體現的詩學觀念實際上也是注本注釋觀念的有機組成。"百家注"與現存其他宋代蘇詩注本相比，最大的體例特色即分類，此點頗有詩學闡釋的價值。

一、類目的來源：直接承襲杜詩分類注本

黄善夫家塾本"百家注"把蘇詩分爲二十五卷、七十九類[①]，類目如下：

---

① 學者一般以爲建安虞平齋務本書堂本（即《四部叢刊》本）"百家注"與黄善夫本稍有不同，分爲七十八類，即把"星河"類附於"月"類，如劉尚榮《蘇軾著作版本論叢》所言。其實二者並無差别。兩種版本在卷首詩目録及正文中皆云"月星河附（筆者按：星河字體較小）"，之所以認爲黄善夫本"星河"爲獨立的一類，是因爲此本在詩目録前有一單獨的《百家注東坡先生詩門類》，"星河"與"月"分開單列，故以黄善夫本爲七十九類。問題是虞平齋務本書堂本並無單獨的《詩門類》，只能依據詩目録與正文來計算，故稱其分爲七十八類。實際上兩本的分類完全一致，如果給虞平齋務本書堂本"百家注"製作一個單獨的《詩門類》，其類數亦當爲七十九。

> 紀行、述懷、咏史、懷古、古迹、時事、宮殿、省宇、陵廟、墳塋、居室、堂宇、城郭、壁塢、田圃、宗族、婦女、仙道、釋老、寺觀、塔、節序、夢、月、星河、雨雪、風雷、山岳、江河、湖、泉石、溪潭、池沼、舟楫、橋梁、樓閣、亭榭、園林、果實、燕飲、試選、書畫、筆墨、硯、音樂、器用、燈燭、食物、酒、茶、禽鳥、獸、蟲、魚、竹、木、花、菜、菌蕈、投贈、戲贈、簡寄、懷舊、尋訪、酬答、惠貺、送別、留別、慶賀、遊賞、射獵、題咏、醫藥、卜相、傷悼、絕句、歌、行、雜賦

其中“釋老”“燕飲”“書畫”“懷舊”“題咏”分上下，分在兩卷，“酬答”“送別”分上中下，分在三卷。

如果不孤立地看待這一類目，而是聯繫其他分類注本的類目進行總體觀照，可以發現“百家注”的類目與署名徐居仁編次、黃鶴補注的《集千家注分類杜工部詩》重合度非常高，其類目（《集千家注分類杜工部詩門類》）如下：

> 紀行、述懷、懷古、古迹、時事、邊塞、將帥、軍旅、宮殿、宮詞、省宇、陵廟、居室、鄰里、田圃、皇族、世胄、宗族、婚姻、外族、仙道、隱逸、釋老、寺觀、四時、節序、晝夜、夢、月、星河、雨雪、雲雷、山岳、江河、陂池、溪潭、都邑、樓閣、眺望、亭榭、園林、果實、池沼、舟楫、梁橋、燕飲、文章、書畫、音樂、器用、食物、鳥、獸、蟲、魚、花、草、竹、木、投贈、簡寄、懷舊、尋訪、酬答、惠貺、送別、慶賀、傷悼、雜賦、絕句、歌、行[①]

“百家注”與此種杜詩類編注本皆分為二十五卷，七十餘類，類別名稱、排列順序大多相同，甚至一些細節之處也一致，在附類的選擇上，比如兩書詩目錄與正文皆以“星河”作為“月”類的附類。顯然，兩種類目有所淵源承續。從表面來看，《集千家注分類杜工部詩》注家還有劉辰翁、文天祥等晚宋人，編刻時代晚於蘇詩“百家注”，似乎是前者分類承續自後者。然而實際情況並非如此。

---

① （宋）徐居仁編次、（宋）黃鶴補注：《集千家注分類杜工部詩》，《日本宮內廳書陵部藏宋元版漢籍選刊》第119冊，上海古籍出版社，2012年版，第33~36頁。

　　《集千家注分類杜工部詩》國內現存最早爲元刊本數種，注家姓氏目錄分"唐賢、宋賢、時賢"，時賢僅有劉辰翁，宋賢有黃鶴、謝枋得、文天祥等，亦包攬了蘇詩、杜詩題王狀元編注本姓氏目錄的大部分注家。這些元刊本顯然在元代重新編刻，那麼宋刻原貌究竟如何？能否確定元刊本有哪些改動？

　　日本島田翰《古文舊書考》卷二《宋槧本考》著録了目前唯一的宋刻《集千家注分類杜工部詩》，"《集千家注分類杜工部詩》二十五卷（紹定槧本，附元槧本數通）"條云："宋槧本缺首尾序跋，首有目録，次集注姓氏，目録末有'紹定辛卯趙氏素心齋鏤刻施行'十三字。題'集千家注分類杜工部詩卷之一'，次行'東萊徐居仁編次。臨川黃鶴補注'二行聯署，次行'紀行上'三字，又次行'古詩四十首'五字，又次行'北征'二字，以下記注文。"① 此本乃島田翰父親所得，"而先大夫所獲，則宋紹定辛卯婺州刻本，其分卷、題署並與御府元本同"②。

　　島田翰認爲此本乃徐居仁編次並略加集注、黃鶴再補注：

　　　　《集千家注分類杜工部詩》廿五卷者，宋東萊徐居仁所輯纂編次，而臨川黃希及其子鶴所補注也。鶴之補注，在就居仁排纂《千家注》本，取父及己説補續之，非謂取他説補居仁所未及收。……而其所載諸説，則昌黎韓氏以下七十五家，至鳳臺王氏而止。王彥輔增注成於政和初，是則徐氏之編成蓋在政和、紹興間。政和之與嘉定，其相距又幾歲，若鄭印、魯訔，皆卓卓可觀，而是書俱不援引，且七十五家之説皆標其姓，希及鶴説則稱希曰、鶴曰。由是言之，鶴未嘗加增減於徐氏書，無論郭知達《九家注》、蔡夢弼《草堂詩箋》，即精審如鄭印、魯訔二注，亦未之有補增也。於是可見，鶴之補注謂取父及己説補之，非謂取他説補之也。③

　　根據島田氏的著録，張忠綱《杜集叙録》稱："趙氏素心齋婺州翻刻本，

---

　　① ［日］島田翰撰，杜澤遜、王曉娟點校：《古文舊書考》，上海古籍出版社，2014 年版，第 199 頁。

　　② ［日］島田翰撰，杜澤遜、王曉娟點校：《古文舊書考》，上海古籍出版社，2014 年版，第 198 頁。

　　③ ［日］島田翰撰，杜澤遜、王曉娟點校：《古文舊書考》，上海古籍出版社，2014 年版，第 197~198 頁。

刻於宋紹定四年（1231），則初刻當在嘉泰、嘉定（1201—1224）間。"①
大概依據是黃希、黃鶴父子的《黃氏補千家注紀年杜工部詩史》成書於嘉
定丙子（筆者按：即寧宗嘉定九年，1216）。

　　然而，島田氏的著録疑問頗多。第一，其認爲黃鶴直接參與了編著
《集千家注分類杜工部詩》的活動，這一判斷失實。黃氏父子積三十餘年
之力才編成《黃氏補千家注紀年杜工部詩史》一書，黃鶴本人以及時人董
居誼、吳文皆有講述成書經過的詳細序跋，且此書分體編次、力求爲杜詩
準確繫年，黃鶴没有動機與必要再爲一個分類本進行專門補注，内容還完
全重復舊作。應該是其他人利用已經編成的《黃氏補千家注紀年杜工部詩
史》，節録其中内容而已。

　　第二，《集千家注分類杜工部詩》乃徐居仁編次並初步集注，亦不太
可能。徐居仁的生平經歷，目前可考者少，僅知其名宅，以字行，曾任六
合縣尹。陳振孫《直齋書録解題》卷十九著録："《門類杜詩》二十五卷：
稱東萊徐宅居仁編次，未詳何人。"陳振孫未稱此書有注亦或徐居仁有其
他注本，則《門類杜詩》很可能只是一個分類編次的白文杜詩集。與此印
證者，島田翰自己也提到日本有一御府儲藏舊刊覆宋本，"題《集千家注
分類杜工部詩》，署'東萊徐居仁編'。其書雖不過殘本十五卷，惟其體例
則可考。據其不載注文，蓋從《千家注》本所録出也"②。日本澀江全善、
森立之《經籍訪古志》卷六亦著録一個白文分類本《集千家注分類杜工部
詩》十五卷（舊刊本　保素堂藏），云：

　　　　卷首題"東萊徐居仁編"。每半板十一行，行二十一字。此本無
　　注文，就題目考之，蓋據《千家注分類》本單録出文本者。相其板
　　式，當足利氏時所刊。每册首有"翠竹黃華"印，末記"持地庵公
　　用"五字。③

尚不能確定這兩種杜詩白文本是否爲同一種，但皆僅題徐居仁編，則不應
無中生有地把其他集注之事亦歸於徐氏。

---

①　張忠綱：《杜集叙録》，齊魯書社，2008 年版，第 103 頁。
②　［日］島田翰撰，杜澤遜、王曉娟點校：《古文舊書考》，上海古籍出版社，2014 年版，
第 198 頁。
③　［日］澀江全善、森立之等撰，杜澤遜、班龍門點校：《經籍訪古志》，上海古籍出版社，
2014 年版，第 209 頁。

　　第三，島田氏稱紹定槧本的注釋內容除黃氏父子補注外，舊注只有
"昌黎韓氏以下七十五家，至鳳臺王氏而止"，時代最晚的注家是北宋人王
得臣（1036—1116）。王得臣有《增注杜工部詩集》四十九卷，自序作於
徽宗政和三年（1113），距黃鶴書成之寧宗嘉定九年（1216）相差百年。
應該是爲了解釋這一奇怪現象，島田氏才認定徐居仁原書不僅編次亦集注
王得臣以上七十五家的舊注，而"鶴未嘗加增減於徐氏書"。筆者統計元
刊本《集千家注分類杜工部詩》卷首《集注杜工部詩姓氏》，發現自"唐
賢昌黎韓氏"以下至"鳳臺王氏"正好七十五家，此業末尾是王得臣之子
王澂（筆者按：應爲澂）與其子王端仁，因輔助年老病目的王得臣編書得
以列名。元刊本姓氏目録其後還有七十九位注家，包括趙次公、洪興祖、
蔡夢弼、黃鶴等人，亦有"東萊徐氏字居仁編次門類詩"。如此巧合，顯
然更可能的情況是島田氏看到的紹定槧本姓氏目録殘缺，而其並未仔細閱
讀書中注釋內容，僅憑姓氏目録稱此本注釋除黃氏父子補注外餘皆爲王得
臣之前的數位注家。

　　綜上，鑒於島田氏的著録不可全信，紹定槧本《集千家注分類杜工部
詩》的原貌與初刻時間難以遽斷，然而，能夠確知的是，《集千家注分類
杜工部詩》的編次分類與書中注釋內容應該有分別的來源，才會出現同一
書名、同樣的分類卷次而有白文本、不同宋元注本的複雜情況。而其編次
分類最爲穩定，來源應當較早且在當時有一定影響力。

　　事實上，若把現存分類編次的宋代杜集注本一一比對，可以發現它們
的分類結果極爲相似。根據避諱字可推定爲寧宗時（1195—1224）建安刻
本的闕名編《分門集注杜工部詩》二十五卷亦分七十二門，與《集千家注
分類杜工部詩》的類目基本相同，"但此本'千秋節'、'寄題'、'疾病'
三門，與徐本'絕句'、'歌'、'行'三門，互不兼有"[①]。而且類別卷次
不同，《分門集注杜工部詩》以"月門""星河門""雨雪門"領起，"竹
門""木門""雜賦門"收束。另外《分門集注杜工部詩》的"登眺門"，
《集千家注分類杜工部詩》作"眺望"類。

　　不過，仔細核對，又可發現上述差異並非分類觀念的區別，更多由編
輯方式不同導致。《分門集注杜工部詩門類》共有七十二門，大多情況並

---

① 張忠綱撰：《杜集叙録》，齊魯書社，2008年版，第86頁。

不區分附類，如把“月門”“星河門”分開作爲兩類，因此在其書中卷三作爲“節序”附類的“千秋節”在專門的《詩門類》中被單獨算作一門，而《集千家注分類杜工部詩門類》只有“節序”類，在書中才標明附類“千秋節”。同樣，“疾病”其實也是“述懷”的附類，在書中卷十三作“述懷下病附”。稍微特殊的是《分門集注杜工部詩門類》中的“寄題門”，其在書中卷七寫作“題人居室”，而《集千家注分類杜工部詩門類》並無“寄題”類，書中卷七却增加了“題人居壁”類。即是説，兩書的實際分類皆有“千秋節”“疾病”“題人居室（壁）”類，只是在書前專門的《詩門類》中呈現方式略有不同。

再看表面上《集千家注分類杜工部詩》才有的“絶句”“歌”“行”類，實際上兩書卷二十五的分類內容完全相同，只是它們的排列方式較爲特別，以至《集千家注分類杜工部詩門類》把這三種體裁也當作單獨的類別。兩種杜集注本在分類之下又分詩體裁，除了最後卷二十五的“雜賦”類，其餘諸類皆是先古詩、後律詩的排列方式。而兩書中“雜賦（門）”下云：“古詩十三首、律詩六首、絶句二十七首、歌九首、行十七首。”接着直接陳列古律詩詩題，之後却又分別以“絶句”“歌”“行”單領一行，再提示此種體裁下的詩歌。如此，從形式上就很容易把單領數詩的“絶句”“歌”“行”亦當作專門的詩類。至於兩書分類卷次不同，正如王欣悦所説：“如同一函書册散落在地後，被重新拾起隨意相疊而產生的區別。”[1] 兩書的分類類別名稱與所涵蓋的詩歌大致相同，在同一卷的起始亦相同，只是卷次先後被打亂而已。

與這兩種注本情況類似，目前殘餘一卷的《門類增廣集注杜詩》有“皇族”“世胄”“宗族”“婚姻”“外族”類，恰可對應《分門集注杜工部詩》卷九或者《集千家注分類杜工部詩》卷八。僅存六卷的《門類增廣十注杜工部詩》卷一爲“紀行”古詩四十首，卷二爲（紀行）律詩三十六首，“述懷”古詩二十四首。剜改標明的卷三有“鄰里”“題人居室”“田園”類，卷四有“皇族（世胄附）”“宗族”類，卷五有“仙道”“隱逸”“釋老”“寺觀”類，卷六有“四時”類。相當於《門類增廣集注杜詩》的卷十一、十二、七、九、八、二，或者《集千家注分類杜工部詩》的卷

---

[1]　王欣悦：《南宋杜注傳本研究》，復旦大學博士學位論文，2013 年，第 83 頁。

一、二、七、八、九、十。作僞剜改版心卷次者依據的應是《集千家注分類杜工部詩》，而收藏此本的中國國家圖書館選擇據《分門集注杜工部詩》勘正其目次，大概如張忠綱所言："細檢每卷詩次與所引注文，則更接近宋刻本《分門集注杜工部詩》。"①

以上表明，南宋杜集分類注本的類目一脉相承，都指向同一個來源。由《分門集注杜工部詩》與《集千家注分類杜工部詩》的姓氏目錄皆在"東萊徐氏"下小字注"字居仁編次門類詩"可推知，徐居仁編次的《門類杜詩》所分類目應是後來南宋所有杜集分類的直接源頭，亦是蘇詩"百家注"分類最重要的參考。"百家注"的類目與南宋類編杜集的類目甚爲相似，而類名、類數、類別的起始排列等，又與其中的《集千家注分類杜工部詩》類目重合度最高。

再補充説明幾個問題：稍有差異的《分門集注杜工部詩》與《集千家注分類杜工部詩》的分類哪個更接近最初徐居仁《門類杜詩》的類目？筆者以爲目前的證據皆不足以完美解答這一問題，然而從情理推測，前者的可能性更大。從目前可確信的版本來看，前者成書更早，而且在情理、邏輯方面，《分門集注杜工部詩》以"月門"領起的分類不如《集千家注分類杜工部詩》類目合理，有可能是後出轉精的結果。再從兩書類目"雜賦（門）"的情況來看，"雜賦（門）"的古詩、律詩實際上包括了一些"絕句""歌""行"，如《少年行二首》《少年行》等，之後又有"絕句""歌""行"詩類，則可能是書已分類之後再增補的作品，所以后來人才會誤把這些體裁亦作爲詩歌題材的類別列入專門的《詩門類》。不過即便如此，《集千家注分類杜工部詩》的類目也不會形成太晚，至晚在寧宗時代已經完成對《分門集注杜工部詩》類目的改良，因爲成書於寧宗時的蘇詩"百家注"獨獨與其最相似。而且白文本徐居仁編次的《集千家注分類杜工部詩》，也説明《集千家注分類杜工部詩》的分類方式在南宋有一定影響力，較爲流行，故而此種分類方式被坊賈編書時相互借鑒、沿襲也就不足爲怪了。

至於徐居仁的分類有無借鑒？徐居仁的確並非最早爲杜詩分類者，早在北宋已有陳浩然編《析類杜詩》，故清代仇兆鰲《杜詩詳注》的凡例稱：

---

① 張忠綱：《杜集叙録》，齊魯書社，2008 年版，第 79 頁。

"分類始於陳浩然。"① 可惜陳氏原書已佚，僅存蔡夢弼《杜工部草堂詩箋》所載溫陵宋誼於元豐五年（1082）二月二十三日所作序文："今兹退休田里，始得陳君浩然授予子美詩一編，乃取其古詩近體，析而類之，使學者悅其易覽，得以沿其波而討其源也。"② 事實上由於《析類杜詩》已佚，此書又未被書目著錄，所以並不清楚它的分類與徐居仁及南宋常見杜詩類目的關係。另外，陳振孫《直齋書錄解題》卷十九在徐居仁《門類杜詩》之後著錄有莆陽方醇道溫叟編《類集詩史》三十卷，只是同樣已佚。

　　另外，徐居仁的生活時代，由於可考者少，《門類杜詩》也已佚失，島田翰推定在北宋末南宋初的依據不可採信，倒是張忠綱《杜集叙錄》根據陳振孫將郭知達《杜工部詩集注》（即《九家集注杜詩》）編在《門類杜詩》之後，推測徐居仁生活於公元 1200 年（筆者按：即寧宗慶元六年）前後，比較符合情理。

二、分類反映出的詩學闡釋觀念

　　蘇詩"百家注"的分類雖然與南宋杜詩的分類重合度很高，但仍有區別，這些區別正體現着宋詩與唐詩、蘇詩與杜詩以及人們對杜、蘇詩歌闡釋觀念的差異。杜詩類目與蘇詩類目的區別主要有兩大方面。第一，類別的設置不同。有一些類別杜詩有而蘇詩無，如邊塞、將帥、軍旅、宮詞、鄰里、皇族、世胄、婚姻、外族、隱逸、四時、晝夜、陂池、眺望、文章、草；有一些類別杜詩無而蘇詩有，如咏史、墳塋、堂宇、城郭、壁塢、婦女、塔、湖、泉石、試選、筆墨、硯、燈燭、菜、菌蕈、戲贈、留別、遊賞、射獵、題咏、醫藥、卜相；還有一些類別名稱小異而大同，如蘇詩"風雷"類杜詩作"雲雷"，蘇詩"禽鳥"類杜詩作"鳥"。

　　大部分杜詩有而蘇詩無的類別正是唐詩的典型題材，如邊塞、將帥、軍旅類。杜甫生活的時代，李唐王朝疆域遼闊、國力强盛，泱泱大國對外與對內戰爭持續不斷，當時許多詩人都走向邊荒關塞投身軍旅，以此爲題材創作了大量詩歌。就杜甫個人而言，其身處安史之亂危局之中，顛沛流

---

　　① （唐）杜甫撰，（清）仇兆鰲注：《杜詩詳注》，中華書局，1979 年版，第 23 頁。
　　② （宋）宋誼：《杜工部詩序》，見華文軒編：《古典文學研究資料彙編杜甫卷》上編唐宋之部，中華書局，1964 年版，第 132 頁。

離，詩中對邊塞風光與軍旅生活的描繪以及對將帥藩鎮的歌咏都出自其親身的經歷與真情實感，故此種題材的創作是其詩歌有代表性的重要類型之一。然而隨着朝代更迭，宋代詩人生活的社會環境已經改變，詩歌的題材也發生了變化。蘇軾生活的北宋社會，太祖開國便定下了重文抑武的基本國策，詩人建功立業的途徑一般來説只有科舉仕進這唯一的道路，加之宋朝在强敵環伺的局勢中軍事力量較弱，邊塞、軍旅等内容也就很少成爲蘇詩的描繪對象，難以形成一種專門的詩歌題材類型。

皇族、世胄、婚姻、外族類也是如此。唐代雖然已經科舉取士，但門閥士族仍然有相當大的勢力，社會觀念依舊推崇世代姻襲的世家大族。宋代則不同，科舉的廣泛推行已經令寒門庶子得以借由讀書作文考取功名躋身官宦階層，没有明顯的階層固化問題，故社會觀念不那麼重視家庭出身，宋代詩人的詩作也相應不再强調"皇族""世胄""婚姻""外族"等概念，因而蘇詩類目只設立了比較中性的"婦女"類。

至於杜詩無而蘇詩有的類别也多反映了宋詩的創作特色。如蘇詩類目在"述懷""懷古""古迹"之外又增添"咏史"類，顯示出蘇軾對歷史的探究愛好與深沉的歷史意識，這也是宋人整體的知識興趣。與宋人相比，唐人對時事更加感興趣，這也得益於唐代社會的開明風氣，所以杜詩在"時事"類外另有"宮詞"類，《集千家注分類杜工部詩》收録的詩歌是《秋興》五首、《洞房》、《宿昔》、《能畫》、《鬥雞》，都涉及唐王朝的宮廷情事。

再如蘇詩類目細緻區分的一些類别，如"器用"類外增設"書畫""筆墨""硯""燈燭"類，雖然邏輯上此種分類子項重複顯得混亂不嚴密，但恰好是有宋一代詩人書齋意趣的體現，凸顯出蘇軾個人創作的特點。唐代詩人也有以筆墨、硯、燈燭等器物爲描繪對象的詩作，但只有到了宋代，這些題材才被賦予了新的情感寄托，"由於不斷地被描摹與被詮釋，許多文房清供在宋代逐漸成爲詩歌中的共識性意象，富含著獨特的審美意藴①。在蘇軾寫作的時候，未必有意專門創作"筆墨""硯""燈燭"類題材的詩歌，他只是在時代士大夫人文品味的影響下出於個人的喜好寫出

---

① 張藴爽：《論宋人的"書齋意趣"和宋詩的書齋意象》，《文學遺産》2011 年第 5 期，第 68 頁。

這些詩歌，但到南宋中期爲蘇詩分類的時候，已經有許多詩人創作了大量以筆墨、紙硯、讀書燈等爲意象題材的作品，在讀者那裏逐漸形成了類別區分的意識，而分類者覺察到這些詩作的代表性與重要性，故而單設類別以方便查找。

與其他類別内容有所重合，即相似性大於相异性的，還有"塔""湖""泉石""酒""茶""菜""菌蕈""戲贈""留别"等新設類別，都反映出宋代詩歌以及蘇詩特有的創作興趣點。如在"仙道""釋老""寺觀"之外設置"塔"類，是由於多與僧人交往的蘇軾的確創作了許多以僧塔爲題材内容的詩作。又如《集千家注分類杜工部詩》"陂池溪潭"類其實在書中是作爲"江河"類的附類（《詩門類》中"陂池、溪潭"爲接下來的兩類），而"百家注"的分類不僅有"江河"，還有"湖""泉石""溪潭""池沼"，劃分更加細緻，也顯示了蘇軾的創作傾向，比如對"泉石"這類不太爲唐詩人重視的題材的鍾愛。還有杜詩類目只設"投贈""送别"類，蘇詩却在這兩類之外增加了"戲贈""留别"類，區分更加具體。

另外，如同唐人的社會生活經歷决定了唐詩有"邊塞""軍旅"等詩類，宋代文人特有的生活經歷也促使宋詩"試選""遊賞""射獵"等類單列。宋代空前重視科舉，試選官員在放榜之前必須鎖院以防泄密，鎖院期間這些官員文人便詩歌唱酬聊以遣興，於是蘇軾所作《監試呈諸試官》《試院煎茶》《催試官考較戲作》《八月十七復登望海樓自和前篇是日牓出與試官五人復留五首》等八首詩便被單列爲一類。

第二，即使相同類别，蘇詩與杜詩所收詩作的數量不同，也反映出蘇軾與杜甫乃至宋詩與唐詩在創作上的某些差异。如下表所示①：

表 3-2

類名	《集千家注分類杜工部詩》詩作數目	《王狀元集百家注分類東坡先生詩》詩作數目
"紀行"類	77	92（目録 91 首）
"述懷"類	77	6

---

① 杜詩注統計底本爲《日本宫内廳書陵部藏宋元版漢籍選刊》第 119~121 册收録影印本《集千家注分類杜工部詩》，蘇詩注底本爲《中華再造善本》叢書收録黄善夫本《王狀元集百家注分類東坡先生詩》。

續表3-2

類名	《集千家注分類杜工部詩》詩作數目	《王狀元集百家注分類東坡先生詩》詩作數目
"咏史" 類	0	8
"懷古" 類	18	2
"古迹" 類	4	37
"時事" 類	76	2
"邊塞" 類	17	0
"將帥" 類	10	0
"軍旅" 類	9	0
"宮殿" 類	8	17
"宮詞" 類	9	0
"省宇" 類	5	8
"陵廟" 類	16	4
"墳塋" 類	0	3
"居室" 類	50	14
"堂宇" 類	0	41
"城郭" 類	0	2
"壁塢" 類	0	2
"鄰里" 類	4	0
"田圃" 類	7	8
"皇族" 類	12	0
"世胄" 類	6	0
"宗族" 類	39	5
"婚姻" 類	3	0
"外族" 類	10	0
"婦女" 類	0	11
"仙道" 類	4	16
"隱逸" 類	6	0
"釋老" 類	16	56
"寺觀" 類	19	59
"塔" 類	0	4

類名	《集千家注分類杜工部詩》詩作數目	《王狀元集百家注分類東坡先生詩》詩作數目
"四時" 類	40	0
"節序" 類	51	43
"晝夜" 類	23	0
"夢" 類	4	10
"月"（附 "星河" 類）	19	17
"雨雪" 類	50	46
"雲雷" 或 "風雷" 類	3	8
"山岳" 類	6	36
"江河" 類（杜詩附 "陂池"、"溪潭" 類）	24	10
"湖" 類	0	26
"泉石" 類	0	31
"溪潭" 類	0	10
"池沼" 類	9	3
"舟楫" 類	13	2
"橋梁" 類	3	3
"都邑" 類	37	0
"樓閣" 類	39	27
"眺望" 類	9	0
"亭榭" 類	11	45
"園林" 類	27	58（正文、目録皆題 57 首）
"果實" 類	12	12（目録題 9 首）
"燕飲" 類	27	44
"試選" 類	0	8
"文章" 類	16	0
"書畫" 類	23	115
"筆墨" 類	0	9
"硯" 類	0	8
"音樂" 類	8	11

續表3-2

類名	《集千家注分類杜工部詩》詩作數目	《王狀元集百家注分類東坡先生詩》詩作數目
"器用" 類	7	10
"燈燭" 類	0	3
"食物" 類	12	5
"酒"	0	12
"茶"	0	12
"鳥" 或 "禽鳥"	33	12（目錄題 13 首）
"獸" 類	15	4
"蟲" 類	3	2
"魚" 類	2	6
"花" 類	16	79
"草" 類	3	0
"菜" 類	0	5
"菌蕈"	0	1
"竹" 類	3	3
"木" 類	14	11
"投贈" 類	7	27
"戲贈" 類	0	29
"簡寄" 類	85	61（正文、目錄題 59 首）
"懷舊" 類	12	34（分上下，"懷舊" 上正文、目錄題 23 首）
"尋訪" 類	16	17
"酬答" 類	8	297（分上中下，"酬答" 中正文、目錄題 91 首，實 95 首）
"惠眖" 類	4	35
"送別" 類	99	170（分上中下，"送別" 中正文、目錄題 75 首，實 80 首）
"留別" 類	0	14
"慶賀" 類	5	15
"傷悼" 類	30	50（正文、目錄題 49 首）
"遊賞" 類	0	57（正文、目錄題 56 首）

類名	《集千家注分類杜工部詩》詩作數目	《王狀元集百家注分類東坡先生詩》詩作數目
"射獵"類	0	5
"題咏"類	0	76（分上下，"題咏"上 33 首，正文、目録題 32 首；"題咏"下 43 首，正文、目録題 42 首）
"醫藥"類	0	3
"卜相"類	0	2
"雜賦"類	19	93（正文、目録題 95 首）
"絶句"類		21
"歌"類		10
"行"類		3（正文、目録題 5 首）

　　從上表可知：佛道題材、書畫類、送别酬答類，蘇軾明顯創作較多，數量上遠超杜詩，而時事、宗族類杜詩又明顯多於蘇詩。這些表現跟蘇軾作爲宋人、杜甫作爲唐人，受到各自時代的社會風貌、詩歌創作風尚的影響有關。

　　宋太宗曾言："浮屠氏之教，有裨政治。"① 其從籠絡人心、輔助教化的角度提倡佛教，佛教在宋代大興，滲透社會的方方面面。尤其禪宗獲得許多士大夫的喜愛，即使一些比較排斥佛教的文臣，如范仲淹、富弼、歐陽修等，實際上對佛禪義理相當了解，也與僧人親近交往。可以説，"宋代是官僚士大夫參禪學佛活動全面展開的歷史時期"② 。道教在宋代也有很大發展，北宋時得到真宗、徽宗的大力扶持，而宋代道教也進一步趨附與利用儒家學説，以内丹術取代外丹術，"把道教的天人感應、因果報應理論與儒家倫理道德觀念"③ 結合起來，獲得了更多的信衆。而蘇軾對於佛道二教，尤其是佛教禪宗，不僅有家學淵源、鄉風熏陶，其個人坎坷的經歷與灑脱的情性也令他的思想與佛禪妙理頗多契合，與佛僧道士多有交

---

　　① （宋）李燾撰，上海師範大學古籍整理研究所、華東師範大學古籍研究所點校：《續資治通鑒長編》第 3 册，中華書局，1995 年版，第 554 頁。
　　② 潘桂明：《中國居士佛教史》，中國社會科學出版社，2000 年版，第 488 頁。
　　③ 劉浦江：《宋代宗教的世俗化與平民化》，《中國史研究》2003 年第 2 期，第 127 頁。

遊。所以，"百家注"中蘇詩的"仙道"類、"釋老"類、"寺觀"類明顯多於杜詩。

"書畫"類亦是如此。蘇詩此類詩作有 115 首，而杜詩僅有 23 首，差距明顯。這是因爲宋代文人的文化水平相對來説普遍較高，文人士大夫多有高雅的審美情趣，書法繪畫之類人文藝術深受喜愛。而蘇軾既是書畫大家，又是文壇領袖，無論是題書、題畫詩，還是品評、討論書畫作品或創作規律的詩歌，都爲數不少。這些詩類作品數量的差异，反映出杜甫與蘇軾所處時代社會風貌與文化趣味的不同。

三、分類的得失

從邏輯合理的角度來看，"百家注"分類之失顯而易見。一是類別劃分標準不一致，既有按題材内容劃分的類別，又有"絶句""歌""行"等體裁類名。這就導致了分類的混亂，比如蘇軾所作絶句不止 21 首，但大部分却按主題内容分在其他類別。二是詩歌歸類不當，如把蘇軾咏子侄的《虎兒》詩入"咏史"類，把《畫魚歌》歸入"書畫"類，殊不知"畫魚"是漁人以杖鈎捕魚的動作，還有《芙蓉城》入"古迹"類等，皆"望題生義"、不明詩意所致。因此，其分類備受後世學者詬病，四庫館臣已經指出："其分類頗多顛舛。"

再從人們認知習慣的角度來看，"百家注"的分類十分瑣細，許多類名之間的相似性大於相異性，使得分類顯得重復，而且在數量上也分配不均。例如"禽鳥""獸""蟲""魚"類其實都是"動物"類，與"竹""木""花""菜""菌蕈"等劃入"咏物"類也未嘗不可。數量上多如"酬答"類近三百首，少則有一兩首的"菌蕈""懷古""時事"等類，完全可以重新調配，大類細分，小類合併，布局才更合理均匀。

事實上後來的注家的確對"百家注"的分類做了調整。元朝以後，"百家注"系統仍據"元版重翻"，基本無變化，直到明萬曆年間，茅維把宋本"百家注"的七十九類拆合爲三十門，清康熙時又由朱從延重刻改爲二十九類，即爲"新王本"。茅維的改動雖把原書二十五卷擴爲三十二卷，並增收無注之"和陶詩"，王永積在文字上也略有變動，但於詩文注釋内容並無大的增删，事實上"新王本"對宋本"百家注"改動最大的地方只有分類。

"新王本"的分類標準更單一、穩定，邏輯上更合理，多設置富有概括性的動詞性類別如咏物類、書事類、寓興類、題咏類，來涵蓋宋本較爲繁雜的名詞性類別。比如咏物類總括禽鳥、獸、酒、魚、筆墨、硯、器用等類，寓興類包括了原來宋本歸爲雨雪、山岳、星河、湖等類的詩歌等等。這種變化是因爲"新王本"的分類者對蘇詩的理解與認知角度與宋人不同。比如《舟中聽大人彈琴》，宋本"百家注"歸爲音樂類，着眼於詩中涉及的琴音雅樂內容，而"新王本"則從詩歌寫作的目的進行歸納，故以其爲書事類。

顯然，從邏輯的角度進行評判，宋本"百家注"不如"新王本"，類目設置不太合理，分類的具體操作也頗多疏誤。然而，正是這樣一個並不合理的類目地反映了蘇軾的詩歌創作傾向與宋人對蘇詩的認識，其與其他宋詩類目的聯繫也體現出某一群體讀者的詩學闡釋觀念。這是因爲任何一種分類都是分類者個人的認知結果，不同的人對同一對象的認識與歸納有可能不同。個人身處特定歷史時代環境之中，又難免受到時代風氣的影響，因此個人的認知具有一定的歷史性，具有闡釋的價值。通過以上諸種比較可知，"百家注"的分類儘管有明顯的失誤，仍然典型反映出宋人對蘇詩的認識觀念，具有豐富的詩學闡釋意蘊，這恰是討論此本分類特點的意義所在。

第四節　注本注釋與編刊整體上的特色

一、注釋的整體特點：全面而簡要

由於"百家注"的注釋內容與題名注者不完全一致，多有僞托，此本的注釋特點更多體現的是編注者的注釋觀念，而且需要從注釋來源分別進行討論。通過與其他注本的比較，可以確定"百家注"的編者在當時流行的"八注""十注"等集注本的基礎上有所擴補新增，因此其注釋內容分爲"舊注"與"新注"兩部分。對已有舊注的利用方式爲選擇性吸收，主要刪汰了字、詞、句、篇的語義，詩人的創作心理以及詩歌創作的藝術手法等方面的內容，從方法來看，凡是注家直接解說評論而非間接徵引的部分容易被放弃。也就是説，這部分"舊注"呈現的注釋特點爲全面而簡要，徵引、繫年之外比較煩瑣的解説評論被編者删去，保留了大部分關於典故出處的注釋。

應該説，"百家注"新增的注釋才是此一注本的真正特色。"新注"有兩大來源：一是輯録他人詩話、筆記中的相關文字，二是收集或撰寫專門的蘇詩注釋。來自詩話雜纂中的文字内容廣泛，涉及蘇詩的方方面面。而那些符合注釋體式的專門注釋，在内容上突出的特點是大量援引各種地方地理著作注釋蘇詩涉及的地理知識，也側重引用道教著作與子史雜纂注釋蘇詩的宗教内容與博物知識。實際上，新增的詩話雜纂也相對較多地被編者引用來説明地理及博物方面的内容。

從新注的這些特點可以看出"百家注"委托的專門注者具有市民化的注釋傾向，其知識興趣比較偏向市民階層的好尚。最明顯的是大量引用民間道教著作進行注釋。前文已經談到，如《前集》等早期集注本中的注家更側重注釋蘇詩中涉及的佛教知識，並且通常徵引《楞嚴經》《維摩詰經》《傳燈録》等精英人士認可的佛教經典，即使注釋道教知識，也多援引《列仙傳》《黄庭内（或外）景經》等士大夫認可的經典文本或者不標出處直稱"道書""道經"。而"百家注"新增注釋通常徵引的是《大還秘契圖》（有時稱《大還丹秘契圖》《大丹秘契圖》）、《紫陽真人周君内傳》、《洞天福地記》、《天師二十四化記》、《歸藏啓筮》、《登真隱訣》等民間更爲流行的道教著作，基本都標注出處，顯示出注家對這類書籍十分熟稔。

另外，雖然對地理的知識興趣是南宋中期比較普遍的闡釋風尚，對"物"本身産生濃厚興趣也是北宋開始形成的宋代文化風氣，[①] 但"百家注"新增注釋注解這些知識内容所援引的書目具有精細化、通俗化的特點，也顯示出一些市民化傾向。比如新增注家時常引用《顧渚山記》《青城山記》《武林山記》《廬山記》《九華山録》等具體到某一山川的載籍注釋詩中的地理知識，而引用《名畫記》《圖畫見聞志》《香譜》《琵琶録》

---

① 不少學者論述過北宋士大夫對"物"的濃厚興趣與複雜態度。參見［美］艾朗諾撰，杜斐然等譯，郭勉愈校：《美的焦慮：北宋士大夫的審美思想與追求》，上海古籍出版社，2013 年版，第1~5頁；吕肖奂：《創新與引領：宋代詩人對器物文化的貢獻——以硯屏的産生及風行爲例》，《四川大學學報（社會科學版）》2009 年第 3 期，第 39~45 頁；姚華：《蘇軾詩歌的"仇池石"意象探析》，《文學遺産》2016 年第 3 期，第 155~165 頁。

《歷代寶檻記》《南部烟花記》《漢宮閣記》等雜纂小説注釋書中涉及的具體名物的頻率也比其他蘇詩注本更高。

"百家注"注釋上的這些知識興趣與傾向與其分類體例類目的設置頗有契合之處。"百家注"的分類對名物的區分尤其精細，器用類之外還有書畫、筆墨、硯、燈燭等類，詩人時常描繪的文房清供也被分類者作爲類別予以重視。此外，動物區分了禽鳥、獸、蟲、魚，建築區分了宮殿、省宇、陵廟、墳塋、居室、堂宇、城郭、壁塢、田圃等，對知識的分類總體上都比較精細，這一點與"百家注"新增注釋表現出的對博物知識的濃厚興趣一致。

因此，整體來看，"百家注"在内容上注釋事典、語典出處與進一步繫年、注釋人物事件背景的基礎上，更加側重注釋詩中的地理、道教及博物知識；在方法方面，以徵引注釋爲主，其注釋特色可以概括爲全面而簡要以及具有市民化的注釋傾向。這一特色實際上與"百家注"編注者的編刊觀念密不可分。

二、編注策略與編刊動機：以市場爲導向利用名人效應

"百家注"具有取便讀者的編注策略，以及以市場爲導向、利用名人效應的編刊動機。

其一，"百家注"的分類體例體現了取便讀者的編注策略。分類的體例方便讀者檢索閲覽，讀者依據類名便可判斷詩作的大致内容意指，進而觀摩學習此類詩歌的寫作方法。爲了應對科舉的需要，類編别集是中下層文人學子非常重要的鑒賞學習範本，在社會上甚爲流通。當然，並非所有的分類都是爲了便利讀者，不過，再結合"百家注"的書名及托名王狀元、號稱"百家"的編注方式來看，此本的分類體例便於讀者的閲讀、學習。這樣的編刊訴求與"百家注"注本編輯注釋内容體現出的全面而簡要以及市民化傾向相一致。

其二，"百家注"的版刻特徵也體現了以讀者市場爲導向，力求多售的編注動機。李致忠先生指出："此書題爲宋王十朋纂集，實則很可能就是黄善夫自己組織力量纂集的。其基礎是已流行的蘇詩'五注'、'八注'、'十注'，而後又'搜索諸家之釋'，'鑣煩剔冗'，最後編成這個匯注本。手法與三家注《史記》基本相同，號稱百家，廣告宣傳力度更大，賣點更

多，銷路更廣。……狹行細字，顯然是爲了降低成本，擴大營銷。但字體端莊清秀，刀法剔透，屬建本上乘。果然此書一出，大獲成功，因而招致'閩中坊肆遂争先鐫雕。或就原版以摹刊，或改標名以動聽，期於廣銷射利，故同時同地有五六刻之多。而於文字，初無所更訂也'。直到元建安虞平齋務本書堂所刻此書，便改稱《新刊校正王狀元集百家注分類東坡先生詩》二十五卷《東坡紀年録》一卷。"①

李先生以版本學家的眼光給出此本托名偽作的經由，與筆者的觀點不謀而合。他從版刻特徵的角度指出黄善夫家塾刊本"百家注"："狹行細字，顯然是爲了降低成本，擴大營銷。"而所謂三家注《史記》的手法，是指同爲黄善夫家塾刊刻的《史記》，首次把裴駰、司馬貞、張守節的三家注合在一起，與正文同在一書，而此本每版帶有鐫印所屬篇名、年份、體裁等標示文字的書耳，"這種書耳和耳題，據説是宋代福建出版商創造的，這顯然是以讀者爲上帝經營理念的表現"②。事實上，黄善夫家塾的這種編刊方式雖然取便了讀者閱讀，促進了《史記》的流通，却令原文繁多的《史記》三家注集於一書，必然有所删節，反而致使後世嚴謹的學者更重視單注本。③ 也就是説，無論三家注《史記》還是"百家注"的編者，都更重視書籍注本對讀者的便利性，相對沒有那麽重視學術上的嚴謹性，由此可見，"百家注"的編注者主要考慮的是知識文化水平一般的普通讀者的閱讀需要，所針對的讀者主要爲社會中下層人士。

其三，"百家注"的書名號稱百家，偽托王十朋、黄庭堅、劉子翬等名人，利用名人的傳播效應促進銷售。這正是李先生所謂"利用廣告宣傳力度更大，賣點更多，銷路更廣"。尤其是以王十朋爲注者與注本編者，這對注本的傳播十分重要。

王十朋，字龜齡，温州樂清（今浙江樂清市）人，生於北宋徽宗政和二年（1112）十月，卒於南宋孝宗乾道七年（1171）七月，享年六十。高宗紹興二十七年（1157），王十朋四十六歲，由皇帝親擢爲進士第一，故

---

① 李致忠：《中國出版通史》第四册"宋遼西夏金元卷"，中國書籍出版社，2008年版，第108頁。

② 李致忠：《中國出版通史》第四册"宋遼西夏金元卷"，中國書籍出版社，2008年版，第107頁。

③ 李致忠：《中國出版通史》第四册"宋遼西夏金元卷"，中國書籍出版社，2008年版，第108頁。

稱"王狀元"。其人忠耿介直，不阿上不苟且，雖然孝宗登基前王十朋已任建王府小學教授，實爲兩朝君主器重，但仕途偃蹇，屢官不終。在朝時抗顏敢言，人稱秦檜後臺諫第一人；曾力薦之張浚抗金失利後，王十朋自劾而無怨；外任歷知饒、夔、湖、泉四州，廉潔愛民，頗有政聲。其剛直氣節爲胡銓、陸游、朱熹稱賞，令名德政致百姓愛戴，終爲南宋一代名臣。

也許是王十朋四十六歲高中狀元的勵志人生能够鼓舞廣大科考學子，也許是其高尚的品格、親民的政術、典雅敦厚的詩文爲人們敬佩喜愛。總之，在其家鄉浙江以及最後一任官職所在地泉州所屬的福建，王十朋深受民衆愛戴，成爲一個具有傳奇色彩的話題人物。宋元時期四大南戲之首《荆釵記》也以其爲主角。顯然，《荆釵記》中王十朋與錢玉蓮的故事並無多少歷史根據，乃民間文人的美好想象，① 却反映了王十朋在南宋社會的受歡迎程度。

據劉尚榮先生所述，最早的福建建安黄善夫家塾本"百家注"避諱至"敦"字，最早也應在光宗趙惇之後的寧宗時代（1194—1124）刻印，此時王十朋已去世二三十年。很可能在當時的福建地區，王十朋具有不少傳奇色彩，成爲民間争相戲謔的話題人物，從而爲"百家注"編者選中，僞托他的名號以增大被普通民衆接受的可能，以盈利廣銷。類似的編刊心理，還有另一號稱王十朋編注的"百家注"——《王狀元集百家注編年杜陵詩史》三十二卷。此本中有僞王洙注、僞蘇注，顯然不可能由王十朋編注。②

總之，"百家注"的編刊具有取便讀者以及射利促銷的特點。不過，此本的確因流傳廣泛得到最好的保存，存續至今，在蘇詩傳播接受史上發揮了重要的作用。其注釋内容雖有不少出於僞托，分類也頗多疏誤，但畢竟是南宋人廣集衆注所成，體現了注者、分類者與編刊者比較明確的詩學闡釋觀念，在保存文獻以及觀照宋人詩學觀念方面具有重要的價值與意義。

---

① 參見錢志熙：《王十朋與〈荆釵記〉本事之謎》，《中國典籍與文化》2004 年第 4 期，第 4～9 頁；陳文眉：《王十朋與〈荆釵記〉》，《蘭臺世界》2011 年第 25 期，第 23～24 頁。

② 張忠綱：《杜集叙録》，齊魯書社，2008 年版，第 68～69 頁。

第四章 編年單注本《注東坡先生詩》的注釋研究

　　《注東坡先生詩》（爲有助辨識以下簡稱"施顧注"）由施元之、顧禧、施宿合撰，由於書中注釋一般不標注者，相對集注而言此本可視爲單注本。此一注本在清代以前流傳不廣，爲清初學者重新發現並大力稱揚以後逐漸受到重視，迄今全卷幾於復原（見緒論第三部分）。

　　此本的注釋，最爲學者嘆賞之處在於題注，如邵長蘅稱："施注佳處，每於注題之下多所發明，少或數言，多至數百言，或引事以徵詩，或因詩以存人，或援此以證彼，務闡詩旨，非取泛濫，間亦可補正史之闕漏。即此一端，迥非諸家可及。"① 顧嗣立言："施注編紀年月，自少壯及衰老，生平出處，行事大節，與凡嬉笑怒罵之情，無不怳然如見，識者以爲尤得知人論世之學焉。"② 張榕端（康熙十五年进士）道："施氏體宗編年，一洗永嘉分類之陋，而援引必著書名，詮詁不乖本事，又於注題之下務闡詩旨，引事徵詩，因詩存人，使讀者得以考見當日之情事，與少陵詩史同條共貫，泃乎其有功玉局而度越梅溪也。"③ 鄭騫先生也稱："此書重要價值並不僅在施元之與顧禧合作的句注，尤其在施宿所作題注……這些題注不僅有助於了解東坡詩，同時也可作爲宋代史料，因爲他所注的都是東坡當

---

　　① 邵長蘅：《注蘇例言》，見（清）馮應榴輯注，黃任軻、朱懷春校點：《蘇軾詩集合注》，上海古籍出版社，2001 年版，第 2716 頁。
　　② 《通行王注本各序》之顧嗣立序，見（清）馮應榴輯注，黃任軻、朱懷春校點：《蘇軾詩集合注》，上海古籍出版社，2001 年版，第 2707 頁。
　　③ 《宋牧仲刊施注删補本各序》之張榕端序，見（清）馮應榴輯注，黃任軻、朱懷春校點：《蘇軾詩集合注》，上海古籍出版社，2001 年版，第 2713 頁。

時的人物、掌故、朝政、時局。"①

這些評論充分肯定了"施顧注"題注詳叙史事、精於知人論世的注釋特色，也提到題注保存史料的珍貴文獻價值。然而，題注也是"施顧注"最富爭議的地方，上述言論即有不確切之處，如稱施氏"編紀年月"、題注作者爲施宿、"援引必著書名"等。這些問題歷來聚訟頗多，實際上也沒有完全解決，却關係着對《注東坡先生詩》注釋内容與價值的正確認識，因此，有必要對"施顧注"題注的特點及相關問題展開進一步討論。

第一節　題注的相關問題

一、題注的作者：三人合撰而由施宿最終整合

"施顧注"題注的作者歷來有多種説法，在討論這一問題前需要先了解此一注本題注的内容以及特色。先通過與其他注本題注的比較直觀地呈現"施顧注"題注的特殊之處。"施顧注"卷三的詩歌其他兩種蘇詩宋注本亦收，各自題注的簡況如下表所示：

表 4-1

序號	題目（依據"施顧注"）	《集注東坡先生詩前集》卷二、三部分詩題注	《王狀元集百家注分類東坡先生詩》諸卷詩題注	《注東坡先生詩》卷三題注
1(2)	《和子由初到陳州見寄二首》	題下有"次韻"二小字注。	無；卷十六簡寄類	題左注："事見本卷《穎州初別子由詩注》。"
2	《次韻子由緑筠堂》	無	"任"注："熙寧元年戊申作。"卷三堂字類	無
3	《送劉攽倅海陵》	"補注"："邠字貢父，嘗爲泰州通判。"	"堯卿"注，内容同《前集》；卷二十送別類	題左注 235 字，文繁不錄，爲劉攽人物小傳

續表4-1

序號	題目（依據"施顧注"）	《集注東坡先生詩前集》卷二、三部分詩題注	《王狀元集百家注分類東坡先生詩》諸卷詩題注	《注東坡先生詩》卷三題注
4	《送錢藻出守婺州得英字》	"補注"："藻字醇老。"	"堯卿"注，內容同《前集》；卷二十送別類	題左注153字，錢藻小傳
5	《送呂希道知和州》	"補注"："希道乃文穆之後。"	"堯卿"注，內容同《前集》；卷二十送別類	題左注138字，呂希道小傳
6	《次韻王誨夜坐》	無	無；卷十七酬答類	無
7	《送文與可出守陵州》	"補注"："與可名同，梓州鹽亭縣安泰人。皇祐元年馮京榜及第。"	"堯卿"注，內容同《前集》；卷二十送別類	題左注182字，文同小傳
8	《送劉道原歸覲南康》	"補注"："道原名恕，廬州人。熙寧二年爲秘書丞編修文字。"	"堯卿"注，內容同《前集》；卷二十送別類	題左注393字，劉恕小傳
9(8)	《出都来陳所乘船上有題小詩八首不知何人有感于於心者聊爲和之》	無	無；卷二十三題咏類	無
10	《次韻張安道讀杜詩》	無	"任"注："熙寧四年辛亥五月作。"；卷十七酬答類	無
11	《送張安道赴南都留臺》	無	無；卷二十送別類	題左注431字。張方平小傳
12	《傅堯俞濟源草堂》	"補注"："堯俞字欽之，孟州濟源縣有別業。"	"堯卿"注，內容同《前集》；卷三堂宇類	題左注123字，傅堯俞小傳
13	《陸龍圖詵挽詩》	"補注"："詵字介夫，熙寧己酉年以龍圖閣直學士、右諫議大夫、集英殿修撰知成都府。"	"堯卿"注，內容同《前集》；卷二十四傷悼類	題左注182字，陸詵小傳

續表 4－1

序號	題目（依據"施顧注"）	《集注東坡先生詩前集》卷二、三部分詩題注	《王狀元集百家注分類東坡先生詩》諸卷詩題注	《注東坡先生詩》卷三題注
14	《胡完夫母周夫人挽詞》	"補注"："完夫名宗愈，常州人。武平之子，常爲尚書左丞。"	"堯卿"注，内容同《前集》①；卷二十四傷悼類	題左注 27 字，胡宗愈小傳
15(2)	《次韻柳子玉過陳絶糧二首》之一	無	無；卷十七酬答類	無
16(2)	《穎州初別子由二首》之一	"補注"："熙寧四年十月，東坡赴杭州通判時，黄門送到穎州相別。"	"堯卿"注，内容同《前集》；卷二十送别類	題左注 360 字，主要介紹作詩背景
17	《歐陽少師今賦所蓄石屏》	無	無；卷二十五雜賦類	無
18	《陪歐陽公宴西湖》	"補注"："穎州西湖。"	"堯卿"注，内容同《前集》；卷十燕飲類	題左注 220 字，歐陽修小傳
19	《十月二日將至渦口五里所遇風留宿》②	無	無；卷七風雷類	無
20	《出穎口初見淮山是日至壽州》	無	無；卷七山岳類	題左注 64 字，介紹此詩墨迹並校定异文
21	《壽州李定少卿出餞城東龍潭上》	無	無；卷二十送别類	無
22	《濠州七絶》之《塗山》	"自注"："下有鯀廟，山前有禹會村。"	自注同《前集》；卷二古迹類	題下注 25 字，引《唐地理志》簡介濠州，又引《九域志》簡介塗山
23	《濠州七絶》之《彭祖廟》	"自注"："有雲母山，云彭祖所採服也。"	自注同《前集》	無
24	《濠州七絶》之《逍遥臺》	"自注"："莊子祠堂在開元寺，即墓爲堂。"	自注同《前集》	題下引蘇軾自注："莊子祠堂在開元寺，即墓爲堂。"

① "常爲尚書左丞"之"常"字訛，而黄善夫本"百家注"延續《前集》之誤。
② 黄善夫本"百家注"爲"十二月"。

續表 4-1

序號	題目（依據"施顧注"）	《集注東坡先生詩前集》卷二、三部分詩題注	《王狀元集百家注分類東坡先生詩》諸卷詩題注	《注東坡先生詩》卷三題注
25	《濠州七絕》之《觀魚臺》	無	無	題下注："《九域志》：濠州有莊子觀魚臺。"
26	《濠州七絕》之《虞姬墓》	無	無	題下注引《九域志》簡介虞姬墓
27	《濠州七絕》之《四望亭》	"自注"："太和中刺史劉嗣之立李紳，以太子賓客分司東都，過濠，爲作。記今存而亭廢者數年矣。"	自注同《前集》	無
28	《濠州七絕》之《浮山洞》	"自注"："洞在淮上，夏潦不能及，而冬不加高，故人疑其浮也。"	自注同《前集》	題下引蘇軾自注20字，解釋浮山洞得名緣由
29	《泗州僧伽塔》	無；第三卷第一首	無；卷六塔類	題左注192字，引蘇軾文並參寥詩
30	《龜山》	無	無；卷七山岳類	"《九域志》：泗州盱眙縣龜山鎮。"
31	《發洪澤中塗遇大風復還》	無	無；卷七風雷類	"《九域志》：楚州淮陰縣洪澤鎮。"
32	《十月十六日記所見》	無	無；卷七風雷類	無
33	《廣陵會三同舍各以其字爲韻仍邀同賦》之《劉貢父》	無	無；卷二十五雜賦類	題左注225字，劉放小傳
34	《廣陵會三同舍各以其字爲韻仍邀同賦》之《孫巨源》	無	無	題左注283字，孫洙小傳
35	《廣陵會三同舍各以其字爲韻仍邀同賦》之《劉莘老》	無	無注者小字注"劉丞相摯"	題左注494字，劉摯小傳

通過此表三十五題四十首詩題注的簡單對比可知：其一，"百家注"與《前集》題注基本相同，除抄録蘇軾自注外，注家相對較少於題下注釋，即使注釋也十分簡略，大多只介紹人物的姓字、籍貫與主要官職；其

二，"施顧注"作題注的頻率更高、內容更多，字數上遠超另兩種注本；其三，從格式上看，"施顧注"題注分題下注與題左注，前者直接連在題目之下，內容多爲地理知識，標明文獻出處，後者於題目左邊另起一行，多爲詳細的人物小傳與作詩背景以及編輯按語、墨迹石刻等，一般不標出處來源。

由此可知，"施顧注"題注的特色，在內容上側重人物史事的介紹，亦有一定體例格式。這似乎印證了鄭騫先生所言此種注本題左注爲施宿作，題下注爲施元之或顧禧作的觀點。鄭騫先生認爲，"其一：題左注中有十三條，施宿自稱其名，詳目見本節後附録。其餘各條與這十三條比較，文筆體裁，完全相同。其二：全部題左注中，每逢提到神哲兩朝政局人物，其議論一貫的反對王安石以次的新法派而推崇東坡及元祐諸公，與施宿自序持論相同。其三：施宿很喜歡金石書畫，詳見資料彙編中有關施宿事迹諸篇如余嘉錫《〈嘉泰會稽志〉提要辯證》等，題左注有很多處論述東坡墨迹石刻以及其他法書名畫，與他的好尚相符"，而"所餘另一種性質的句注與題下注，那（按：應爲"哪"）些部分是施元之注的？那（哪）些部分是顧禧注的？其中有無施宿增删改動之處？則已無從查考"①。

鄭先生所言有理有據，但仍然存在一些疑問：

第一，題下注亦有施宿的手筆。比如卷二十九《次韻袁公濟謝芎椒》題下注："袁公濟名轂，四明人，時倅杭，後知處州。諸孫爕字□叔，今爲江西提舉常平。"袁轂之孫袁爕字和叔，是南宋中期著名理學家，學者稱"絜齋先生"。根據真德秀所作《顯謨閣學士致仕贈龍圖閣學士開府袁公行狀》："嘉定元天子既誅權臣……二年春因對言曰……上皆嘉納之，而公請外甚力，知江州……公言：'按兵南安，不與賊角，来則禦之。'而賊果降。提舉江西常平權隆興府事。"② 則袁爕任江西提舉常平在寧宗嘉定年間。再據晁公武《郡齋讀書志》云："右陸文安公九淵字子静之文

<hr />

① 施元之、顧景蕃合注，鄭騫、嚴一萍編校，《增補足本〈施顧注蘇詩〉》，藝文印書館，1980 年版，第 18 頁。

② （宋）真德秀：《西山先生真文忠公文集》卷四十七，《四部叢刊》初編本，上海書店出版社，1989 年據商務印書館 1926 年版重印。

也。……集有袁燮、楊簡序。"① 而陸九淵《象山集》卷三十六《年譜》嘉定五年壬申載："九月戊申江西提舉燮刊先生文集自爲序。"則袁燮任此官職的時間正好在施宿嘉定二年新任知吉州不久即被劾罷官之後②，即其自謂"舊春蒙召，未幾汰去，杜門無事，始得從容放意其間"的時間段。顯而易見，這處題下注出自施宿之手，而非當時已經仙逝的施元之或者顧禧。

第二，上表雖然題左注皆未標明出處，與題下注區別明顯，但其他卷次卻有不少題左注亦標示出處者，如卷四《遊金山寺》題左注云："南唐僧應之《頭陀巖記》……"《自金山放船至焦山》《甘露寺》題左注皆引《潤州圖經》，《送張職方吉甫赴閩漕六和寺中作》《雨中遊天竺靈感觀音院》《宿臨安淨土寺》題左注皆引《杭州圖經》，卷二十五《趙令晏崔白大圖幅徑三丈》《郭熙畫秋山平遠》、卷二十七《書艾宣畫四首》題左注皆引《圖畫見聞志》，卷三十一《閻立本職貢圖》題左注引《譚賓錄》等。這些標明出處的徵引多爲介紹地理、名物、本事等有關作詩背景的內容，數量上比不標出處的題左注少很多，但它們的存在至少説明題左注與題下注的區別並非絕對的涇渭分明，不能僅從是否標注出處上進行判斷。比如卷二十七《次韻黃魯直嘲小德，小德，魯直子，其母微，故其詩云：解著潛夫論，不妨無外家》題下注："《後漢·王符傳》：符無外家，隱居著書，譏當時失，得號'潛夫論'。"此題下注標明出處注釋典故，與那些徵引典故出處的題左注類同，很可能出自一人，從注釋習慣來看，有可能是施元之。

第三，"施顧注"題下注大部分乃抄錄蘇軾自注，注家所作題下注相對題左注來説非常少，即使全部題下注爲施元之或顧禧作也少得不合情理。要知"施顧注"的主體內容應該是由施元之、顧禧完成的，陸游嘉泰二年爲此本初編作序時已稱："吳興施宿武子出其先人司諫公所注數十大編，屬某作序。"當時已有"數十大編"，與今本四十二卷相當。若以施元之、顧禧只注重詩歌句注，對題注不甚措意，那麼至少也應沿襲早期集注

① （宋）晁公武撰，孫猛校證：《郡齋讀書志校證》，上海古籍出版社，2011 年版，第 1195 頁。

② 施宿被彈劾的時間及事件經過參見余嘉錫：《四庫提要辯證》卷七 "《嘉泰會稽志》二十卷" 條，中華書局，2007 年第 2 版，第 415～417 頁。

本的諸多題注，畢竟從句注來看，"施顧注"對《前集》等已有注本的注釋內容是有所參考利用的。而且施宿亦稱："東坡先生詩，有蜀人所注八家，行於世已久。先君司諫病其缺略未究，遂因閒居，隨事詮釋，歲久成書。"① 施元之因不滿已有注本的"缺略"而補充注釋，不至於反而刪去原有的題注內容。

這些現象說明，雖然施宿後來可能在題注中增加了很多內容，這些內容的確是"施顧注"的特色與精華所在，但他是在其父施元之與前輩顧禧已有的題注基礎上擴補而成，正如他自己所說："先君末年所得未及筆之書者，亦尚多有。"② 可見不論是材料還是觀點，施宿注都可能有延續注本初編之處。而由於注本凡例的缺失，或者施宿根本不打算明確區分三人的分工，經由施宿補充擴展、編輯定稿的刊本"施顧注"已然自成一體。因此，強行區分"施顧注"題下注的作者與題左注的作者，只以"施元之"或者"施宿"為題注作者，皆不符合事實，抹殺了他人的功勞。準確來說，"施顧注"的題注作者應該為施元之、顧禧、施宿三人，單稱某一人皆不公允。不過，由於施宿的確增補了一些內容，又是最終編輯定稿之人，直接決定了"施顧注"呈現在世人面前的樣貌，所以，今本"施顧注"題注主要反映的是施宿的注釋方法與闡釋觀念。

二、未標出處題注的材料來源

"施顧注"題注特色在於其詳細的人物小傳及史事背景介紹，但這些注釋大多數沒有標明敘述的依據、材料的來源。實際上，梳理清楚"施顧注"題注的材料來源、組成結構，才能正確認識題注作者的注釋觀念與方法策略。

"施顧注"的題注大部分未標出處來源，有兩種情況。第一種是利用其他蘇詩注者的注釋內容而隱去注者名號。如卷二十八《參寥上人初得智果院，會者十六人，分韻賦詩得心字》有題下注："用《圓覺經》'以大圓覺，為我伽藍，身心安居，平等性智'為韻。"亦有題左注："參寥上人名

---

① （宋）施宿：《〈注東坡先生詩〉序》，見［日］小川環樹、倉田淳之助編：《蘇詩佚注》下冊，壬生川通五條南人株式會社，1965 年版，第 3 頁。

② （宋）施宿：《〈注東坡先生詩〉序》，見［日］小川環樹、倉田淳之助編：《蘇詩佚注》下冊，壬生川通五條南人株式會社，1965 年版，第 3 頁。

道潛，事見十五卷《次韻僧潛見贈詩注》。智果舍下有泉出石間，東坡名之參寥泉，且爲之銘，故詩云：'雲崖有淺井，玉醴常半尋。遂名參寥泉，可濯幽人襟。'"比較"百家注"卷四釋老類上，此詩題下是"堯卿"（筆者按：即趙夔）注，內容與"施顧注"題下注釋相同。查慎行《補注東坡編年詩》卷三十一認爲此題下注爲蘇軾自注，云："施氏原本有公自注云：'用《圓覺經》……'"但《東坡集》卷十八此詩並無自注，顯然是查氏覺得這條注釋不類其他題注，於是妄加揣測。趙夔是早期集注本注家之一，施元之注釋時參考了這些注本，也就是說，"施顧注"的注家很可能看到了早期集注本中趙夔這條題注，而且覺得有必要呈列，只是礙於體例，把注者隱去不表，以致最終的注釋內容顯得沒有出處。

第二種情況更常見，即題注直接敘述人物生平、作詩背景等。這種情況的題注多在題左，是一般認爲的"施顧注"的精華所在，乃注家臧否人物、知人論世之處。這類題注有助於理解蘇詩及其時世，亦有保存史料之功，歷來爲學人稱賞。但是，稱賞者一般籠統言之，並未注意這些敘述內容的材料來源。事實上，這些題注的文獻來源是可以梳理出來的。比如卷三《送錢藻出守婺州得英字》有題左注：

> 錢藻字醇老，武肅王鏐五世孫。第進士，又中賢良方正科。熙寧三年三月，以尚書司封郎秘閣校理出守婺州，同舍之士飲餞於觀音院，會者凡二十人。醇老爲詩二十言以示坐者，各取其一言爲韻，賦詩送之，曾子固鞏爲之序。嘗爲知制誥加樞密直學士，知開封府。醇老平居樂易無崖岸，而居官獨立守繩墨，爲政簡靜有條理，不肯徇世取顯，數求退。改翰林侍讀學士、知審官東院，卒。

此一人物小傳是"施顧注"典型的題左注。通過檢索考察，這篇錢藻小傳的材料來源之一是當時流通的《國史》，因爲其中關於錢藻生平仕履的介紹及評價與元脫脫等撰《宋史》卷三百一十七《錢藻傳》相同：

> 藻字醇老，明逸之從子也。幼孤，刻厲爲學。第進士，又中賢良方正科，爲秘閣校理。慈聖后臨朝，藻三上書乞還政。同修起居注、知制誥。加樞密直學士、知開封府。平居樂易無崖岸，而居官獨立守繩墨，爲政簡靜有條理，不肯徇私取顯。數求退，改翰林侍讀學士、知審官東院。卒，年六十一。神宗知其貧，賻錢五十萬，

贈太中大夫。①

"施顧注"與《宋史》關於錢藻生平仕履的叙述基本相同。元人撰《宋史》多根據宋代的諸多史書,《國史》便是其中之一。施宿利用《國史》亦見於其自序:"而又采之《國史》以譜其年,及新法罷行之目列於其上,而繫以詩之先後。"② 不過,宋人所編《國史》依據的材料來源應是曾鞏《元豐類稿》卷四十二《故翰林侍讀學士錢公墓志銘》:

> 公錢氏也,故爲王家,有吳越之地。五世祖鏐,號武肅王。……公應説書進士、賢良方正、能直言極諫,皆中其科。歷宣州旌德縣尉、大理寺丞、殿中丞、太常博士、尚書司部度支司封員外郎、工部郎中,換朝奉大夫、充國子監講、編校集賢院書籍,遷秘閣校理。選爲英宗實録院檢討官,直舍人院,同修起居注,遂知制誥,直學士院,遷樞密學士、翰林侍讀學士。嘗通判秀州,知婺州,入判尚書考功,改開封府判官。出知鄧州,入判尚書吏部流内銓,兼判集賢院,又兼判禮部,權知開封府。數請去,得知審官東院,兼判軍器監,兼提舉司天監公事。公幼孤,家貧母嫁,既長,還依其族之大人。刻勵就學,並日夜,忘寢食,於書無所不治,已通其大旨。……公平居樂易無崖岸,及至有所特立,人固有所不及者,類如此也。公爲人謹畏清約,與人交淡然,久而後知其篤也。③

墓志銘是《國史》人物傳記的第一手史料,而曾鞏所作墓志銘與《宋史》詳略有异,"公平居樂易無崖岸,及至有所特立"之類文字叙述也與《宋史》有差別,這説明宋代《國史》採擷了曾鞏所撰墓志銘又有所删改,"施顧注"題注直接利用的材料並非墓銘,而是《國史》。

此一題注的另一材料來源是曾鞏《元豐類稿》卷十三《館閣送錢純老知婺州詩序》:

> 熙寧三年三月,尚書司封員外郎、秘閣校理錢君純老出爲婺州,

---

① （元）脱脱等:《宋史》,中華書局,1977 年版,第 10348 頁。

② （宋）施宿:《〈注東坡先生詩〉序》,見［日］小川環樹、倉田淳之助編:《蘇詩佚注》下册,壬生川通五條南人株式會社,1965 年版,第 4 頁。

③ （宋）曾鞏:《南豐先生元豐類稿》卷四十二,《四部叢刊》初編本,上海書店出版社,1989 年版。

三館秘閣同舍之士相與飲餞於城東佛舍之觀音院，會者凡二十人。純老亦重僚友之好而欲慰處者之思也，乃爲詩二十言以示坐者。於是在席人各取其一言爲韻，賦詩以送之。①

題注中關於作詩具體的背景介紹顯然來自曾鞏的序文。可資比較的是，《烏臺詩案》亦講述了此一分韻作詩送別錢藻的事件：

錢藻知婺州，臨行，館閣同舍舊例餞送席上。衆人先索錢藻相別詩，欲各分韻作送行詩。錢藻作五言絕句一首，分得英字韻，作古詩送之。……

題注作者並沒有直接引用《烏臺詩案》的相關敘述，即是説，"施顧注"注者爲《送錢藻出守婺州得英字》詩作題注時，依據的材料有當時的《國史》與曾鞏的文章，注者把兩處表述糅合在了一起，形成一篇介紹了題中人物與作詩背景的題注小傳。

類似方法，《送吕希道知和州》題左注的內容出自范祖禹《范太史集》卷四十二《左中散大夫守少府監吕公墓誌銘》，人物生平仕履的部分有所概括，性情評價的部分完全一樣。文繁不錄。

除了《國史》、宋人文集，題注還利用了當時的詩話筆記。如卷三《送文與可出守陵州》題左注云：

文與可名同，梓潼人，爲人靖深，操韻高潔，超然不攖世故。熙寧初，王介甫得政，時論紛然。與可時爲集賢校理，請遠郡以去。東坡忠憤所激，數上書論天下事，退而與賓客言。與可每苦口戒之。逮其倅杭，與可寄詩云："北客若来休問事，西湖雖好莫吟詩。"後來得罪，果如其言。與可畫竹石妙絕一世，得者皆寶之。後知洋州，得潮州，未到郡而卒。東坡相與唱酬，題咏、銘、贊、書帖載於集中及刻石成都者最多，可以想見其人。自以文翁之後，號石室先生。所著有《丹淵集》四十卷行於世。

題注的前半部分出自宋葉夢得《石林詩話》：

文同字與可，蜀人，與蘇子瞻厚。爲人靖深超然，不攖世故，善

---

① （宋）曾鞏：《南豐先生元豐類稿》卷十三，《四部叢刊》初編本，上海書店出版社，1989年版。

畫墨竹，作詩騷亦過人。熙寧初，時論既不一，士大夫好惡紛然，同在館閣未嘗有所向背。時子瞻數上書論天下事，退而與賓客言，亦多以時事爲譏誚。同極以爲不然，每苦口力戒之，子瞻不能聽也。出爲杭州通判，同送行詩有"北客若來休問事，西湖雖好莫吟詩"之句。及黃州之謫，正坐杭州詩語，人以爲知言。[1]

不過，題注的後半部分應該是注者本人的總結介紹。"題咏、銘、贊、書帖載於集中及刻石成都者最多"，指蘇集中多有與文同其人及其墨寶相關的詩文，這些詩文亦多被刻石於成都。玩其前後語義，引用《石林詩話》之外的叙述帶有一些感情色彩，應該是注者自己的話語，沒有其他出處。

除了引用文獻作人物小傳，題注作者也會利用其他資料注明作詩的相關背景或涉及的掌故傳聞等。如卷三《泗洲僧伽塔》題左注：

> 東坡云："《泗洲大聖傳》云：'和尚，何國人也。'又曰：'世莫知其所從来，云不知何國人也。'近讀《隋書·西域傳》，乃有何國。余在惠州，忽被命責儋耳，太守方子容自携告身來，且語余曰：'此固前定，無可恨。吾妻沈素事僧伽謹甚，一夕夢和尚告別，沈問所往，答云：當與蘇子瞻同行，後七十二日當有命。今適七十二日矣，豈非前定乎？'予以謂事之前定者，不待夢而知。然予何人也，而和尚辱與同行，得非夙世有少緣契乎？"參寥有詩志此事云："臨淮大士亦無私，應物長於險處施。親護舟航渡南海，知公盛德未全衰。"

此段內容邵長蘅《施注蘇詩》認爲乃"公自記"，《東坡集》此詩無蘇軾自注，蘇文內容實際出自《東坡志林》卷一，但無末尾："參寥有詩志此事云：'臨淮大士亦無私……'"所以，"施顧注"的這段題注應該完整抄録自胡仔《苕溪漁隱叢話·後集》卷三十："東坡：'《泗州大聖傳》云：和尚，河國人也。……得非夙世有少緣契乎？'苕溪漁隱曰：'參寥有詩志此事云：臨淮大士亦無私，應物長於險處施。親護舟航渡南海，知公盛德未全衰。'"

除了可以考知來歷的部分，還有些題注內容近似傳聞野史，應如施宿

---

① （宋）葉夢得：《石林詩話》卷中，見吳文治主編：《宋詩話全編》第 3 册，江蘇古籍出版社，1998 年版，第 2697 頁。

所言“得之耆舊長老之傳”。比如卷二十三《寄吳德仁兼簡陳季常》題
左注：

> 吳德仁名瑛，蘄州蘄春人，父遵路嘗任龍圖閣學士。治平三年德
> 仁守郴，官滿如京師，年才四十六，即請致仕。公卿大夫挽留不聽，
> 相率飲餞於都門，遂歸蘄。臨溪築室，種花釀酒，客至必飲，飲必
> 醉。或困臥花間，故詩云：“清溪遶屋花連天，溪堂醉臥呼不醒。”東
> 坡與陳季常慍自蘄水欲同過德仁，以事不成，故云：“我遊蘭溪訪清
> 泉，已辦布襪青行纏。稽山不是無賀老，我自興盡回酒船。”“恨君不
> 識顏平原”者，自喻也；“恨我不識元魯山”者，喻德仁也。季常妻
> 柳，乃耆卿之侄，性甚悍。季常與客言，不合其意，輒呼叱屏間，故
> 云：“忽聞河東獅子吼。”東坡數過季常，知之，故以爲戲。司馬溫公
> 嘗爲德仁賦詩，有“一朝投紱真高士，萬卷藏書舊世家”之句。劉忠
> 肅以故相分司蘄州，訪德仁溪堂，亦賦詩美之。哲宗朝有薦之者，召
> 爲吏部郎，就知鄉州，皆不起。年八十四卒。

這一題注的內容可分爲四個部分。其一是題注首尾部分人物生平出處的介
紹，與後來《宋史·吳瑛傳》基本相同，則《宋史》依據的史料亦爲施氏
採用。其二是分析蘇詩寓意的部分，這一部分可能借鑒了《苕溪漁隱叢
話》的觀點，胡仔云：

> 《寄吳德仁兼簡陳季常詩》全篇云：“……”詩中所云“龍丘居
> 士”即陳季常也，濮陽公子即吳德仁也。又云：“我遊蘭溪訪清泉，
> 已辦布襪青行纏。稽山不是無賀老，我自興盡回酒船。”蓋欲往訪德
> 仁，未成也。李白詩云：“稽山無賀老，卻棹酒船回。”用此事也。又
> 云“恨君不識顏平原”，東坡自謂也。“恨我不識元魯山”，謂德仁也。
> “銅駝陌上會相見，握手一笑三千年”，蓋言終當相見，如蘇子訓之
> 徒。此一篇詩意，本末次序，有倫有理，可謂精緻矣。潘子真但只言
> “稽山不是無賀老”以下六句爲德仁作，不知濮陽公子復是何人，無
> 乃與詩題相戾乎？

但“施顧注”題注此部分的詩意分析十分簡略，也可能是注者自己得出的
結論，與胡仔暗合而已。其三是連帶介紹陳慥字季常與妻柳氏的故事。其
四是引用司馬光《傳家集》卷九《和吳仲庶寄吳瑛比部安道之子壯年致政

歸隱蘄春》稱美吳瑛之處。

　　這四個部分其他三部分來歷清楚，只有第三部分的內容已無從查考。雖然明清以後關於陳季常"畏内"、其妻柳氏即蘇詩所言"獅子吼"者的説法流傳廣泛，且早在洪邁（1123—1202）《容齋三筆》已有"柳氏絶凶妒"的評論，但以柳氏爲柳永的後人並繪聲繪色敷衍故事場景更似民間傳説，明顯有所誇飾。事實上蘇詩並未明言發出"獅子吼"者爲陳氏妻，王文誥便"翻案"，認爲柳氏爲柳真齡，曾爲陳季常説經並以鐵杖棒喝，非妒婦拄杖擊壁的聲音①。細看《容齋三筆》"陳季常"條的記載，其實已經頗多臆説：

　　　　陳慥字季常，公弼之子，居於黃州之岐亭，自稱龍丘先生，又曰方山子。好賓客，喜畜聲妓，然其妻柳氏絶凶妒，故東坡有詩云："龍丘居士亦可憐，談空説有夜不眠。忽聞河東師子吼，拄杖落手心茫然。"河東師子指柳氏也。坡又嘗醉中與季常書云"一絶乞秀英君"，想是其妾小字。黃魯直元祐中有與季常簡曰："審柳夫人時須醫藥，今已安平否？公暮年來想漸求清净之樂，姬媵無新進矣，柳夫人比何所念以致疾邪？"又一帖云："承諭老境情味，法當如此，所苦，既不妨遊觀山川，自可損藥石，調護起居飲食而已。河東夫人亦能哀憐老大，一任放不解事邪？"則柳氏之妒名，固彰著於外，是以二公皆言之云。②

　　蘇軾《與陳季常書》原文爲："老媳婦云：'一絶乞秀英君'，大爲愧悚，真所謂醉時是醒時語也。"顯然是蘇軾轉述他人之言，並未索要陳季常小妾。而黃庭堅兩帖亦不見於黃氏文集。洪邁生活的年代比施宿更早，當時已有想當然的傳説附會，至施宿時這種傳聞"變形"得更加厲害也不足爲怪了。

　　之所以認爲這些奇异的逸聞傳説出自施宿，可以結合其所撰《年譜》來看。"施顧注"附錄的施宿所撰蘇軾年譜，也有此類在後世看來不甚嚴

---

　　①　"河東獅子吼"傳聞的源流參見王琳祥撰：《解讀蘇東坡詩中的"河東獅子吼"——兼評王文誥爲陳季常"畏内"鳴冤的得失》，《鄂州大學學報》2005年第4期，第30~34頁。
　　②　（宋）洪邁撰，穆公校點：《容齋隨筆·容齋三筆》卷三，上海古籍出版社，2015年版，第250頁。

謹的敘述。如《年譜》嘉祐六年辛丑"出處"欄，在簡介蘇軾此年試論策的過程後言："國朝試科目常在八月中旬，時子由將就試，忽感疾臥病，自料不能及矣。韓忠獻知之，爲奏曰：'今歲制科之士，惟蘇軾、蘇轍最有聲望。今聞轍偶疾未可試，如此人兄弟中一人不得就試，甚衆非望，欲展限以俟。'上許之。及子由全安，方引試，比常例展二十日。自後試科日皆以九月，蓋始於此。"

仁宗時蘇軾兄弟政治地位不高，文名雖有却不可能卓著到因一人之病推遲整個科考的時間，很明顯是後人一廂情願地想象附會。歷史上也的確沒有可靠的史籍記載這一事件，除施宿文字，最早談及此事的資料是明郭良翰《問奇類林》卷七"遇合"類："宋朝引試率在八月中。韓魏公當國日，二蘇將就試，黃門忽臥病，魏公輒奏上曰：'今歲召制科之士，惟蘇軾、蘇轍最有聲望。今聞轍偶病未可試，欲展限以俟。'上許之。黃門病中，魏公每使人問訊，既聞全安，方引試，比常例展二十日。自後試科日並在九月後。相國吕微仲語及科目何故延至秋末，東坡爲吕言之，吕曰：'韓忠獻其賢如此！'"明何良俊《語林》卷一、彭大翼《山堂肆考》卷八十三"科第"條，清馮景《解春集詩文鈔》卷五、潘永因《宋稗類鈔》卷三亦載此事，然而時代已經很晚。從《問奇類林》的書名來看，作者也是把它當作奇聞异事筆之於書的。

施宿《年譜》叙事體現的對傳聞故事不加審查、比較隨意的引用態度，與"施顧注"題注諸多表現吻合。再如《余與李廌方叔相知久矣領貢舉事而李不得第愧其作詩送之》的題注，此詩"百家注"卷二十一送別類"子聱"題注云："按《年譜》：元祐三年戊辰任翰林學士，知貢舉。又，石林先生云：'李廌，陽翟人。少以文字見蘇子瞻，子瞻喜之。及知舉，廌適就試，意在必得廌以冠多士。及考章程文，大喜，以爲廌無疑，遂以爲魁。既拆號，悵然出院，以詩送廌。'"關於作詩背景的介紹直接來自葉夢得《石林詩話》卷中的記載。而"施顧注"卷二十六此詩題注對李廌意外落榜的過程只作了簡略介紹，却詳細記叙了圍繞這一事件的其他故事：

> 李廌，字方叔，陽翟人。文采曄然，氣節不凡。東坡知貢舉，有程文瑰瑋特异，曰此必方叔也，真在魁等。開卷乃非是，爲之悵然。作此詩，首著其意。//後帥定武，諸官職餞於惠濟僧舍，是時方叔試復不利，東坡舉白浮歐陽叔弼、陳伯修二校理、常希古少尹曰："三

君但飲此酒，酒釂當言所罰。"三君飲竟，東坡曰："三君爲主司，而失李方叔，兹可罰也。"皆慚謝。張文潛舍人在坐，輒舉白浮東坡曰："先生亦當飲此。"東坡曰："何也?"文潛曰："先生昔知舉而遺之，與三君之罰均也。"舉坐大笑。//汔以不第而文益奇。《祭東坡文》有曰："皇天后土，鑒一生忠義之心；名山大川，還萬古英靈之氣。"人多傳誦。爲子由作《真贊》云："松悦柏茂，山結川融。養以浩氣，志完體充。晬面盎背，德人之容。四庫萬籍，納於胸中。都俞廟堂，則劍履弁冕，爲時宗工；燕居丘園，則野衣黄冠，學圃與農。昂昂顒顒，冲冲雍雍。斯昔人所謂合成體，散成章，而人之龍乎? 所以天下目之爲三蘇，兹其少公也。"子由讀之稱善，曰："勝如魯直與亡兄所撰者。"方叔自稱太華逸民，又號濟南先生，日（疑字衍）《月巖集》刊於蜀。惜遺此《贊》，故附於此。

事實上，蘇軾對李豸的急進多有不滿①，不一定如"施顧注"題注所敘那樣始終愧惜，而題注的諸多敘述無從考證來源，其內容難辨真假。總之，對題注作者來說，這些故事、佚文是否真實可信並不太重要。這種比較隨意的、廣泛搜羅逸聞傳説以注詩的態度比較符合"半路出家"而爲蘇詩作注的施宿的情況。"施顧注"句注大多標注出處，精細引用典故出處的原文，體現出的嚴謹治學態度明顯與此類題注作者不同。

"施顧注"題注還有一類有特色的內容來源，即各種蘇詩或相關的墨迹金石。略舉如下：

> 卷十三《登望䀠亭》題左注：此詩墨迹乃欽宗東宮舊藏，今在曾文清家。宿嘗刻石餘姚縣治。東坡題云："僕在彭城大水後登望䀠亭，偶留此詩，已而忘之。其後徐人有誦之者，徐思之，乃知其爲僕詩也。"集中無之，以入《河復》詩後。

> 卷十六《送劉寺丞赴餘姚》題左注：劉寺丞名攽字行甫，長興人。……公既賦此詩又即席作《南柯子》詞爲餞，首句云"山雨瀟瀟過"者是也，後題《元豐二年五月十三日吳興錢氏園作》。今集中乃

指他詞爲送行甫，而此詞第云"湖州作"，誤也。真迹宿皆刻石餘姚縣治。

卷二十五《送賈訥倅眉二首》題左注：此詩第二首墨迹刻於成都府治，乃"蓬蒿親手爲君開"，集本作"小軒臨水"；又"試看一一龍蛇活"，石刻作"舞"。今皆從石刻。

已有不少學者指出這類注文出自施宿。因爲施宿本人嗜好金石之學，熱衷收藏碑帖名帙，① 一些施宿自稱名之處只出現在談及墨迹石刻時。施宿利用這些金石材料校定异文（《送賈訥倅眉二首》）、爲蘇詩繫年（《登望諟亭》）、勘誤（《送劉寺丞赴餘姚》）。事實上，不僅在題注中，在句注下也有這類注釋，如卷十六《月夜與客飲酒杏花下》題左注："真迹草書在武寧宰吳節夫家，今刻於黃州。"而此詩"杏花飛簾報餘春"句"報"字下小字注："集本作'散'，石刻作'報'。""惟愁月落酒杯空"句"愁"字下小字注："集本作'憂'，石刻作'報'。"最後皆依據石刻改定异文，與施宿在題注中的態度一致。

總而言之，這些未標出處的題注内容，有來自其他書寫文獻者，亦有逸聞傳説、墨迹石刻以及注者自己的總結、評論。書寫文獻大致有當時的《國史》、諸家文集、詩話筆記。通過這些題注材料内容的結合方式以及叙述風格，可以推斷某些注釋内容肯定出自施宿，至於引用其他文獻的部分，有可能原本施元之或者顧禧已經有初步的徵引，只是後來爲施宿補充、擴展。當然，可能也有完全由施宿一人完成題注的情況。

至於那些不太常見的標注出處題注的情況，也分兩種：一是與句注徵引方式一般無二的典故、地理知識或者背景介紹。二是在整體不標出處的題注中就某些内容言及其論説之根據。如卷十六《送劉寺丞赴餘姚》題左注："……宜翁提舉廣西、江西常平，上書極論新法，中其要害，得罪停廢。書載《國史》。……"明確表示利用《國史》。不過這種情況比較少見。而從作者角度來看，第一種情況很可能是施元之、顧禧原本的注釋，第二種情況是施宿不標出處題注的特殊狀況。

---

① 如樓鑰有《跋施武子所藏諸帖》，見（宋）樓鑰：《攻媿集》，《景印文淵閣四庫全書》第1153冊，臺灣商務印書館，1986年版，第173～174頁。亦參見余嘉錫：《四庫提要辯證》卷七"《嘉泰會稽志》二十卷"條，中華書局，2007年版，第414～415頁。

三、施宿題注的歷史觀：强烈的反王安石傾向

通過以上分析可知，"施顧注"的題注既有原本施元之或者顧禧的注釋，可能也有在他們初步注釋基礎上被施宿擴補增删的内容，又有完全出自施宿個人的注釋。雖然組成比較複雜，但以其爲一個整體，就其精要來看，正如錢大昕所言"施本長於臧否人倫"，"施顧注"題注總體上的特長在於運用多種材料以"知人論世"。通觀"施顧注"題注，其臧否人倫、知人論世有統一的評價標準，具有强烈的個人色彩，應該體現的是匯總諸注、最終編輯定稿的施宿的歷史觀。先舉例説明注家個人不無偏見的歷史觀如何影響到"施顧注"題注材料的取捨與叙述方式。卷三《送劉道原歸覲南康》題左注如下：

> （1）劉道原名恕，筠州人。父涣，爲潁上令，不能事上官，弃之去，家廬山。歐陽文忠公爲賦《廬山高》者也。（2）道原少穎悟，書過目即誦。（3）既第，篤好史學，上下數千載間，可坐而問。（4）博學强識，求書不遠數百里。身就之讀且抄，殆忘寢食。（5）司馬公編《通鑒》，英宗令自擇館閣，英才公曰："館閣文士誠多，至於專精史學，臣得而知者，唯劉恕耳。"即召爲局僚。書成，公推其功爲多，而道原亡矣。（6）家至無以養，而不以一毫取於人。冬無寒具，司馬公遺衣褥，亦封還之。（7）與王介甫有舊，介甫執政，道原在館閣，欲引實條例司，固辭而謂曰："天子方付公大政，宜恢張堯舜之道，不應以利爲先。"是時介甫權震天下，人不敢忤，而道原憒憒欲與之校。又條陳所更法令不合衆心者，勸使復舊，至面刺其過。（8）介甫怒，變色如鐵，道原不以爲意。或稠人廣坐，對其門生誦言得失，無所避，遂與之絶。（9）以親老求監南康軍酒，官至秘書丞卒，年四十七。（10）此詩端爲介甫而發。其云"孔融不肯下曹操，汲黯本自輕張湯"，蓋以孔融、汲黯比道原，曹操、張湯况介甫。又云"雖無尺箠與寸刃，口吻排擊含風霜"，益著其面折之實也。（11）子羲仲字壯輿，其學能世其家。事見四十卷《是是堂詩注》。

經過比對可以確定此題注所叙劉恕生平經歷的材料來源是司馬光《劉道原

〈十國紀年〉叙》，這篇序文實際上相當於劉恕的墓志銘①：

> 皇祐初，光爲貢院属官時……光以是慕重之，始與相識。（3）前
> 世史自太史公所記下至周顯德之末，簡策極博，而於科舉非所急，故
> 近歲學者多不讀，鮮有能道之者，獨道原篤好之。（2）爲人强記，紀
> 傳之外，閭里所録，私記雜説，無所不覽。坐聽其談，衮衮無窮，上
> 下數千載間，細大之事如指掌，皆有稽據可考驗，令人不覺心
> 服。……（5）上甚喜，尋詔光編次歷代君臣事，仍謂光曰：“卿自擇
> 館閣英才共修之。”光對曰：“館閣文學之士誠多，至於專精史學，臣
> 未得而知者，唯和川令劉恕一人而已。”上曰：“善。”退即奏召之，
> 與共修書，凡數年。史事之紛錯難治者則以諉之，光蒙成而已。今上
> 即位，更命其書曰《資治通鑑》。（7）王介甫與道原有舊，深愛其才。
> 熙寧中，介甫參大政，欲引道原修三司條例。道原固辭，以不習金穀
> 之事，因言：‘天子方属公以政事，宜恢張堯舜之道以佐明主，不應
> 以財用爲先。’介甫雖不能用，亦未之怒。道原每見之輒盡誠規益。
> 及呂獻可得罪知鄧州，道原往見介甫，曰：‘公所以致人言，蓋亦有
> 所未思。因爲條陳所更法令不合衆心者，宜復其舊，則議論自息。’
> 介甫大怒，遂與之絶。（9）未幾，光出知永興軍，道原曰：‘我以直
> 道忤執政，今官長復去，我何以自安。且吾親老，不可久留京師。’
> 即奏乞監南康軍酒……以元豐元年九月戊戌終官至秘書丞，年止四十
> 七。……（4）道原嗜學，方其讀書，家人呼之食，至羹炙冷而不顧。
> 夜則卧思古今，或不寐達旦。……宋次道知亳州，家多書，道原枉道
> 就借觀。次道日具酒饌爲主人禮，道原曰：“此非吾所爲來也，殊
> 廢吾事，願悉撤去。”獨閉閣晝夜，讀且抄，留旬日，盡其書而去，
> 目爲之瞖。……（8）方介甫用事，呼吸成禍，福凡有施，置舉天下
> 莫能奪。高論之士始异而終附之，面譽而背毀之，口是而心非之者比
> 肩是也。道原獨奮厲不顧，直指其事，是曰是非曰非。或面刺介甫，
> 至變色如鐵；或稱人廣坐，介甫之人滿側，道原公議其得失，無所

---

① 《劉道原〈十國紀年〉序》云：“（道原）乃口授其子羲仲爲書，属光使譔埋銘及《十國
紀年序》……光不爲人譔銘文已累年，所拒且數十家，非不知道原托我之厚而不承命，悲愧尤
深，故序平生所知道原之美附於其書，以傳來世。”全文見（宋）司馬光：《溫國文正司馬公文
集》卷六十五，《四部叢刊》初編本，上海書店出版社，1989 年據商務印書館 1926 年版重印。

隱，惡之者側目，愛之者寒心，至掩耳起避之，而道原曾不以爲意。……（6）道原家貧，至無以給旨甘，一毫不妄取於人。其自洛陽南歸也，時已十月，無寒具，光以衣襖一二事及舊貂褥賣之，固辭，强與之，行及潁州，悉封而返之。於光而不受，於它人可知矣。……（1）道原自言其先萬年人，六世祖度唐末明經及第，爲臨川令，卒官遇亂，不能歸，遂葬高安，因家焉。南唐以高安爲筠州，今爲筠州人。父渙字凝之，進士及第，爲潁上令，不能屈節事上官，年五十弃官，家廬山之陽，且三十年矣。人服其高，歐陽永叔作《廬山高》以美之，今爲屯田員外郎致仕云。

"施顧注"題注的內容可以分爲 11 個部分，（1）至（9）部分關於劉恕生平事迹的介紹直接對應司馬光書序的敘述，兩者內容及表述方式相同，只是詳略及次序安排有差別。這是因爲作者的身份、立場及撰寫目的不同，司馬光先從與劉恕相識、相交的過程談起，在追思中娓娓道來劉恕的人格履歷，最後才交待此序代墓志銘的緣由，故於文末才介紹其家世。而題注是人物小傳，自有傳記的常規寫法，先介紹家世，再按時間順序敘述，這樣更加簡潔精要。

深具意味的是題注作者如何在整體節引概括的情況下通過敘述方式的調整表達自己的觀念。通過比較，可以發現"施顧注"題注非常詳細地引用了司馬光介紹劉恕與王安石交惡的經過，即（7）、（8）部分。在司馬光的原敘述中，這一事件主要爲凸顯劉恕獨立不懼的人格品質，涉及王安石的部分比較實事求是，所以劉恕不應王安石舉薦初次違逆時，司馬光客觀地描述"介甫雖不能用，亦未之怒"。後面雖對王安石有不滿與指責，"或面刺介甫，至變色如鐵"等描述更多是爲烘托劉恕的品行。而題注却有意糅合了司馬光的兩處敘述，極力塑造王安石擅權囂張、心胸狹隘的形象。這種失之偏頗的敘述態度是注者的歷史觀導致的。結合施宿的個人經歷以及其他地方所表現出的反王安石傾向，這些題注應當是由施宿完成的。

施宿注釋蘇詩時所編《年譜》專設"時事"一欄，並未一味偏袒舊黨，在政事上其實有着比較清醒的認識，態度比較公正。在否定新黨的同時，他也會批評元祐黨人好破不善立、因私廢公的一面，如元祐四年己巳"時事"欄施宿下按語道："按：元祐諸賢欲革弊而不思所以自善其法，欲去小人而不免於各自爲黨，憤嫉太深而無平和之氛，攻詆已甚而乖調復之

方。同異生於愛憎，可否成於好惡。朝廷之上，議論不一，差役科場，久
而不定，更易煩擾，中外厭之。"但是，由於南宋權相頻出，而施宿本人
也被人彈劾以致奉祠、罷官，他非常激烈地反對曾經獨攬大權的王安石，
並且把這種傾向帶到爲蘇詩作的題注中。"施顧注"題左注中的人物小傳，
許多都詳細記載了傳主與王安石的關係或對其的態度。如卷五《將之湖州
戲贈莘老》題左注：

> 莘老姓孫氏，名覺，高郵人，登進士第。嘉祐中編校昭文書籍，
> 進館閣校勘，直集賢院，神宗即位擢右正言，出通判越州。熙寧二年
> 召知諫院同修起居注，知審官院。王介甫蚤與莘老善，驟引用之，將
> 以爲助。時呂惠卿用事，帝詢於莘老，對曰："惠卿辯而有才，過人
> 數等，特以爲利之，故屈身於安石。安石不悟，臣竊以爲憂。"帝曰：
> "朕亦疑之。"其後果交惡。青苗法行，議者謂周官泉府民之貸者至輸
> 息廿而五，國事之財用取具焉。莘老條奏其妄，謂："不當取疑文虛
> 説以圖治。今老臣疏逐而不見聽，諫官請罪而求去，恐非國家之福。"
> 介甫覽之怒以語動之曰："不意學士亦如此！"遂出知廣德軍，徙湖、
> 廬、蘇、福、亳、揚、徐七州，知應天府，入爲太常少卿、秘書少
> 監。哲宗立，拜右諫議大夫，論宰相蔡確、韓縝罷去。進吏部侍郎、
> 御史中丞，臥病，以龍圖閣直學士奉内祠求靈仙觀以歸。卒年六十
> 三。莘老有德量，爲介甫所逐，流落遠外，轍環八州，而待之如初。
> 退居鍾山，枉駕道舊，從容累夕。迨其死又作文以誄。紹聖中亦在
> 黨籍。

這篇孫覺的小傳，生平履歷叙述得十分簡潔，唯獨詳細描述孫覺與王安石
的交往，並於字句細節處著意刻畫王安石險惡的形象，如描繪王安石"覽
之怒以語動之"，凸顯其氣量狹小，並把孫覺出知廣德軍的原因歸罪於其
不爲安石所容，透露出作者對王安石的一種惡意。

再如卷五《八月十日夜看月有懷子由並崔度賢良》題左注：

> 崔度賢良者，《國史》諸書姓名皆未之見。有崔公度者字伯易，高
> 郵人，口吃而内絶敏，書一閲即不忘。劉丞相沆嘗薦茂材异等，辭疾
> 不應命。歐陽文公得其所作《感山賦》示韓忠獻，忠獻上之英宗，授
> 和州防禦推官，爲國子監直講。以母老辭。王介甫當國，獻《熙寧稽

古一法百利論》。介甫大喜，薦對，進光祿丞，知陽武縣。入館知太常
禮院，所以媚介甫者無不至。後知穎、潤、宣、通四州，以直龍圖閣
卒。疑度即公度，編集時偶脫"公"字耳。姑存於此，以俟知者正之。

施宿此番考證有創獲之功，但對崔度"媚介甫者無不至"的評價却帶有明
顯的褒貶傾向。事實上，施宿所作題注多有"時王介甫方以新法亂天下"
"王安石見其對，大惡之，密啓於上""安石忌之，出知杭州"（卷五《次
韻孔文仲推官見贈》題左注）、"是時王介甫所用，多新進馳騖功利之士"
（卷五《和歐陽少師會老堂次韻》）、"安石強辯自用，詆天下之公論以爲流
俗，違衆罔聞，順非文過"（卷十七《趙閲道高齋》）等描述。

　　"微言大義"的史家筆法源遠流長，一切叙述也免不了帶上叙述者的
主觀偏見，但是，作爲傳記作者與詩注家的施宿顯然不太"專業"，評價
人物、叙述事件時過於直接、强烈而頻繁地表達個人的歷史觀。因此，其
實需要謹慎對待"施顧注"題注關於人物史事的介紹，在閱讀、利用施宿
所作題注的一些内容時，最好核對原出處以及更可靠的史料。

四、題注"以史釋詩"向"以史證詩"過渡的特點

　　"施顧注"題注中施宿善於運用史料臧否人物，雖然有時不夠公允，
略顯煩瑣，但在以"知人論世"法解釋分析蘇詩中寄寓的深意方面，施宿
的確比其他蘇詩注家更爲注重運用此法，所做的努力更多、成就更大。在
"詩史"觀念影響下宋代詩注家運用"知人論世"法普遍的表現可以概括
爲"以史釋詩"，但施宿略有不同，在題注中其注釋策略還體現出某些與
後世流行的"以史證詩"相似的特點，表現出"以史釋詩"向"以史證
詩"過渡的特色。

　　正如第一章所言，宋代蘇詩注家多受"詩史"觀念影響，注重爲蘇詩
繫年，還原詩人作詩的時空背景，運用"知人論世"法注釋詩歌。在這方
面，施宿表現突出，他特別注重發掘"詩"中之"史"，並借助史料解釋
詩意。比如前文詳細分析的《送劉道原歸覲南康》題左注（10）部分：
"此詩端爲介甫而發。其云'孔融不肯下曹操，汲黯本自輕張湯'，蓋以孔
融、汲黯比道原，曹操、張湯況介甫。又云'雖無尺箠與寸刃，口吻排擊
含風霜'，益著其面折之實也。"施宿用大量篇幅介紹劉恕其人及與王安石

的交往，最終目的在於揭示詩人的創作意圖、分析詩句的意義，"臧否人物""借他人酒杯澆胸中塊壘"等不過是附帶的功能。即是説，施宿運用史料的宗旨在於"釋詩"，歸根結底仍是"以史釋詩"策略的運用。以發明蘇詩本意爲目的、宗旨，這一點施宿的自序講述得很清楚：

> 東坡先生詩，有蜀人所注八家，行於世已久。先君司諫病其缺略未究，遂因閒居，隨事詮釋，歲久成書。然當亡恙時，未嘗出以視人。後二十餘年，宿佐郡會卨（稽），始請待制陸公爲之序。而序文所載在蜀與石湖范公往復語，謂坡公旨趣未易盡觀遽識，若有所謹重不敢者。宿退而念先君於此書，用力既久，獨（猶）不輕爲人出，意或有近於陸公之説。而先君末年所得未及筆之書者，亦尚多有，故止於今所傳。宿因陸公之説，拊卷流涕，欲有以廣之而未暇。自頃（按：嘉泰二年）奉祠數年，舊春蒙召（按：嘉定二年），未幾汰去，杜門無事，始得從容放意其間。……故宿因先君遺緒及有感於陸公之説，反覆先生出處，考其所與酬答賡倡之人，言論風旨足以相發，與夫得之耆舊長老之傳，有所援據，足裨隱軼者，各附見篇目之左。而又采之《國史》以譜其年，及新法罷行之目列於其上，而繫以詩之先後，庶幾□（學）者知先生自始出仕，至於告老，無一念不惓惓國家，而此身不與。……雖然，宿之區區，豈以爲有補於先生哉？蓋先君之志在焉，不敢使之泯没不見於世，如斯而已矣。嘉定二年中秋日吳興施宿書。

顯然，施宿擴補其父的遺著，增補的内容與注釋的方法深受陸游的影響。

寧宗嘉泰二年施宿曾請陸游爲施元之、顧禧合注的蘇詩注本作序，陸序云：

> 古詩唐虞賡歌，夏述禹戒作歌，商周之詩，皆以列於經，故有訓釋。漢以後詩見於蕭統《文選》者，及高帝、項羽、韋孟、楊惲、梁鴻、趙壹之流，歌詩見於史者，亦皆有注。唐詩人最盛，名家者以百數，惟杜詩注者數家，然概不爲識者所取。近世有蜀人任淵，嘗注宋子京、黃魯直、陳無已三家詩，頗稱詳贍。若東坡先生之詩，則援據閎博，指趣深遠，淵獨不敢爲之説。

> 某頃與范公至能會於蜀，因相與論東坡詩，慨然謂予："足下當

作一書，發明東坡之意，以遺學者。"某謝不能。他日又言之，因舉二三事以質之，曰："'五畝漸成終老計，九重新掃舊巢痕'，'遙知叔孫子，已致魯諸生'，當若爲解？"至能曰："東坡竄黃州，自度不復收用，故曰'新掃舊巢痕'。建中初復召元祐諸人，故曰'已致魯諸生'。恐不過如此耳。"某曰："此某之所以不敢承命也。昔祖宗以三館養士，儲將相材，及官制行，罷三館。而東坡蓋嘗直史館，然自謫爲散官，削去史館之職久矣，至是史館亦廢。故云'新掃舊巢痕'，其用字之嚴如此。而'鳳巢西隔九重門'，則又李義山詩也。建中初韓、曾二相得政，盡收用元祐人，其不召者亦補大藩，惟東坡兄弟猶領宮祠。此句蓋寓所謂'不能致者二人'，意深語緩，尤未易窺測。至如'車中有布乎'，指當時用事者，則猶近而易見。'白首沉下吏，綠衣有公言'，乃以侍妾朝雲嘗嘆黃師是仕不進，故此句之意戲言其上僭。則非得於故老，殆不可知；必皆能知此，然後無憾。"至能亦太息曰："如此誠難矣！"

　　後二十五六年，某告老居山陰澤中，吳興施宿武子出其先人司諫公所注數十大編，屬某作序。司諫公以絕識博學名天下，且用工深，歷歲久，又助之以顧君景蕃之該洽，則於東坡之意亦幾可以無憾矣。某雖不能如至能所托，而得序斯文，豈非幸哉！嘉泰二年正月五日，山陰老民陸某序。

陸序先通過任淵不注蘇詩，烘托蘇詩"援據閎博，指趣深遠"的特點，再以四句蘇詩真正的旨趣寓意説明蘇詩之難解，最後程式化地誇贊一下施元之與顧禧的注釋。如果仔細揣摩，會發覺陸游其實對施、顧的注釋並不太滿意，所以他只稱贊二人"絕識博學""用工深，歷歲久""該洽"，而在他強調的注釋難點"東坡之意"方面卻是"幾乎"可以無憾。這樣有分寸的評價在書序中是比較保守的。施宿也意識到了其父執注釋的不足，所以在自己後來注本的序中強調"宿因陸公之説，拊卷流涕""宿因先君遺緒及有感於陸公之説，反覆先生出處"，既然有所缺憾那就針對性地進行彌補。施宿彌補的方法也得益於陸游解釋蘇詩的思路。

　　"五畝漸成終老計，九重新掃舊巢痕""遙知叔孫子，已致魯諸生"，即使是對蘇軾生平出處了然於胸的學者，也不過如范成大那般理解詩意。但陸游不滿足於此，而是更進一步，通過主動填補、還原蘇詩寫作時的歷史政治環境，揣摩蘇軾寄寓其中的深意。前詩出處爲《六年正月二十日復出東門仍用前韻》："亂山環合水侵門，身在淮南盡處村。五畝漸成終老計，九重新掃舊巢痕。豈惟見慣沙鷗熟，已覺來多釣石溫。長與東風約今日，暗香先返玉梅魂。"此詩作於元豐六年蘇軾在黃州時，范成大所言"東坡竄黃州，自度不復收用"的確只能解釋清楚"五畝漸成終老計"，至於"新掃舊巢痕"的"舊巢"是何指沒有落實。而陸游補充北宋三館的掌故並聯繫蘇軾直史館的經歷，有理有據地揭示出此"舊巢"是蘇軾在京師曾經任職的館閣。這樣，"新"與"舊"的交替呼應着新法改革如火如荼時物是人非的悲涼傷感。"遙知叔孫子，已致魯諸生"句類似，陸游不止於從文字表面理解，而進一步回到過去的時事環境，從建中靖國時蘇軾兄弟不得復用，體會詩句所用典故未説完的深意——"不能致者二人"。雖然陸游有可能是過度闡釋，此句不過如"百家注"卷一紀行類趙次公注所言"此言建中靖國間，新天子即位，必新定禮儀"而已，但讀者亦不能否定陸游注解的可能性，蘇軾原詩的確能包容多種意向的闡釋。

再看陸游所謂"車中有布"，此乃蘇詩《董卓》中語："公業平時勸用儒，諸公何事起相圖。只言天下無健者，豈信車中有布乎。"典出《後漢書·董卓傳》："有人書呂字於布上，負而行於市，歌曰'布乎'。有告卓者，卓不悟。"據周必大（1126—1204）《二老堂詩話》記載："陸務觀云：王性之謂蘇子瞻作《王莽詩》譏介甫云：'入手功名事事新。'又咏《董卓》云：'公業平時勸用儒，諸公何事起相圖。只言世上無健者，豈信車中有布乎。'蓋譏介甫黨爭市易事自相叛也。'車中有布'借呂布以指惠卿姓、曾布名，其親切如此。"[①] 顯然，這種比附王安石、呂惠卿的解讀與施宿後來題注的闡釋傾向如出一轍。

"白首沉下吏，綠衣有公言"出自《送黃師是赴兩浙憲》，"綠衣"指代朝雲，朝雲與蘇軾的對話這一本事揭露以後，此句之詩意自然明白顯豁。

---

① （宋）周必大：《二老堂詩話》，見吳文治主編：《宋詩話全編》第6冊，江蘇古籍出版社，1998年版，第5908頁。另外清初查慎行《蘇詩補注》卷十二"車中有布"句注引周必大所言之後，又云："前輩已言之矣，《施氏補注》抹却此段，竊爲己説，是何心哉！"筆者所見"百家注"與"施顧注"此句皆只引《後漢書》原典，而查注所見施顧注似乎引過王銍語，但未標出處。見（清）查慎行撰，王友勝校點：《蘇詩補注》，鳳凰出版社，2013年版，第360頁。

　　總之，陸游在序文中呈現的解詩思路與方法啓發了施宿，"施顧注"的題注大多都運用了這種"以史釋詩"的方法，通過介紹人物與時事、還原作詩背景，以達到解釋詩歌意義的目的。如卷五《和歐陽少師會老堂次韻》題左注末尾云："是時王介甫所用，多新進馳騖功利之士，故云：'一時冠蓋盡嚴終，舊德年來豈易逢。'"又如"施顧注"題注內容最多的詩卷二十七《送周朝議守漢州》，題左注共 768 字，引用史料詳細介紹了蜀地榷茶的歷史與"熙寧初王安石呂惠卿相繼秉政，邊事寖興，以財用爲急"之後李杞、李稷禁止蜀茶民間私買而周表臣、周尹、張永徽、吳師孟、呂陶、宋大章六人"乞罷榷茶之法，許通商買賣，以安遠方"的經過。其後，題注又云："詩云'茶爲西南病，岷俗記二李'者，謂此也。又云：'何人折其鋒，六君子。君家尤出力，流落初坐此。'六人者，東坡只注其姓字。周思道即漢洲，名表臣，成都人；佺正孺名尹，即侍御史；吳醇翁即蜀州，名師孟；呂元鈞即彭州，名陶，後爲給事中；張永徽乃二張之一；宋文輔名大章，即彰明知縣也。蜀茶之官榷通商，其繫斯民之休戚，可謂重矣。故因公詩具載本末而六君子之名亦以表見於後世焉。"

　　如果對比《送周朝議守漢州》其他注本的注釋，施宿"以史釋詩"的特色很容易凸顯出來。"百家注"卷二十一送別中此詩題注"堯卿"曰："周表臣字思道，成都人。"此詩中"念歸誠得計，顧自爲謀耳"句次公注："周氏蜀人也，其出守漢州亦自爲謀也。"同樣解釋詩句意義，趙次公更多依據的是蘇詩本身的表述，合乎的是語言語意的邏輯，不同於施宿由蘇詩出發再建構一個人物活動的歷史空間背景，置詩歌於其中再進一步理解現實世界中的蘇詩詩意。即是說，施宿致力於運用各種史料還原作詩背景、知人論世、站在蘇軾的角度設身處地感其所感、想其所想、言其所言，以達到對蘇詩本意的真正理解。這是一種充分結合"知人論世"法的"以意逆志"解詩思路，與"百家注"諸多注家一般性地"意逆"不同，此即施宿"以史釋詩"的特色。

　　由於施宿在"以史釋詩"的過程中特別強調"史"的一面，有時也表現出後來清代學術才盛行的"以史證詩"的某些特點。"以史釋詩"與"以史證詩"的差異如周裕鍇先生揭櫫的："引用史料來說明'詩人的創作背景及詩歌的創作年代'的詩注方法，只能叫做'以史釋詩'。爲什麼這樣說呢？因爲'證'字具有考據驗證的含義，宋人注詩的方法似不足以當此。只有將考證學重證據、求實事的精神融入‘以史釋詩’的方法中，才算得上真正的‘以史證詩’。能做到這一點的是清人而不是宋人。"① 的確，在"詩史"觀念影響下，許多宋代詩注都意識到"史"與"事"對理解詩意的重要性，熱衷通過揭示本事與時世背景還原作者的創作意圖。但他們"於史料之恰當與否、本事之真實與否則無暇顧及，野史傳聞，街談巷議，往往引之爲據，未作深考，有些注解甚至在未考史傳或史傳失載的情況下，不惜編造史事來附會詩意"②。

儘管施宿也如其他宋代注家那樣時常不注重史料的來源是否真實可靠，其題注有些地方仍然表現出了稍微不同的面貌。比如《送黄師是赴兩浙憲》"白首沉下吏，綠衣有公言"句，陸游稱"則非得於故老，殆不可知"，其論説的直接依據應是故老相傳的逸聞。"百家注"中趙次公亦注云："當時人有未解此句，問之先生，先生曰：'吾家朝雲每見師是，怪其官職不遷耳。'然後知綠衣指朝雲。蓋'綠衣'乃《詩》篇名，妾之服也。"趙次公也根據時人傳聞作注。但施宿跟他們不一樣，此詩在"施顧注"卷三十三，題左注爲：

> 黄師是名寔，陳州人，登進士第，歷樞屬宰掾，提舉京西、淮東常平，提點梓州路、兩浙刑獄，京東、河北轉運。師是乃章子厚之甥，子由官陳，由是二女皆爲子由婦。哲宗欲召用，而林希用是沮之，終寶文閣待制，知定州，贈龍圖閣直學士。孫緦跋此詩云："先生侍兒嘗問：'朝之諸公遷擢不淹，時獨黄師是，昔爲提刑，今又提刑，何耶？'先生大笑。方作詩送之，故云：'綠衣有公言。'"墨迹刻於奉化黄氏。

施宿通過他人詩跋與墨迹引入朝雲故事，比趙次公更嚴謹有據。而且，他總是以類似史書傳記的敘述方式介紹詩題涉及的人物、時世背景。即是説，施宿雖然利用一些比較奇異、無甚根據的民間傳聞，但並非毫無選擇，"有所援據，足裨隱軼者"才吸納爲注釋，其寫作方式亦有一定的規範性。雖然施宿的題注大多不標材料出處，依己意裁剪增添，但有些例外之處也顯示出施宿有令注釋言之有據的"驗證"意識，如卷三十八《庚辰

---

① 周裕鍇：《中國古代闡釋學研究》，上海人民出版社，2013 年版，第 377 頁。
② 周裕鍇：《中國古代闡釋學研究》，上海人民出版社，2013 年版，第 377 頁。

歲人日作，時聞黃河已復北流，老臣舊數論此，今斯言乃驗二首》題
左注：

> 神宗元豐四年，澶州言："河決小吳埽。"詔："東行河道已填淤，
> 不可復，更不修閉。"上曰："陵谷遷變，雖神禹復出，亦不能强。蓋
> 水之就下者，性也。"哲宗元祐三年，知樞密院安燾等疏，議回河東
> 流，平章重事文忠烈、中書侍郎呂正愍從而和之，力主其議。子由在
> 西掖，言於右僕射呂正獻曰："河決而北，先帝不能回，而諸公欲回
> 之，是自謂過先帝也。元豐河決，導之北流。不因其舊，修其未備，
> 乃欲取而回之！"正獻曰："當與公籌之。"然竟莫能奪，其役遂興。
> 議論紛然，至於累歲。東坡嘗侍上讀《祖宗寶訓》因及時事，曰：
> "黃河勢方北流，而强之使東。"當軸者恨之。四年八月，子由在翰
> 林，第四疏論必非東決，有曰："臣兄軾前在經筵，因論黃河等事，
> 爲眾人所疾，迹不自安，遂求引避。"八年，子由爲門下侍郎，呂正
> 愍爲左相，范忠宣爲右相，吳安持、李偉爲水官。子由持前説議於上
> 前，宣仁是之。未幾，三公皆去，河流遂東，凡七年而後復。其詳載
> 《國史》。子由奏議，《潁濱遺老傳》《龍川志》。陸務觀云："'夢中時
> 見作詩孫'，初不解，在蜀見蘇山藏公墨迹《疊韻竹詩》後題云：'寄
> 作詩孫符。'乃知此句爲仲虎發也。"海南無秔秋，本卷《縱筆詩》云
> "北船不到米如珠"，此詩云"典衣剩買河源米"，河源縣屬惠州，當
> 是秔秋所産也。

題注明確稱"其詳載《國史》"，引用叙述條理分明，涉及的時間、人物、
事件乃至具體的文獻名稱皆比較清楚。又如卷三十三《次韻錢穆父王仲至
同賞田曹梅花》題左注：

> 《四朝正史·錢穆父傳》載其復知開封，臨事益精明。東坡乘其
> 据案時遺之詩，穆父操筆立賦以報坡曰："電掃廷訟，響答詩筒，近
> 所未見也。"然穆父以是歲二月十八日再除開封田曹，賞梅倡和，猶
> 當是爲户部尚書時，此後止有《次韻穆父馬上寄蔣穎叔二絕》，而東
> 坡出帥定武和送別一詩爾。"響答詩筒，顧未見之"，豈倡酬猶有遺逸
> 耶？坡公之語不應虛發也。

注中明引《四朝正史》，末尾"坡公之語不應虛發也"的評價也説明，在

施宿看來記實可驗是蘇詩重要的品質。另外，施宿甚爲注重以墨迹石刻校勘驗證蘇詩，這些都是實實在在的文獻資料，説明了他的一些實證態度。然而，施宿的這些態度與方法，還是與清代注家"以史證詩"差別較大。梁啓超總結乾嘉"正統派之學風"，有如下數條：

　　一、凡立一義，必憑證據；無證據而以臆度者，在所必擯。

　　三、孤證不爲定説，其無反證者孤存之；得有續證則漸信之，遇有力之反證則弃之。

　　四、隱匿證據或曲解證據，皆認爲不德。

　　五、最喜羅列事項之同類者，爲比較的研究，而求得其公則。①

顯然，施宿雖然比較注重論説的依據，一般並不致力於考證這些依據本身的真實性與可靠程度。他叙説注釋的重點與旨歸，仍然在如何理解蘇詩的深意。因此，可以説，"施顧注"中施宿的題注體現的是一種"以史釋詩"向"以史證詩"過渡的特點。

第二節　句注的相關問題

　　邵長蘅稱贊"施顧注"云："施氏合父子數十年精力成是一編，徵引必著書名，詮詁不涉支離，詳贍而疏通，它家要難度越。"② 這一評價其實針對的是基本由施元之、顧禧完成的"施顧注"句注。施宿雖然也留意過這些句注，比如諸多以墨迹石刻校定異文的小字注應該出自施宿之手，但總體來看，句注的注釋對象及注釋方法與大多題注相異，分明出自兩種注釋觀念。因此，本節主要以施元之、顧禧爲句注的作者展開討論。

一、作爲單注本的注釋意圖：補充早期集注本而作

　　"施顧注"因不滿早期集注本的"缺略"而作，施宿自序言："東坡先

---

　　① 梁啓超著，夏曉虹點校：《清代學術概論》十三，中國人民大學出版社，2004 年版，第173 頁。

　　② （清）邵長蘅：《注蘇例言》，見（清）馮應榴輯注，黃任軻、朱懷春校點：《蘇軾詩集合注》附録，上海古籍出版社，2001 年版，第 2717 頁。

生詩，有蜀人所注八家，行於世已久。先君司諫病其缺略未究，遂因閒
居，隨事詮釋，歲久成書。"因此，與《前集》等早期集注本相比其出注
的地方更多，即使沿襲舊注，也會翻檢原書進行核對，重新截取引文並標
明出處，而其新增的注釋則往往放在舊注之前，這正是"施顧注"作爲單
注本具有的特點，與同樣宣稱不滿於早期集注本實際却大量照抄吸收的分
類集注本"百家注"不同。

　　比如"施顧注"卷三《送張安道赴南都留臺》"我公古仙伯"句，《前
集》卷二先是趙次公注："道科有仙卿、仙伯，如《集仙錄·大茅君傳》
有云'紫陽左公，太極仙伯是也'。"再"補注"云："神仙王知遠母夢靈
鳳集，因而有娠。《僧寶志》曰：'生子當爲神仙宗伯。'其後知遠謂弟子
曰：'吾漸遊洞府仙曹，除吾爲少室仙伯。'"而"施顧注"僅云："杜子美
詩：'諸公乃仙伯，杖藜長松蔭。'"此爲"彼詳而我略"，避其重復。"偶
懷濟物志，遂爲世所縻"句，《前集》無注，而"施顧注"云："《文選》
謝靈運《述祖德詩》：'兼抱濟物性，而不縈垢氛。'《周易》：'我有好爵，
吾與爾縻之。'"此爲"彼略而我詳"。另外，"施顧注"亦爲《前集》無注
之"闔府諫莫移""世俗安得知""出處良細事"出注。

　　又，"黃龍遊帝郊，簫韶鳳來儀"句，"施顧注"删去《前集》引用的
一條材料、繼承一條又增補一條並調整了一條注釋的位置：删去的是李厚
所注："《禮記》：'龜龍在郊陬。'"應是覺得"龜龍"與"黃龍"有區別，
需要尋找的是"黃龍"的出處；繼承的是："《揚雄傳》：'鳳凰巢其樹，黃
龍遊其沼。'"增補的是："《瑞應圖》：'黃龍居四龍之長，神靈之精。舜東
巡狩，黃龍負圖置舜前。'"又把《前集》連在一起的注釋"《書》：'簫韶
九成，鳳凰來儀。'"單獨置於"簫韶鳳來儀"句下。"終然反溟極，豈復
安籠池"句，《前集》次公注僅爲："晋潘安仁云：'池魚籠鳥。'"而"施
顧注"補全了其書篇名："《文選》潘安仁《秋興賦》：'譬猶池魚籠鳥，而
有江湖之思。'"不僅來歷清楚有據，補全的原文對理解蘇詩也有幫助。

　　再以卷三《送劉道原歸覲南康》爲例說明在徵引史籍方面"施顧注"
句注對《前集》的吸收與改造。"晏嬰不滿六尺長，高節萬仞陵首陽"句，
《前集》前句李厚注曰："《史記》：'晏子御者之妻語其夫曰：晏子長不滿
六尺，身相齊國，名顯諸侯。'"後句程縯注曰："齊崔杼弒莊公，立景公
而相之。盟，國人曰：所不與崔慶者……讀未終，晏子抄易其詞曰：嬰所

不唯忠於君，利社稷者，是與有如上帝，乃猷。首陽，伯夷、叔齊也。"
而"施顧注"兩句連注："《史記・晏嬰傳》：'晏子爲齊相，在朝君語及之
即危言，語不及之即危行。出，其御之妻語其夫曰：晏子長不滿六尺，身
相齊國，名顯諸侯。今妾觀其出，志念深矣，常有以自下者。今子長八
尺，乃爲人僕御，然子之意自以爲足，妾是以求去。'《左傳・襄公二十五
年》：'齊崔杼弑其君，晏子立於崔氏之門外，門啓而入，枕尸股而哭之，
興三踊而出。人謂崔子必殺之。崔子曰：民之望也，舍之得名。'《史記・
伯夷傳》：'義不食周粟，隱於首陽，采薇而食之。'"

如果比對出處原文，可以發現，"施顧注"嚴格標注書篇名，引用的
內容也比《前集》更多。但仔細體會，《前集》的注釋概括性更強，簡略
而精當，除了徵引方式不規範，實際上已然使詩義著明，而"施顧注"卻
是有意增補、避其重復，反而顯得有些煩瑣累贅。

"施顧注"注者作注時參考了早期集注本，所以有個別地方如果不結
合早期集注本的注釋不容易領會。比如"施顧注"卷三十二《次韻林子中
春日新堤書事見寄》："爲報年來殺風景，連江夢雨不知春。"後句注爲：
"《左傳》：'田於江南之夢。'杜牧之詩：'得州荒僻中，更值連江雨。'東
坡云：'來詩有"芍藥春"之句。揚州近歲率爲此會，用花十餘萬枝，吏
緣爲奸，民極病之，故罷此會。'"有蘇軾自注，這句詩本身不難理解，然
而單看"施顧注"的注釋卻不易領會其爲何要引用《左傳》"田於江南之
夢"這一貌似關聯不大的出處。"百家注"卷十八酬答類下此句下先引蘇
軾自注，接着趙次公注："夢雨者，雲夢之雨也。杜牧詩云：'得州荒僻
中，更值連江雨。'"現存《前集》沒有此詩，不過馮應榴曾見過宋刊《後
集》殘本，在《蘇文忠公詩合注》中引用道："先生後篇又云：'雲夢連江
雨'，今止言'夢'字，《左傳》昭公三年'田江南之夢'也。"所謂"後
篇"指《滕達道挽詩二首》之二："雲夢連江雨，樊山落木秋。"此詩"百
家注"次公注云："雲夢澤在湖州、常州之地。樊山在鄂州武昌縣，皆楚
地也。"即是説，趙次公以"夢"爲"雲夢"的簡稱。《左傳》原文杜預注
即爲："楚之雲夢跨江南北。"然而事實上，"夢雨"不過是一種狀態的形
容，不一定要理解爲雲夢澤之雨。

也有趙次公已經注得較好，而"施顧注"畫蛇添足的地方。比如卷三
《送劉攽倅海陵》"海邊無事日日醉，夢魂不到蓬萊宮"句，《前集》卷二

趙次公注云："杜詩：'憶獻三賦蓬萊宮。'""施顧注"云："《史記·封禪書》：'蓬萊、方丈、瀛洲，此三神山者。其傳在渤海中。'杜子美《莫相疑行》：'憶獻三賦蓬萊宮。'"表面來看，"施顧注"增加了一個更早的出處，更全面，其實却是畫蛇添足。杜甫原詩爲《莫相疑行》："男兒生，無所成。頭皓白牙齒，欲落真可惜。憶獻三賦蓬萊宮，自怪一日聲輝赫。"杜甫自叙獻賦得官的經歷，"蓬萊宮"指代玄宗所在朝堂。蘇詩實際上也用"蓬萊宮"指代神宗所在，詩句設想的場景是劉攽被新黨排擠外放於海陵時，蘇軾表面希望劉攽"夢魂不到"蓬萊宮，其實是一種氣惱與無奈之下的消極抵抗。蓬萊仙山是常識，蘇詩重點在"蓬萊宮"而非"蓬萊"，所以趙次公揀擇關鍵的出處注釋，而"施顧注"反而顯得冗餘。

王文誥也意識到"施顧注"的這些特點，所以稱："王、施並引經史，而詩之本事見於王者爲多，施則因其詳略而損益之。"① "施顧注"題注偶爾徵引的圖經、史傳是否是施宿嘉定年間有感於"百家注"而增補，難以確定，但施元之、顧禧作注時肯定沒有參考"百家注"，句注中沒有對"百家注"新增注釋的利用痕迹，王文誥誤把"施顧注"對早期集注本的增删損益當成了"百家注"。

二、句注突出的注釋特點："引詩注詩"的大量運用

"百家注"與"施顧注"都因不滿早期集注本的"缺略"而有所增補，而比較兩者新增的句中注釋，可以發現"施顧注"最有特色的一點在於更加注重引用文學體裁的出處注釋蘇詩的語典，即"引詩注詩"方法的大量運用。後來清人邵長蘅聲稱："引詩注詩，始於宋人。"② 實爲對這一較爲特殊的詩注方法的概括。這一方法第一章已有談及。

"引詩注詩"的現象在"施顧注"句注中出現頻率高、數量衆多。以《送吕希道知和州》一詩爲例，《前集》卷二句注共有九條，除了李厚有一條注文引杜詩句，其餘皆爲事典的引用及地理、歷史背景的介紹。"百家注"卷二十送別類注釋内容與《前集》基本相同，只是注家稱引有所不

---

① （清）王文誥：《蘇文忠公詩編注集成》，《凡例三十則》之三，巴蜀書社，1985 年版。

② （清）邵長蘅：《注蘇例言》，見（清）馮應榴輯注，黄任軻、朱懷春校點：《蘇軾詩集合注》附錄，上海古籍出版社，2001 年版，第 2719 頁。

同。而"施顧注"卷三共有十二處十九條注文，詩句出處有八條，分別爲：《文選》謝靈運詩、《毛詩》、杜甫詩、王昌齡詩、韓愈詩、《毛詩》、白居易詩、《毛詩》。全詩將近二分之一的比率爲"引詩注詩"。又如"施顧注"卷三《傅堯俞濟源草堂》，七律八句中七句皆爲引詩注詩，分別引：《文選》歐陽堅石詩、杜甫詩、白居易詩、杜甫詩、杜甫詩、杜甫詩、盧仝詩。當然，並非所有詩都有如此高頻率的"引詩注詩"現象，但引用詩句注釋的確是"施顧注"整體上非常突出的一個特點。

如《前集》卷二《虞姬墓》："帳下佳人拭淚痕，門前壯士氣如雲。蒼黃不負君王意，只有虞姬與鄭君。"前二句程縯注："項羽聞漢軍四面皆楚歌，驚曰：漢家皆已得楚乎？乃夜起飲。帳中有美人，姓虞氏，常幸從，乃悲歌慷慨，自爲歌詩數曲，美人和之。羽泣下數行，左右皆泣，於是羽遂上馬戲下騎，從者八百餘人，夜潰圍出。"後二句宋援注："項羽垓下之敗，虞姬先自刎，鄭君嘗事項籍，籍死而屬漢，高帝命籍臣皆名籍，鄭君獨不奉詔。詔拜名籍者爲大夫，而逐鄭君。見鄭當時傳。"

"百家注"卷二古迹類注釋與《前集》完全相同。

"施顧注"卷三事典注釋的部分在詩末，云："《漢·項籍傳》：'壁垓下，夜聞漢軍四面皆楚歌，乃驚曰：漢皆已得楚乎？是何楚人多也？起飲，帳中有美人，姓虞氏，乃慷慨悲歌曰：虞兮虞兮奈若何？歌數曲，美人和之，泣數行下。'《漢·鄭當時傳》：'其先鄭君，嘗事項籍，籍死而屬漢，高祖令故項籍臣名籍，鄭君獨不奉詔。詔盡拜名籍者爲大夫而逐鄭君。'"標注了事典出處，對原文的裁剪略有不同。

此外，"施顧注"還增加了兩處"引詩注詩"，其一爲"門前壯士氣如雲"句下注："白樂天《答諸少年詩》：'饒君壯歲氣如雲。'"其二爲"蒼黃不負君王意"句下注："白樂天《閑忙詩》：'蒼黃日下山。'"

"施顧注"引用嚴格意義上的詩歌體裁注釋蘇詩的情況已經很多，如果從廣義上理解詩歌，把騷、賦、詞也算入具有"詩性"或"詩意"的押韻詩體的話，其"引詩注詩"的現象更突出。也就是説，"引詩注詩"雖然並非"施顧注"獨有的注釋方法，其他注家也多有運用，但就數量、頻率上來看，"施顧注"運用此法以注詩的現象最爲突出，顯然表明注家的注釋興趣與觀念傾向。

"施顧注"句注"引詩注詩"並非偶然的現象，而是一種比較自覺的行爲。一般注釋都會選取時代最早、語意也最相關的出處，而"施顧注"很多時候僅僅"引詩注詩"，所引詩句卻並非詞語最早的出處。如卷三《歐陽少師令賦所蓄石屏》"古來畫師非俗士"句，"施顧注"云："王維詩：'夙世謬詞客，前身應畫師。'""畫師"一詞早在沈約《宋書》已有使用，李白、杜甫的詩中也有運用，説明是唐初對畫家的某種尊稱。因此，注家爲"畫師"一詞出注，不因其詞意義晦澀，也非僅僅表明此詞有所來歷，而是特意選取同體裁的詩歌作爲出處，有明顯的同類比較意識。

對"施顧注"而言，其"引詩注詩"的現象尤其突出，很大部分原因就在於，其許多出注之處意義並不晦澀難解，語言表達的"陌生化"也不太突出，即使不是習以爲常的後世讀者，其他宋代詩注家也沒有爲這些地方出注，所以從結果上看，"施顧注""引詩注詩"的頻率與數量超過其他蘇詩注本。

如《送呂希道知和州》，《前集》和"百家注"唯一"引詩注詩"之處爲"鳳雛驥子生有種"句李厚注曰："杜詩：'竇侍御，驥之子，鳳之雛。年未三十忠義俱。'"而"施顧注"八處詩注出處爲：（1）"君家聯翩三將相"句注："《文選》謝靈運詩：'金羈相馳逐，聯翩何窮已。'"注家"引詩注詩"的興趣點在"聯翩"一詞；（2）"富貴未已今方將"句注："《毛詩》：'有娀方將。'注云：'將，大也。'"表明"方將"這一語言表達的淵源來歷；（3）"鳳雛驥子生有種"注："杜子美《入奏行》：'竇侍御，驥之子，鳳之雛。'"兩詩重復處在"鳳雛驥子"，這一意象組合與語言表述的確比較特別，有文學上的新創之處，所以其他注家如李厚也注意到並爲其出注；（4）"便合劍佩趨明光"句注："唐王昌齡《寄崔員外詩》：'我有故人曰鳳皇，腰佩金玉趨明光。'西漢有明光宫。"兩詩重復之處不僅在"趨明光"三字，還有"佩（某物）趨明光"這一語言結構，"施顧注"還單獨解釋了"明光"指明光宫這一詞義；（5）"征馬未解風帆張"句注："韓退之《岳陽樓》詩：'嚴程迫風帆，劈剪入高浪。'"重復處在"風帆"，又不僅僅是這一詞語，還含有征程之風帆這一語境帶出的詞彙使用意義；（6）"忍恥未去猶徬徨"句注："《毛詩》：'彷徨不忍去。'"重復處在"彷徨"一詞；（7）"無言贈君有長嘆"句注："白樂天《庚七詩》：'相悲一長嘆，薄命與君同。'"重復處在"長嘆"；（8）"美哉河水空洋洋"句注："《毛詩》：'河水洋洋，北流活活。'"注釋興趣點在"河水""洋洋"及其搭配。

諸如"聯翩""趨明光""風帆""彷徨""長嘆""河水洋洋"等詞或短語在理解上並無困難，其他宋代蘇詩注本也沒有出注，施元之、顧禧卻認爲這些語言表達有其創新之處，所以有意識地"引詩注詩"，通過相同體裁作品的比較，一則顯示詩人並非首創，而是有所淵源繼承，二則通過同類比較，展示詩人如何在繼承中有所改變、提煉，即黃庭堅"無一字無來處"及"點鐵成金"的思路。

但是，正如趙夔所言："先生之用事，不可謂無心；先生之用古人詩句，未必皆有意耳。盖胸中之書汪洋浩博，下筆之際，不知爲我語耶、他人之語也。觀者以意達之可也。"① 詩人在創作時不一定是刻意繼承與模仿，很可能是知識儲備自然洩露，而注家一旦"引詩注詩"，把出處展示出來，便默認詩人是有意爲之，如邵長蘅所言："引詩注詩始於宋人。余謂作者興會偶至，暗合古人，大家往往有此。一經注出，翻似有意。"② 因此，"引詩注詩"的過度使用其實沒有必要，尤其在宋代以後，滋養"引詩注詩"的詩學闡釋語境失落，人們多不認同黃庭堅的詩學觀念，以其爲剽竊、蹈襲。後人對"施顧注"的批評——"注家於詩中引用故事，每見輒注，有尋常習見語而再注、三注或至十餘注，施氏亦同此弊，數見不鮮，累紙幾成駢拇，甚無謂也"，很大部分都歸結於此一注本過度使用"引詩注詩"方法。而這一點正好表明"引詩注詩"以及對語典出處的重視是"施顧注"的特色。

第三節　注本的得失與建議利用方式

總體來看，"施顧注"句注雖然難免有漏標出處、標錯書名③，當注而未注、注而不全不明的地方，但與蘇詩其他宋注以及其他宋詩宋注相比，邵長蘅的稱讚大致言符其實："施氏合父子數十年精力成是一編，徵

---

① 趙夔原序，見題（宋）王十朋：《王狀元集百家注分類東坡先生詩》卷首附錄。
② （清）邵長蘅：《注蘇例言》，見（清）馮應榴輯注，黃任軻、朱懷春校點：《蘇軾詩集合注》附錄，上海古籍出版社，2001 年版，第 2719 頁。
③ 參見王友勝：《蘇詩研究史稿》，中華書局，2010 年版，第 48 頁。

引必著書名，詮詁不涉支離，詳贍而疏通，它家要難度越。”

標注出處書篇名，要做到這一點在古代社會其實並不容易。在缺乏電子檢索手段的時代，這對注者的藏書量與知識儲備、記憶力、勤奮度都提出了很高的要求。比如《胡完夫母周夫人挽詞》“豈似凡人但慈母，能令孝子作忠臣”句，《前集》卷二趙次公注：“傳言：‘求忠臣必於孝子之門。’”趙次公僅據傳言習語作注，而“施顧注”卷三補充了出處：“《後漢·韋彪傳》：‘求忠臣必於孝子之門。’”

“詳贍而疏通”也是施元之、顧禧用功的成果。大多情況，詩中涉及名物、典故的地方“施顧注”句注後出轉精，比早期集注本引用的材料更翔實嚴謹、每一處材料之間的排列次序更有條理，有時增補的材料也更精確，頗有啓發。比如《送劉攽倅海陵》“蒓絲未老君先去”句，《前集》先有程縯注：“晉張翰為齊王囧東曹掾，因見秋風起，乃思吳中菰菜蒓羹鱸魚膾，曰：‘人生貴得適志，何能羈宦數千里以要名爵乎？’遂命駕而歸。俄而囧敗，人皆謂之見幾。”再是趙次公注：“‘蒓絲’字則老杜云：‘羹煮蒓絲滑。’”實際上杜詩《秋日寄題鄭監湖上亭三首》之三原文為：“羹煮秋蒓滑，杯迎露菊新。”各本杜集皆作“秋蒓”而非“蒓絲”，顯是趙次公或者《前集》編者為牽合蘇詩私自改動。

“百家注”趙次公所引用的杜詩句為“羹煮秋絲滑”，又增加了“養源”注：“《齊民要術》云：‘羹之菜蒓為第一。四月蒓生莖而無葉，名雉尾蒓。芽甚肥美，葉舒長，名絲蒓。’”只有“施顧注”精確地注出了這一詞語的來歷，為另一杜詩《陪王漢州留杜綿州泛房公西湖》：“杜子美詩：‘豉化蒓絲熟。’《晉張翰傳》：‘因秋風起，思吳中菰菜蒓羹鱸魚膾，命駕而歸。’”

又如《出都來陳所乘船上有題小詩八首不知何人有感於余心者聊爲和之》之八：“我詩雖云拙，心平聲韻和。年來煩惱盡，古井無由波。”此詩《前集》只在詩末有程縯注：“孟郊詩：‘波瀾誓不起。’”師尹注：“白樂天詩：‘無波古井水，有節秋竹竿。’”這裏的引用過於簡略，孟郊詩亦未全引，與蘇詩重合度不高。“施顧注”不僅在末句補足了詩句：“白樂天《贈元稹詩》：‘無波古井水，有節秋竹竿。’孟郊詩：‘妾心古井水，波瀾誓不起。’”也爲“心平聲韻和”及“年來煩惱盡”句增加了《左傳》、佛經的出處，的確有助於體會蘇詩的深意與蘇軾的學問結構：“心平聲韻和”句注：“《左傳·昭公二十年》：‘晏子曰：聲亦如味也。君子听之以平其心，心平德和，故《詩》曰：德音不瑕。'"年来煩惱盡"句注："《圓覺經》：'斷除一切煩惱障蔽。'"

在精確程度上，比如《送文與可出守陵州》"清詩健筆何足數"句，同樣"引詩注詩"，"施顧注"選擇的詩句出處比趙次公更貼切蘇詩：《前集》趙注曰："杜詩：'清詩近道要。'又云：'健筆陵鸚鵡。'""施顧注"云："杜子美《解悶詩》：'復憶襄陽孟浩然，清詩句句盡堪傳。'又：'庾信文章老更成，凌雲健筆意縱橫。'"

"施顧注"有時增加的一些材料對理解蘇詩頗有助益，如《送錢藻出守婺州得英字》"日旰坐邇英"句下蘇軾自注"邇英閣名"，《前集》"補注"言："宋景文詩：'太極洪樞暇，西清秘閣開。文從壁府出，輦自殿中來。'蓋謂是也。"而"施顧注"引用《左傳》《漢書》解釋了"日旰"的含義與出處，再介紹邇英閣的建制方位，令蘇詩的意指得以落實："施顧注"云："《左傳·襄四年》：'衛獻公戒孫文子甯惠子食，日旰不召。'杜預曰：'旰，晏也。'又《昭公二十年》：'伍奢聞員不來，曰：楚君大夫其旰食乎？'《漢·張湯傳》：'每朝奏事語國家用日旰天子忘食。'仁宗皇帝景祐二年置邇英在迎陽門之北東向，延義在崇政殿之西南隅。"

在同一處注釋不同材料的排列次序上，"施顧注"也比較講究，一般按蘇詩與典故出處重合的關鍵詞在蘇詩中的順序排列，再結合典故出處與蘇詩詩意的相關程度或材料本身的可信程度，也會照顧到出處文獻的時間先後。比如卷三十八《書韓幹二馬》"赭白紫騮俱絕世"句先引《文選》顏延年《赭白馬賦》"乘輿赭白"，再引"李太白《紫騮馬詩》：'紫騮行且嘶，雙翻碧玉蹄。'"，再引《漢書·外戚傳》李延年歌曰："北方有佳人，絕世而獨立。"注釋內容是按蘇詩關鍵詞出現的順序排列。

注意到材料的時間順序與可靠程度者如《次韻張安道讀杜詩》"迂疏無事業，醉飽死遊遨"句，注曰："《莊子·列御寇篇》：'無能者無所求，飽食而遨遊。'《唐·杜甫傳》：'客耒陽，令嘗饋牛炙白酒，大醉，一夕卒。'劉斧《撫遺》：'杜子美依耒陽聶侯，侯不以禮遇之，忽忽不怡，多遊村落間。一日過江上洲中飲醉，宿於酒家。其夕，江水暴漲爲驚湍，漂泛其尸。洎玄宗還南内，思之，詔天下求之。聶侯乃積土於江上，曰：子美爲白酒牛炙厭飫而死於此矣。詩人皆憾之，題其祠，皆有感嘆之意。'"依時代前後先注《莊子》後列唐正史，再舉可靠性稍遜一籌的唐小說野史。

　　除了上述優點，"施顧注"也保存了一些失傳古籍之斷章殘篇，可資輯佚與考辨。① 這也是其他蘇詩宋注多具有的文獻價值，本書從略。

　　至於缺點方面，"全"與"精"可能難以兼顧，"施顧注"句注力求全面完善，有時也就難免會分散煩瑣，在這一方面邵長蘅所言"詮詁不涉支離"並不中肯。比如之前所舉《次韻張安道讀杜詩》"迂疏無事業，醉飽死遊遨"句的注例，此句《前集》程縯只有概括性的簡注："杜甫客耒陽，遊衡山，阻水，聶令具舟迎之，乃得還。令饋牛炙白酒，大醉而卒。""百家注"卷十七酬答類上注釋內容相同。對讀者來說，只要知道"醉飽死遊遨"意指杜甫飽醉而死之事就足以順暢地理解蘇詩了，"施顧注"所增加的三處材料雖然注出了語典與事典出處，亦詳細介紹了正史與小說傳聞的敘述細節，更嚴謹全面，但如果讀者逐一閱讀這些注文，反而會淡化原詩的閱讀記憶，主次不分，最終顯得煩瑣多餘。

　　另一方面，邵長蘅亦言："注家於詩中引用故事，每見輒注，有尋常習見語而再注、三注或至十餘注，施氏亦同此弊，數見不鮮，累紙幾成駢拇，甚無謂也。"② 就理解詩意來說，這一點的確是"施顧注"比較顯著的缺點，上一小節已有談及。

　　總之，"施顧注"的注釋有得有失，而分析其得失是爲了更好地對其進行利用。特別要注意的一點是，由於施宿的後期擴補，此種題注與句注的分工十分明確，句注基本上都是以徵引材料的方式注釋典故或字詞音義，作詩背景、詩意闡發等注者記叙的內容集中在題注部分。這種體例與《前集》、"百家注"不同，因此，利用"施顧注"時特別要注意把句注與題注結合起來閱讀。

　　比如卷三《送張安道赴南都留臺》詩中有"出入四十年，憂患未嘗辭。一言有歸意，閨府諫莫移"句，注釋只引用《漢書·翟方進傳》："閨府三百人，唯君侯擇其中。"句注只注出了典故的出處，如果不了解張方平的相關事迹，不易理解蘇詩的旨趣。而此詩題注其實交代了相關本事背

----

　　① 王友勝：《蘇詩研究史稿》，中華書局，2010 年版，第 47 頁。

　　② （清）邵長蘅：《注蘇例言》，見（清）馮應榴輯注，黃任軻、朱懷春校點：《蘇軾詩集合注》附錄，上海古籍出版社，2001 年版，第 2717 頁。

景。題注在敘述張方平小傳時云："與安石如冰炭，安石當軸，神宗欲再使共政，安石每力排之。而安道論新法之害，皆深言危語不少屈。知陳州時，監司皆新進，趁時興利，長吏初不與聞。安道曰：'吾衰矣！雅不能事人，歸歟！以全吾志。'即力請留臺而歸。故詩云'一言有歸意，闔府諫莫移'也。"施宿在人物小傳中穿插蘇詩詩句，其後繼續敘述張方平的生平仕履，即是說，他始終沒忘記題注的目的是"以史釋詩"。但對讀者而言，若是按文本展示的順序閱讀，一開始讀題注就會有些不知所云，只有讀完了蘇詩再來題注中檢尋，才能領悟到題注的精髓。

與"施顧注"相對比，《前集》的注釋就更方便讀者閱讀：《前集》"出入四十年，憂患未嘗辭。一言有歸意，闔府諫莫移。吾君信英睿，搜士及茆茨。無人長者側，何以安子思"數句一併注釋，"胡"注云："三公有府，闔府則公府之屬吏也。安道起歸意之言，闔府雖諫而止其去，而安道則不移。然安道之所以去者，以當時之不能用也。蓋當時英睿之君，求士及於茆茨之賤，而不能用安道於朝。既云去矣，必有能言之於朝廷，貴人主堅留之而後可冀其住也，故用子思事言之。孟子去齊，有欲爲王留行者，孟子曰：'昔者魯繆公無人乎？子思之側則不能安子思。□申詳無人乎？繆公之側，則不能安其身。子爲長者慮而不及子思。'"又"胡"云："按：公赴詔獄，招此詩以方平比子思之賢也。"不過，《前集》雖然把詩意串講闡發放在句下，更方便讀者的閱讀與理解，但"胡"注關於張方平出處的時事背景介紹不如施宿在題注中的注解詳細明了，兩種注法可謂各有利弊。

結　語

　　詩歌注本中的注釋引領着讀者對詩歌的閱讀與理解，成爲溝通詩人與讀者的橋樑。詩注家通過注釋表達對詩人詩歌的理解，同時用自己的闡釋幫助其他讀者更好地領會詩意或詩藝。因爲學識、興趣、注釋目的的差異，面對同一注釋對象，不同注家關於“注釋什麼”與“怎麼注釋”有不同的表現。而當注家的注釋經由注本呈現出來，如果注本的編刊者不是注家本人，那麼注本既有注家的注釋理念，也有編者的編刊訴求。同一時代的注家與編者，深受時代詩學闡釋語境的熏染，詩歌注釋多體現出時代的共性，而同一詩人的詩歌注釋也有與其他詩人注釋相區別的特點。

　　宋代的蘇軾詩歌注本注釋便是上述現象的典型範例。現存的宋代蘇詩注本只有三種：“五注”與“十注”的拼合本《集注東坡先生詩前集》（殘四卷）、《王狀元集百家注分類東坡先生詩》（全二十五卷）、《注東坡先生詩》（四十二卷存三十六卷）。這三種注本各有特色又相互聯繫。三種注本在注釋內容、注釋方法及詩學闡釋觀念方面具有共性，與杜甫、黃庭堅等其詩人的詩歌注本不同：

　　第一，在詩歌闡釋義理化、政教化流行的社會氛圍中，蘇詩注本的注釋反而去義理化、去政教化，反對過度比附詩人本意，重點注釋典故出處。這明顯與同一時期的杜詩注不同，很可能跟“烏臺詩案”發生後蘇軾敏感的政治地位有關。第二，在“詩史”觀念影響下，宋代蘇詩注家注釋詩歌時有了一些新的表現，比如注家重視在詩中爲詩作繫年，詩注本開始附錄詩人年譜等。第三，黃庭堅提出的“無一字無來處”觀點與其後江西詩派的詩學主張，促使蘇詩注家熱衷於以學問爲注、以詩法爲注，特別注重注釋詩歌的語典出處與分析詩歌的藝術手法，這是宋代詩歌注釋與前代相比尤爲不同的特色。第四，從注家籍貫來看，宋代蘇詩注家多蜀地人士，不僅如此，其他宋代詩人詩歌的注家也有多位來自西蜀，此一現象是宋代詩注在地域文化上的一大特點。

另外，從蘇詩類編注本與類目同源的杜詩注本在分類上的差異，可以看出宋人對蘇詩的創作特點有清晰的認識。而在注本中爲詩歌編年、注釋時事背景等方面，蘇軾詩歌注釋也表現出與黃庭堅、王安石詩歌注釋相區別的特點。

至於注本注釋的個性特色，簡單而言，《前集》是編年集注本，"百家注"爲分類集注本，"施顧注"乃編年單注本。《前集》與"百家注"同爲集注本，皆有取便讀者閱覽的編刊訴求，而後者以分類爲體例，以"王狀元""百家"爲噱頭，市場導向更加明顯。"施顧注"乃三人合撰，最終由施宿一人編定、刊行，有利用其他注本舊注却不標注來源，相對集注而言爲單注本。但《前集》與"施顧注"雖然看似編年，其實未對蘇詩進行編次，僅依原本就大致編年的蘇軾詩集的次序。

《前集》"十注"注家趙次公、趙夔、程縯、李厚、宋援、林子仁、師尹、孫侼等人有各自的注釋興趣與注釋方式，而他們的注釋成果實際上是後來"百家注"與"施顧注"注釋內容的重要來源。"百家注"雖非王十朋編撰，注家也不足百位，新增的注釋內容多僞托他人名號，但"百家注"的編者廣泛收羅當時的蘇詩注釋與相關評論解說，反映了南宋中期市民階層的閱讀需求。"施顧注"最終由施宿整合其與施元之、顧禧的注釋，施宿個人的歷史觀與注蘇動機對今本注釋的面貌影響甚大，令此一注本的題注別開生面，富有特色與意蘊，與句注的注釋方法與理念區別明顯。不過，"施顧注"句注審核出處原文、標注出處來源的嚴謹態度以及善於"引詩注詩"、發掘蘇詩具有審美藝術性的語典出處等特點也值得肯定。

這些注本注釋內容的增删取捨，反映出宋代詩學觀念的嬗變歷程。《前集》是現存最早的蘇詩注本，注家注釋蘇詩的時段在北宋末至南宋初，注本刊刻於南宋前期。《前集》的注釋受到當時詩壇流行的詩學理論及注釋學風尚影響，除解釋典故出處，還注釋字、詞、句、篇的語義，詩人的創作心理以及詩歌創作的藝術手法等內容。而隨着詩學觀念與闡釋風尚的發展變化，南宋中期刊刻的"百家注"與"施顧注"在參考、利用《前集》注釋內容的同時對這些內容進行了删汰，並新增了一些注釋內容，體現出注家與編者新的注釋興趣與編刊訴求。因此，不同時期的蘇詩注本注釋的差异正是詩學理論與社會闡釋風尚變遷的産物。

總而言之，宋代三種蘇詩注本注釋各有特色，又相互聯繫，作爲一個有機整體，形成共生的關係網絡，並在一個更寬廣的文學文化體係中，通過與其前後、左右注釋的比較，呈現出自身的共性與個性。

綜上，本書的研究涉及注釋專書研究、注釋史研究與注釋理論、方法的研究，但又不局限於某一種特定的研究範式，而是綜合多種註釋，全面探討宋代蘇軾詩歌注本注釋的共性與個性特點。

需要補充説明的是，宋末元初劉辰翁的蘇詩評點實際上與南宋蘇詩注本注釋有承續關係，前者直接在"百家注"一書中眉批、尾批或句點，評點的内容也上承某些南宋注本注釋。但嚴格説來，由於評點在元明十分興盛，已發展爲另一體係的闡釋類型，故本書不予討論。另外，清人的蘇詩注本注釋以及域外的蘇詩注本注釋也限於論題不一一展開，但相信，這些研究領域還有很大的拓展空間。

參考文獻

一、古籍

（漢）班固：《漢書》，《點校本二十四史精裝版》，北京：中華書局，2011 年版

（漢）毛亨傳，（漢）鄭玄箋，（唐）孔穎達疏，（唐）陸德明音釋，朱杰人、李慧玲等整理：《毛詩注疏》，上海：上海古籍出版社，2013 年版

（金）元好問撰，姚奠中主編：《元好問全集》，太原：山西古籍出版社，2004 年版

（晉）常璩撰，劉琳校注：《華陽國志校注》，成都：巴蜀書社，1984 年版

（梁）劉勰撰，范文瀾注：《文心雕龍注》，北京：人民文學出版社，1958 年版

（梁）蕭統編，（唐）李善、呂延濟等注：《六臣注文選》，北京：中華書局，2013 年版

（梁）蕭統編，（唐）李善注：《文選》，上海：上海古籍出版社，1986 年版

（梁）蕭統編，（唐）呂延濟等注：《日本足利學校藏宋刊明州本六臣注文選》，北京：人民文學出版社，2008 年版

（明）李東陽撰，李慶立校釋：《懷麓堂詩話校釋》，北京：人民文學出版社，2009 年版

（明）楊慎撰，王大厚箋證：《升庵詩話新箋證》，北京：中華書局，2008 年版

（清）陸心源：《皕宋樓藏書志》，北京：中華書局，1990 年版

（清）陸心源：《儀顧堂集》，（清）陸心源撰，同治十三年（1874）孟 烠福州重刊本

（清）馬瑞辰撰，陳金生點校：《毛詩傳箋通釋》，北京：中華書局， 2008 年版

（清）永瑢等：《四庫全書總目》，北京：中華書局，1965 年版

（宋）曾鞏：《南豐先生元豐類稿》，《四部叢刊》初編本，上海：上海 書店，1989 年版

（宋）晁公武撰，孫猛校證：《郡齋讀書志校證》，上海：上海古籍出 版社，2011 年版

（宋）陳與義撰，吳書蔭、金德厚點校：《陳與義集》，北京：中華書 局，1982 年版

（宋）陳振孫撰，徐小蠻、顧美華點校：《直齋書錄解題》，上海：上 海古籍出版社，1987 年版

（宋）洪邁撰，穆公校點：《容齋隨筆》，上海：上海古籍出版社， 2015 年版

（宋）胡仔撰，廖德明校點：《苕溪漁隱叢話·後集》，北京：人民文 學出版社，1962 年版

（宋）胡仔撰，廖德明校點：《苕溪漁隱叢話·前集》，北京：人民文 學出版社，1962 年版

（宋）黃庭堅撰，（宋）任淵、史容、史季溫注，劉尚榮校點：《黃庭 堅詩集注》，北京：中華書局，2007 年版

（宋）黃庭堅撰，劉琳、李勇先、王蓉貴校點：《黃庭堅全集》，成都： 四川大學出版社，2001 年版

（宋）黃希、黃鶴：《黃氏補千家注紀年杜工部詩史》，《中華再造善 本》叢書唐宋編，北京：北京圖書館出版社，2006 年版

（宋）黎靖德編，王星賢點校：《朱子語類》，北京：中華書局，1986 年版

（宋）陸游撰，錢仲聯、馬亞中主編：《渭南文集校注》，杭州：浙江 教育出版社，2011 年版

（宋）呂本中：《紫薇詩話》，《宋詩話全編》第 3 冊，南京：江蘇古籍 出版社，1998 年版

（宋）呂大防等撰，徐敏霞校輯：《韓愈年譜》，北京：中華書局，2006 年版

（宋）歐陽忞撰，李勇先、王小紅校注：《輿地廣記》，成都：四川大學出版社，2003 年版

（宋）歐陽修、宋祁：《新唐書》，北京：中華書局，1975 年版

（宋）歐陽修：《詩本義》，《四部叢刊》三編本，上海：上海書店，1985 年版

（宋）朋九萬：《東坡烏臺詩案》，《叢書集成初編》本，上海：商務印書館出版，1939 年版

（宋）彭百川：《太平治迹統類》，《適園叢書》本，民國三年（1914）刊本

（宋）施元之、顧景蕃合注，鄭騫、嚴一萍編校：《增補足本〈施顧注蘇詩〉》，臺北：臺灣藝文印書館，1980 年版

（宋）釋文瑩撰，朱剛批注：《玉壺清話 滄浪詩話》，南京：鳳凰出版社，2009 年版

（宋）司馬光：《溫國文正司馬公文集》，《四部叢刊》初編本，上海：上海書店，1989 年版

（宋）蘇軾撰，（清）馮應榴輯注，黃任軻、朱懷春校點：《蘇軾詩集合注》，上海：上海古籍出版社，2001 年版

（宋）蘇軾撰，（清）王文誥編注：《蘇文忠公詩編注集成》，成都：巴蜀書社，1985 年版

（宋）王安石撰，（宋）李壁箋注，高克勤點校：《王荊文公詩箋注》，上海：上海古籍出版社，2010 年版

（宋）王楙撰，鄭明、王義耀校點：《野客叢書》，上海：上海古籍出版社，1991 年版

（宋）魏慶之：《詩人玉屑》，《宋詩話全編》第 9 冊，南京：江蘇古籍出版社，1998 年版

（宋）張邦基撰，孔凡禮點校：《墨莊漫録》，北京：中華書局，2002 年版

（宋）張元幹：《蘆川歸來集》，上海：上海古籍出版社，1978 年版

（宋）趙蕃：《淳熙稿》，清武英殿聚珍版叢書本

（宋）周必大：《二老堂詩話》，《宋詩話全編》第 6 冊，南京：江蘇古籍出版社，1998 年版

（宋）周煇撰，劉永翔校注：《清波雜志校注》，北京：中華書局，1997 年版

（宋）朱熹撰，徐德明、王鐵校點：《晦庵先生朱文公文集》，上海：上海古籍出版社、安徽教育出版社，2002 年版

（唐）白居易撰，謝思煒校注：《白居易詩集校注》，北京：中華書局，2006 年版

（唐）白居易撰，謝思煒校注：《白居易文集校注》，北京：中華書局，2011 年版

（唐）杜甫撰，（宋）趙次公注，林繼中輯校：《杜詩趙次公先後解輯校》，上海：上海古籍出版社，2012 年版

（唐）皎然撰，許清雲輯校：《皎然詩式輯校新編》，臺北：文史哲出版社，1984 年版

（唐）魏徵等：《隋書》，《點校本二十四史精裝版》，北京：中華書局，2011 年版

（唐）元稹撰，周相録校注：《元稹集校注》，上海：上海古籍出版社，2011 年版

（魏）何晏等注，（宋）邢昺疏：《論語注疏》，《十三經注疏》下冊，上海：上海古籍出版社，1997 年版

（元）方回選評，李慶甲集評校點：《瀛奎律髓》，上海：上海古籍出版社，2005 年版

（元）馬端臨：《文獻通考》，北京：中華書局，1986 年版

（戰國）左丘明撰，（三國）韋昭注，胡文波校點：《國語》，上海：上海古籍出版社，2015 年版

［日］小川環樹、倉田淳之助編：《蘇詩佚注》，京都：壬生川通五條南人株式會社，1965 年版

《梅溪先生文集》，《四部叢刊》初編本，上海：上海書店，1989 年版

郭紹虞：《宋詩話輯佚》，北京：中華書局，1980 年版

黃靈庚：《楚辭章句疏證》，北京：中華書局，2007 年版

題（宋）王十朋：《分類集注東坡先生詩》，《四部叢刊》初編本，上

海：上海書店，1989 年版

題（宋）王十朋：《王狀元集百家注分類東坡先生詩》，《中華再造善本》唐宋編，北京：北京圖書館出版社，2004 年版

楊伯峻：《孟子譯注》，北京：中華書局，2015 年版

張伯偉編校：《稀見本宋人詩話四種》，南京：江蘇古籍出版社，2002 年版

張志烈、馬德富、周裕鍇主編：《蘇軾全集校注》，石家莊：河北人民出版社，2010 年版

二、专著

［美］艾朗諾撰，杜斐然等譯，郭勉愈校：《美的焦慮：北宋士大夫的審美思想與追求》，上海：上海古籍出版社，2013 年版

［日］島田翰撰，杜澤遜、王曉娟點校：《古文舊書考》，上海：上海古籍出版社，2014 年版

［日］内山精也撰，朱剛等譯：《傳媒與真相——蘇軾及其周圍士大夫的文學》，上海：上海古籍出版社，2013 年版

［日］澁江全善、森立之等撰，杜澤遜、班龍門點校：《經籍訪古志》，上海：上海古籍出版社，2014 年版

陳望道：《修辭學發凡》，上海：開明書店，1935 年版

程杰：《北宋詩文革新研究》，臺北：文津出版社，1996 年版

郝潤華等：《杜詩學與杜詩文獻》，成都：巴蜀書社，2010 年版

胡曉軍：《宋代〈詩經〉文學闡釋研究》，貴陽：貴州大學出版社，2013 年版

胡玉縉：《四庫全書總目提要補正》，臺北：木鐸出版社，1981 年版

華文軒編：《古典文學研究資料彙編杜甫卷》，北京：中華書局，1964 年版

黃侃撰，吳方點校：《文心雕龍劄記》，北京：中國人民大學出版社，2004 年版

孔凡禮：《宋代文史叢考》，北京：學苑出版社，2006 年版

來新夏、徐建華：《中國的年譜與家譜》，北京：中國國際廣播出版社，2010 年版

梁啓超著，夏曉虹點校：《清代學術概論》，北京：人民大學出版社，2004 年版

劉尚榮：《蘇軾著作版本論叢》，成都：巴蜀書社，1988 年版

羅積勇：《用典研究》，武漢：武漢大學出版社，2005 年版

羅宗强：《因緣集：羅宗强自選集》，天津：南開大學出版社，2004 年版

馬强才：《中國古代詩歌用事觀念研究》，北京：中國社會科學出版社，2014 年版

潘桂明：《中國居士佛教史》，北京：中國社會科學出版社，2000 年版

皮錫瑞撰，周予同注釋：《經學歷史》，北京：中華書局，2009 年版

漆俠：《宋學的發展和演變》，石家莊：河北人民出版社，2004 年版

錢鍾書：《管錐編》，北京：生活·讀者·新知三聯書店，2001 年版

汪耀楠：《注釋學》，北京：外語教學與研究出版社，2010 年版

王國維：《觀堂集林》，北京：中華書局，1959 年版

王國維撰，周錫山編校：《王國維集》，北京：中國社會科學出版社，2008 年版

王水照：《王水照自選集》，上海：上海教育出版社，2000 年版

王易：《修辭學通詮》，上海：上海書店，1990 年版

顏崑陽：《李商隱詩箋釋方法論——中國古典詮釋學例説》，臺北：里仁書局，2005 年版

葉德輝：《郎園讀書志》，上海：上海古籍出版社，2010 年版

余嘉錫：《四庫提要辯證》，北京：中華書局，2007 年版

張伯偉：《中國詩學研究》，沈陽：遼海出版社，2000 年版

張暉：《中國"詩史"傳統》，北京：生活·讀書·新知三聯書店，2012 年版

張忠綱：《杜集叙録》，濟南：齊魯書社，2008 年版

鄭定國：《王十朋及其詩》，臺北：臺灣學生書局，1994 年版

周裕鍇：《中國古代闡釋學研究》，上海：上海人民出版社，2013 年版

三、期刊論文

范志新：《〈文選・咏懷詩〉未標明姓氏注文的歸屬問題》，《文學遺産》2011 年第 6 期

郭聲波：《唐宋地理總志從地記到勝覽的演變》，《四川大學學報（哲學社會科學版）》2000 年第 6 期

何澤棠：《宋刊〈集注東坡先生詩前集〉注家考》，《內江師範學院學報》2010 年第 3 期

何澤棠：《蘇詩十注之傅、胡考》，《樂山師範學院學報》2010 年第 3 期

胡曉驪：《宋代詩人王十朋之推韓學韓》，《集美大學學報》2011 年第 3 期

李曉黎：《因爲"睫在眼前長不見"——王十朋爲〈百家注東坡詩〉編者之内證》，《中國韻文學刊》，2012 年第 2 期

李貞慧：《〈百家注分類東坡詩〉評價之再商榷——以王文誥注家分類説爲中心的討論》，《臺大文史哲學報》2005 年第 63 期

劉浦江：《宋代宗教的世俗化與平民化》，《中國史研究》2003 年第 2 期

梅新林：《杜詩僞王注新考》，《杜甫研究學刊》1995 年第 2 期

莫礪鋒：《一部引人注目的博士論文——兼談古典文學微觀與宏觀並重的研究法》，《古典文學知識》1996 年第 1 期

莫礪鋒：《再論"奪胎換骨"説的首創者》，《文學遺産》2003 年第 6 期

潘晟：《宋代圖經與九域圖志：從數據到系統知識》，《歷史研究》2014 年第 1 期

錢志熙：《從群體詩學到個體詩學——前期詩史發展的一種基本規律》，《文學遺産》2005 年第 2 期

錢志熙：《論〈文選〉〈咏懷〉十七首注與阮詩解釋的歷史演變》，《文學遺産》2009 年第 1 期

［日］淺見洋二：《論"詩史"説——"詩史"説與宋代詩人年譜、編年詩文集編撰之關係》，《唐代文學研究》第九輯，2000 年

秦蓁：《經學爲“體”，文學爲“用”——歐陽修〈詩經〉闡釋的二元維度》，《孔子研究》2016 年第 5 期

卿三祥：《〈東坡詩集注〉著者爲王十朋考》，《宋代文化研究》第十二輯，北京：綫裝書局，2003 年

王德明：《略論唐代的詩法研究與傳授》，《中國韻文學刊》2009 年第 2 期

王琳祥：《解讀蘇東坡詩中的“河東獅子吼”——兼評王文誥爲陳季常“畏内”鳴冤的得失》，《鄂州大學學報》2005 年第 4 期

王水照：《評久佚重見的施宿〈東坡先生年譜〉》，《中華文史論叢》1983 年第 3 期

吳肖丹：《潘錞生平及〈潘子真詩話〉補考》，《文教資料》2010 年第 4 期

張蘊爽：《論宋人的“書齋意趣”和宋詩的書齋意象》，《文學遺産》2011 年第 5 期

趙超：《兩大蘇詩注本系統與其中的幾個問題》，《圖書館理論與實踐》2014 年第 1 期

周明：《論唐代無新樂府運動》，《唐代文學研究》1990 年第 1 期

周裕鍇：《“奪胎”與“轉生”的信仰——關於惠洪首創作詩“奪胎法”思想淵源旁證的考察》，《成都理工大學學報（社會科學版）》2010 年第 2 期

周裕鍇：《惠洪與換骨奪胎法——一樁文學批評史公案的重判》，《文學遺産》2003 年第 6 期

四、學位論文

王欣悦：《南宋杜注傳本研究》，復旦大學博士學位論文，2013 年

吳洪澤：《宋代年譜考論》，四川大學博士學位論文，2006 年

吳秋本：《蘇軾詞注釋初探》，陝西師範大學碩士學位論文，2008 年

武國權：《趙次公〈杜詩先後解〉研究》，西北師範大學碩士學位論文，2005 年

附録 從《梅溪集》直接可考的 44 位"百家注"題名注家

　　從現存的王十朋《梅溪集》①中可直接考知 44 位《王狀元集百家注分類東坡先生詩》題名注家，説明此書編者僞托王十朋並非難事。這些與王十朋有直接交遊的"百家注"題名注家如下：

　　1. 王十朋的同僚張栻：《梅溪前集》卷三有《薦張栻自代狀》。且張栻與其父張浚皆一時名臣。

　　2. 同僚、詩友張孝祥：孝祥字安國，《梅溪集》有多首詩與其唱和往來，如《梅溪後集》卷九《張安國舍人以南陵鄱陽雨暘不同示詩次韵》《次韵安國讀〈楚東酬唱集〉》《安國讀〈酬唱集〉有"平生我亦詩成癖，却悔来遲不與編"之句，今欲編後集，得佳作數篇，爲楚東詩社之光，復用前韵》《次韵安國題餘干趙公子養正堂，堂張魏公所名也，並爲作銘》等，不一一列舉。

　　3. 同鄉、同僚、詩友張器先：《梅溪後集》卷二十八有《祭張器先文》；《梅溪後集》卷七有《張器先和詩復用前韵》《張器先復和詩作五言以寄》。

　　4. 同僚、詩友趙不拙：不拙字若拙，太宗六世孫。《梅溪後集》卷十三有《惠夫、子紹二同年懷章過夔，宗英趙若拙聯舟西上，賦詩二首，記吾三人會合之異，次韵仍簡二同年》《趙若拙卓爾不群佳公子也，痛親不見，名堂曰思，諸公争賦之，不鄙予亦以詩命，予謂若拙不止乎思也，且能顯之，作思堂詩》，《梅溪後集》卷十七有《次韵夔漕趙若拙見寄》，不

---

　　① （宋）王十朋：《梅溪集》，《景印文淵閣四庫全書》第 1151 册，台灣商務印書館，1986 年版，第 109～638 頁。

列舉。

5. 同僚、詩友崔肅之：肅之可能名崔雍，《梅溪後集》卷十七《崔肅之自湖至泉遷二親之喪歸塋，詩以送之》："番水同僚舊遙從，雪水来異鄉欣。覿面清話洗銜哀，葱鬱佳城就勤勞。"詩題"肅之"下注云："雍。"另卷十九有《寄崔肅之》詩。

6. 同僚、詩友吳憲①：《梅溪後集》卷十七《送吳憲知叔》："出郊聞好語，盡道憲車賢。郡不留三宿，人皆仰二天。薦章先白屋，貢宇給青錢。"自注云："公至郡薦三人皆孤寒士。"又："以百緡助起貢院。"又《至福唐會鄉人丁鎮叔、張器先、甄雲卿、項用中、趙知録、薛主簿、同年孫彥忠草酌試院》有自注言："權師、吳憲遣官奴来侑酒。"

7. 同僚、同鄉、詩友薛伯宣：伯宣字士昭。《梅溪後集》卷十八《送薛士昭》之二："記得祥符識面時，回頭二十二年非。……老境天教重會合，异鄉心最惜分違。雁山親舊如相問，征雁歸時我亦歸。"《梅溪後集》卷十七《薛士昭主管母夫人加封，送酒爲壽，薛有詩謝，次韵以酬》，不列舉。

8. 同僚汪洋：汪洋後改名應辰，字聖錫。兄汪涓字養源。姓氏目録混淆。王十朋的墓志即由汪洋撰，兩人有同僚之誼，見汪氏《文定集》卷二十三《龍圖閣學士王公墓志銘》，又有《文定集》卷十二《題張魏公爲王詹事作不欺室銘》，略叙二人相知經過。另，《梅溪後集》卷十八有《悼汪舍人養源》："伯仲同持橐，聲名壓縉紳。"自注云："庚辰同考殿試。"庚辰即紹興三十年，此年有館職召試。

9. 同僚、詩友胡銓：《梅溪後集》卷十八《懷胡侍郎邦衡》云："今世汲長孺，廬陵胡侍郎。"《梅溪後集》卷七有《胡秘監贈詩一絶》《胡秘監酹釀詩》《秘監携具道山集群仙賞酹釀，和東坡詩，真雅會也，某偶以私試鎖宿不與，遂次其韵》《館中三月晦日聞鶯，胡邦衡有詩，用東坡酹釀韵，有"君側無讒人，發口不須婉"句，某次韵》等詩。

---

① 吳憲疑非人名。據王十朋詩句"出郊聞好語，盡道憲車賢"判斷，似指吳氏字知叔任"憲車"官職，非直稱其名。"憲車"乃宋代提點刑獄的別稱，或者以"憲"爲"憲臺"簡稱，即漢代以來的御史臺，參見龔延明編著：《宋代官制辭典》，中華書局，1997年版，第485~486頁。但宋刻《王狀元集百家注分類東坡先生詩》姓氏目録已稱其爲"吳氏憲"，故仍以其爲其名。這種錯誤側面反映出"百家注"編刊的隨意、粗疏，並非由王十朋纂集。

10. 同僚、同學、詩友喻良能：良能字叔奇，《梅溪後集》卷三《贈喻叔奇縣尉》云：“同舍同年友，天資迥不群。”二人爲官之地鄰近，故常過從而多偕與遊，如同遊蘭亭，初次不巧未成行，後又繼遊（《十月十六日欲與夢齡弟及聞詩、聞禮同遊蘭亭，仍約喻叔奇偕行，會天氣不佳，喻亦以疾辭，出門而止，兀坐終日，懷抱殊惡》），又如偕遊會稽山天衣寺（《和喻叔奇遊天衣四十韻》），足顯兩人親近厚愛，尤其在文學欣賞方面二人常有同嗜，《梅溪後集》卷三《喻叔奇惠川墨》云：“同年於予契非薄。”《和喻叔奇集蘭亭序語四絕》之三：“晤言一室許誰親，相過無非我輩人。”《懷喻叔奇》：“同年四百二十六，莫逆論交能幾人。”而喻良能《香山集》卷十四《懷王侍郎、劉秘監》也提及王東嘉乃平生之至交：“平生西蜀劉中壘，四海東嘉王右軍。三載相思千里夢，何時把酒聽論文。”良能曾有意推舉十朋爲文壇盟主，十朋懼不敢當，謝以《喻叔奇采坡詩一聯云“今誰主文字，公合把旌旄”爲韻，作十詩見寄，某懼不敢和，酬以四十韻》詩。

11. 同僚、同學、詩友馮方：方字員仲，姓氏目錄誤作圓仲。《梅溪後集》卷五《次韻程泰之酴醾》詩末自注：“時同舍考試，惟泰之、員仲、某在館。”《梅溪後集》卷七《馮員仲赴闕奏事，士君子咸欲其留，聞爲魏公所辟，勢不可奪，遂成鄙語，兼簡查元章》詩末自注：“予嘗以書寄馮云：‘聞元章爲魏公所知，裴度幕中得韓退之，賊不足平矣。’元章時爲機宜，員仲爲江西運判，召來奏事。”王十朋與馮方主要以書信往來，王十朋因知饒州赴鄱陽，曾得馮方寄《過江州書》，執料墨迹未干，卻驚聞馮方之訃告（見《梅溪後集》卷八《哭馮員仲之二》）。方去逝之後，乾道三年六月，其徒陳秀智出示所遺詩文手帖與十朋，十朋覽之嘆惜不已，作《祭馮少卿文》（見《梅溪後集》卷二十八）。

12. 同僚、詩友龔茂良：茂良字實之。乾道七年龔氏帥江西時，王十朋爲其作《廣州重建學記》稱揚其事，見《梅溪後集》卷二十六。亦有詩歌往來，《梅溪後集》卷十九有《次韻龔實之正言見寄》《用喜雨韻呈龔實之》。

13. 同僚、詩友芮國器：《梅溪後集》卷十九《林黃中少卿出守吳興，芮國器司業以詩送之，有“今日桐城王刺史，異時遺愛在吾州”句，用韻寄二公》。

14. 同僚、同學陳元龍：《梅溪後集》卷二十《送陳元龍赴封州教官》："溫陵尊酒偶相逢，記得同年舊日容。書讀短檠遊太學，經傳絳帳適臨封。清新得句腸生錦，瘦硬通神筆吐鋒。莫向炎州嘆官冷，行看湖海起元龍。"

15. 同僚、詩友葉飛卿：《梅溪後集》卷二十《得葉飛卿書因寄貢院碑》詩末自注云："貢院之役，飛卿與陳節推董之。"另有詩《越境送別者七人蔣元蕭、黃少度、鹿伯可、趙元序、陳德溥、葉飛卿、林致約少酌驛舍》。

16. 同僚、詩友黃少度：《梅溪後集》卷二十《越境送別者七人蔣元蕭、黃少度、鹿伯可、趙元序、陳德溥、葉飛卿、林致約少酌驛舍》。很可能是梁克家《淳熙三山志》卷二十八所云黃中立少度，永福（今廣西桂林市永福鎮）人，紹興二十四年進士，終德慶府通判。

17. 同僚、詩友孫彥忠：《梅溪後集》卷十七《至福唐會鄉人丁鎮叔、張器先、甄雲卿、項用中、趙知錄、薛主簿、同年孫彥忠草酌試院》自注云："彥忠會稽人，予昔仕越，與彥忠友。"

18. 同僚、詩友陳知柔：知柔字體仁。曾知賀州。王十朋守清源時結識陳知柔，見《梅溪後集》卷二十《贈陳體仁》。兩人常互贈詩文、品題往還，如《梅溪後集》卷十七《陳賀州速客送酒》："賀州呼客細論文，我欲相過與共論。"卷十八《陳賀州賦雙蓮詩不言祥瑞次韻以酬》等。不贅舉。

19. 同僚、詩友丁惠安：《梅溪後集》卷十九《送丁惠安》詩序云："某假守溫陵，獲觀七邑之政治，行可稱者三四人，然未有出惠安之右者。……是宜邑人懷德繪像而祠之也，於其行也，詩以送之。"《梅溪後集》卷十七有詩《丁惠安贈肉蓯蓉》。

20. 同僚、詩友吳芾：芾字明可。曾任樂清縣尉，王十朋在鄉校時得其屢次賞薦，有知遇恩，見《梅溪後集》卷十六《用貢院韻寄當塗吳給事明可》序："某……因思給事昔尉樂清，某誤辱知遇……"詩曰："鄉校當年與薦蘋，蕭臺氣象自公新。"王入宦途後兩人唱酬不斷，《梅溪後集》卷十六、卷十九有《吳明可自當塗以詩見寄因次其韻》《次韻吳明可見寄》等詩。

21. 同僚、詩友鹿何：何字伯可。《梅溪後集》卷二十《越境送別者

七人蔣元蕭、黄少度、鹿伯可、趙元序、陳德溥、葉飛卿、林致約少酌驛
舍》。

22. 同僚劉珙：珙字共父，劉子羽之子，劉子翬乃其叔父。朱熹爲王
十朋文集所作《梅溪王忠文公文集序》便是代劉珙而作。

23. 親戚賈巖老：賈巖老應爲王十朋表弟，疑爲王十朋表叔賈如規之
子。永嘉樂清左原兩姓世爲通家之好，王十朋祖母賈氏，妻亦賈氏，乃賈
如規兄賈如訥之女。賈巖老曾於王十朋晚年知泉州時（乾道四年至六年）
來訪郡齋，《梅溪後集》卷十七《送賈巖老還鄉》之一云：“閩江艱險嶺崔
巍，不憚衝寒冒雪来。留我鈴齋兩三月，扁舟載得義風回。”暮春時聞其
姊還鄉，亦思東歸，見《梅溪後集》卷十七《送賈巖老還鄉》之二自注：
“巖老聞秭歸，遂起歸興。”王十朋送至北門，有《送巖老出北門》詩。王
十朋賈姓平輩行字多有“老”字，賈如規子賈循字大老，王十朋有《贈大
老》詩：“士論鄉評重乃翁，賢如狐突教兒忠。”自注：“司理子。”賈如規
曾調興國軍司理。十朋岳父賈如訥雖然也以事母至孝德稱鄉里，然早逝於
建炎三年（1129），孝名讓於乃弟如規，《梅溪前集》卷十七《送表叔賈元
範赴省試序》：“吾鄉先生賈公，其文藝德行兼長者與。早歲蜚聲太學，名
上賢書久矣。……隱居鹿岩，行誼卓絶，月旦鄉評及行道之語咸謂先生
‘陰德在人，天必相之’。”正與王十朋《送賈巖老還鄉》之二所云“乃翁
賢德冠吾鄉，伯氏聲名藹上庠。更喜君如里曾子，少年孝義已非常”印
合，則賈巖老很可能即賈如規之子。

24. 親戚萬庚：庚字先之，與萬庠、萬椿皆王十朋表兄弟。樂清萬、
王二姓亦常聯姻，王十朋母即萬氏，其兄萬世延乃萬庚、萬庠之父。王十
朋與萬庚同舍上庠，庚先獲譽，登紹興二十四年（1154）進士第，萬世延
諸子以其最爲杰出，見《梅溪後集》卷十九《祭萬先之文》、卷二十八
《哭萬先之》。又，王十朋作《東平萬府君行狀》稱：“長子庚最羨才，始
冠，遊太學……庚益自勵，果優，中考選，連預薦書，屢爲多士先聲，譽
籍籍。用上舍，免省，登進士科。……庚，左廸功郎，處州縉雲尉。”又：
“某，萬出也，每登門辱顧爲厚，且與庚同舍上庠，又獲與諸子遊，蓋知
其詳而不誣者。”

25. 親戚萬椿：椿字大年，十朋之表弟。紹興十八年（1148）春，椿
與十朋同下第，十朋有寄詩相慰，見《梅溪前集》卷四《寄萬大年》。十

朋晚年知泉州守清源（今福建省莆田市）時，椿訪於郡，宿郡齋，爲鼠蚊
蚤所苦，十朋作《表弟萬大年宿郡齋，爲鼠蚊蚤所苦，夜不安寢，目爲三
害，某輒申造物之意，諭之以詩》："乃翁多隱德，子籍在蓬島。天將成就
之，故以此相惱。"

26. 親戚萬庠：庠字申之，萬庚之弟，十朋表弟。王十朋作《東平萬
府君行狀》稱："次子庠，亦以妙齡預鄉貢。……至是二子俱有成，人以
爲榮，咸謂君種德樂教之報。"而且自萬庠以下，皆從王十朋遊，然以庠
爲佼佼者，儒行有成，《梅溪前集》卷十七《送吳翼、萬庠赴省試序》：
"是秋萬子庠中鄉選，徐子大亨中國學選，吳子翼中同文館選。一時物論，
咸推梅溪，爲盛事。"

27—28. 親戚王壽朋、王百朋：王十朋爲家中長兄，上有一姊，下有
二弟一妹。長弟王壽朋，字夢齡，生於徽宗政和、宣和年間，略小於王十
朋；幼弟王百朋，字昌齡，猶爲十朋憐愛，友顧之詩文屢見於《梅溪集》
中。王氏兄弟間感情甚篤，不僅時常携手登高賞菊、飲酒賦詩、往來唱
酬，王十朋更持兄長之責把自己兒子恩蔭補官的機會讓給二弟，汪應辰
《龍圖閣學士王公墓志銘》云："公兩遇郊祀恩，皆奏其弟，故二子皆未
仕。"《梅溪後集》卷三《送昌齡弟還鄉兼簡夢齡》自注亦云："時二弟赴
補，偶遺昌齡還鄉，夢齡留赴。"王壽朋曾補太學生，然未及第，迍邅噎
鬱之時十朋勸其"閉門静坐養時晦，拂拭心鏡捐塵埃。……否往泰來固有
日，坦塗利轂寧須摧"（《梅溪前集》卷九《和憶昨行示夢齡》）。當十朋仕
宦疲累，有意辭歸之際，壽朋亦勉之，《梅溪後集》卷三《夢齡九日有詩
兼懷昌齡次韻》自注云："余前此有歸興，昌齡以爲不可，數以書來相勉，
故及之。"王十朋晚年乞致仕，魂牽夢繞的仍是二弟，卷八《用韻寄二弟》
云："甚矣今年老見侵，玉芝堂冷敝衣衾。夢魂夜夜尋兄弟，率飲堂前坐
石砧。"念茲在茲，感人肺腑。

29. 同鄉、遠親、詩友毛宏：宏字叔度。《梅溪前集》卷一《寄毛虞
卿》自注云："名公弼，後改名宏。字叔度，登乙丑第。"又有卷一《答毛
唐卿、虞卿借昌黎集》、卷二《夜聽雙瀑同劉方叔毛虞卿聯句》等詩，卷
十八有《祭毛叔度主簿文》。

30. 同鄉、詩友丁鎮叔：《梅溪後集》卷十七《至福唐會鄉人丁鎮叔、
張器先、甄雲卿、項用中、趙知録、薛主簿、同年孫彦忠，草酌試院》：

"一同年友七鄉人，勸酒那容耳不聞。尚齒自驚多白髮，論文堪笑有紅裙。詩篇共約題孤嶼，遊宦猶疑在五雲。此會此時寧易得，明朝風月兩州分。"

31. 同鄉、詩友甄雲卿：《梅溪後集》卷十七《至福唐會鄉人丁鎮叔、張器先、甄雲卿、項用中、趙知錄、薛主簿、同年孫彥忠，草酌試院》。

32. 同鄉、詩友項用中：《梅溪後集》卷十七《至福唐會鄉人丁鎮叔、張器先、甄雲卿、項用中、趙知錄、薛主簿、同年孫彥忠，草酌試院》。

33. 同鄉、詩友陳元佐：元佐字希仲。《梅溪前集》卷十一《梅溪題名賦引》稱："吾徒宋孝先、李大鼎作《梅溪庚午多士賦》，叙一堂八齋六十人名字，而鋪陳條列。三百六十字之中，言簡意盡有足觀者，陳元佐、萬孝杰、童侃……"亦代陳元佐作其父祭文《代諸生祭陳元佐父文》（《梅溪前集》卷十八）。陳元佐被王十朋引爲詩友，《梅溪前集》卷五《陳元佐和詩贈以前韻》有"漫闢書齋會鄉友""十年故舊寧多有"句。

34. 同鄉耆老葉思文：《梅溪後集》卷十八《興化簿葉思文，吾鄉老先生也，比沿檄見訪，既別寄詩二十八韻，次韻以酬》："莫年初仕塗，暇日但書策。儒生餘氣習，筆端事揮斥。"自注："近世作詩文者，多溺於異端之學，惟恃鄭先生痛革其敝。"

35. 同鄉耆老宋彥才：《梅溪前集》卷十八《代祭宋彥才文二首》之一："念吾鄉之耆舊，所餘纔二三人。嗟浮世之年齡，自古稀七十者。"之二："惟公望傾士論，德冠鄉評。"又《宋彥才挽詞》："德著吾鄉月旦，評丘園蕭散傲虛名。袍雖不奪，詩尤好秋不曾悲賦自清。早掛儒冠，知有命晚。"

36. 同學、詩友沈敦謨：《梅溪後集》卷七《寄沈敦謨》題下自注云："名希皐，瑞安人。"詩云："二十年前舊友生，緘封遠寄見交情。舊遊回首多零落，大器如君合晚成。"卷十七《贈沈敦謨》："三十年前硯席同，懷人長在夢魂中。"卷十九《沈敦謨和詩見寄復用元韻》："天使吾儕復會同，笑談聲落酒筵中。"

37. 同鄉、學生吳翼：翼字季南。王十朋爲其生徒所作《梅溪題名賦》有"如翼斯飛"句，自注云："吳翼季南。"又《梅溪前集》卷十七《送吳翼、萬庠赴省試序》："是秋萬子庠中鄉選，徐子大亨中國學選，吳子翼中同文館選。一時物論，咸推梅溪，爲盛事。"

38. 同學、詩友曹夢良：《梅溪前集》卷九《和答張徹寄曹夢良》詩序云："某與夢良遊十有五載矣，栖遲偃蹇之迹，初不相異也。兹復同舍上庠，交契愈篤。"《梅溪後集》卷三有《戊辰歲嘗和韓退之贈張徹詩寄曹夢良，至今十年，夢良方和以寄，因贈一絶》，《梅溪後集》卷六有《曹夢良自許峰來訪留山間數日賦詩數十章》等，不列舉。

39. 詩友林季任：季任字明仲。《梅溪後集》卷七《酬林明仲寄書並長篇》詩題自注："名季任。"《梅溪後集》卷十九有《林主簿明仲挽詞》，卷五有《林明仲自梅嶼挐舟、招丁道濟、道揆、張思豫及予同飲索詩、坐間成六絶、七月朔日》自注云："明仲別館在城西予假之踰月。"不贅舉。

40. 詩友孫皓：皓字子尚。孫皓是王十朋青年時期摯友，《梅溪前集》卷一《送子尚如浙西》："年雖及冠無交遊，孤陋寡聞嗟獨學。閉門不出長太息，思得其人共磨琢。孫子往從西北來，頭角軒軒真一鶚。……囊無一錢身不憂，食止一簞貧自樂。有友如君復何憾，百不爲多一已足。"兩人多有唱和往來，《梅溪前集》卷一《辛亥九日侍家君同孫子淵、子昭、子尚登高於家之東山，時菊花未開，坐客皆以爲恨，至十月望獨步東籬下，見前日青枝已爛漫矣，東坡云："涼天佳月即中秋，菊花開日乃重陽，不以日月斷也。"於是命酒肴、呼鄰里，飲於叢畔云》。《梅溪前集》卷十八有《祭孫子尚文》，《梅溪後集》卷四有《亡友孫子尚藁蕹會稽山大禹寺之側，某至官八日出郊訪其墓不獲，明年春被命祀禹，訪而得之，又明年春再往酹酒，因植栢十根，哭之以詩》。

41—43. 友人林致約、趙元序、陳德溥：《梅溪後集》卷二十《越境送別者七人蔣元蕭、黃少度、鹿伯可、趙元序、陳德溥、葉飛卿、林致約少酌驛舍》。

44. 友人程天祐：應試前拜訪過王十朋，獲贈詩，見《梅溪後集》卷十七《贈程天祐秀才》："程生嗜好與人殊，杖履遥遥訪我廬。不踏槐花隨舉子，手持醫國惠民書。"